MELISSA TAGG
WIEDER ZURÜCK AUF ANFANG

MELISSA TAGG

Wieder zurück auf Anfang

Über die Autorin:

Melissa Tagg war früher Journalistin. Heute arbeitet sie für eine Non-Profit-Organisation, die sich für Obdachlose einsetzt, und lebt in Iowa. Ihre humorvollen Romane mit Happy-End-Garantie schreibt sie vor allem in den frühen Morgenstunden und spätabends.

Bibliografische Information der Deutschen Nationalbibliothek
Die Deutsche Nationalbibliothek verzeichnet diese Publikation in der
Deutschen Nationalbibliografie; detaillierte bibliografische Daten sind im
Internet über http://dnb.dnb.de abrufbar.

ISBN 978-3-96362-007-2
Alle Rechte vorbehalten
Copyright © 2015 by Melissa Tagg
Originally published in English under the title:
From the Start
by Bethany House Publishers, a division of Baker Publishing Group,
Grand Rapids, Michigan, 49516, U.S.A.
All rights reserved
German edition © 2018 by Verlag der Francke-Buchhandlung GmbH
35037 Marburg an der Lahn
Deutsch von Rebekka Jilg
Umschlagbilder: © iStockphoto.com / Lechatnoir
Umschlaggestaltung: Verlag der Francke-Buchhandlung GmbH /
Christian Heinritz
Satz: Verlag der Francke-Buchhandlung GmbH
Printed in Czech Republic

www.francke-buch.de

Kapitel 1

Wie um alles in der Welt hatte sich Regen nur einen so romantischen Ruf erwerben können?

Kate Walker schlug den Kragen ihrer Jacke hoch und verbarg ihr Gesicht fast vollständig dahinter, um dem eisigen Wind zu entgehen, der an diesem Nachmittag wehte. Die übliche schwüle Spätsommerwärme, die in Chicago im August normalerweise herrschte, war wie weggeblasen – im wahrsten Sinne des Wortes. Tiefe Wolken und ein grauer Schleier bildeten die perfekte Kulisse für die filmreife Umarmung, die sich vor ihr abspielte.

Der verwegene Held, der seine Angebetete mitten im Park festhielt, sie in einem weiten Bogen herumschwang, während sie unbekümmert lachte. Den Regen schienen beide nicht einmal zu bemerken. Und dann … der magischste Moment von allen.

Der Kuss.

Kate verschränkte die Arme.

„Ich weiß – sentimentaler Mist, stimmt's?"

Sie wandte sich den geflüsterten Worten zu. Ach ja, der Typ mit der Kapuzenjacke und der zerrissenen Jeans, der sie vor ein paar Minuten dabei erwischt hatte, wie sie am Filmset herumgeschlichen war. Er konnte nicht älter sein als zweiundzwanzig und trotzdem hatte er gewirkt, als wäre er schon seit Jahrzehnten in der Filmbranche unterwegs, während er sie zu dem Zelt geführt hatte, in der die flüsternde Produktionscrew für *Ewige Liebe* ihren Job machte.

„Bitte?"

Regen prasselte auf das Plastikdach über ihr und am Rande des Parks sauste eine Kamera auf einem Gestell entlang. Hinter dem Zelt trennte ein Seil die paar Dutzend Zuschauer ab, die, mit einem Namensschild versehen, einen Einblick hinter die Kulissen von Kates neuestem Projekt erhaschen durften.

„Das ist doch immer das Gleiche mit diesen schnellen Filmproduktionen. Ich meine diejenigen, die zwischen das Vorabendprogramm und die Nachrichten gequetscht werden. Nichts von Bedeutung, aber es kann ein Karrierestart sein, was?" Er warf ihr ein Lächeln zu, das davon ausging, dass sie ihm zustimmte. „Ich habe Freunde auf der Filmschule, die für einen Job als Regieassistent alles tun würden. Sogar vor Mord würden sie nicht zurückschrecken."

Regieassistent. *Und er hat keine Ahnung, mit wem er hier redet.*

Sie wusste nicht, ob sie lachen oder weinen oder die Dinge einfach laufen lassen sollte, bis ihn jemand aufklärte, mit wem er es zu tun hatte.

Wahrscheinlich sollte sie dem Jungen keinen Vorwurf machen. Kate ließ sich an ihren Filmsets fast nie blicken – hatte normalerweise gar keinen Grund dafür. Jetzt war sie auch nur auf Bitten ihres Agenten hier. Marcus hatte heute Morgen angerufen und darum gebeten, ihn hier zu treffen, meinte, er hätte Neuigkeiten.

Ein interessantes Wort. *Neuigkeiten.* So viele Informationen, die sich dahinter verbergen konnten.

Wenn sie nur die warnende Stimme in ihrem Hinterkopf ignorieren könnte. Die ihr einflüstern wollte, dass es dieses Mal vielleicht, nur vielleicht, endlich positive Neuigkeiten waren. Aber es war besser, sich nicht allzu große Hoffnungen zu machen.

Immerhin hatte sie in den dreizehn Monaten, seit sie ihr Manuskript von *Ewige Liebe* verkauft hatte, einen Stapel an Absagen kassiert, der dem Sears Tower Konkurrenz gemacht hätte. Verflixt – dem Willis Tower. Sie sollte eigentlich wissen, wie er wirklich hieß, wenn man bedachte, dass sie halbtags dort arbeitete und Tickets verkaufte, um finanziell wenigstens halbwegs über die Runden zu kommen.

Wie hatte sich innerhalb so weniger Jahre so viel ändern können? Von Serienverträgen und ihrem ersten Buchvertrag direkt hierher in den Regen, wo sie dastand und gegen alle Wahrscheinlichkeiten darauf hoffte, dass Marcus endlich die Neuigkeiten hatte, die ihre Karriere retten würden. Vielleicht konnte sie dann endlich die Hypothek für das kleine Haus in der netten Nachbarschaft bezahlen, von dem sie einmal gedacht hatte, sie könnte es sich leisten.

„Schnitt!", befahl die Stimme des Regisseurs.

Wo ist Marcus überhaupt?

Der Regieassistent stieß sie mit dem Ellbogen an. „Hey, ich glaube, ich habe dir noch gar nicht die Chance gegeben, dich vorzustellen. Du bist ..."

„Kate Walker." Sie zog die Hand aus dem Mantel und streckte sie
ihm entgegen. „Die Autorin dieses sentimentalen Mists."

Sein Griff um ihre Hand erschlaffte. „Ich, ähm … ich …"

Die Lachsalve hinter ihnen – natürlich hatte Marcus sich genau
diesen Augenblick ausgesucht, um endlich aufzutauchen – schnitt
die gestammelte Antwort des Regieassistenten ab. Das und ein stechender Blick des Regisseurs, dem ihr Geplapper hier im Zelt gar
nicht gefallen hatte. Sie verabschiedete sich schnell von dem Assistenten und ging in den Regen hinaus.

Sofort waren ihre Haare durchnässt, dann trat jemand in die
Pfütze neben ihr und ein Berg erhob sich an ihrer Seite.

„Na, stiehlst du dich davon?" Marcus' scherzende Stimme wurde
von dem Prasseln des Regens begleitet, der auf den Schirm fiel, den
er nun über sie hielt.

„Ich kann nicht glauben, dass du gelacht hast."

„Ach, komm schon. Das war doch lustig." Marcus ergriff ihren
Ellbogen und brachte sie dazu, stehen zu bleiben. Mit seinem röt-
lichen Haar und den eigenwilligen Sommersprossen erinnerte er
sie immer an ein erwachsen gewordenes Sams. Natürlich ohne die
Schweinchennase. „Er ist ein besserwisserischer Anfänger. So sind
sie doch alle, wenn sie vom College kommen."

„Er ist eingebildet."

„Natürlich ist er das." Übertriebenes Mitleid schwang in Marcus'
Stimme mit.

„Er weiß doch gar nicht, wovon er redet."

„Natürlich nicht."

Aber er hat recht.

Da waren sie wieder, die Zweifel, die an ihr nagten und die sie
niemals ganz ausblenden konnte.

*Du hast dir geschworen, etwas Bedeutendes zu schreiben. Aber jetzt
stehst du hier, mit dreißig Jahren …*

Marcus' Regenschirm wurde vom Wind erfasst, der um die Ecke
des nächstgelegenen Blockes pfiff. „Walker, du machst dir doch
nicht wirklich Gedanken darüber, was der Kerl eben zu dir gesagt
hat?"

Die Anweisungen, die der Regisseur den Akteuren entgegenbell-
te, retteten sie vor einer Antwort. „Fangt noch mal beim Kuss an."

Sie wandte sich Marcus zu. „Du hast gesagt, du hättest Neuigkeiten?"

„Nicht hier draußen. Es regnet und ich kann dich einfach nicht ernst nehmen, wenn du diesen Mantel trägst."

„Was stimmt denn damit nicht?" Sie zupfte an dem Gürtel, während sie weitergingen. Vielleicht ein bisschen übertrieben im Spätsommer – selbst an einem kalten Tag –, doch sie nutzte jede Gelegenheit, um ihren Tweed-Trenchcoat mit den übergroßen Knöpfen und dem Hochstellkragen zu tragen. Er hatte Charakter.

„Der sieht aus wie aus einem Agentenfilm der Fünfziger. Ich habe das Gefühl, ich dürfte dich eigentlich nur schwarz-weiß sehen."

„Das ermutigt mich nur noch mehr, mein Freund. Und ein paar Regentropfen haben noch nie jemandem geschadet."

Vor allem nicht Liebenden, die sich ewige Liebe schworen. Nicht dass sie wirklich etwas darüber wüsste. Doch der attraktive Darsteller und seine Partnerin, die gerade ihren Kuss für die Kameras wiederholten …? Jedenfalls machte ihnen das Wetter nichts aus.

Dank des wasserfesten Make-ups und extrastarkem Haarspray.

Kate blieb abrupt stehen, konnte den Blick plötzlich nicht mehr von dem inszenierten Kuss im Park abwenden. Das wunderschöne Grün des Sommers im Mittleren Westen, das durch die stimmungsvollen Wolken noch perfekter schien, die Bäume, die den Park säumten – Zedern, Ahorn- und Walnussbäume, die sich dramatisch im Wind bewegten. Sie bemerkte kaum, dass Marcus in sie hineinlief. Spürte nicht, dass der Wind an ihren Haaren zerrte. Sie hörte nur das Flüstern einer entfernten Erinnerung.

„Es ist richtig, Kate. Spürst du es denn nicht? Komm nach Chicago."

Ein verführerisches Lächeln. Ein langer Kuss. Eine naive Entscheidung.

Der Augenblick zerbrach, als sich die Schauspieler vor ihr trennten.

Ein gebrochenes Herz.

Sie blinzelte.

„Kate?" Marcus stupste sie mit dem Ellbogen an, wobei Wassertropfen von seinem Regenschirm auf ihn niedergingen. „Alles in Ordnung?"

„Mir ist nur kalt." Sie schüttelte die letzten Fetzen der Erinnerung ab. „Es ist alles Gene Kellys Schuld."

„Wessen Schuld?"

„Er hat diese Stepptanznummer in dem vorgetäuschten Regenguss gemacht. Und deshalb denkt jeder, dass es romantisch ist. Dank *Singin' in the Rain*."

„Dir ist kalt *und* du bist verrückt, Kate."

Sie zuckte mit den Schultern. Wo er gerade von verrückt sprach ... im sanften Licht und unter den wachsamen Augen des Regisseurs spielten die Schauspieler immer noch. Was keinen Sinn ergab. Laut ihres Drehbuches beendete der Kuss die Szene. Beendete den ganzen Film.

Sorgen machten sich in ihr breit, als der Ruf des Regisseurs noch einmal vom Zelt aus erklang. Die Schauspieler gingen auseinander, Assistenten kamen aus allen Richtungen angelaufen, boten Regenschirme und Getränke an, das Filmset summte vor Aktivität, die Kameramänner schützten ihr Equipment und jemand rief den Requisiteuren etwas zu.

„Lass uns reingehen." Marcus führte sie zu dem Haus schräg gegenüber des Parks. Von außen wirkte das zweistöckige Gebäude wie jedes andere Haus in dieser Stadt. Hellblaue Wände, weiße Fensterläden, die farblich zur Veranda passten.

Doch Kate hatte sich am Set umgesehen und wusste, dass das Innere des Hauses aus halb eingerichteten Zimmern, unfertigen Treppen und Fluren bestand, die nirgendwohin führten.

Alles nur Show.

Kate wurde unruhig, als sie die regennasse Veranda erklommen und in ihr wieder die Frage aufkam, die sie sich immer stellte, wenn sie einen Augenblick zum Nachdenken hatte. Hatte sie sich eine Karriere aufgebaut, die so falsch war wie dieses Set? Genau wie das schwache Fundament des Hauses, das aus Holz und Plastik bestand – nichts Dauerhaftes oder Konkretes. Hatte sie sich nur oberflächlichen Ideen hingegeben?

Romantik. Schwärmereien. Luftschlössern.

Sie wollte ja nicht zynisch wirken, aber ...

Marcus stellte seinen Regenschirm auf der Veranda ab und Kate folgte ihm durch den Türrahmen in ein Wohnzimmer, das das

Titelblatt eines Einrichtungskataloges hätte zieren können. Bunte Dekokissen auf einer beigen Couch. Gerahmte Fotos auf Beistelltischchen. Ein gewebter Teppich bis zu der Stelle des Raumes, wo die Dekoration endete und die Filmlichter begannen.

Marcus bedeutete ihr, sich zu setzen, dann pellte er sich aus seinem Regenmantel und fuhr sich mit der Hand durchs Haar. Diese Bewegung barg eine Erinnerung.

Sie schob die Kissen zur Seite und setzte sich auf die Couch. „Wie geht es Breydan?" Mit dieser Frage hätte sie nicht so lange warten sollen.

Marcus seufzte leise und ließ sich in dem Schaukelstuhl ihr gegenüber nieder. „Ganz gut. Nächste Woche haben wir die letzte Runde Chemo. Wir beten dafür, dass die Sache damit ein für alle Mal erledigt ist."

Der Gedanke an den kleinen Sohn von Marcus setzte alles andere wieder in Relation. Kate fuhr mit dem Finger über die Stickereien auf dem Kissen, das neben ihr lag. Die Sorgen wegen ihrer Karriere waren nichts im Vergleich zu dem Krebs, mit dem viele Menschen zu kämpfen hatten. Wie zum Beispiel Breydan. *Oder Mum.*

„Wobei mir wieder einfällt – du kommst am Donnerstag doch zum Abendessen? Breydan wollte, dass ich noch mal nachfrage."

Kate nickte und Marcus lächelte und atmete dann tief ein. Als er die Luft wieder ausstieß, hatte er umgeschaltet. Kate erkannte es sofort – zusammengepresste Lippen, zögerliche Augen. Irgendwann in den letzten fünf Jahren war aus einer rein professionellen Zusammenarbeit Freundschaft geworden. Normalerweise schätzte sie das sehr.

Doch es brachte auch eine gewisse Verlegenheit mit sich, wenn es um Geschäftsentscheidungen ging. Vor allem …

Ihre Hoffnungen schwanden, bevor Marcus auch nur ein Wort sagte.

Vor allem, wenn es sich um schlechte Neuigkeiten handelte.

„Die Fernsehgesellschaft hat Nein gesagt. Wieder einmal." Sie nahm ihm die schwere Aufgabe ab.

Er nickte.

„Okay." Sie sagte es langsam, während die harte Wahrheit langsam in ihren Verstand tropfte.

„Es ergibt überhaupt keinen Sinn. Du hast einen Emmy bekommen. Ich bin genauso schockiert wie du."

Nur dass Kate nicht wirklich schockiert war. Es war nun schon vier, fast fünf Jahre her, seit sie ihre Auszeichnung erhalten hatte. Und ihre Drehbücher waren in letzter Zeit eher gezwungen und trocken. Uninspiriert. Weshalb die Szene, die sie gerade draußen beim Dreh beobachtet hatte, auch nicht ihrem eigentlichen Skript entsprach. Und dann all diese Absagen …

Die Warnzeichen waren schon lange da gewesen, hatten sich vor ihr versammelt und ein unüberhörbares misstönendes Konzert veranstaltet. Doch sie hatte Augen und Ohren verschlossen und sich abgewendet.

Marcus beugte sich vor, stützte die Ellbogen auf die Knie und runzelte mitfühlend die Stirn. „Ich weiß, dass das nicht die Neuigkeiten sind, auf die du gehofft hattest. Es war ein hartes Jahr."

Sie stellte sich den kleinen Breydan vor. Wie er im Krankenhausbett lag. Blass und schmal, doch mit dem Herzen eines Löwen, das mit allen Enttäuschungen dieser Welt fertigzuwerden schien. Nein, sie würde sich nicht unterkriegen lassen. „Ist schon okay. Es geht mir gut."

Und das würde vielleicht auch irgendwann wahr werden. Hatte sie sich nicht schon jahrelang immer wieder gesagt, dass es sich wunderbar anfühlen würde, eines Tages etwas Bedeutendes zu schreiben? Voller Tiefe. Stark und machtvoll.

Sie wollte spüren, dass ihre Worte Gewicht und Überzeugungskraft hatten.

Eine leise Hoffnung schlich sich in ihr Herz. Was, wenn das ihre Chance war? Was, wenn diese letzte Ablehnung der Schubs gewesen war, um endlich …

Tja, was eigentlich? Sie versuchte nun schon so lange, ihren verschwommenen Traum zu erhaschen, doch er schien nie wirklich in greifbare Nähe zu kommen. Weshalb sie wahrscheinlich immer noch haltlos umhertaumelte und Geschichten schrieb, die sich irgendwie falsch anfühlten. Weil sie keine Ahnung hatte, was als Nächstes kommen sollte. Was sollte eine Frau tun, wenn ihr Herz vertrocknet und jeder kreative Funke daraus verschwunden war?

Ich brauche eine offene Tür, Gott. Nur einen Schimmer Sonnenlicht, um daran erinnert zu werden, dass er einen Plan für sie hatte, auch wenn sie selbst noch auf der Suche war.

„Das ist nur ein kleiner Rückschlag, Kate. Du schreibst ein anderes Drehbuch und es wird einschlagen wie eine Bombe."

„Aber wenn nicht ..."

Das Summen ihres Handys unterbrach sie. Es mochte zwar unhöflich sein, aber die Verlockung, dieser unangenehmen Unterhaltung zu entgehen, übermannte sie. Sie zog es aus ihrer Tasche und musterte das Display. New York?

Sie erhob sich und flüsterte Marcus eine schnelle Entschuldigung zu. „Hallo?"

„Hi, hier ist Frederick Langston. Spreche ich mit Katherine Walker?"

Frederick Langston. Ein Name, den sie so oft in der Handschrift ihrer Mutter gelesen hatte. Ein Name, den sie selbst erst vor wenigen Wochen geschrieben hatte.

Sehr geehrter Mr Langston, ich weiß, dass dieser Brief überraschend für Sie sein muss, und ich hoffe, dass Sie es nicht seltsam finden, wenn ich mich an Sie wende, aber ...

„Ja, tun Sie."

„Ich habe Ihren Brief erhalten, Ms Walker. Wir müssen reden."

☙

Erwartungsvolles Gemurmel erfüllte den Raum, in dem sich Reporter und Fotografen für die Pressekonferenz versammelt hatten, die Colton Greene niemals hätte anberaumen dürfen.

Eine dumme Entscheidung.

Und da saß er nun, seine ein Meter neunzig große Statur in Anzug und Hemd gequetscht und in einen Metallstuhl gefaltet, den Pressevertretern gegenüber, die ihn nach heute wahrscheinlich einfach vergessen würden. Sein Manager auf der einen, der Trainer auf der anderen Seite.

Ex-Trainer, um genau zu sein.

„Das ist doch kein Todesurteil, Greene."

Falls sein Manager ihn mit dieser Aussage beruhigen wollte, war er nicht sehr überzeugend. Erbost drehte er sich zu ihm um. „Du hast gut reden. Ich habe gehört, dass Cauldfield für dieses Jahr auf die Spielerliste vorgerückt ist. Du vertrittst also schon einen anderen Stammspieler."

Bisher war Colton Ian Mullers größter Klient gewesen. Zugegeben, Colton hatte den Großteil der acht Jahre seiner Profilaufbahn in der NFL auf der Bank gesessen, war von Team zu Team gewechselt, war sich vorgekommen, als spiele er eine endlose Reise nach Jerusalem. Doch dann endlich – *endlich* – hatte er vor drei Spielzeiten seinen Durchbruch gehabt. Wie durch ein Wunder hatte er sein Team in die dritte Runde der Playoffs geführt. Seit zehn Jahren war ein solcher Erfolg nicht mehr erreicht worden. Dann waren sie sogar Konferenzsieger geworden.

Was hätte er nicht darum gegeben, dass damals schon alles aufgehört hätte. Colton fingerte an seinem Kragen herum, während Ian sich erhob.

Okay. Legen wir los.

Oder auch nicht, denn anstatt hinter das Podium zu treten, blickte Ian auf Colton herunter. „Wir hatten diese Unterhaltung schon tausendmal. Es gibt vielversprechende Auftritte, deinen Buchvertrag. Nach dem Jahr, das hinter dir liegt, wirst du mit deiner Autobiografie auf den Bestsellerlisten landen."

Ian legte seine Hand auf Coltons Schulter und beugte sich vor. „Du hast dein Leben schon einmal herumgerissen. Du kannst es wieder schaffen. Und genau deshalb sind wir heute hier. Du zeigst der Sportwelt – *deiner* Welt –, dass du zwar nicht mehr auf dem Feld stehst, dass du aber noch lange nicht aus dem Spiel bist."

„Wie süß, Muller. Das solltest du auf ein Motivationsposter drucken lassen."

Ian trat abrupt einen Schritt von ihm weg und setzte sein Kameralächeln auf, konnte aber dadurch den Ärger nur schwer überspielen. Und er hatte wahrscheinlich auch jedes Recht darauf, wütend zu sein. Colton schmollte schon seit Monaten. Vielleicht sollte er sich wirklich zusammenreißen, diese Pressekonferenz als Neustart sehen und nicht als das Ende seiner Träume.

Das war allerdings leichter gesagt als getan. Wie einen Pass in eine dreifache Deckung zu werfen. Man vermutete, dass es funktionierte, aber sicher sein konnte man erst, wenn man es versucht hatte.

Denk nicht an Football. Denk an Lilah. Sein einziger Hoffnungsstrahl in diesem ganzen Schlamassel. Hatte sie nicht all die Monate gesagt, dass seine Karriere der Grund dafür war, dass ihre Beziehung nicht funktionierte? Nun, nach heute würde er keine Karriere mehr haben. Damit war aber der Weg frei für den Traum, den er sich gestern Nacht ausgemalt hatte. Als er wegen der Konferenz heute kein Auge zugetan hatte.

Er steckte die Hand in die Tasche und spürte die samtene Schmuckschatulle, die ihn nun schon seit acht Monaten von seinem Nachttisch aus verspottete. Das würde jetzt ein Ende haben. Er würde hier tun, was er tun musste, und heute Abend … Da würde er mit Lilah sprechen. Alles wiedergutmachen.

„Guten Tag, alle miteinander. Danke, dass Sie so zahlreich erschienen sind." Ian sprach in das Mikrofon, das vor dem Podium aufgebaut war. „Wir fassen uns kurz, damit Sie danach Ihre Fragen stellen können. Colton?"

Colton erhob sich, viel zu groß für das mickrige Podium, und als er seinen Platz hinter dem Mikrofon einnahm, erhellte ein Blitzlichtgewitter den Raum. Fast hätte er die Nerven verloren.

„Hallo. Ich denke, Sie alle wissen, warum wir heute hier sind. Ich wünschte, es wäre ein angenehmerer Grund." Er erhaschte einen Blick auf vertraute Gesichter im Publikum. Seine Augen blieben an dem Reporter der *Sports World* hängen, der die ganze letzte Saison überzeugt davon gewesen war, dass Colton die Tigers zum Super Bowl führen würde. „Ich habe Ihre Kolumne gelesen, in der Sie vorausgesagt haben, dass ich noch in dieser Saison wieder fit fürs Trainingslager sein würde, Crosby. Ich wünschte, das wäre der Fall gewesen."

Crosby erwiderte sein Nicken mit einer Mischung aus Verständnis und Resignation.

„Aber die Wahrheit ist, dass ich nicht fit bin. Und leider werde ich es auch nicht mehr, wenn man den Aussagen meiner Ärzte, den Spezialisten für Schulter- und Knieoperationen, und den Patienten im St. Lukes Krankenhaus Glauben schenken darf, die mich während der Physiotherapie haben stöhnen hören. Nicht in dieser Saison und auch in keiner anderen."

Und da war sie, die mitleidige Stille, auf die er gewartet hatte. Es dauerte nur fünf Sekunden, bis die ersten Kameras wieder anfingen zu klicken. Lange genug, dass sich seine Muskeln wieder verspannten. Ohnehin hatte er sie in den letzten Monaten schon viel zu sehr strapaziert. Er biss die Zähne zusammen. *Bring es einfach zu Ende.*

„Es war eine unglaubliche Reise für mich, eine, für die ich unendlich dankbar bin. Ich danke meinem Trainer Johnson, den Coaches Peterson und Dreck, meinen Mitspielern ..." Die Liste ging noch weiter, während er sich immer fester an das winzige Podium klammerte. Seine Knöchel wurden schon ganz weiß.

„Es war ein großes Privileg, für dieses Team und diese Stadt zu spielen. Und obwohl mein Weg viel früher endet, als ich gehofft hatte, nehme ich nur gute Erinnerungen mit in die Zukunft."

Die Zukunft. Ian hatte darauf bestanden, dass er diese Worte besonders betonen sollte.

Stattdessen waren sie leise und kaum zu hören gewesen. Ian hätte ihm wahrscheinlich am liebsten in den Hintern getreten. Aber so war Colton eben. Konnte seine Enttäuschung nur schwer verbergen. Er war jemand, der seine Gefühle zeigte.

Und genau deshalb war er auch hier gelandet.

Weil er nicht so klug gewesen war, seine Emotionen am Spielfeldrand zu lassen und sich allein auf das Spiel zu konzentrieren.

„Man fragt sich, was Greene sich bei diesem Tackling gedacht hat."

„Keine gute Idee von einem Quarterback, nach so einer Unterbrechung den Helden spielen zu wollen."

„Er war schon immer sehr impulsiv. Damals auf der Universität in Iowa konnte er sich das noch erlauben. Aber heute? Purer Leichtsinn."

Die Kommentare, die er damals von seinem Krankenhausbett aus im Fernsehen verfolgt hatte, klangen ihm immer noch im Ohr. Die Analysten hatten das Spiel auseinandergenommen, das sein letztes werden sollte.

Positive Erinnerungen? Sicher, irgendwo gab es die. Sie waren nur schwer greifbar unter den ganzen Selbstvorwürfen, die er sich machte, weil er selbst es gewesen war, der sich die Zukunft vermasselt hatte.

Er griff unter das Podium und seine Finger schlossen sich um eine Wasserflasche. Er hatte es fast geschafft. Er öffnete den Deckel.

„Also bin ich heute hier, um ... um ..." Wasser zischte und tropfte auf das Tischchen. *Sag es.* „Schweren Herzens ziehe ich mich aus dem aktiven Football-Geschäft zurück." Während er noch das letzte Wort sagte, setzte er schon die Flasche an und trank in großen Schlucken, dankbar für die Ablenkung.

Und dann erhob sich Ian, nickte Johnson, dem Trainer, zu, der ans Podium trat und etwas über Coltons Leistungen für das Team sagte, wie sehr sie ihn vermissen würden und so weiter und so fort.

Und Colton saß wieder mit schmerzender Schulter und pochendem Knie in seinem Metallstuhl.

Dann kamen die Fragen.

Verlangten seine Verletzungen nach weiteren Operationen?

Wie lange wusste er schon, dass er seine Karriere beenden musste?

Hatte er noch die Hoffnung gehabt, dass er ein Comeback schaffen konnte?

Die Augen auf die Uhr über der Tür gerichtet, beantwortete er die Fragen. Ian hatte versprochen, dass es nicht länger als eine halbe Stunde dauern würde. Nur noch fünf Minuten. Immerhin hatte niemand die eine Frage gestellt ...

„Zu dem Spiel, in dem sie sich so schwer verletzt haben ..."

Der letzte Schluck aus der nun leeren Flasche. Jetzt hatte er nichts mehr, an das er sich klammern konnte, und musste in Richtung der Fragenden schauen. Blondes Haar, ein Pferdeschwanz, grauer Anzug. Er kannte sie nicht.

„Ich denke, dieses Thema wurde von Ihnen zur Genüge erörtert. Viele Male." Unsicheres Lachen erklang. „Hören Sie, es war eine schlechte Entscheidung von mir. Fallon hatte den Ball. Ich habe gesehen, wie er ihn das Feld runterbringt, und meine Instinkte haben eingesetzt. Ja, vielleicht hätte ich ihn laufen lassen sollen, aber das ist nun mal Football. Es geht darum, das andere Team nicht punkten zu lassen."

Einige Reporter grinsten und zum ersten Mal seit diesem brutalen Spiel fühlte er sich fast ... heldenhaft. Oder zumindest gerechtfertigt.

Doch das Gefühl erstarb sofort wieder, als er sich in das Spiel zurückversetzt fühlte. Er war derjenige gewesen, der den Fehlpass geworfen hatte. Es war seine Schuld, dass Fallon den Ball gehabt hatte. Und da war die Wut mit ihm durchgegangen. Er war dem Verteidiger nachgehetzt und schließlich unter einem Haufen Football-Spielern gelandet.

Übermütig, dumm und – gefährlich. Denn im nächsten Augenblick durchfuhr seine Schulter ein stechender Schmerz.

Die Reporterin hob eine Augenbraue. „Ja, also, Sie kennen wahrscheinlich die Schlagzeilen, dass Ihre Aktionen auf dem Spielfeld vermutlich mit den Turbulenzen in ihrem Privatleben zu tun haben."

Das war mal eine interessante Wortwahl. Von welcher Zeitung kam diese Reporterin überhaupt? „Haben Sie eine Frage gestellt?"

Gelächter wurde laut, doch die Reporterin hielt seinem Blick stand. „Ich denke, wenn es eine gab, antworten Sie nicht."

Die Herausforderung in ihrer Stimme war unverkennbar – genau wie der warnende Blick, den Ian ihm zuwarf. *Lass dich nicht aus der Ruhe bringen. Bleib beim Thema. Und was auch immer passiert, erwähne nicht …*

„Ich denke, Sie spielen auf Lilah Moore an. Wir hatten einige Probleme vor dem Spiel." *Oh Mann.* Ian schoss Blitze in seine Richtung ab. Nach diesem Tag würde Colton sich wahrscheinlich einen neuen Manager suchen können.

Doch was hatte er schon zu verlieren? Lilah – früher Schauspielerin, heute politische Aktivistin – war aus seinem Leben verschwunden, hatte ihn verlassen, bevor er ihr an diesem Januartag einen Antrag hatte machen können. So schrecklich das auch war, er konnte ihr dafür keinen Vorwurf machen. Wenn es eine Chance gab, sie zurückzugewinnen, dann jetzt, wo seine Karriere vorbei war.

Und da kam ihm die Idee. Verrückt, impulsiv … die zerschlagenen Stücke seiner einstigen Hoffnung setzten sich wieder zu einem Ganzen zusammen.

Die Schachtel mit dem Ring in seiner Tasche fühlte sich plötzlich bedeutungsschwer an. Vielleicht gab es ja einen Grund dafür, warum er sie heute Morgen eingesteckt hatte. Eine Art göttliche Vorsehung. Obwohl er in letzter Zeit nicht mehr viel mit Gott gesprochen hatte, schließlich waren die Gebete für seine Heilung alle ungehört verklungen. Aber was, wenn Gott ihm in diesem Augenblick eine neue Tür öffnete?

Was, wenn er genau jetzt Lilahs Zuneigung zurückgewinnen könnte? Vor all den Kameras?

Wenn er nur die richtigen Worte finden würde.

„Also glauben Sie, dass Ihr Auftritt durch Ihre öffentliche Trennung …"

„Ich glaube, dass mein Auftritt durch meinen schlechten Pass verursacht wurde." Er vermied es, Ian anzusehen. Stattdessen blickte er der neugierigen Reporterin fest in die Augen, bei der er sich bedanken würde, wenn das hier alles gut ging. „Und was Lilah betrifft, sie ist eine … eine wunderbare Frau."

Das war sie wirklich. Zusätzlich zu ihrem politischen Engagement leitete sie auch Coltons Stiftung – nicht, dass sie damit schon irgendetwas Nennenswertes erreicht hätten. Er hatte sie nur gegründet, weil das Athleten nun einmal taten. Doch wenn daraus etwas werden konnte, dann, weil Lilah sie leitete.

„Selbst nach all diesen Monaten …" *Liebe ich sie immer noch.* Die Worte blieben ihm im Halse stecken und eine gewisse Unsicherheit ergriff ihn. *Sag es, Colt.*

Warum brachte er die Worte nicht heraus?

Und dann war wieder die Reporterin an der Reihe. „Nun, haben Sie seit ihrer Verlobung mit ihr gesprochen?"

Eine unheimliche Stille legte sich über den Raum.

„Die Verlobung mit Ray Bannem. Dem Wahlkampfleiter des Gouverneurs. Haben Sie mit ihr gesprochen, seit die Nachricht sich gestern Abend verbreitet hat?"

Eine Kamera blitzte.

„Habe … ich nicht."

Lilah? Verlobt?

Mit jemand anderem?

War seine Welt nicht schon zerrüttet genug?

Gratulier ihr. Sag, dass du ihr alles Gute wünschst. Lächle. Lass sie nicht sehen, dass …

Doch er konnte nur noch der leeren Wasserflasche hinterherschauen, die ihm aus den Händen glitt. Das war alles, was er zustande brachte.

„Ich denke, wir sind hier fertig."

Kapitel 2

Kate hätte das Spiel wahrscheinlich sowieso verloren. Aber durch Frederick Langstons Worte, die immer wieder in ihren Gedanken hin und her schwirrten, hatte sie nicht den Hauch einer Chance.

„Ich weiß, dass es verrückt klingt. Es ist gewagt. Und teuer. Aber nachdem ich Ihren Brief erhalten hatte …"

„Bleib auf der Straße, Katie."

Breydans Lachen platzte in ihre Gedanken und sie wedelte mit dem Controller der Wii herum. „Ich versuche es ja."

Auf dem Flatscreen zischte Breydans Auto über die Ziellinie. Er ließ seinen Controller fallen und riss seine dünnen Ärmchen zu einer Siegespose in die Luft. „Erster!" Das Sofa, auf dem sie saßen, bewegte sich kaum unter seinem Fliegengewicht.

„Wie jedes Mal." Genau wie bei den letzten vier Duellen hatte sie nicht einmal die letzte Kurve erreicht. „Weißt du, was ich mache? Ich kaufe mir meine eigene Wii, übe in meiner Freizeit und beim nächsten Mal ziehe ich dich ab." *Oder fahre zumindest nicht so oft in den Graben.*

„Ist ja nicht meine Schuld, dass ich so gut bin und du nicht."

„Du kleiner …" Sie holte aus, als wolle sie ihn wegschubsen, dann zog sie ihn jedoch an sich. Er versuchte erst sich loszumachen, doch dann – genau wie sie es erwartet hatte – erwiderte er ihre Umarmung liebevoll.

Als sie ihn endlich wieder loslassen konnte, blickte Breydan zu ihr auf und seine braunen Augen blitzten verschmitzt. „Noch eine Runde?"

Sein kahler Kopf und der spindeldürre Körper hätten andere Menschen abgeschreckt, doch für Kate war es immer noch Breydans breites Grinsen, das ihr Herz gefangen nahm. Sie griff nach dem Controller. „Na klar."

Und das nicht nur, weil sie auch tausendmal gegen ihn verlieren würde, wenn es den Kleinen glücklich machte, sondern auch, weil sie eine fremde Männerstimme gehört hatte, als sie bei Marcus und Hailey angekommen war.

Sie dachten wirklich, sie wären raffiniert, was? Wieder ein Blind-Date. Und dann noch, ohne sie vorzuwarnen. Immerhin hatte sie dieses Mal in Breydans Zimmer entwischen können, bevor Hailey die Chance hatte, sie in die Küche zu zerren und ihr den nächsten Traumprinzen vorzustellen.

Eigentlich hatte sie gehofft, mit Haily alleine sprechen zu können. Sie brauchte Rat. Viel dringender als einen Mann. Denn während sie noch dafür gebetet hatte, dass sich für sie beruflich eine Tür auftat, hatte Gott durch das Telefonat mit Frederick Langston einfach die komplette Wand eingerissen.

Und jetzt hatte sie keine Ahnung, was sie tun sollte.

„Bist du so weit, Brey?" Hailey erschien in der Tür von Breydans Kinderzimmer. „Du wirst gleich abgeholt. Alles gepackt?"

Breydan erhob sich und ging zu seinem Stockbett, das an der gegenüberliegenden Wand stand. Wie der Rest des Raumes war es mit Football-Motiven verziert. Es gab sogar eine Lampe in Football-Form und überall hingen Poster. „Katie will nicht, dass ich fahre." Er hob seinen Rucksack an.

Kate erhob sich und legte ihre Hände auf seine Schultern. „Ach, ich werde es überleben, kleiner Mann. Dieses eine Mal."

Breydans Blick zuckte von Kate zu seiner Tasche und wieder zurück. „Es ist nur ... Luke ist der einzige Freund, den ich besuchen kann, weil er auch krank ist und sein Zimmer und alles steril ist. Aber ich kann auch absagen."

„Sei nicht albern. Geh zu deiner Pyjama-Party."

Er ließ seine Tasche fallen und barg sich noch einmal in ihrer Umarmung – dieses Mal umschlang er sie mit beiden Ärmchen. „Danke, Katie."

„Du kannst dich glücklich schätzen", sagte Hailey und nahm ihrem Sohn den Rucksack ab. „Jeder andere, der sie Katie nennt, wird verprügelt."

„Ich bin eben etwas Besonderes." Breydans Worte verschwanden in ihrem Pullover und er drückte sie noch einmal fest, bevor er sich zurückzog.

„Warte. Ich kann nicht glauben, dass ich es fast vergessen hätte."

Kate griff nach dem Plastikbeutel, den sie achtlos neben das Sofa geworfen hatte, und zog einen orange-blauen Pullover hervor.

„Wie krass. Peyton Manning?"

„Na klar. Du hast doch gesagt, dass du ihn am besten findest." Es würde sie jedoch nicht überraschen, wenn sie falschlag. Football war eine Sprache, die sie nicht sprach. Doch für Breydan würde sie alles tun – selbst dieses seltsame Spiel anschauen, das für sie ebenso viel Sinn ergab wie Suaheli.

Breydan zog den Pullover gerade über sein T-Shirt, als von draußen ein Hupen erklang. „Das ist für mich. Danke für den Pulli, Katie. Luke wird so neidisch sein." Er schwang sich den Rucksack auf den Rücken, flitzte aus dem Zimmer und raste die Treppe hinunter.

Hailey steckte den Kopf durch die Tür. „Vergiss nicht, dich bei deinem Dad zu verabschieden." Dann wandte sie sich wieder Kate zu. „Ich glaube, das Abendessen ist gleich fertig."

Kate verengte die Augen und musterte ihre Freundin. „Ihr werdet nie aufgeben, was?"

Hailey warf sich das glatte Haar über die Schulter, dann bückte sie sich, um einen von Breydans Plastik-Footballs aufzuheben. „Ich weiß nicht, wovon du redest."

Kate verschränkte die Arme. „Ich erkenne einen Hinterhalt, wenn ich ihn sehe. Oder in diesem Fall höre." Und selbst wenn sie die Stimme des Mannes noch nicht gehört hätte, hätte die Jazzmusik, die die Treppe hinaufschwappte, ihre Freunde verraten. Der aufwendig dekorierte Esszimmertisch. Hailey und Marcus, die sich beide in Schale geworfen hatten.

Und sie in ihren alten Jeans und ohne Make-up. Wunderbar.

„Und dann auch noch Breydan wegzuschicken? Das ist richtig schlecht."

Hailey warf den Football in ein mit Spielzeug gefülltes Netz, das in einer Ecke des Raumes aufgehängt war. „Hey, nur zur Info, wir haben Rhett erst eingeladen, *nachdem* Breydan die Einladung zur Pyjama-Party bekommen hat."

Rhett. Mhm. „Mir gehen so viele *Vom Winde verweht*-Zitate durch den Kopf, dass ich gar nicht weiß, welches ich nehmen soll. Ich sollte einfach verschwinden."

Hailey zuckte mit den Schultern und das gestreifte Sommerkleid schwang um ihre Knöchel, während sie weiter Breydans Sachen aufräumte. „Meinetwegen. Das bedeutet dann mehr Knoblauchbrot und gebackene Ziti mit Pesto von sonnengetrockneten Tomaten für uns."

Kate blieb in der Tür stehen und blinzelte.

„Damit habe ich dich, was?" Hailey lachte.

Langsam wandte Kate sich um und verzog das Gesicht. „Das ist hinterhältig."

Hailey blieb dicht vor ihr stehen und grinste sie mit ihrem sommersprossigen Gesicht an. „Man muss seinen Gegner eben einfach kennen. Ich weiß, dass du meistens Salat aus der Tüte isst. Und mit ,aus der Tüte' meine ich, dass du einfach das Dressing reinschüttest und gut schüttelst."

„Das nennt man Effizienz." Und man musste nachher nicht abwaschen.

Hailey zog sie in den Flur hinaus. „Das nennt man Verzweiflung. Außerdem mag Marcus diesen Typen."

Kate ging die Treppe hinunter und ließ dabei eine Hand über das Geländer gleiten. „Marcus ist mein Agent, nicht mein Heiratsvermittler."

„Wir hätten dich schon achtmal verheiraten können, wenn du nicht so dickköpfig wärst." Haileys Worte erklangen hinter ihr auf der Treppe. „Das mit Gil ist jetzt schon sechs Jahre her. Du musst irgendwann mal weitermachen. Findest du nicht …"

Hailey brach ab, als Kate am Fuß der Treppe abrupt stehen blieb. Sie sah sich selbst im Spiegel – braunes Haar, das sich aus einem unordentlichen Knoten löste. „Es ist nicht fair, mit Gil anzufangen. Du weißt, wie weh mir das tut."

Sie bekam immer noch Bauchschmerzen, wenn sie an ihn dachte. Ein Therapeut hätte seine wahre Freude an ihr gehabt.

Im Spiegel sah sie, wie Hailey sich auf eine Stufe fallen ließ und seufzte. „Du lebst davon, dass du Liebesgeschichten schreibst. Willst du denn nicht endlich selbst eine erleben?"

Kate blickte in Richtung des Wohnzimmers, wo der Sonnenuntergang die Wände rot und orange färbte. Diese Sonnenuntergänge hatte ihre Mutter geliebt.

„Schreib etwas Bedeutendes."

Sie konnte unmöglich an ihre Mutter denken, ohne dass ihr diese Worte in den Sinn kamen. Auch nach acht Jahren hatten sie nichts an ihrer Kraft verloren. Wenn es nur eine Möglichkeit dafür gäbe.

Doch nun würde es vielleicht endlich dazu kommen – dank Frederick Langston. Vorausgesetzt, sie konnte die Mittel aufbringen. Das Drehbuchschreiben würde sie hintanstellen müssen. Das und das halbe Dutzend an zweitklassigen Romanen, das unfertig auf ihrem Computer vor sich hin dümpelte.

Sie setzte sich neben Hailey. „Ich suche nicht nach Romantik."

„Nicht einmal ganz tief …"

„Nein." Gil hatte den reizvollen Glanz abgerieben und nur rostiges Desinteresse hinterlassen. „Hail, ich hatte einen interessanten Anruf. Als ich mit Marcus am Set war. Vom Direktor der Jakobus-Stiftung.

Hailey blickte sie an. „Die Stiftung, bei der deine Mutter mitgearbeitet hat."

„Sie hat nicht nur mitgearbeitet. Sie hat den Förderantrag geschrieben und dafür gesorgt, dass die Stiftung fünfhunderttausend Dollar erhält." Sie hatte die Stiftung nach dem Vers aus dem Jakobusbrief benannt, in dem es um die Sorge um Witwen und Waisen ging.

Das köstliche Aroma aus der Küche wehte zu ihnen herüber und Kates Magen knurrte laut. Sie hatte ihr Bestes getan, um die Stiftung zu unterstützen. Selbst in den schlechten Monaten – als sie ihren Vorschuss bereits ausgegeben und im Willis um Extraschichten gebeten hatte – hatte sie es geschafft, kleine Schecks zu schicken.

Wegen Mum. Weil sie an die Arbeit der Stiftung geglaubt hatte. Weil Kate sich dann wie ein Teil von etwas fühlte.

„Warum hat er dich angerufen?"

„Sie brauchen einen Autor. Für drei Monate. In Afrika."

Drei Monate, in denen sie durch sechs Länder reisen konnte, um die Arbeit der gemeinnützigen Organisation zu dokumentieren, die Gesundheitszentren hatte und Ärzte ausbildete und ihren Schwerpunkt hier besonders auf Pädiatrie legte und in Gegenden aktiv war, wo es viele Waisenhäuser gab. Am Ende würde sie dabei helfen, einen ausführlichen Jahresbericht zu verfassen, der anlässlich des vierzigsten Jahrestages der Stiftung an die Förderer gehen würde.

„Wir hatten öffentliche Mittel, um das Projekt zu finanzieren, doch die wurden gestrichen", hatte Frederick Langston erklärt. *„Und dann habe ich Ihren Brief erhalten. "*

Den sie aus einer Laune heraus geschrieben hatte an einem Tag, als sie ihre Mutter besonders schlimm vermisst hatte. In dem Brief hatte sie der Stiftung gedankt, dass sie die Arbeit weiterführte, die Flora Walker begonnen hatte, und die Frage gestellt, ob es etwas gab, das sie tun könnte, um sie zu unterstützen. *Etwas Wichtiges, etwas Bedeutendes.*

Mr Langston hatte ihren Brief auf eine Weise beantwortet, wie Kate es sich niemals hätte träumen lassen. Es war ein Zeichen gewesen, ein Angebot, das ihr Leben verändern könnte – zumindest für drei Monate. Irgendetwas sagte ihr, dass drei Monate ausreichen würden. Denn es war ein Anfang – ein erster Schritt in die Richtung, das Versprechen an ihre Mutter endlich einzulösen.

Doch es gab da noch das eine große Problem. Die Finanzen.

„Afrika. Wow."

„Ich weiß. Das wirklich Aufregende ist, dass ich sogar Zeit für meine eigene Recherche hätte. Frederick hat gesagt, dass ich während der Dokumentation eigene Interviews führen und schreiben kann. Mein Kopf ist jetzt schon voller Ideen. Da geht es um das wahre, harte Leben. Ich würde mit so viel Material nach Hause kommen."

Das Ganze fühlte sich unglaublich wichtig und bedeutend an. Und so völlig anders, als ihr Leben momentan verlief.

„Ich spüre ein *Aber*."

„Sie können mich nicht bezahlen. Natürlich würden sie für meine Unterkunft aufkommen, aber das wäre auch schon alles." Drei Monate lang kein Einkommen. Teure Flugtickets. Die Lebenshaltungskosten in Afrika. Und die Raten für Haus, Auto und Krankenversicherung, die nicht ausgesetzt werden würden, nur weil sie das Land verließ. Außerdem würde sie ihren Job im Willis Tower aufgeben müssen.

„Du darfst dich nicht durch das Geld abschrecken lassen."

„Ich habe fast mein ganzes Erspartes dafür ausgegeben, das Haus zu kaufen. Und seit über einem Jahr habe ich kein Drehbuch mehr verkauft."

Hailey erhob sich. „Okay, neuer Plan. Ich gehe in die Küche und verabschiede dein Date. Dann besprechen wir mit Marcus, wie wir dir Gelder beschaffen können. Wenn wir zu dritt überlegen, wird uns schon irgendetwas einfallen."

„Aber Rhett ..."

Hailey winkte ab. „Ehrlich gesagt, ist er erst fünfundzwanzig. Und er ist superbraun. Neben ihm würdest du aussehen, als wärst du durch Kreidestaub gelaufen."

Kate stöhnte und ließ sich zurücksinken. „Wow, ich bin alt und blass."

„Und vergiss nicht, niedergeschlagen."

„Es ist toll, so eine aufmunternde Freundin zu haben."

Hailey tätschelte ihr die Hand. „Hey, sei froh, dass du mich hast. Ich organisiere nicht nur Dates für dich – ich sage sie auch ab. Bin gleich wieder da." Ihr Lachen hallte noch nach, während sie schon verschwunden war.

Kate raffte sich auf, hin- und hergerissen zwischen Schuldgefühlen und Erleichterung. Was, wenn der Typ in der Küche wirklich nett war? Vielleicht sollte sie Hailey davon abhalten, ihn wegzuschicken. Sie könnten schnell essen und sich dann von ihm verabschieden.

Sie erhob sich und Haileys Name lag ihr schon auf der Zunge, doch dann summte ihr Handy. *Logan?* Ihr Bruder meldete sich so oft bei ihr, wie sie zum Frisör ging. Wenn es hochkam, zweimal im Jahr.

HAST DU MIT DAD ODER RAEGAN GESPROCHEN? ICH KANN SIE NICHT ERREICHEN.

Sie ging von der Treppe ins Wohnzimmer und tippte eine Antwort.

NEIN. ABER DAD IST BESTIMMT WIEDER BEI IRGENDEINEM AUS-SCHUSSTREFFEN UND RAE HAT HUNDERT JOBS. VERSUCH ES EINFACH SPÄTER.

Ihr Handy klingelte Sekunden, nachdem sie die Nachricht gesendet hatte. Sie nahm es ans Ohr. „Wow, eine Nachricht und ein Anruf an einem Tag, Bruderherz?"

„Du hast es noch nicht gehört."

Warum klang er so panisch? „Was gehört?"

„Vor einer halben Stunde wurde Maple Valley von einem Tornado getroffen. Es wird über massive Schäden berichtet. Ich kann keinen erreichen und ..."

Ihr Herz hämmerte.

„Ich mache mir schreckliche Sorgen, Kate."

༄

Das Klopfen an seiner Apartmenttür riss Colton aus seinen unruhigen Träumen. Er versuchte, den Kopf zu heben, doch das Dröhnen war so schlimm, dass es ihn sofort wieder zurück aufs Kissen sinken ließ.

Nur dass unter seinem Kopf kein Kissen war. Er machte ein Auge auf. Couchtisch. Fernseher. Kamin. Er lag im Wohnzimmer?

Das Klopfen an der Tür ging weiter, fast im gleichen Rhythmus wie das Pochen seiner Schläfen. Er stöhnte laut auf. Warum hatte er auf der Couch geschlafen?

Und warum fühlte er sich so, als würde er gleich sterben?

Und warum hörte das Klopfen an der Tür nicht endlich auf?

Wahrscheinlich war es die gleiche Person, die ihn seit der Pressekonferenz vor ein paar Tagen immer wieder verfolgte. „Verschwinde, Ian." Die Worte klangen kratzig, die Zunge klebte ihm am Gaumen.

Und dann fiel ihm endlich ein, was letzte Nacht geschehen war. Zumindest bruchstückhaft. Die Bar. Seine dritte Nacht an diesem Ort. Die Drinks. Der Typ am Ende des Tresens. Hatten sie sich geschlagen? Er hob die Hand an den Unterkiefer und zuckte zusammen, als ihn ein stechender Schmerz durchfuhr.

Oh Mann, seine letzte Kneipenschlägerei lag Jahre zurück.

„Hier ist Logan. Lass mich rein, Greene."

Logan Walker, sein College-Kumpel – der einzige Freund, der im Krankenhaus mehr Zeit an seiner Seite verbracht hatte als Lilah.

Lilah. Aus und vorbei.

Wieder ein Klopfen.

„Warte kurz." Colton erhob sich und schlurfte mit nackten Füßen über das Schaffell, das auf dem Fußboden lag. Das Dröhnen in seinem Kopf ließ nicht nach, während er sich zur Tür kämpfte. Er blickte an sich herunter, bevor er sie öffnete – Jeans, T-Shirt. Die gleichen Klamotten wie gestern.

Er öffnete die Tür. „Lass mich raten. Ian hat dich angerufen."

„Das war gar nicht nötig." Logan drückte sich an Colton vorbei, legte Schlüssel und Handy auf den Tisch im Flur und ging ins Wohnzimmer.

Colton machte die Tür zu. „Fühl dich wie zu Hause."

„Sei nicht so sarkastisch oder ich verpasse dir eine. Wieder." Logan warf seine Anzugjacke über die Lehne der Couch und machte sich dann daran, die Vorhänge aufzuziehen und die Fenster zu öffnen.

Das grelle Licht blendete Colton und er kniff die Augen zusammen. Aber die frische Luft? Er musste zugeben, dass sie sich gut anfühlte. „Warte, was meinst du damit?" Er biss den schmerzenden Kiefer zusammen. Logan hatte ihm das angetan?

Logan drehte sich zu ihm um. Blaue Krawatte, weißes Hemd, Hose, die makellos saßen – das komplette Gegenteil zu Coltons heruntergekommenem Erscheinungsbild. Und für einen kurzen Augenblick verdrängte Scham das Pochen in seinem Kopf. Dass sein Freund – der immer gute, respektable, niemals etwas falsch machende Logan Walker – ihn so sah.

Verkatert. Verletzt. Verkorkst.

„Ich wollte dich nicht schlagen, aber du wolltest unbedingt noch fahren."

„Du warst das. Ich … ich dachte …" Er fuhr sich mit der Hand durch das zerzauste Haar. „Das war dieser Typ am Tresen. Ich kann mich eigentlich gar nicht mehr erinnern …"

„Ihr beide seid umgefallen, bevor ihr euch prügeln konntet. Der Barkeeper hat dir dann den Schlüssel abgenommen und mich angerufen. Anscheinend ist meine Nummer als einzige in den Favoriten gespeichert."

Ja. Weil er endlich Lilah aus der Liste gelöscht hatte. Anscheinend hatten all ihre Besuche im Krankenhaus und in der Reha nicht das bedeutet, was er gedacht hatte: dass es noch einen Funken Hoffnung für ihre Beziehung gab, dass sie sich immer noch um ihn sorgte.

Nein, sie war nur bei ihm geblieben, damit sie ihre Arbeit für die Stiftung machen konnte, während sich ihr Privatleben unabhängig von ihm weiterentwickelt hatte.

Was war schlimmer? Der körperliche Schmerz, der von seinem ganzen Körper Besitz ergriffen hatte, oder die Demütigung, die ihn durchzuckte?

Logan starrte ihn nur an, während sich Colton auf einen Stuhl fallen ließ, der an der Kochinsel stand, die Wohnzimmer und Küche trennte. „Dann sollte ich mich wohl bei dir bedanken."

„Danke mir nicht. Sag mir einfach nur, was du dir dabei denkst." Logan ging zur Küchenzeile, griff sich einen Kaffeebecher, der an der Wand hing, und stellte ihn unter die Kaffeemaschine. „Ich weiß, dass dein Leben in letzter Zeit kein Zuckerschlecken war, aber sich in einer heruntergekommenen Bar abzuschießen? Sich mit einem Fremden zu schlagen?" Logan legte ein Pad ein und drückte auf Start. „Damit hast du doch vor sechs Jahren schon aufgehört. Ich dachte, die Zeiten wären ein für alle Mal vorbei."

Colton rieb sich die Augen. „Ich wollte mich nicht prügeln. So viel weiß ich noch." Die Kaffeemaschine gurgelte und Kaffee lief in die Tasse. „Er hat mich erkannt und Witze über die Schlagzeilen und Lilah gemacht …"

Logan wartete, bis der Kaffee fertig war, dann stellte er Colton die Tasse hin. „Trink."

Colton gehorchte und trank die heiße, bittere Flüssigkeit.

„Also ging es um Lilah." Logan bewegte sich in den gleichen politischen Kreisen wie Lilah und war sogar derjenige gewesen, der sie einander vorgestellt hatte. Er hatte sie darüber hinaus als Leiterin der *Colton Greene-Stiftung* vorgeschlagen, was eigentlich ein Witz war. Zwischen Coltons Karriere – und dem Ende derselben – und Lilahs politischer Arbeit hatten sie nie die Zeit gefunden zu entscheiden, worum sich die Stiftung eigentlich kümmern sollte. Es war eine Stiftung ohne jeden Zweck.

Sie ähnelte dem Mann, nach dem sie benannt war.

Logan machte einen zweiten Kaffee, dann stemmte er sich mit

den Händen auf die Tischplatte. „Ich habe von der Verlobung gehört. Hast du mit ihr gesprochen?"

Colton schüttelte den Kopf und schaute in seine halb volle Kaffeetasse. Sie hatte sich nicht mehr um ihn bemüht, nachdem auch ihr vierter Anruf nicht erwidert worden war. „Du?"

„Sie macht sich Sorgen um dich, Colton. Das tun wir beide."

„Wirklich? Braucht ihr nicht", schnaubte er. Er kippte den Rest des Kaffees hinunter.

Logan nahm die zweite Tasse aus der Maschine, doch anstatt sie selbst zu trinken, stellte er sie ebenfalls vor Colton – mit so viel Nachdruck, dass die Flüssigkeit überschwappte. „Du brauchst noch mehr."

„Walker, ich danke dir dafür, dass du mich gestern Nacht nach Hause gebracht hast. Aber jetzt kannst du ruhig wieder gehen."

Logans Augen wurden schmal. „Weißt du, an wen du mich erinnerst? An den übel gelaunten Kerl, den ich als Studienanfänger auf dem College kennengelernt habe. Er hat gewirkt, als würde er die Last der Welt auf seinen Schultern tragen."

Colton schob sich vom Tisch zurück. „Tut mir wirklich leid, Mann. Meine Karriere ist gescheitert und die Frau, die ich heiraten wollte, hat einen anderen. Darf man da nicht einmal zu tief ins Glas schauen."

„Zu tief ins Glas schauen? Alter, du stinkst wie eine Schnapsbrennerei."

Colton sprang so abrupt auf, dass der Stuhl nach hinten kippte. Er lief zur Terrassentür.

„Hör mir doch bitte kurz zu. Ich bin nicht nur hier, weil ich nach dem Rechten schauen wollte. Ich wollte dir von meinem Vater erzählen."

Colton erstarrte mit der Hand auf dem Türgriff. Seit Jahren hatte er den Vater seines Freundes nicht mehr gesehen. Doch der Mann ... Nun, er war ein guter Kerl. Er hatte Colton unter seine Fittiche genommen, als er an der University of Iowa Logans Zimmernachbar gewesen war.

Colton war klar, dass es mit das Verdienst dieses Mannes war, dass er sich als Jugendlicher endlich von den Schatten seiner Kindheit hatte frei machen können.

Sie waren natürlich immer noch da – dunkel und vage wie immer –, doch er hatte sich endlich nicht mehr von ihnen beherrschen lassen. Ja, Case Walkers Einfluss hatte auf jeden Fall etwas damit zu tun gehabt. „Was ist mit deinem Vater?"

„Gestern gab es einen Tornado. Schwere Schäden. Ich habe den ganzen Abend über versucht, meine Familie zu kontaktieren. Mein Vater hat sich die Schulter ausgerenkt."

Colton stieß den Atem aus, den er unbemerkt angehalten hatte.

„Ich fliege für ein paar Tage nach Iowa, um zu helfen. Auch Charlie kommt mit. Vielleicht willst du auch mal hier raus. Alles hinter dir lassen. Den Kopf frei bekommen. Außerdem vermisst Charlie dich."

Für den Bruchteil einer Sekunde brachte der Gedanke an die kleine dreijährige Tochter seines Freundes ihn zum Lächeln. „Ich weiß nicht."

„Also, der Flug geht heute Nachmittag. Entscheide dich schnell."

Colton nickte, öffnete die Tür und trat auf den sonnengewärmten Balkon hinaus. Unter ihm zierten Palmen den Innenhof und Geplätscher und Lachen erklang aus dem Pool der Wohnanlage.

Nachdenklich stemmte er die Ellbogen auf das Geländer und seufzte. Er hätte seine Freundschaft mit Logan nicht so lange brachliegen lassen sollen. Es war ja nicht so, dass er sich vor Freunden kaum retten konnte. Und ohne eine eigene Familie und ohne Lilah sollte er sich nun an die wenigen halten, die er noch hatte.

Er fühlte sich wieder wie damals mit achtzehn. Alleine. Zu alt geworden für ein Betreuungssystem, das ihn ohnehin nie gewollt hatte.

Durch die Tür hörte er Geräusche in der Küche. Schränke wurden geöffnet, eine Pfanne klapperte. Wollte Logan etwa etwas kochen? *Viel Erfolg bei der Suche nach Lebensmitteln, Walker.*

Plötzlich plärrte sein Handy. Er musste nicht einmal auf das Display schauen, um zu wissen, wer ihn da wieder sprechen wollte. „Colton hier."

„Wow, du gehst dran. Ich weiß nicht, was ich sagen soll."

„Was gibt's Ian?" Er spähte in die Wohnung und sah, dass Logan einen Karton aus dem Kühlschrank nahm. *Hm, ich habe Eier?*

„Okay, lassen wir das Drumherumgerede. Ich habe eine einfache

Frage an dich: Wirst du dich zusammenreißen oder nicht? Denn ich habe keine Lust, meine Zeit zu verschwenden, Greene. Ich habe mir den Hintern aufgerissen, um dir Termine zu organisieren. Wohltätigkeitsveranstaltungen, Auftritte bei gesellschaftlichen Anlässen, alles, um deine Karriere am Leben zu erhalten. Aber wenn du meine Anrufe weiter ignorierst und nachts Party machst, dann kannst du es vergessen. Dann war es das mit uns."

Colton drehte sich wieder um und der Nebel in seinem Kopf schien sich endlich zu lichten – entweder durch den Kaffee oder die Nachmittagssonne. Oder das Feuer in Ians Tonfall.

„Ian ..."

„Ich weiß Bescheid über letzte Nacht. Und die Nacht davor. Wenn du deine Karriere retten willst, musst du damit Schluss machen. Sofort."

„Welche Karriere? Ich bin am Ende. Erledigt." Die Worte des Arztes hatte er immer noch im Ohr: *„Wenn Sie weiterspielen, können wir Ihnen nicht mehr helfen."*

Colton Greene. Nicht mehr zu gebrauchen.

Hörte sich irgendwie richtig an.

„Du hast doch immer noch die Stiftung."

Mit Lilah als Leiterin? Wie sollte denn das funktionieren?

„Und du würdest einen großartigen Moderator für Sportsendungen abgeben. Ich habe schon immer gesagt, dass das nach der Verletzung dein Plan B sein sollte. Du hast das Aussehen und das Talent. Aber niemand wird dich ernst nehmen, wenn du dich nicht endlich zusammenreißt."

Colton fuhr mit einer Hand über das hölzerne Geländer und zuckte zusammen, als ihn ein Splitter stach.

„Also hier meine Frage: Kannst du dich zusammenreißen? Ja oder nein."

„Ja."

„Das war nicht sehr überzeugend."

Colton schloss die Augen und ließ den Kopf hängen, die Hitze der Sonne, sein schmerzender Kiefer, Ians Drängelei ... er musste erst einmal tief durchatmen. *Er will nur helfen.* „Ja, Ian. Was soll ich tun."

„Bleib eine Zeit aus der Schussbahn. Zieh dich zurück."

Der Duft nach Rührei drang aus der Küche und rief ihm die Worte seines Freundes in Erinnerung. *„Vielleicht willst du auch mal hier raus. Alles hinter dir lassen. Den Kopf freibekommen."* Es gab schlechtere Orte als Iowa.

Ians Stimme unterbrach seine Gedanken. „Eins noch. Vor einem Jahr wurde dir ein Buchvertrag angeboten. Es ist Zeit, Nägel mit Köpfen zu machen. Der Verleger wird langsam unruhig. Du hast schon zwei Ghostwriter gefeuert."

Colton versteifte sich. „Ich habe sie nicht gefeuert, sondern die Chemie hat einfach nicht gestimmt."

Zuerst hatte sich die Sache mit dem Buch gut angehört. Immerhin hatte er eine Lebensgeschichte, die die Menschen interessierte. Der erfolgreiche Quarterback mit der verkorksten Vergangenheit und dem Badboy-Image, der in der Zwischensaison immer wieder Schwierigkeiten gemacht hatte. Und dann sein Leben um hundertachtzig Grad gedreht hatte, nachdem er an einem Weihnachtsfest von einem Freund mit in die Kirche geschleift worden war.

Der Freund war Logan gewesen.

Doch als er den Buchvertrag unterschrieben hatte, hatte er nicht geahnt, was es bedeuten würde, mit einem Autor zusammenzuarbeiten. Wie tief sie in seiner Vergangenheit wühlen würden. Wie sehr sie an Schatten zerrten, die niemals wieder ans Licht gelangen sollten.

„Ein Bestseller über dein Leben würde deinen Ruf im Nu wiederherstellen und deine Zukunft sichern, Colton. Das ist genau das, was du jetzt brauchst."

Ian schwieg und ließ das Gewicht seiner Worte sinken. „Ich habe dir Infos über ein paar Autoren gemailt. Wir müssen die Sache endlich festmachen. Das Buch sollte in zwei Monaten stehen. Sie haben das Erscheinungsdatum schon zweimal nach hinten verschoben, noch einmal werden sie das nicht tun. Such dir einen Ghostwriter. Bis Montag will ich einen Namen haben. Sonst suche ich einen."

Colton machte die Augen zu und biss die Zähne zusammen. „Gut." Er würde sich die Autoren anschauen. Vielleicht auf dem Weg nach Iowa. Ja, irgendwann in Ians Tirade hatte er seine Entscheidung getroffen – er würde Logan begleiten.

Das musste er. Denn wenn er es nicht tat, dann würde er heute

Abend wieder in einer Kneipe landen. Und danach auf der Couch. Mit den gleichen Schmerzen und niedergeschlagenen Gedanken.

Dieses Weihnachtserlebnis schien so weit weg zu sein wie niemals zuvor.

Stattdessen nagte die Frage an ihm: Wer war Colton Greene denn noch ohne den Football?

CB

Das Licht des Vollmonds tauchte die hügelige Landschaft Iowas in ein vertrautes Licht und der Wind raschelte in den Maisfeldern. Kate lenkte ihren Wagen in die Einfahrt, die zum Grundstück ihres Vaters führte. Die Nacht legte einen blauen Schimmer über das Haus, das jetzt in Sicht kam.

Zu Hause.

Eigentlich hatte sie nicht geplant, heute schon zu kommen. Als sie am Morgen mit Dad und Raegan telefoniert hatte, hatten beide gesagt, sie solle sich keinen Stress machen. Vor allem, da sie am Labor Day sowieso kommen wollte, der in ein paar Tagen wäre.

Doch als sie nach ihrer Pause im Willis Tower in dem kleinen Räumchen gestanden und Tickets an die Touristen verkauft hatte, die mit dem Aufzug nach oben fahren wollten, hatte sie die Angst, die sie zwanzig Stunden lang gespürt hatte, immer noch nicht recht abschütteln können. Es war schrecklich gewesen, so lange auf ein Lebenszeichen zu warten. Die dreihundertfünfundsiebzig Meilen zwischen Chicago und Maple Valley schienen sich jede Stunde weiter und weiter zu strecken.

Ein schrecklicher Sturm hatte ihre Familie und die Gemeinde bedroht, die sich immer noch wie ein Zuhause anfühlte.

Und sie war nicht dort gewesen.

Als sie sich an der Arbeit ausgestempelt hatte, hatte sie ihre Entscheidung bereits getroffen: Sie würde ihre Sachen packen, auf die Interstate 80 fahren und noch am selben Tag die siebeneinhalbstündige Fahrt hinter sich bringen.

Gut, heute war bereits vor einer Stunde zu morgen geworden, was bedeutete, dass mittlerweile wahrscheinlich alle schlafen würden. Sie lenkte das Auto neben den Basketballkorb, den ihre Brüder immer als Erstes nutzten, wenn sie einmal gleichzeitig hier waren. Normalerweise leistete ihnen ihr Cousin Seth dabei Gesellschaft. Er lebte jetzt seit über einem Jahr bei Dad und Raegan.

Bei allen Fenstern waren die Vorhänge zugezogen, außer bei einem. Bei ihrem Fenster im zweiten Stock waren die Gardinen geöffnet, als schlafe das Haus mit einem offenen Auge. Kate grinste, als sie aus dem Auto stieg und ihr eine warme Brise über die bloßen Arme wehte. Schnell lud sie ihren Koffer aus und ging durch die Garagentür, von der sie wusste, dass sie unverschlossen war. Dort suchte sie nach dem Schlüssel, den Dad normalerweise hinter dem *Welcome Home*-Schild über dem Sicherungskasten versteckte – so auch dieses Mal.

Als sie die Eingangstür aufschloss, war sie freudig erregt, auch wenn die Müdigkeit sie nun vollends übermannte und ihr die Energie raubte. Dieser Ort hatte etwas ganz Besonderes an sich. Es war ihr beinahe unheimlich, dass ihr Zuhause in ihr immer wieder ungeahnte Emotionen freisetzte.

Als sie das Innere betrat, umfing sie ein Duft nach Apfel und Zimt, ebenso vertraut wie die Schuhe, die im Eingangsbereich an der Wand aufgereiht standen. Sie trug ihren Koffer die wenigen Stufen zur Diele hoch, ohne ihn irgendwo anzuschlagen, und schlich dann durch das Wohnzimmer.

Das Licht musste sie nicht anschalten, denn der große Raum würde noch genauso aussehen wie am letzten Weihnachtsfest – ohne den ausladenden Baum natürlich. Eine braune Ledercouch mit Zierkissen in erdigen Tönen, der Kaminsims mit den unzähligen gerahmten Familienfotos, eine Ansammlung von Büchern und Zeitschriften, die auf dem Couchtisch verteilt lagen. Das Wohnzimmer öffnete sich zum Esszimmer hin, wo eine Terrassentür in den mondbeschienenen Hof führte.

Dann erklang plötzlich ein dumpfes Geräusch von der Treppe her.

Kate erstarrte. Wen hatte sie geweckt? Ihre Finger spannten sich um den Griff des Koffers und sie wartete.

Stille.

Leise schlich sie die Treppe hinauf und schlüpfte auf dem Weg zu ihrem Zimmer ins Badezimmer. Sie putzte sich die Zähne, nahm ihre Kontaktlinsen heraus und überlegte dann, ob sie wirklich ihren Koffer nach dem Schlafanzug durchwühlen sollte. Immerhin trug sie schon bequeme Baumwollshorts und ein T-Shirt. *Das reicht.*

Dann ging sie zu ihrem Zimmer. Sie stand vor der Tür und drehte den Knauf – langsam. Dann machte sie die Tür auf – langsam. Kein Quietschen, kein Knarren. *Mein Zimmer. Mein Bett ...* ihr gemütliches, mit Kissen vollgestopftes, übergroßes Himmelbett. Das sie auch liebend gerne in ihrem Stadthaus gehabt hätte, wenn es nicht zu groß gewesen wäre.

Sie stellte ihren Koffer an der Wand ab und trat ans Bett. Kate konnte kaum etwas sehen – nur dunkle Schatten.

Was war das für ein Duft? Irgendwie anders. Vielleicht nach ... Moschus? Männlich?

Hm. Vielleicht probierte Dad einen neuen Lufterfrischer aus. Sie nahm ihre Brille ab und legte sie auf den Nachttisch. Dann ließ sie sich auf die Matratze fallen, zog die Füße ins Bett, streckte sich wohlig und rollte nach links.

Sie prallte gegen etwas. Eine warme ... muskulöse ... *lebendige* Wand.

Das Geräusch quietschender Federn überdeckte ihr erschrockenes Japsen und der Mann – WAS UM HIMMELS WILLEN WAR HIER LOS??? – sprang aus dem Bett. Die plötzliche Bewegung und ihre eigene Panik ließen sie ebenfalls hochschnellen und sie sprang schreiend ans andere Ende des Zimmers.

„Was ... soll ... das?"

Ja, das war definitiv eine Männerstimme. Und nicht Dad. Oder Seth.

Sie befreite sich aus der Decke, die sie aus Versehen mit sich gezogen hatte, strich sich die Haare aus dem Gesicht und sah sich um. Der Mann stand an der anderen Seite des Zimmers.

Er war in meinem Bett. Er war in meinem Bett und trägt kein Hemd. Er war in meinem Bett und trägt kein Hemd und jetzt kommt er hierher ...

Sie wich zurück und stieß gegen den Nachttisch, warf ihre Brille zu Boden.

„Sind Sie verletzt? Haben Sie sich den Kopf gestoßen?" Er umrundete das Bett. „Werden Sie wieder schreien?"

Als könnte sie diese Fragen beantworten, wenn ihr das Herz bis zum Hals schlug.

Kampf oder Flucht? Kampf oder Flucht?

Panisch schlug sie auf den Schalter an der Wand, doch nicht das Licht ging an, sondern der Deckenventilator setzte sich in Bewegung. Der Mann musste ihr frustriertes Stöhnen gehört haben, denn er griff nach der Lampe auf dem Nachttisch und ein gedimmtes Licht flackerte auf.

Und dann stand er vor ihr, der ein Meter neunzig große Unbekannte. Sporthose. Sandfarbenes Haar, das im Zug des Ventilators wehte. Augen, die so unglaublich blaugrün waren, dass sie dem Pazifik Konkurrenz machten. Selbst die kleine Narbe an der einen Augenbraue schien sein Aussehen nicht zu beeinträchtigen.

„Ähm … Hallo?" Schläfrige Verwirrtheit schwang in seiner Stimme mit.

Ihr Herzschlag beruhigte sich endlich ein wenig. „Wer sind Sie und was wollen Sie?"

Das offensichtliche Unbehagen des Mannes verwandelte sich in ein breites Grinsen. „Wer ich bin und was ich will? Bin ich in einer schlecht geschriebenen Detektivshow gelandet?" Er fuhr sich mit der Hand durch die Haare.

„Sie sind nicht mein Dad. Oder meine Schwester. Oder mein Cousin …"

„Scharfsinnig."

Sie verschränkte die Arme. „Also, wer sind Sie?"

„Colton Greene." Er sagte es, als würde es alles erklären.

„Sollte mir das irgendetwas sagen?" Jetzt, wo sie darüber nachdachte, kam ihr der Name tatsächlich irgendwie bekannt vor. Lebte er in Maple Valley? War er ein Freund von Seth? Ein Besucher ihres Dads?

Er legte den Kopf schief, zuckte mit den Schultern. „Egal, jedenfalls bin ich hier zu Gast. Kein Eindringling oder irgendetwas anderes."

„Warum sollte ich Ihnen glauben?"

„Ähm … weil ich geschlafen habe?" Er zog die Worte in die Länge. „Ich trage kein T-Shirt. Welcher Einbrecher kommt denn halb bekleidet und legt sich ins Bett, anstatt, was weiß ich, das teure Porzellan oder das Silber zu stehlen?"

„Keine Ahnung. Vielleicht ist das Ihre Masche."

Er ahmte ihre verschränkten Arme nach. „Stimmt. Sie haben mich. In Verbrecherkreisen nennt man mich den *Narkoleptiker*." Er war wirklich witzig. „Und? Was wollen Sie jetzt tun?"

Vielleicht im Boden versinken? „Hören Sie, Sie …" *Sie was?* Jetzt aber, als Schriftstellerin sollte ihr jetzt irgendetwas Pfiffiges einfallen.

Er hob eine Augenbraue und wartete amüsiert.

Doch dann flog die Zimmertür auf und Raegan kam ins Zimmer. Und Logan.

Moment … Logan?

„Kate!" Raegan umarmte ihre Schwester. „Wir haben Geräusche gehört und Stimmen und …" Sie trat zurück und ihre Augen wurden groß. „Du hast Colton kennengelernt."

Colton trat vor. „Na ja, den Teil mit dem Kennenlernen hat sie ausgelassen und ist gleich zu mir ins Bett …"

Er sprach nicht weiter, als er Kates bösen Blick sah. Die starrte daraufhin Raegan böse an und dann Logan. „Was machst du hier? Solltest du nicht in L.A. sein?"

Logan nahm sie in den Arm. „Freut mich auch, dich zu sehen, Schwesterchen."

„Du hättest mir sagen können, dass du nach Hause kommst." Trotz der Verärgerung in ihrer Stimme erwiderte sie seine Umarmung.

„Ich dachte, es wäre eine schöne Überraschung, wenn du in ein paar Tagen nach Hause kommst." Logan warf Colton einen Blick zu. „Tut mir leid, wir haben Colton dein Zimmer gegeben, weil es das einzige mit einem großen Bett ist. Ich befürchte, die Überraschung war größer als geplant."

Das war sie tatsächlich. Der Mann hatte die Größe eines Holzfällers. Oder eines Linebackers. Oder …

Bei diesem letzten Gedanken zuckte sie zusammen. Linebacker. Football.

Ooooh. Colton Greene. Der Colton Greene.

Jetzt erinnerte sie sich. Breydan hatte ihr immer die Spieler seiner Lieblingsmannschaft mit Namen vorgestellt hatte, die als Miniaturausgaben aufgereiht auf seiner Fensterbank gestanden hatten.

Jetzt fiel ihr auch wieder ein, dass Logan mal von einem Freund erzählt hatte, der Football-Spieler war. Doch anscheinend war es von ihrem erschöpften Verstand zu dieser späten Stunde zu viel verlangt, auf die Schnelle eins und eins zusammenzuzählen.

Colton Greene. Der NFL-Quarterback. Der, der immer in den Schlagzeilen war.

Und jetzt in ihrem Schlafzimmer.

„Glauben Sie mir jetzt, dass ich kein Einbrecher bin?" Er hob einen Mundwinkel, was sie süß gefunden hätte, wenn sie nicht noch so schockiert gewesen wäre.

Raegan legte einen Arm um Kates Schultern. „Komm, wir wecken Seth und machen einen kleinen Mitternachtssnack. Wir haben noch Plätzchenteig im Kühlschrank."

Sie waren schon fast aus der Tür, als Coltons Stimme von hinten erklang. „Willkommen zu Hause, Kate."

Ja, willkommen zu Hause.

Kapitel 3

„Also gut, Charlie, was wir jetzt tun, bleibt zwischen dir und mir und dem guten alten Dr. Oetker. Verstanden?"

Der Klang der tiefen Männerstimme ließ Kate innehalten, kurz bevor sie Dads Küche betrat. Der kräftige Duft nach Kaffee hatte sie aus dem Bett geholt, doch sie war noch zu verschlafen und hatte ganz vergessen, dass sie nicht nur mit ihrer Familie hier im Haus war.

Plötzlich war alles wieder da. Der Football-Spieler. Logan und Charlie. Und der Zwischenfall von letzter Nacht, der ab jetzt für lange Zeit die Liste der peinlichsten Momente ihres Lebens anführen würde. Sie war zu Colton Greene ins Bett gestiegen. Bestand auch nur die kleinste Chance, dass ihre Familie jemals damit aufhören würde, sie damit aufzuziehen?

Coltons Stimme erklang wieder. „… auf keinen Fall deinem Dad erzählen, dem alten Gesundheitsfanatiker. Es bleibt also unser Geheimnis."

Was bleibt ein Geheimnis?

Kate schlich sich vor, der Teppich kitzelte unter ihren Füßen und sie linste um die Ecke. Die bezaubernde dreijährige Charlotte stand auf einem Stuhl an der Kochinsel. Obwohl Logans adoptierte Tochter dem Walkerclan äußerlich überhaupt nicht ähnelte – nicht mit diesen roten *Shirly Temple*-Locken –, war sie der Liebling aller.

Neben Charlie stand Logan und hielt eine Flasche Sirup, hob sie höher und höher, während die goldbraune Flüssigkeit über einen Stapel Waffeln floss. Charlies Kichern mischte sich mit dem Zwitschern der Vögel draußen.

Ach ja, dieses Kichern … Charlie sprach immer noch nicht viel – eine Tatsache, die Logan Sorgen bereitete. Doch sie musste keine Sätze artikulieren, um ihre Zuneigung zu Colton auszudrücken. Ihr nach oben gerichteter Blick zeigte ihre Bewunderung.

Offensichtlich war es nicht das erste Mal, dass dieser Mann mit ihrer Nichte zu tun hatte.

„Okay. Waffeln – check. Sirup – check. Walnüsse und Bananenscheiben – check. Ich glaube nicht, dass noch etwas fehlt." Colton fuhr mit dem Finger durch den Sirup und leckte ihn ab. In seinem dunkelblauen T-Shirt wirkte er heute Morgen kräftiger. „Brauchst du sonst noch etwas für unser ungesündestes Frühstück aller Zeiten?"

Anstatt zu antworten, imitierte Charlie Coltons Fingerbewegung durch den Sirup, leckte sich die Lippen ab und grinste ihn an. Sie trug einen pink-weiß getupften Schlafanzug. *Hallo, Kodakmoment.*

Colton ging in die Knie und beäugte Charlotte. „Du kannst mir ruhig sagen, wenn du noch etwas haben willst, Schatz."

Seine liebevollen Worte hingen in der Luft und für einen Moment glaubte Kate, Charlotte würde tatsächlich verbal antworten. *Komm schon, Charlie. Lass uns deine Stimme hören.*

Doch stattdessen beugte sich Charlotte vor, küsste Colton auf die Wange und schlang ihre Ärmchen um seinen Nacken. Er reagierte sofort und zog sie an sich. „Ist schon gut. Du sprichst, wenn du bereit dazu bist. Außerdem sind wir beide ja schon beste Freunde, mit oder ohne Worte." Er tippte ihr auf die Nase, dann schwang er sie auf seinen Rücken. „Huckepack bis zum Tisch!"

Kate schlang ihre Arme um sich, als sich eine beunruhigende Wärme in ihr breitmachte, und sie erkannte, dass sie in ihrem Aufzug auf keinen Fall die Küche betreten konnte. Sie trug immer noch die Anziehsachen, in denen sie geschlafen hatte – eine schlabbrige blaue Hose, die nicht einmal bis zu den Knöcheln reichte, und ein T-Shirt. Ihr braunes Haar war zu einem zerzausten Pferdeschwanz gebunden und ihre Brille rutschte ihr auf die Nasenspitze.

„Oh, hey, ich weiß, was wir vergessen haben", sagte Colton und schnipste mit den Fingern, als er Charlie am Tisch abgesetzt hatte. „Schlagsahne." Er ging an den Kühlschrank. Jetzt konnte Kate auch seine Jeans und die nackten Füße sehen.

Ähm, ja, sie würde für ihren Kaffee dann später noch mal wiederkommen. Erst mal die Kontaktlinsen einsetzen. Und sich dann einigermaßen ansehnlich herrichten.

Doch Charlie nutzte genau diesen Moment, um ihre Augen von Colton abzuwenden und fokussierte sich auf Kate, die um die Ecke linste. Sofort kletterte sie vom Stuhl und warf sich Kate in die Arme.

Instinktiv bückte sich Kate und zog die Kleine an sich. Als sie sich wieder erhob, nahm sie Charlie mit. „Charlie Walker, mein allerliebstes Lieblingsmädchen." Über Charlies Schulter sah sie, wie sich Coltons Gesichtsausdruck von Überraschung zu einem leichten Lächeln verzog, das die Grübchen an seinen Wangen noch vertiefte.

Okay, vielleicht gab es Schlimmeres, als im Schlafanzug gesehen zu werden. Sie hielt Charlie weiter fest und ließ den Blick schweifen – Edelstahlgerätschaften, Töpfe und Pfannen, die über der zentralen Kochstelle hingen, Beige, Braun und Kupferrot wechselten sich bei den Bodenfliesen ab. Kirschholzschränke, eine Granitarbeitsplatte.

Sonnenstrahlen strömten durch die Terrassentür. In der Ferne strahlte die Sonne und umfing die ländliche Gegend, die Mum und Dad sich ausgesucht hatten, um ihr Heim zu bauen – einige Meilen außerhalb von Maple Valley, wo sich eine hügelige Klamm in ein Flussbett schlängelte, bedeckt mit Blaueschen, Rosskastanien und Schuppenrinden-Hickory.

Ihr Blick wanderte wieder zurück zu Colton, der sich räusperte. Er stand nun direkt vor ihr, eine Dose mit Sprühsahne in der einen Hand und mit der anderen fuhr er sich durchs Haar. Es war noch feucht, er schien eben geduscht zu haben. Doch rasiert hatte er sich nicht. Ein perfekter Dreitagebart bedeckte Kinn und Wangen. „Hey."

„H-hey. Hallo. Morgen. Guten. Ich meine, guten Morgen."

Er beugte sich vor und fuhr Charlie liebevoll durchs Haar. „Lassen Sie mich raten: Das mit dem Sprechen klappt besser, wenn man schon etwas Koffein intus hat."

„Scharfsinnig." Sie wiederholte das Wort, das er in der Nacht benutzt hatte.

Oh, dieses Lächeln. Kein Wunder, dass er auf so vielen Titelblättern gewesen war – ein Schmankerl, das sie von Raegan erfahren hatte, als sie mitten in der Nacht mit Logan und Seth in der Küche gestanden und Plätzchen gemampft hatten. Sie hatte alles über ihn erfahren, wie Coltons Karriere in der NFL verlaufen war, alle Hochs und Tiefs, die ihn begleitet hatten. Und wie in der letzten Saison schließlich durch seine Verletzung plötzlich alles vorbei gewesen war. Anscheinend hatte er erst Anfang dieser Woche seinen

Rückzug aus dem aktiven Sport erklärt. War er deshalb mit Logan nach Iowa gekommen?

Anstatt ihnen gestern in der Küche Gesellschaft zu leisten, hatte Colton darauf bestanden, Kates Zimmer freizuräumen. Als er seine Habseligkeiten schließlich in Becketts altes Zimmer gebracht hatte, hatte er sich nicht mehr zu ihnen gesellt.

Kate setzte Charlie wieder ab. „Ihnen ist schon klar, dass Logan einen Tick entwickeln würde, wenn er wüsste, was Sie seiner Tochter hier zu Essen geben."

Colton zog die Nase kraus, während er einen schuldbewussten Blick auf Charlies Teller warf. „So schlimm ist es doch nicht."

„Ist es schon, wenn Sie es damit krönen wollen." Sie nickte in Richtung der Sprühsahne.

„Was stimmt denn damit nicht?"

Charlie kletterte zurück auf ihren Stuhl. „Wenn Sie sich schon die Mühe machen, Waffeln zu backen, dürfen Sie sie auch nur mit echter Sahne verfeinern."

Colton blickte von Kate zu der Dose und wieder zurück. „Ich wusste nicht, dass Logan einen Gourmet zur Schwester hat."

„Ha! Das wohl kaum. Aber wenn es um Waffeln geht, habe ich meine Prinzipien." Sie ging an den Kühlschrank.

„Dann muss ich Sie jetzt wohl bitter enttäuschen ..."

Sie senkte den Kopf und suchte nach der Schlagsahne. Endlich zog sie den kleinen Karton hervor. „Womit?"

„Ich habe diese Waffeln gar nicht selbst gemacht. Sie kommen aus der Tiefkühltruhe. Ich habe sie nur getoastet."

„Colton Greene." Sie sah ihn mit offenem Mund an und schüttelte fassungslos den Kopf. „Dafür sollte man Ihnen ... Ach, ehrlich gesagt ist das Frühstück die einzige Mahlzeit, zu der ich etwas selber mache. Mittag- und Abendessen kommen meistens aus der Dose. Aber trotzdem würde ich Sie gerne in die Freuden frischer Schlagsahne einführen." Das Klopfen von Charlies Gabel auf ihrem Teller erklang hinter ihnen. Kate zeigte auf die Speisekammer. „Sie holen den Puderzucker, ich kümmere mich um den Handmixer."

Wenige Augenblicke später lief der Mixer und die Sahne wurde langsam steif. Neben ihr nahm Colton einen Schluck von dem Kaffee, den sie eingegossen hatte. Dann spuckte er aus. „Was zum ..."

„Wahrscheinlich hat Dad ihn gekocht." Kate erhob ihre Stimme über den Mixer. Ihre eigene Tasse war schon halb geleert. „Er mag ihn kräftig."

„Kräftig? Da bleibt ja der Löffel drin stehen." Colton zeigte auf die Schüssel. „Ihnen ist schon klar, dass Charlie mit dem Essen fertig ist, bis die Sahne steif ist?"

„Es geht hier aber ums Prinzip. Nur noch ein bisschen mehr Zucker."

Während er nach Kates Anweisung Puderzucker nachschüttete, spürte sie seinen Blick auf ihr.

„Sie sind die Schwester, die in Chicago lebt?"

„Jepp." Eine Stadt, von der sie niemals erwartet hätte, dort zu leben. Und sie schrieb Geschichten, von denen sie niemals erwartet hätte, sie zu schreiben.

Und zum hundertsten Mal, seit dem Anruf der Stiftung, stieg die Hoffnung wie Seifenblasen in ihr auf – obwohl die bittere Realität ihrer finanziellen Situation sie gleich wieder zerplatzen ließ.

„Also, damit ich die Reihenfolge richtig im Kopf habe ... Logan ist der Älteste, dann kommen Sie, dann der andere Bruder ..."

„Beckett. Er ist achtundzwanzig. Lebt in Boston." Anwalt mit Aussicht auf eine Partnerschaft in seiner Kanzlei.

„Und dann Raegan."

„Ja, sie ist die Jüngste." Was bedeutete, dass sie ihren Nesthäkchenstatus so lange wie möglich aufrechtzuerhalten versuchte und mit fünfundzwanzig immer noch in ihrem alten Kinderzimmer schlief.

„Und Seth ...?"

Kate stellte den Handrührer aus. „Unser Cousin, aber er ist eher wie ein dritter Bruder. Er ist vor ein paar Jahren wieder nach Maple Valley zurückgekommen und hat vor einem Monat sein eigenes Restaurant eröffnet." Und weil er so viel Geld in sein Geschäft gesteckt hatte, lebte er in Dads Keller, um Miete zu sparen. Sie reichte Colton einen Stab des Mixers.

Er blinzelte. „Soll ich den jetzt ablecken?"

„Richtig erkannt."

Er zuckte mit den Schultern, nahm den Stab und probierte ihre Kreation.

Sie verschränkte die Arme. „Und?"

„Gut. Tausendmal besser als die Sprühsahne. Sie hatten recht."

Genüsslich leckte sie ihren eigenen Stab ab. „Was haben Sie da gerade gesagt? Ich habe es nicht richtig verstanden."

Seine blauen Augen verengten sich. „Ich werde es bestimmt nicht wiederholen." Er streckte seine Hand nach Kates Gesicht aus und sie wich erschrocken zurück.

„Was …"

„Sie haben Schlagsahne im Haar."

Kate hielt angespannt still, während Colton ihr durchs Haar strich.

So nahe. Und er roch gut … nach Seife und Kiefernholz und Flanell.

„Was ist denn hier los?"

Sie zuckten beide zusammen und sprangen auseinander wie Kinder, die bei etwas ertappt wurden, das ihnen Hausarrest einbringen würde. Kates Blick flog zu der Gestalt, die in der Tür stand.

Arm in der Schlinge, das Gesicht zerbeult, die Gestalt viel schmaler, als sie sie in Erinnerung gehabt hatte. *Was … warum?*

„Dad?"

☙

Colton hatte gedacht, dass die umgeknickten Bäume und die plattgedrückten Felder, die sie auf dem Weg von Case Walkers Haus in die Stadt gesehen hatten, schlimm waren. Doch das hier?

Sein Blick schweifte durch die Küche des Restaurants *The Red Door*, das Logans Cousin in dem historischen Bankgebäude in der Innenstadt von Maple Valley eröffnet hatte. Der Sturm hatte schrecklich gewütet, überall lagen Trümmer herum – Holzbretter und Backsteine, Schlamm, der die lange Theke in der Mitte des Raumes und den schwarz-weiß gemusterten Boden bedeckte. Der Spätsommerwind pfiff durch ein Loch in der Rückwand, das halbwegs mit einer Plastikfolie abgedichtet worden war.

Und durch eben dieses Loch ragte ein riesiger Baumstamm.

„Krass." Das Wort entschlüpfte Logan, als er erschrocken nach Luft schnappte.

Seth Walker schob mit dem Fuß Glasscherben beiseite und lehnte sich an den gekachelten Tresen. Sein Haar war ein paar Nuancen heller und er war zwei, drei Zentimeter kleiner als Logan, doch die Ähnlichkeit der Walkers war verblüffend. „Sieht böse aus, aber glaubt mir, es hätte schlimmer kommen können. Keine zwanzig Minuten vor dem Tornado saß ich hier am Schreibtisch."

Der war von dem Baum in zwei Hälften geteilt worden.

Logan hob einen umgekippten Stuhl auf. „Gott sei Dank, dass ihr alle in den Keller gegangen seid."

Seth nickte. „Es ist ein Wunder, dass niemand in der Stadt ernsthaft verletzt wurde."

Dann trat auch Case Walker ein. Der Schock auf Kates Gesicht, als sie ihren Vater vor etwa einer Stunde mit zerkratztem Gesicht und Schlinge um den Arm in die Küche hatte kommen sehen, stand immer noch vor Coltons innerem Auge. Hatte ihr denn niemand gesagt, dass er sich seine Schulter ausgekugelt hatte? Sie war so weiß geworden wie die Schlagsahne, die sie gerade zubereitet hatte.

Und in diesem Augenblick hatte Colton das seltsame Gefühl gehabt, seine Hand nach ihr ausstrecken zu müssen – nur um sicherzugehen, dass sie nicht das Gleichgewicht verlor. Was wirklich seltsam war. Er hatte sie zwar gerade erst kennengelernt, aber er hatte den Eindruck, dass sie eher zu den Menschen gehörte, die nicht so leicht in Ohnmacht fielen. Sie war mutig und eigensinnig. Keinesfalls schwach.

Trotzdem … er hatte die Bestürzung in ihrem Blick gesehen.

„Unser Hauptziel ist heute also, den Baum hier rauszuschaffen", sagte Seth, nahm seine Kappe ab und stopfte sie sich in die Hosentasche. „Das Problem ist, dass alle Hilfsgeräte der Stadt momentan bei anderen Sturmopfern im Einsatz sind. Die Aufräumtrupps konzentrieren sich erst mal auf Wohnhäuser und öffentliche Einrichtungen. Ich könnte ja warten, aber ich würde hier gerne so schnell wie möglich wieder aufmachen."

Logan ging zu dem Baum hinüber. „Wenn er nicht so riesig wäre, könnten wir ihn hochheben."

Seltsam, Logan so zu sehen – er trug eine alte Jeans und ein ausgewaschenes T-Shirt. Hatte er seinen Freund jemals ohne Anzug gesehen?

45

„Wenn wir eine Kettensäge hätten, könnten wir ihn zerteilen und in Stücken raustragen. Case hat seine aber leider verliehen und in den beiden Werkzeuggeschäften hier in der Stadt sind solche Geräte natürlich total ausverkauft." Seth beäugte seinen Cousin, dann Colton. „Aber, ähm, ich habe in Cases Schuppen ein paar Äxte gefunden. Ich weiß, dass Holzhacken nicht das war, was ihr erwartet habt, als ihr eure Hilfe angeboten habt."

Logan bewegte schon seine Schultern, als bereite er sich auf die körperliche Arbeit vor. „Macht mir nichts aus. Und dir?" Fragend sah er zu Colton.

Nach der Woche, die hinter ihm lag, hörte es sich sogar sehr verlockend an, mit aller Macht eine Axt schwingen zu können. Er musste nur vorsichtig sein mit seiner Schulter. „Lasst uns loslegen."

„Gut, die Äxte liegen im Truck. Aber lasst mich euch erst den Rest zeigen."

Sie folgen Seth durch eine Schwingtür in den Hauptbereich des Restaurants und Colton schnappte noch einmal nach Luft – dieses Mal vor Hochachtung.

Das Restaurant hatte eine unglaubliche Atmosphäre – sanftes Licht und ein Kamin in der Ecke, eine Rotholzvertäfelung an der Decke, die in bernsteinfarben gestrichene Wände überging. Einzigartige Details wie die gewürfelten Regale, in denen Kaffeebecher standen oder der gepflasterte Sockel der Theke.

„Oh Mann. Das ist ja unglaublich." Der beeindruckte Ton in Logans Stimme passte zu der Bewunderung, die auch Colton empfand.

Schon das Äußere des Geschäftes hatte eine ganz besondere Persönlichkeit gehabt – die Worte *First National Bank* waren immer noch in dem grauen Zement zu lesen, eine verschnörkelte Brüstung ragte über den Eingang, ein glänzendes Blechschild mit dem Namen des Restaurants … und natürlich die strahlend rote Tür.

„Ich will nicht lügen. Ich bin stolz auf das, was ich hieraus gemacht habe." Seth machte eine umfassende Bewegung mit der Hand. „Hier sieht man zum Glück auch nicht, dass es überhaupt einen Tornado gab."

So sahen also Zukunftsvisionen aus. Ideen, die man hatte und hegte und pflegte, mit Bestimmtheit verfolgte, für die man sich einsetzte … und mit denen man schließlich Erfolg hatte.

Auch Colton hatte einmal gewusst, wie sich das anfühlte.

„Wie lange stand das Gebäude denn leer, bevor du es gekauft hast?"

Seth ging um die schwarzen Esstische herum in Richtung Haupteingang. „Sechs oder sieben Jahre. Die Stadt wollte es schon abreißen. In den letzten Jahren gab es immer wieder Augenblicke, in denen ich dachte, ich würde es niemals schaffen, aber irgendwie hat es doch hingehauen. Und ganz ehrlich, dass die ganze Zeit bis zur Eröffnung schon kein Zuckerschlecken war, hilft mir irgendwie, mit den Sturmschäden besser umzugehen."

Colton griff sich in den Nacken, um den Muskelkrampf zu lösen, den er schon den ganzen Morgen über spürte. Höchstwahrscheinlich das Resultat einer Nacht in einem Bett, in das er kaum hineingepasst hatte.

Das machte ihm die Entscheidung, die er schon gestern Abend vor dem Einschlafen getroffen hatte, noch leichter: Er würde hier heute so viel wie möglich helfen – was bedeutete, dass er sich als Holzfäller betätigte, wie er nun wusste –, doch dann würde er sich wieder in den Flieger nach Kalifornien setzen. Wenn nicht schon heute Abend, dann auf jeden Fall morgen.

Er gehörte nicht nach Maple Valley.

Das war ihm gestern Abend klar geworden, als die Walkers sich in der Küche versammelt hatten und ihr Lachen bis hoch in das Zimmer von Logans jüngerem Bruder gedrungen war, wo er gelegen hatte. Er hatte es auch heute Morgen gespürt, als er Kate dabei beobachtet hatte, wie sie ihren Vater umarmt und mit ihren Geschwistern und ihrem Cousin gescherzt hatte, die einer nach dem anderen aus ihren Zimmern gekommen waren.

Er spürte es jetzt … als er sich in Seths Restaurant umsah und sich fragte, wie es sich wohl anfühlte, wenn ein Tornado einem alle Träume zerstörte.

Seth verschwand durch die Eingangstür. „Bin gleich wieder da."

Eine halbe Stunde später war Colton schweißgebadet. Erneut hob er seine Axt und schlug zu – der Hieb auf das Holz vibrierte in seinen Armen. Auf der anderen Seite tat Logan es ihm gleich.

Hinter ihnen schritt Seth mit dem Handy am Ohr durch den Raum und grinste breit.

„Sieh ihn dir an", sagte Logan und atmete schwer unter der Anstrengung. „Flirtet mit seiner Freundin, während wir uns um dieses Monster hier kümmern."

„Woher willst du denn wissen, mit wem er telefoniert?"

„Siehst du denn nicht, wie er lächelt? Wenn das nichts von einem liebeskranken Gockel hat, weiß ich auch nicht. Es wird gemunkelt, dass er den ganzen Sommer über ein Mädchen in seinem Apartment versteckt hat."

„Das ist doch Unsinn, sie war nicht versteckt und es war auch nicht den ganzen Sommer über." Seths Schatten fiel auf den Baumstamm. Er musste sein Handy weggesteckt und Logans letzten Kommentar gehört haben. „Du solltest deine Quellen besser checken. Sie hat bei deinem Vater gewohnt."

Logan stütze seinen Ellbogen auf den Griff der Axt und fuhr sich mit dem Unterarm über die Stirn. „Raegan hat mir alles erzählt. Anscheinend hat Seth ein Jahr lang mit einem Mädchen gechattet – mehrmals am Tag, muss man dazu sagen. Und dann stand sie am Eröffnungstag plötzlich hier. Und ist seitdem nicht mehr weggegangen."

Seth schüttelte den Kopf, doch seine Wangen wurden rot. „Falsch. Letzte Woche ist sie wieder zurück nach Michigan gegangen."

„Und ist dann so schnell wie möglich wieder hergekommen, als sie von dem Tornado erfahren hat. Raegan meint, die ganze Stadt warte darauf, dass ihr endlich zugebt, wie verrückt ihr nacheinander seid."

„Colton, du merkst, womit ich mich hier in Maple Valley herumschlagen muss." Seths Handy klingelte. Er musterte das Display, ging aber nicht ran. „Ich weiß nicht mal, warum diese Stadt überhaupt eine Zeitung hat. Der Buschfunk ist doch sowieso schneller. Glaub mir – du gehst mit einem Mädchen die Hauptstraße entlang und die Tratschtanten dichten euch eine Beziehung an. Und wenn du es wagst, mit ihr Essen zu gehen, steht die Hochzeit schon bevor."

Colton lachte laut auf, dann hob er seine Axt. „Mach dir keine Sorgen, ich bin sowieso nicht lange genug hier, um da irgendetwas beizusteuern."

Doch in diesem Augenblick kam ihm Kate Walker in den Sinn, wie sie neben ihm gestanden hatte, die Finger am Handmixer und die Wangen rosig. Die Morgensonne hatte ihr goldene Strähnen ins Haar gezaubert und ein Funkeln in die Augen.

Und da verschwand plötzlich der Wunsch, Iowa so schnell wie möglich hinter sich zu lassen.

Doch warum? Weil ihn ein paar Minuten mit einer hübschen Frau vergessen ließen, was er in den letzten Jahren alles verloren hatte? Nein, er würde seinen Fokus nicht verlieren. *Geh zurück nach L.A. Such dir einen Autor. Werde fertig mit dem Buch. Überleg dir, was als Nächstes kommt.*

Als Seths Handy erneut klingelte, hob er es ans Ohr. „Tut mir leid, vielleicht die Versicherung. Ich muss rangehen, aber danach bin ich mit Hacken dran, versprochen." Er ging weg.

Logan hob seine Axt. „Wo du gerade davon sprichst, dass du nicht mehr lange hier sein wirst ..." Das Geräusch von splitterndem Holz erklang.

„Ja?"

„Mein Dad scheint seit dem Unfall vor ein paar Monaten gealtert zu sein. Was meinst du?"

„Das würde, glaube ich, jedem so gehen." Doch Logan hatte recht. Damals im College hatte Colton gedacht, dass der Vater seines Freundes genauso aussah wie John Wayne in den alten Filmen. Die gleiche Größe und Statur. Das gleiche eckige Gesicht, das eher Lachfalten zu haben schien als Alterslinien.

Doch heute Morgen schien er unendlich müde gewesen zu sein.

Colton schwang seine Axt.

„Hast du Dads Hof gesehen? Die Plane, die das Dach abdeckt? Und anscheinend sieht es im Depot, in dem er arbeitet, noch viel schlimmer aus. Es soll von allen Gebäuden in der Stadt am schwersten betroffen sein. Dann ist da noch das Restaurant. Ich glaube, Seth hat sich in den Kopf gesetzt, dass er nächste Woche wiedereröffnen kann. Aber er muss die Wand noch neu bauen. Dann die Klempnerarbeiten. Die Überprüfung durch die Behörden." Logan schwieg kurz. „Es gibt so viel zu tun. Zu viel. Und jetzt, wo es richtig mit dem Wahlkampf losgeht ..."

Colton sah die Frustration in den Augen seines Freundes.

„Ich kann nicht bleiben." Logan stemmte sich mit dem Ellbogen auf die Axt. „Aber du schon."

Was? Moment. „Logan …"

„Mein Vater braucht Hilfe. Seth braucht Hilfe. Ich würde ja bleiben, wenn ich könnte."

Doch auch Colton konnte nicht bleiben. Er musste mit seinem Buch weiterkommen und seine Karriere vorantreiben. Er konnte das alles nicht aufgeben, nur um … Ja, wofür eigentlich? Um Hilfsarbeiter im Nirgendwo in Iowa zu werden. Auch wenn er wirklich mit Case und Seth und all den anderen Bewohnern dieser kleinen Stadt mitfühlte, es war einfach nicht möglich. „Tut mir leid, Mann. Ich glaube nicht …" Er suchte nach einer Entschuldigung und hob wieder seine Axt.

„Warum denn nicht? Was hält dich denn noch in L.A.?"

Die Wucht, mit der sich die Axt in das Holz grub, erschütterte seinen ganzen Körper und Schmerzen strahlten in seine Schulter.

Logans Worte taten genauso weh.

Natürlich hatte er seine Gründe, nach L.A. zurückzugehen. Seine Eigentumswohnung. Die Überreste seiner Karriere. Das Buchprojekt.

Aber das konnte man wirklich von überall machen.

Er blickte Logan wieder an, sah die Hoffnungslosigkeit in seinem Blick. Er versuchte nur, seiner Familie zu helfen. So war Logan eben. Wie hatte der Mann sich nach allem, was er durchgemacht hatte, diesen guten Charakter bewahren können? Zuerst hatte er seine Mutter verloren und dann, wenige Jahre später, ganz plötzlich seine Frau. War von einem Schlag auf den andern alleinerziehender Vater gewesen und hatte gleichzeitig seine Karriere als politischer Redenschreiber vorangetrieben.

Und Logan hatte sich nicht nur um seine Familie gekümmert. Wie oft war er in den letzten Jahren für Colton da gewesen? Vor allem im letzten Jahr, nach seiner Verletzung. Und noch nie hatte er Colton um einen Gefallen gebeten.

Bis heute.

Der Schmerz in Coltons Schulter pochte nun heftiger. Heute Nacht würde er sie kühlen müssen. Trotzdem hob er erneut die Axt und schlug zu. Er erkannte, dass er keine andere Chance hatte.

❧

„Warum hast du mir nichts davon gesagt, Rae?" Kates Flüstern hing anklagend im Raum, als ihre Schwester sich neben sie an den Tisch in Seths Restaurant setzte.

Irgendwie war das Lokal ihres Cousins zum Treffpunkt der spontanen Stadtversammlung auserkoren worden – bei der die Einwohner von Maple Valley entscheiden würden, ob sie mit den Vorbereitungen für das Sommerfest weitermachen sollten, das immer am Labor Day gefeiert wurde. Bis dahin waren es noch zwei Tage.

Verrückt, dass darüber überhaupt eine Entscheidung gefällt werden musste, wenn man sich den zerstörten Zustand der Stadt ansah. Doch das war Maple Valley. Unverwüstlich, auch wenn es von einem Tornado niedergewalzt wurde.

Unverwüstlich oder einfach nur durchgeknallt. Die Einwohner hatten an einem Weihnachtsfest sogar mit der lebendigen Krippe weitergemacht, nachdem ein unvorsichtiger Jugendlicher den Stall abgefackelt hatte. Diese Stadt nutzte jede Gelegenheit, um einen Jahrmarkt abzuhalten oder eine Benefizveranstaltung.

„Wovon hätte ich dir etwas sagen sollen?" Ihre Schwester schob sich eine pinke Haarsträhne hinters Ohr. Raegan hatte schon immer ihren ganz eigenen Stil gehabt – gepiercte Augenbraue, mindestens ein Dutzend dünne Bändchen am Handgelenk, grelle Strähnchen im Haar. Sie war die Einzige der Geschwister, die Mums blasseres Aussehen geerbt hatte – blondes Haar und blaue Augen. Im Gegensatz zu Dads dunkleren Zügen.

„Von Dad und dass er im Depot fast erschlagen worden wäre." Gemurmel hing im Raum – Gesprächsfetzen über zerstörte Garagen und vermisste Gartenmöbel – und das Glöckchen am Eingang klingelte ständig, wenn weitere Einwohner das Restaurant betraten.

„Er wäre nicht fast erschlagen worden." Raegan verdrehte die Augen. „Und er wollte nicht, dass ich dir davon erzähle. Du weißt doch, wie Dad ist."

Nein, sie wusste, wie Dad *gewesen* war. Früher Soldat, dann war er Diplomat geworden. Botschafter der USA in London und später – nachdem er Mum geheiratet hatte – in New York City im

UN-Gebäude. Das schien ihr wie ein fremdes Leben – diese frühen Jahre an der Ostküste.

Sie waren nach Iowa gezogen, als Kate sieben Jahre alt gewesen war – da war Mum zum ersten Mal krank geworden. Doch selbst dann und in all den Jahren danach, hatte Dad seine innere Stärke aufrechterhalten. Und natürlich, *dieser* Dad hätte nicht gewollt, dass Kate von seinen Verletzungen erfuhr.

Doch heute Morgen hatte er vollkommen verändert ausgesehen. Erschöpft. Schwach. Der Anblick hatte sich ihr eingebrannt, auch wenn sie gegrinst und ihn in ihre Arme genommen hatte.

„Du hättest es mir sagen müssen."

„Du hattest doch sowieso vor, am Wochenende zu kommen. Er wollte nicht, dass du deine Pläne änderst."

Vorne klopfte Milton Briggs, langjähriger Bürgermeister, mit einem Hammer gegen die alte Kasse, die auf der Theke stand.

„Hey, vorsichtig. Das Ding ist antik", rief Seth von hinten.

Faszinierend, dass ihr Cousin – der sich in seinen jungen Jahren finanziell nur mit Hilfsjobs über Wasser gehalten hatte – das alles hier aufgebaut hatte. Es hatte die Klasse und den Charme eines Restaurants in Chicago mit dem gemütlichen Ambiente eines Kleinstadtcafés.

„Gut, Leute, lasst uns mit der Versammlung anfangen." Der Bürgermeister stellte sich auf einen Stuhl – eine gute Idee, da er kaum eins sechzig war. Doch was ihm an Größe fehlte, machte er durch Persönlichkeit wieder wett. Rote Wangen, buschige Augenbrauen, immer ein Scherz auf den Lippen. Zusätzlich zu seinem Amt als Bürgermeister kümmerte er sich auch noch um die örtliche Bäckerei, die ihm gehörte, eine ebenso wichtige Einrichtung in Maple Valley wie der lebhafte Fluss, der mitten durch den Ort floss, der Blaine River.

„Ich denke, alle wissen, warum wir diese Versammlung einberufen haben."

„Hier hinten kann man nichts hören", rief eine Stimme.

Milt versuchte es noch einmal. „Ich denke, alle …"

„Er braucht ein Mikrofon", sagte eine Frau zwei Tische weiter.

„Leute …"

Milt wurde schon wieder unterbrochen, diesmal von einer Frau, die rief, dass sie ein Megafon im Auto hatte.

„Wer hat denn bitte schön ein Megafon im Auto?"

Oh, Kate erkannte die Stimme. Sie gehörte Lenny, die einen Holzhandel hatte.

„Wenn man sieben Kinder hat, hat man wahrscheinlich immer ein Megafon greifbar."

„Gut, gut." Milt hob seinen Arm, um die Menge zum Schweigen zu bringen. Aber es half nichts. „Fünf Minuten Pause, damit Mrs Carrington ihr Megafon holen kann."

Kate wandte sich an Rae. „Wir haben bis zur ersten Unterbrechung nicht einmal dreißig Sekunden durchgehalten."

Raegan grinste. „Genau deshalb liebe ich diese Stadt."

„Sie ist schrullig."

„Und unser Zuhause."

Stimmt. Und doch hatte Kate diesem Ort nach dem College den Rücken gekehrt. Und jetzt dachte sie darüber nach, noch viel weiter wegzugehen. *Afrika.*

Wie oft hatte ihre Mutter in all den Jahren davon gesprochen, über den Atlantik zu fliegen, um die Früchte der Arbeit zu sehen, die die Jakobus-Stiftung in Afrika leistete?

Diese Reise zu unternehmen, fühlte sich mehr als richtig an.

Aber das Geld. Dieser nagende Gedanke wollte sie einfach nicht mehr loslassen. Sie musste ein Drehbuch verkaufen. Ein Buch. Irgendetwas.

Und jetzt, wo sie zu Hause war, waren es nicht nur die fehlenden finanziellen Mittel, die diese Reise infrage stellten. Die Zerstörung an Dads Hof. All die Arbeit, die jetzt nach dem Tornado angepackt werden musste. Das Depot …

„Wie schlimm ist es wirklich, Rae? Ich meine Dads Depot."

Dads Depot. So hatten sie es genannt, seit ihr Vater Maple Valleys historische Eisenbahn und das Museum dazu übernommen hatte. Es war eine von Iowas wenigen noch vorhandenen alten Eisenbahnstrecken und ein Touristenmagnet. Vierzehn Kilometer durch die Natur, auf denen die Menschen in vergangenen Zeiten schwelgen und ihren nostalgischen Gefühlen frönen konnten.

„Ziemlich schlecht. Das Dach wurde komplett abgetragen. Der Bahnsteig ist verschwunden. Da die öffentlichen Gelder sowieso schon immer knapp gewesen sind, ist nicht sicher, ob die

Reparaturen überhaupt vorgenommen werden. Es wird gemunkelt …" Raegan ließ die Schultern sinken. „Also, die Leute sagen, dass das Museum gar nicht mehr eröffnet wird, wenn es nicht vor der Herbstsaison repariert werden kann."

Aber die Menschen in der Stadt liebten das Depot und die damit verbundene Geschichte. Dad liebte es. Und nach allem, was er aufgegeben hatte, nachdem Mum krank geworden war …

Durch die bodentiefen Fenster fielen die Farben des Sonnenuntergangs und erfüllten den Raum – rosa und orange. Das Glöckchen an der Vordertür klingelte. Wahrscheinlich die Frau mit den sieben Kindern und dem Megafon.

„Es gibt auch Probleme mit dem Fluss", fügte Raegan hinzu. „Der Staudamm in Dixon wurde beschädigt."

Was die Gefahr einer Flutwelle bedeutete – stets eine unheilvolle Gefahr für ihre Gemeinde am Flussufer. Sorgen machten sich in Kate breit und sie fühlte sich den Menschen um sich herum noch enger verbunden.

Du könntest auch hierbleiben.

Dieser Gedanke geisterte ihr schon den ganzen Tag über durch den Kopf. Was, wenn sie noch ein paar Wochen hierbliebe? Dad mit seinem Haus half, dem Depot, Seth hier im Restaurant. Sie konnte sich Zeit nehmen, um über ihre Zukunft nachzudenken. Beten.

Ihr Umzug nach Chicago direkt nach dem College war so impulsiv gewesen – das Resultat von Gils Drängelei. Ihm zuliebe hatte sie ein Praktikum in Washington abgelehnt und ihr komplettes Leben umgekrempelt. Entscheidungen, die sie heute mehr denn je infrage stellte.

Vielleicht sollte sie sich dieses Mal, wo es wieder um eine weitreichende Entscheidung für ihr Leben ging, etwas mehr Zeit lassen. Sie sollte herausfinden, was Gott für sie wollte, welche Pläne er mit ihr hatte.

Leichter gesagt als getan. Es war schwer, Gottes Stimme über die Wünsche ihres eigenen Herzens hinweg zu hören. Oder über die Erinnerung ihrer Mutter, die ihr sagte, dass sie etwas Wichtiges schreiben sollte. Oder über ihren Agenten, ihr Bankkonto, Frederick Langston und … Die Liste könnte sie endlos fortsetzen.

„Gut, dann können wir jetzt endlich loslegen." Milt rief die Leute wieder zur Ordnung und alle wurden still. „Danke an Seth Walker, dass wir uns hier in seinem Restaurant treffen können. In der Stadthalle gibt es leider noch keinen Strom."

Dankbares Gemurmel machte sich breit und Kate drehte sich zu Seth um. Er war ein fester Bestandteil dieses Ortes. Genau wie Dad. Angekommen und daheim.

Selbst Raegan mit ihren Aushilfsjobs, dem abgebrochenen College und ihrem Zögern, von zu Hause auszuziehen, strahlte eine gewisse Selbstsicherheit aus.

Ihr Blick wanderte weiter zu dem Mann neben Seth. Colton rieb sich abwesend die Schulter und verlagerte das Gewicht von einem Fuß auf den anderen. Er fühlte sich sichtlich unbehaglich.

„Du hättest sie heute in der Küche arbeiten sehen sollen", flüsterte Raegan. Sie musste Kates Blick gefolgt sein. „Es war wie eine Szene aus *Eine Braut für sieben Brüder*. Nur die Flanellhemden und die Musik haben gefehlt."

Colton trug jetzt eine Baseballkappe, die er tief ins Gesicht gezogen hatte. Versuchte er, inkognito zu bleiben? War vielleicht besser so. Wenn sich hier erst einmal herumsprach, dass ein NFL-Quarterback in der Stadt war, war es mit seiner Privatsphäre vorbei.

Obwohl er wahrscheinlich sowieso nicht lange bleiben würde. Bestimmt warteten auf ihn Fernsehauftritte und Werbeaufnahmen und was berühmte Sportler sonst noch so zu tun hatten.

Milt sprach immer noch durch das Megafon und fasste die Sturmschäden zusammen, erörterte das Pro und Kontra der Parade am Montag und das damit verbundene Fest. Colton bahnte sich plötzlich seinen Weg an der Wand entlang in Richtung Küche. Was hatte er vor?

Als er zehn Minuten später immer noch nicht wieder da war, gab Kate ihrer Neugier nach, verließ ihren Platz und folgte dem Weg, den Colton genommen hatte.

Sie fand ihn beim Tiefkühlraum. Er stand mit dem Rücken zu ihr. Die Muskeln zeichneten sich unter seinem T-Shirt ab und etwas hing über seiner Schulter. Ein Eisbeutel?

„Hey, Colton."

Er fuhr herum. „Oh, Sie haben mich erschreckt." Er drückte sich den Eisbeutel gegen den rechten Arm und konnte eine schmerzverzerrte Grimasse nicht verbergen. „Okay, nicht so sehr wie in der Nacht, als Sie in mein Bett gekrochen sind …"

„Der Gaul ist tot, Greene. Der Köper verfault schon. Und bald gibt es nichts mehr, worin man stochern und sticheln kann."

„Ach, jetzt nehmen Sie es doch nicht so ernst, Katie."

„Ähm, ich heiße Kate."

„Niemand nennt Sie Katie?"

Sie schüttelte den Kopf. Niemand außer Breydan. Nicht seit Gil.

„Aber ihr voller Name ist Katharine, ja?" Bei ihrem fragenden Blick erklärte er. „Logan hat es mir erzählt, als ich ihn gefragt habe, wie man zu einem Zweitnamen wie Flynn kommt. Sie sind alle nach Hollywoodstars benannt."

Sie nickte. „Meine Mutter hat Filme geliebt. Ich habe das Glückslos gezogen. Logan, Beck und Rae haben Zweitnamen, die an Schauspieler erinnern. Aber ich heiße Katharine nach Katharine Hepburn und Rose nach ihrer Rolle in *The African Queen*. Mum hat mich immer Rosie genannt."

„Rosie. Das kann ich verstehen."

Plötzlich legte sich eine Stille auf den Raum. Er fragte sich bestimmt, warum sie ihm in die Küche gefolgt war. Sie fragte es sich selbst. „Tut die Schulter sehr weh?"

„Anscheinend ist Holzhacken nicht das Richtige für meine Verletzung." Er zuckte mit den Schultern, aber auch das tat ihm weh. „Außerdem hatte ich Angst, dass man mich verpflichtet, hier Ehrenbürger zu werden, wenn ich noch länger bei dieser Versammlung bleibe." Er grinste sie jetzt breit an und ihr wurde warm. *Abstand. Ich brauche Abstand.*

Sie machte einen Schritt zurück und Milts Stimme, durch das Megafon verzerrt, drang durch den Raum. „Tja, wenn Sie eine Fluchtmöglichkeit suchen, ich wollte nach dem Treffen sowieso ins Depot und mir den entstandenen Schaden ansehen. Es sind nur vier oder fünf Blocks. Wir könnten auch jetzt schon verschwinden." Nur, warum Colton den Wunsch haben sollte, das kleine Depot zu sehen, war ihr ein Rätsel. „Ich meine, falls Sie …"

„Gerne." Er legte das Eis auf die Theke.

Okay. Gut. Also würden sie hier verschwinden. Sie ging auf die Plane zu, die das Loch in der Wand verdeckte, zog sie weit genug zurück, um hindurchzusteigen, und wartete, bis Colton neben ihr im Gras stand. Gerade ging die Sonne unter und ein dunkelblauer Himmel erstreckte sich über ihnen, an dem die ersten Sterne zu sehen waren.

Kate steckte die Hände in die Hosentaschen, als sie nebeneinander hergingen. Der Weg näherte sich dem Fluss, der östlich am Stadtplatz vorbeifloss und Maple Valley in zwei Hälften teilte.

Sie folgten dem Gewässer weiter, ihre Schuhe schabten über den Asphalt und hier und da summte eine Laterne in der Stille. Vor ihnen ragte die Archway Bridge auf, die über den im Mondlicht schimmernden Fluss führte.

Ein Glühwürmchen zischte an Kate vorbei. „Es war wirklich nett, dass Sie Seth heute so geholfen haben. Vor allem, da Sie ihn bis gestern noch nicht einmal kannten."

Colton zuckte mit den Schultern. „Aber Logan kenne ich schon sehr lange."

„Und Charlie?"

„Ich bin mal eingesprungen, als Logans und Emmas Babysitter abgesagt hat. Ich habe Charlie auf dem Bett springen lassen und sie mit Brausepulver bekannt gemacht. Seitdem liebt sie mich."

Die Erwähnung von Logans Frau stach Kate ins Herz. Zwei Jahre waren seit dem Autounfall vergangen. Und es war immer noch schwer zu glauben, dass ihre Schwägerin tot war und Logan es in Kalifornien ganz alleine schaffen musste.

Colton räusperte sich neben ihr. Na ja, nicht ganz alleine.

Sie erreichten die Brücke und Kate ging darauf zu. „Wir nennen sie die Archway Bridge. Weil sie bogenförmig ist. Hier gibt es häufig Hochwasser, weshalb viele Brücken dann gesperrt sind, aber ich kann mich nur an eine Gelegenheit erinnern, als die Archway Bridge geschlossen war. Da war ich siebzehn. Ich war bei einer Freundin auf der Westseite, also musste ich die Nacht da verbringen, weil die Stadtteile komplett voneinander abgetrennt waren."

Das Rauschen des Flusses drang herauf, während sie über die Brücke gingen, das Holz unter ihren Füßen gab dumpfe Geräusche ab. Was plapperte sie hier über die Brücke?

„Wann fliegt ihr wieder zurück nach L.A.?"

„Bei Logan weiß ich es nicht, aber ich … bleibe."

Sie hatten die Mitte der Brücke erreicht und Kate konnte schon die dunklen Umrisse der Häuser am Ufer und des Depots sehen. „Sie bleiben?"

„Mindestens bis Ende September. Logan hat mich darum gebeten und ich habe momentan wirklich nicht viel zu tun. In einem Monat oder so soll es ein großes Event beim Depot geben."

„Der Depot-Tag – normalerweise das letzte Wochenende im September oder das erste im Oktober."

„Richtig. Ich helfe Ihrem Vater, bis dahin alles wieder flott zu bekommen."

Er blieb. Für einen ganzen Monat.

„Und Sie?" Sein Arm berührte sie.

„Ich hatte auch darüber nachgedacht hierzubleiben. Momentan stecke ich zwischen zwei Schreibprojekten …"

Colton hielt inne. „Sie sind Autorin?"

Sie wandte sich ihm zu. Warum die Überraschung? „Ja."

„Bücher?"

„Auch." Konnte er sehen, dass sie zusammengezuckt war? Ein Buch, das wahrscheinlich nur aufgrund von Gils Beziehungen einen Verleger gefunden hatte. „Meistens aber Drehbücher. Für TV-Produktionen. Es ist nicht mein Ding, so wie Logan leidenschaftliche Reden zu schreiben. Obwohl ich mal einen Emmy gewonnen habe." Warum hatte sie das jetzt gesagt? Hatte sie das Bedürfnis, diesen Mann zu beeindrucken? „Hört sich aber bedeutender an, als es war. Diese Stadt, meine Familie, sie alle halten mich für eine erfolgreiche Drehbuchautorin, was sie aber nicht wissen, ist, dass ich mit den ganzen Absagen, die ich in den letzten Jahren kassiert habe, ein wahres Freudenfeuer entzünden könnte. Außerdem weiß ich nicht, was ich als Nächstes schreiben soll, und dann kommt plötzlich diese Riesenchance, die ich schon immer wollte, aber kein Geld, um die Sache zu finanzieren …"

Und warum, um alles in der Welt, erzählt sie ihm davon?

Ihre Schritte wurden gedämpft, als sie das Gras erreichten. Die Halle lag jetzt direkt vor ihnen.

„Kate, sehen Sie das?"

Er zeigte auf das Depot und sie folgte seinem Blick. Ein Licht schwebte im Fenster auf und ab wie ein Glühwürmchen.

„Da ist jemand. Sollen wir die Polizei rufen?" Colton griff in seine Hosentasche.

Kate lachte laut auf. „Oder wir gehen da rein und sagen den Jugendlichen, sie sollen sich verziehen."

„*Oder* wir rufen die Polizei."

„Wahrscheinlich sind alle Polizisten bei der Versammlung. Bis die hier sind, sind die Eindringlinge längst verschwunden."

Sie ging weiter auf das Gebäude zu, wurde aber langsamer, als sie die Vordertür erreichte. *Oh.* Das arme Depot. Der Sturm hatte das Blechdach abgeschält und die vormals hellgelbe Fassade war jetzt schmutzig braun. Die Fensterläden hingen schief und der alte hölzerne Bürgersteig war weggespült worden.

„Es sieht schrecklich aus."

Doch als sie einen Blick zu Colton warf, schaute dieser nicht das Gebäude an, sondern warf durch die halb geöffnete Tür einen Blick ins Innere hinein. Dann sah sie, was er sah ... die Gestalt, die an der Kasse stand. Vollkommen damit beschäftigt, sie aufzubrechen.

„Bleib hier draußen, Kate", flüsterte Colton, der sie in dieser Stresssituation einfach duzte.

„Es ist nur ein Kind. Wir können ..."

Sie hatte keine Chance, ihren Satz zu beenden. Der Junge wirbelte plötzlich herum und stürmte durch die Tür, sodass sie gegen die Wand schlug.

Kate wurde gegen Colton geschleudert, der instinktiv seine Arme um sie legte und sie an sich zog. Als sie einen Blick über seine Schulter erhaschen konnte, war der Eindringling längst in der Dunkelheit verschwunden.

Kapitel 4

Colton hatte Knochenbrüche gehabt, die mehr Spaß gemacht hatten.

„Ich schwöre dir, Walker, das ist das letzte Mal, dass ich mich in so was reinziehen lasse." Er sprach in das Funkgerät, das sein Herz früher hätte höher schlagen lassen. Heute hätte er das Ding am liebsten aus dem Fenster des Fahrzeuges geschleudert, das man ihm als Dodge Ram vorgestellt hatte.

Doch wer sollte das schon unter all dem Pappmaschee und den Blumen erkennen, mit dem das Auto geschmückt war, um an der Parade teilzunehmen? Ein Krampf schoss in sein Bein und zog bis in den Rücken hinauf. Er war einfach zu groß für so ein enges Führerhaus. Hallo, Klaustrophobie.

„Welche Stadt hält bitte eine Woche nach einem verheerenden Tornado eine Parade ab?"

„Kumpel, wenn du schon hier rumhängst, kannst du dich auch den Traditionen der Stadt anpassen. Over." In Logans Stimme lag ein stichelnder Unterton. Selbst das Knacken des Funkgerätes konnte ihn nicht verbergen.

„Einen Monat, Walker. Ich habe gesagt, einen Monat." Und bis Samstagabend hatte er auch nicht gedacht, dass es wirklich so lange dauern würde, Case Walker mit den Aufräumarbeiten zu helfen. Doch dann hatte er das Depot gesehen und festgestellt, dass es sich eher um Aufbauarbeiten handelte.

Er hatte auch den Schock und die völlige Fassungslosigkeit auf Kates Gesicht gesehen, als sie das Museum betreten hatte – zersplittertes Glas und umgekippte Vitrinen, Dellen in den verkleideten Wänden, heruntergestürzte Balken, und überall, wirklich überall, lagen Antiquitäten und Ausstellungsstücke herum.

In diesen wenigen Minuten, die sie gebraucht hatten, um sich ihren Weg durch das Chaos zu bahnen, hätte er ihr, ohne zu zögern, angeboten, ein ganzes Jahr hierzubleiben.

Erst später war ihm dann die Idee gekommen. Seit gestern hatte er darüber nachgedacht, als er mit den Walkers im Gottesdienst gesessen hatte.

Er würde bis Oktober dableiben. Auch Kate würde ihren Aufenthalt verlängern.

Er brauchte einen Autor.

Kate war Autorin …

Und nicht nur das, der Augenblick war denkbar günstig, sie stand zwischen zwei Projekten und schien Geld zu brauchen.

Oder ist es zu verrückt? Vielleicht war es ja auch die Antwort auf seine Gebete, obwohl er sich unsicher war, ob er sie überhaupt gen Himmel geschickt hatte.

Jetzt starrte Colton durch eine winzige rechteckige Öffnung, die die einzige Verbindung zur Außenwelt war. Keine Sicht nach rechts oder links. Kein Entkommen vor der Hitze, die das Führerhaus erfüllte. Wenn diese Tortur nicht bald endete, würde er platzen wie Popcornmais. „Ich hasse Paraden. Warum können die Leute nicht einfach auf Planwagen fahren? Das ist doch hier keine Thanksgiving-Feier. Und Dick Clark habe ich auch noch nicht gesehen."

Statisches Knistern begleitete Logans Gelächter. „Das war an Neujahr. Over."

„Was?" Er spürte, wie er allmählich Kopfschmerzen bekam.

„Dick Clark hat den Neujahrsball im Fernsehen moderiert. Aber er ist sowieso schon lange tot. Das hier ist live. Halte durch, Kumpel. Over."

„Hör auf, immer *Over* zu sagen." War es möglich, hier drinnen zu schmelzen?

„Du hast wer weiß wie viele Tacklings überlebt und jetzt jammerst du wie ein kleiner Junge."

Der Geruch, der im Führerhaus hing, war eine Mischung aus verbranntem Öl und Frostschutzmittel. Colton wischte sich den Schweiß von der Stirn. „Das ist nicht witzig, Walker." Er versuchte, seine Beine auszustrecken, fasste das Lenkrad fester.

„Wissen die Leute bei ESPN und der *Sports Illustrated* eigentlich, dass du so ein Jammerlappen bist?"

Trotz der Hitze schnitt etwas Kaltes durch ihn hindurch. Vor Schreck ließ er das Funkgerät fallen und hörte, wie es zu Boden ging. Er versuchte, trotz der Gerüche, die vom Motor ausgingen, gleichmäßig zu atmen. Was gerade noch ein leichtes Klopfen in seinen Schläfen gewesen war, hatte sich nun zu einem ausgewachsenen Brummschädel entwickelt.

„Colt?" Logans Stimme krächzte durch das Funkgerät.

Er suchte mit dem Fuß nach dem Ding. Anhand dessen, was er aus seiner Fensterluke erkennen konnte, hatten sie das Ende der Hauptstraße fast erreicht, was bedeutete, dass dieses Fiasko bald ein Ende hatte. Dann konnte er dieser Hölle endlich entkommen und hoffentlich unerkannt zum Haus der Walkers schleichen. Vielleicht würde er auf dem Weg dahin ja Kate treffen. Dann konnte er ihr seine Idee unterbreiten.

Dann ertönten über ihm plötzlich Schreie. Sein Fuß fand die Bremse und das Funkgerät knackte wieder. „Greene, raus da."

„Was?" Doch natürlich konnte Logan ihn nicht hören.

„Raus aus dem Truck. Da ist Rauch …"

Mehr musste er nicht hören. Er stellte den Automatikhebel auf Parken und stieß die Tür auf. Sofort war er von Rufen umgeben, Organisatoren der Parade, die den Menschen vom Wagen halfen, während grauer Qualm aus der Motorhaube kam.

Und für einen schrecklich langen Augenblick waren die letzten zwanzig Jahre wie weggewischt. Er war wieder neun. Und alles war schwarz und still, als wäre er in eine große Blase hineingesaugt worden. Nur der Gestank nach Rauch begleitete ihn in die Dunkelheit.

Doch dieser kurze, albtraumhafte Moment war schnell wieder vorbei. Colton blinzelte. Atmete. Stieß die Schatten zurück in ihr Gefängnis.

Im Hintergrund spielte die Marschkapelle weiter ihre Version von „This Land is your Land".

„Colton!"

Es war nicht Logan, der auf ihn zurannte, sondern Raegan. Ihre lila Turnschuhe platschten auf den Bürgersteig, als sie auf ihn zueilte.

„Es geht mir gut." Äußerlich. Innerlich war er immer noch schockiert von dem Flashback, den er eben erlebt hatte, obwohl es nur Bruchteile von Sekunden gewesen sein mochten. Wie lange war es her, seitdem er so etwas erlebt hatte?

„Wenn ein Flashback kommt, schreiben Sie ihn auf, Colton. Jedes

Detail. Alles, an das Sie sich erinnern können." Dr. Traborne. Warum konnte er sich an die Stimme immer noch so gut erinnern, obwohl das Aussehen seines Psychologen mittlerweile zu verschwimmen schien?

„Ich kann mich nicht erinnern. Verstehen Sie nicht, ich kann ..."

„Du bist ja ganz blass." Raegan blieb stehen und sah ihn besorgt an. Sollte sie nicht auf einem der hinteren Wagen sein? „Ich weiß nicht, was passiert ist. Du bist langsam gerollt und auf einmal kam lauter Qualm aus deiner Motorhaube. Ist wahrscheinlich überhitzt. Zum Glück fährst du ziemlich am Ende der Parade."

Einige Männer, darunter auch Logan, schoben bereits den defekten Wagen von der Straße. Und die Parade rollte weiter, näherte sich der Brücke, die er mit Kate zwei Tage vorher überquert hatte. Diese Stadt war verrückt.

Immerhin war er der Todesfalle entkommen.

Er rieb sich mit der Hand übers Kinn, das er sich heute Morgen nicht extra rasiert hatte. „Tja, ich glaube, den Rest der Strecke gehen wir zu Fuß."

„Sieht so aus." Raegan steckte ihre Hände in die Hosentaschen.

Er setzte sich seine Sonnenbrille auf, während die Kapelle unverdrossen weiterspielte. Da kam Kate mit wehendem Pferdeschwanz auf sie zugelaufen. Gestern in der Kirche hatte sie ihr Haar offen getragen. Es reichte ihr bis über die Schultern, doch heute war sie wieder zu ihrer gewohnten Frisur übergegangen.

„Ich weiß, dass du keine Lust auf die Parade hattest, Greene", sagte sie, als sie sie erreicht hatte. Sie stemmte die Hände in die Hüften. „Aber du hättest nicht extra ein Auto in Brand stecken müssen, um dich davor zu drücken."

„Hey, wenn ich ein Feuer hätte legen wollen, hätte ich erstens nicht bis zum Ende der Parade gewartet und zweitens hätte ich einen besseren Job gemacht, als dieses bisschen Qualm."

Raegan lachte. „Ich bin nicht sicher, was ich davon halten soll, dass ein Mann, der gerade seine Brandstifterkarriere startet, unter unserem Dach wohnt." Sie machte eine Kaugummiblase. „Mein Wagen rollt ohne mich weiter. Bis nachher."

Sie lief zurück zur Parade und ließ Colton mit Kate alleine. Er blickte sich auf der Hauptstraße um, die das Zentrum von Maple

Valley bildete. Sie verlief um den grünen Stadtpark herum und die Gebäude, die sie zierten, waren alle alt und gepflegt, bunte Schilder zierten ihre Fassaden.

„Die Schäden wirken gar nicht so schlimm, wenn viele Menschen unterwegs sind, was?", sagte Kate.

Er wandte sich ihr zu. „Ich bin überrascht, dass nach letzter Woche so viele Menschen hierhergekommen sind."

„Oh, Maple Valley liebt seine Paraden. Das macht einen Teil unseres exzentrischen Charmes aus. Und dass wir mehr Antiquitätenläden pro Einwohner haben als alle anderen Städte der Welt."

„Dann weiß ich ja, wohin ich gehen muss, wenn ich das nächste Mal einen unbequemen Stuhl haben will."

„Und du darfst dir auch nicht die Sammlung antiker Türknäufe bei Mosters entgehen lassen. Ein absolutes Highlight."

Er lachte laut auf, dann blieb er im Schatten einer großen Eiche stehen, die bei dem Tornado die Hälfte ihres Laubes eingebüßt hatte. „Hör zu, Kate, ich habe eine Frage an dich. Es ist eher ein Gefallen, um den ich bitten will. Er ist ziemlich ... groß."

„Wenn du mit mir Zimmer tauschen willst, das habe ich dir doch schon tausendmal angeboten."

Das war kaum übertrieben. Aber er würde ihr bestimmt nicht ihr Bett wegnehmen. „Noch größer. Du hast doch schon ein Buch geschrieben."

Alle Lockerheit war plötzlich wie weggeblasen und sie zuckte angespannt mit den Schultern. „Ja, eins."

„Wie würde es dir gefallen, noch eins zu schreiben?" Moment. Hätte er das vielleicht zuerst mit Ian besprechen sollen?

„Ich verstehe nicht ganz." Sie zog ihre Nase kraus und er bemerkte Sommersprossen, die ihm bisher nicht aufgefallen waren.

Ian hat mir gesagt, ich soll einen Autor finden. Sie ist Autorin. Und irgendetwas sagte ihm, dass es mit Katharine Rose Walker viel angenehmer sein würde als mit jedem anderen professionellen Ghostwriter, den Ian ihm aufs Auge drücken würde.

Er hob seine Sonnenbrille an und sah Kate in die Augen. „Es wäre nicht irgendein Buch, Rosie. Es wäre *mein* Buch."

☙

„Maple Valley ist der einzige Ort, in dem eine Aufräumaktion zu einer Party wird."

Diese amüsierte Aussage kam von dem schlanken Mädchen mit dem blonden Haar, das Seth ihm als Ava Kingsley vorgestellt hatte – der Frau, die laut Raegan das Herz ihres Cousins im Sturm erobert hatte.

Kate klopfte sich den Schmutz von den Arbeitshandschuhen. „Ich dachte, du wärst neu hier, aber du bist mit den seltsamen Marotten hier schon ziemlich gut vertraut." Sie griff nach einem langen Ast, hievte ihn hoch und warf ihn auf den wachsenden Stapel in der Mitte des Stadtplatzes.

Die Stadt hatte alle Labor Day-Feierlichkeiten außer der Parade abgesagt. Doch dann war jemandem die Idee gekommen, heute Abend ein riesiges Freudenfeuer zu veranstalten – eine spaßige Möglichkeit, alle vom Sturm abgerissenen Äste und andere Trümmer loszuwerden.

Eine festliche Stimmung lag in der Luft, während die Einwohner der Stadt gemeinsam den Park säuberten. Jemand hatte in der Ecke einen Cidre-Stand aufgebaut und aus den Lautsprechern der Musikmuschel ertönte Big-Band-Musik.

Ava warf eine Handvoll Stöcke auf den Holzhaufen. „Ich bin vielleicht erst zwei Monate hier, aber seit einem Jahr schreibe ich mich mit Seth. Ich habe schon viele Geschichten über die Stadt gehört."

Ach ja, Raegan hatte Kate erzählt, dass Seths und Avas Fernfreundschaft sofort in Verliebtheit umgeschlagen war, als diese zum ersten Mal hier in der Stadt aufgetaucht war. Es war die Art Geschichte, die ein gutes Drehbuch abgegeben hätte.

Und dieser Gedanke reichte auch schon aus, um ihr Coltons verrückte Idee wieder in Erinnerung zu bringen. Eigentlich war sie ihr den ganzen Tag im Hinterkopf herumgeistert, doch es gab mindestens hundert Gründe, warum sie Nein sagen sollte.

Erstens, weil ihr die Kritiken ihres ersten Buches noch allzu gut in Erinnerung waren. Zusammenfassend gesagt: ein kolossaler Flop. Die härteste von den wenigen Rezensionen, die ihr Buch überhaupt bekommen hatte, hatte schonungslos vom Leder gezogen. Zweitens, weil sie noch nie eine Sportlerbiografie gelesen, geschweige denn, geschrieben hatte.

Doch sie schuldete Colton eine Antwort – hatte ihm zumindest bis zum Ende des Tages eine versprochen. Er hatte sich dafür entschuldigt, dass er so schnell eine Entscheidung brauchte, doch anscheinend saß ihm sein Manager im Nacken.

Kate nahm den Pullover, den sie sich um die Hüfte geschlungen hatte, und legte ihn sich über die Schultern. Erst der dritte September und der Herbst kündigte sich schon an. Die warmen Tage gingen mittlerweile in empfindlich kühle Nächte über.

Auf dem Platz wurde ein Motor angeschmissen.

Ava zog ihre Arbeitshandschuhe aus. „Super, die Feuerwehr ist hier. Ich weiß nicht, ob ich beruhigt oder besorgt sein sollte." Sie grinste breit. „Und da ist ja auch Seth."

Kates Cousin kam über den Rasen. Er grüßte einen Kerl, der dort arbeitete und seit Stunden mit Raegan scherzte, dann entdeckte er Ava und sein Lächeln hätte jedem Cartoonzeichner helle Freude bereitet.

„Ich muss sagen, ihr beide würdet die perfekte Besetzung in einem Herz-Schmerz-Film abgeben."

Ava schlang die Arme um sich. „Nur, dass ich keine Schauspielerin bin."

Das stimmte, selbst wenn Ava es versucht hätte, hätte sie ihre verliebte Miene wohl kaum verbergen können. Seth kam bei ihnen an, nahm Ava in den Arm und gab ihr einen Kuss. „Jetzt kennt meine Freundin drei von meinen vier Cousins. Nur Beckett fehlt noch."

Ava war einfach gekleidet – Jeans und T-Shirt, Basecap und Arbeitsschuhe. Doch es waren ihre geröteten Wangen und die Art und Weise, wie sie sich an Seth lehnte, die Kates Aufmerksamkeit auf sich zogen. „Es brauchte einen Tornado, um Kate und Logan nach Hause zu holen. Ich freue mich schon auf die nächste Naturkatastrophe."

„Wenn der Fluss über die Ufer tritt, wie die meisten hier befürchten, ist es so weit."

Hinter Seth warf jemand vom Grünflächenamt die letzten Äste auf den Haufen und zog ein Feuerzeug hervor.

„Ist es wirklich so schlimm?", fragte Kate. „Mit dem Fluss, meine ich." Der Wasserstand war sehr hoch, aber normalerweise trat er eher im Frühjahr über die Ufer.

„Wenn der Damm in Dixon bricht, wird es richtig krass." Seth küsste Ava noch einmal und die Leichtigkeit in seiner Stimme wollte partout nicht zu seinen Worten passen.

„Hoffentlich geht alles gut." Ava ergriff Seths Hand. „Komm, lass uns ein Cidre trinken. Kommst du mit, Kate?"

„Nein danke, ich hatte schon zwei Gläser." Außerdem fühlte sie sich wie das fünfte Rad am Wagen. Sie schaute den beiden nach, wie sie Hand in Hand loszogen.

„Süß, was?"

Raegan.

„Endlich ist für Seth alles gut geworden. Das lässt auch mich hoffen." Das Feuer erwachte zum Leben – zuerst mit einem kleinen Flackern, dann leckten die Flammen immer höher an den Ästen. Kate wandte sich ihrer Schwester zu. „Wo wir gerade von süß reden, wer ist der Typ?"

Raegan folgte Kates Blick zu dem Mann, mit dem sie stundenlang zusammengearbeitet hatte. „Du kennst Bear McKinley nicht?"

„Bear? Wie Löwe oder Tiger?"

„Ja, Bear. Das passt zu ihm. Er ist vor fünf oder sechs Jahren hierhergezogen. Ist gut mit Seth befreundet."

„Und mit dir. Ganz offensichtlich." Sie zog wissend die Augenbrauen hoch.

„Hör auf damit oder ich nenne dich wieder Nervi."

„Ich meine ja nur. Ihr habt gelacht und geredet und seid vertraut miteinander umgegangen wie ein Pärchen."

Raegan stemmte die Hand in die Hüfte. „Wie lange bist du hier? Drei Tage? Und schon springst du auf den Klatschtantenzug auf."

Kate hakte sich bei Raegan unter und drehte sie in Richtung des Feuers. „Du hast recht, tut mir leid."

„Aber Bear sieht wirklich unglaublich gut aus. Und er kann singen und Gitarre spielen. Und er ist klug – du solltest hören, wenn er über Geschichte oder Politik spricht und …" Raegan atmete tief ein. „Aber das bedeutet nicht, dass ich mich in ihn verliebe."

Kate lächelte. „Natürlich nicht."

„Halt die Klappe."

„Hey, ich habe dir doch zugestimmt."

Einige Minuten standen sie schweigend da und beobachteten die

Flammen. Die Geschäftigkeit um das Feuer herum schien sich zu verlangsamen, während die Hitze ausstrahlte. Bekannte und unbekannte Gesichter mischten sich in dem Kreis, der immer größer wurde.

Heimat.

„Und was sagst du zu Colton?"

„Hm?"

„Wegen dem Buch. Ich weiß, dass er dich gefragt hat. Er hat mir gestern nach der Kirche gesagt, dass er es tun würde. Du machst es, oder?"

Also hatte er sie nicht aus einem Impuls heraus gefragt. Er hatte wirklich darüber nachgedacht. „Ich? Ein Buch über Football? Ein Sport, der mich genauso brennend interessiert wie das Periodensystem."

Raegan stupste ihr den Ellbogen in die Rippen. „Nicht über Football. Über ihn. Ich habe dich tausendmal sagen hören, dass du gerne etwas Echtes schreiben würdest. Ungeschminkt und echt, das waren deine Worte. Etwas Echteres als eine Biografie gibt es ja wohl nicht."

Das hatte sie wirklich gesagt. Wieder und wieder, bis es selbst in ihren eigenen Ohren weinerlich geklungen hatte.

„Außerdem, denk doch mal an das viele Geld."

„Das Geld?"

„Kate, das ist Colton Greene. Nicht irgendein Niemand, von dem man nichts lesen will, weil man noch nie von ihm gehört hat. Das wäre ein garantierter Bestseller."

„Er ... er ist wirklich so bekannt?"

Raegans fassungslose Reaktion war halb Lachen, halb Schnauben. „Ja, er ist *wirklich* so bekannt. Und was man so bei Google über ihn liest, hat er eine ziemliche Kehrtwende im Leben hingelegt, die die Leute wirklich interessiert. Vertrau mir."

„Du hast ihn gegoogelt?"

„Du etwa nicht?"

Eine Kehrtwende.

„Die Sache ist die, dass ich letztes Mal ziemlich krass kritisiert wurde, als ich ein Buch geschrieben habe. Und dann all diese Absagen ..." Sie wandte sich Raegan zu. „Außerdem ist eine Sportlerbiografie so weit von dem entfernt, was ich gerne schreiben würde, das kannst du dir gar nicht vorstellen."

Doch es war nicht nur das. Es war …

Es war Colton. Irgendetwas an ihm … Er verunsicherte sie. Er … Sie …

Gut, sie fand ihn attraktiv. Zum ersten Mal seit Gil fand sie einen Mann anziehend – und sie kannte ihn wohlgemerkt erst seit drei Tagen. Wie er mit Charlie umging, den ganzen Tag Seth zur Seite stand, diesen Wagen auf der Parade gefahren hatte, sie in der Nacht beim Depot an sich gezogen hatte …

Die Hitze des Feuers wärmte ihre Wangen.

Und er hatte seine Ecken und Kanten. Unter der Oberfläche schien irgendetwas faszinierend Grüblerisches zu schlummern. Ohne es zu wollen, hatte Colton ihre Neugier und ihren Forscherdrang geweckt.

Und das machte ihr Angst.

„Kate, wie oft hatten wir diese Unterhaltung schon? Du sagst immer, wie unzufrieden du mit deiner Schreiberei bist. Dass du dir wünschst, du könntest etwas anderes machen, etwas anderes schreiben. Aber du tust nichts dafür." Raegan verschränkte die Arme. „Du bist diejenige, die sich dazu entschieden hat, Drehbücher zu schreiben. Und nur zur Info, egal, was du sagst, es sind großartige Filme daraus entstanden. Dad und ich haben alle gesehen. Ich wette, Logan und Beckett auch."

„Es sind kitschige Liebesfilme."

„Sie sind herzerwärmend und lustig. Aber darum geht es gar nicht. Du hättest jederzeit etwas anderes machen können. Du hättest ein Buch schreiben oder einen Job bei einer Stiftung annehmen können oder … ach, was weiß ich. Jetzt hast du die einmalige Chance, deinen Traum zu verwirklichen, und spielst tatsächlich mit dem Gedanken, sie auszuschlagen?"

Raegan hatte noch nie so mit ihr gesprochen – sie noch nie so beschimpft.

„Wenn du deinen Traum leben willst, tu es endlich und sprich nicht nur darüber."

„Das ist leicht gesagt. Du hast nicht einmal …" Sie schluckte die bösen Worte herunter, die ihr entschlüpfen wollten.

Zu spät.

Das Feuer knackte und über das Gesicht ihrer Schwester legte sich ein Schatten.

„Nur weil ich nicht in einer Megastadt lebe und eine großartige Karriere habe wie Logan, Beckett und du, bedeutet das nicht, dass ich keine Träume habe."

Sie streckte ihre Hand nach Raegan aus, doch ihre Schwester zog sich von ihr zurück. „Ich weiß, Rae, ich hätte nicht …"

„Und selbst, wenn es nicht so wäre, ich hätte lieber gar keine Träume, als mich vor denen zu fürchten, die ich habe." Und mit diesen Worten wandte Raegan sich um und verschwand.

☙

Colton marschierte in Logans Zimmer. „Ich habe sie gefragt, ob sie mein Buch schreiben will."

Logan legte einen Stapel zusammengelegter Kleidung auf das Bett neben seinen Koffer. „Was redest du da?"

Colton ließ sich auf Logans perfekt gemachtes Bett fallen – die Ecken der Decke so gezogen, dass das Kissen perfekt daran anstieß. Sehr Logan like. „Du packst?"

Logan nahm den Stapel auf und legte ihn ordentlich in seinen Koffer. „Ein Kandidat hat eine letzte Spendenveranstaltung und braucht bis Freitag eine Rede über Energiepolitik."

Andenken an Logans Kindheit zierten den Raum – ein eingerahmtes Poster der Iowa Hawkeyes an der Wand, eine Pinnwand, die über und über mit Medaillen, Auszeichnungen Fotos und Zeitungsartikeln übersät war. Und auf dem Schreibtisch ein Foto der vier Walker-Geschwister, die die Arme auf die Schultern des jeweils anderen gelegt hatten und in die Kamera grinsten.

Wie wäre es gewesen, in einer so eng verbundenen Familie aufzuwachsen?

„Du arbeitest zu viel, Walker. Hast du jemals daran gedacht, mal richtig Urlaub zu machen?"

„Das Wort existiert für mich nicht."

Der trockene Humor in seiner Stimme passte nicht zu seinen

müden Augen. Ein besserer Freund hätte Logans Erschöpfung längst bemerkt – hätte nicht Monate damit verbracht, sein eigenes Schicksal zu beweinen, das wirklich lächerlich wirkte im Vergleich zu jemandem, der seine Frau verloren und niemals mehr als nur einige Tage Pause hatte.

Logan stopfte seine Socken in den Koffer. „Und was ist jetzt mit deinem Buch?"

Doch anstatt seine Frage zu beantworten, klappte Colton den Koffer zu. „Wie geht es Charlie und dir wirklich?"

Sein Freund hielt kurz inne und zuckte schließlich mit den Schultern. Er wirkte überrascht. Vielleicht auch unwohl. Das war unbekanntes Terrain. Zu oft in der Vergangenheit hatte Logan Colton aus seinen Problemen helfen müssen. Hatte Colton sich jemals dafür revanchiert?

„Uns geht's gut."

„Du weißt schon, dass du nicht so wirkst?"

Logan rieb sich den Arm, dann durchquerte er den Raum und ließ sich auf seinen Schreibtischstuhl fallen. Er lehnte sich zurück und verschränkte die Hände hinter dem Kopf. „Meistens geht's uns gut. Ich habe viel Arbeit, das ist gut. Charlie ist gesund und glücklich, hat eine großartige Nanny. Und ihr Kinderarzt sagt, es sei nicht ungewöhnlich, dass Kinder nicht sprechen, wenn sie keine älteren Geschwister haben, die sie imitieren können."

„Aber?"

„Ich bin ausgebrannt", gab Logan leise zu. „Ich sehe meine Tochter kaum. Es gibt immer noch Tage, an denen mir ein gemeiner Teil meines Gehirns einredet, dass Emma gleich zur Tür reinkommt. Dass sie gar nicht wirklich weg ist."

Er hatte es gesagt, ohne zu atmen. Ohne Pausen.

Colton konnte den Schmerz seines Freundes spüren. Wenn er nur die richtigen Worte finden könnte. *Wie Norah es immer getan hatte.*

Er atmete scharf ein. Woher war das nun wieder gekommen? Schon seit Jahren hatte er nicht mehr an seine alte Sozialarbeiterin gedacht – ihr winziges Büro, wie sie immer um ihren Schreibtisch herumgekommen war, um ihm ihren dunklen Arm um die Schulter zu legen, wie sie immer genau die richtigen Worte gefunden hatte.

„Es wird besser werden. Daran muss ich glauben", sagte Logan nun. „Weil ich eine Tochter habe und sie auf jeden Fall ein gutes Leben haben soll."

„Das wird sie haben. Und du auch." Diese Versicherung schien hölzern, unzureichend.

Sekunden verstrichen. „Hey, du hast Kate wirklich gefragt? Was hat sie gesagt?"

„Dass sie darüber nachdenken will. Das heißt wahrscheinlich *nein*, oder?"

Logan rutschte auf seinem Stuhl hin und her. „Kate könnte einen Karriereschub gebrauchen. Wahrscheinlich wäre es für euch beide die perfekte Lösung. Aber ... sie ist meine Schwester, Colt."

Sein Mund wurde trocken. „Ich weiß."

„Sie wurde in der Vergangenheit verletzt und keiner von uns will, dass sich das wiederholt."

Logan konnte doch nicht wirklich denken ... „Kumpel, ich habe sie gefragt, ob sie mein Buch schreiben will. Das ist alles. Außerdem, nach Lilah ..." Er hatte momentan genug von Frauen. Die Ablenkung war zu groß. „Du kannst mir vertrauen, Walker. Es ist rein geschäftlich."

Logan erhob sich. „Wirklich?"

Schritte erklangen im Flur.

„Glaubst du mir, wenn wir einschlagen? Wir können uns auch in die Hände spucken."

„Unnötig. Und eklig."

Die Schritte verharrten und beide Männer sahen in Richtung Tür. Kate. Außer Atem. „Hey. Hi."

„Wo warst du, Schwesterchen? Du riechst nach Rauch."

Sie ignorierte Logans Frage und blickte Colton an. „Ich schreibe dein Buch."

Er erhob sich. Machte den Mund auf. Dann wieder zu. Dann setzte er neu an. „Du schreibst mein Buch."

„Ich schreibe dein Buch."

„Du schreibst mein Buch."

„Ich schreibe ..."

„Kaputte Schallplatte oder was?" Logan öffnete wieder seinen Koffer. „Ist schon klar, Kate schreibt Coltons Buch."

„Und es wird hoffentlich gut, denn ich habe gerade meinen Job im Willis Tower gekündigt."

Colton grinste nur.

Und als Kate so abrupt verschwand, wie sie aufgetaucht war, grinste er immer noch. Als er sich endlich umdrehte, bemerkte er, dass Logan ihn skeptisch musterte.

„Wie gesagt, alles rein geschäftlich."

Kapitel 5

Es hatte etwas Beruhigendes, ein Gebäude zu streichen. Wie wenn man dabei zuschaute, wenn ein Football-Feld gemäht wurde. Gleichmäßig. Friedvoll.

Fünf Tage in Maple Valley und Colton fing endlich an, sich an das langsamere Tempo zu gewöhnen. Seit ein paar Tagen half er Case Walker jeden Morgen im Depot. Gestern hatte er sogar fast den ganzen Tag mit dem älteren Mann verbracht und die Wände für den neuen Anstrich vorbereitet.

„Ist vielleicht komisch, erst von außen zu streichen", hatte Case gestern erklärt. „Aber manchmal muss man den Leuten eine respektable Fassade bieten, damit das Innere besser wirkt."

Colton tunkte seine Rolle in den Farbeimer, der auf dem Boden stand, dann blickte er auf die Uhr. Noch zwei Stunden bis zu seinem Treffen mit Kate. Ihre erste Zusammenkunft, um über das Buch zu sprechen. Zum ersten Mal, seit er den Vertrag mit dem Verlag unterschrieben hatte, flackerte ein Funken Hoffnung über dieses Projekt in ihm auf. Wenn er sich beeilte, konnte er diese Wand sogar noch fertig bekommen, bevor er gehen musste.

„Wow, es ist wirklich Colton Greene. Hier in Maple Valley."

Er erstarrte mit der Rolle in der Hand und spürte, wie die Farbe langsam auf seine alten Laufschuhe tropfte. Dann klickte eine Kamera.

So viel zum Thema friedvoll. Ein verärgertes Knurren stieg in seiner Kehle auf und sein Unmut musste sich auch auf seinem Gesicht gezeigt haben, denn die Frau mit dem Fotoapparat trat einen Schritt zurück und ließ die Arme sinken, ihr Gesichtsausdruck eine Mischung aus Scheu und Entschuldigung.

„Machen Sie sich keine Sorgen. Ich habe das Foto nur gemacht, damit mir unser Sportreporter wirklich glaubt, dass ich Sie gefunden habe. Er hat mir das nämlich nicht zugetraut."

Sportreporter? Also war sie von der Presse. Und er hatte gedacht, hier werde ihn so schnell niemand aufspüren.

„Sie sagen ja gar nichts." Die Frau nahm ihre Sonnenbrille ab und schob die Kamera zurück in die Tasche, die sie über der Schulter hängen hatte.

„Ich bin beschäftigt." Er wandte sich ab und tunkte die Farbrolle wieder in den Eimer. Das Sonnenlicht spiegelte sich in der hell-blauen Farbe.

„Und schroff."

Die Mischung aus Überraschung und Verärgerung in ihrer Stimme entging ihm nicht. Für einen kurzen Augenblick fühlte er sich schuldig. Seine Mutter mochte vor zwei Jahrzehnten gestorben sein, doch die Zeit hatte ihn nicht den Klang ihrer Stimme vergessen lassen, mit der sie ihn immer wieder aufgefordert hatte, zu anderen Menschen höflich zu sein.

Selbst als ungestümer Jugendlicher hatte er es geschafft, immer ein gewisses Maß an Höflichkeit an den Tag zu legen, wenn es nötig gewesen war. Zum Beispiel während der unzähligen Unterhaltungen mit potenziellen Adoptivfamilien. Doch am Gesicht seiner Sozialarbeiterin hatte er immer ablesen können, dass es dieses Mal nichts werden würde, Höflichkeit hin oder her.

Arme Norah. Damals hatte er es nicht geahnt, doch heute wusste er, dass diese erfolglosen Gespräche für sie genauso schlimm gewesen sein mussten wie für ihn.

Verrückt, dass er schon zum zweiten Mal in dieser Woche an Norah dachte.

Colton verteilte die blaue Farbe auf der Wand des Depots. Als er damit fertig war, drehte er sich noch mal um.

Sie war immer noch da.

„Tut mir leid. Kann ich etwas für Sie tun?" Er legte die Rolle in den Eimer. „Außer, dass Sie Ihrem Reporter etwas beweisen können?"

Sie schmunzelte. „Das war ja fast nett."

„Wer sind Sie?"

„Amelia Bentley. Eigentlich bin ich hier, um mit Case über einen Artikel wegen der Eisenbahn zu sprechen. Das machen wir im Herbst immer, weil da die meisten Touristen hier sind. Aber als ich Sie gesehen habe …" Sie zuckte mit den Schultern und ihre grünen Augen funkelten. „Also, können Sie es mir da verübeln, dass ich Sie frage, ob Sie der lokalen Reporterin die Ehre erweisen und ihr ein Interview geben?"

„Das kann ich Ihnen natürlich nicht verübeln. Aber ich kann Ihnen auch kein Interview geben."

Weil er es Ian versprochen hatte. *Bleib eine Zeit aus der Schussbahn. Zieh dich zurück.* Aber zählte eine Regionalzeitung überhaupt?

Und wo er gerade an Ian dachte, vielleicht wurde es Zeit, endlich einen seiner unzähligen Anrufe zu beantworten, die seit Montag eingegangen waren. Da hatte er ihm nämlich endlich eine SMS geschrieben.

GUTE NEUIGKEITEN. HABE EINE AUTORIN GEFUNDEN. SIE HEISST KATE WALKER UND IST DIE SCHWESTER EINES FREUNDES. ICH BLEIBE IN IOWA, WÄHREND WIR DAS BUCH SCHREIBEN. BIS OKTOBER.

Er war sich immer noch nicht sicher, was Kate dazu veranlasst hatte zuzusagen. Wahrscheinlich das Geld. Doch trotzdem war es super, wie alles gelaufen war. Als hätte Gott Colton und Kate zusammengeführt, damit der eine die Probleme des anderen lösen konnte, und *voilà*, hier waren sie nun mitten in Iowa.

Was hatte der Pastor am Sonntag in Case Walkers Kirche gesagt? Irgendetwas davon, dass man die Augen offen halten und auf Gottes Eingreifen vertrauen soll. Vielleicht war genau das geschehen.

Er ließ seinen Blick über die Gleise schweifen, die sich über das Geröll schlängelten. Wie lange war es her gewesen, dass Gott sich ihm offenbart hatte? Nicht, indem er große Wunder bewirkte und ihn heilte, sondern einfach in seinem Leben spürbar war?

Er blickte zurück zu Amelia, deren Blick über seine gestrichene Wand hin zu dem Schild wanderte, das die Besucher willkommen hieß. Case hatte ihm erklärt, dass die *Maple Valley Scenic Railway* Nachmittagsfahrten anbot, aber auch Fahrten mit authentischem Abendessen im Speisewagen oder Sonntagsausflüge. „Na ja, immerhin habe ich es versucht." Sie setzte sich ihre Sonnenbrille wieder auf.

„Und immerhin haben Sie ja jetzt ein Foto." Er versuchte, freundlich zu klingen, und zwang sich zu einem Lächeln. Sie drängte sich nicht auf, das musste er ihr zugutehalten.

„Ach, Amelia, da bist du ja." Cases vertraute Stimme erklang, als er um das Depot herumkam.

„Tut mir wirklich leid, ich bin zu früh dran. Aber ich dachte mir, ich könnte noch ein paar Fotos machen, bevor wir uns unterhalten."

„Kein Problem. Lass dir Zeit. Die 2-8-2 Mikado Dampflokomotive wurde gerade gewaschen – sie strahlt wie frisch poliert, falls du damit anfangen möchtest. Dann in zehn Minuten im Büro?"

Amelia nickte, warf Colton noch einen letzten neugierigen Blick zu und sprang dann vom Bohlenweg. Sie ging auf die schwarz-orange Lokomotive zu, auf die Case gedeutet hatte.

Case zwinkerte Colton zu. „Sie ist Single, Greene. Und hübsch dazu."

„Nur, dass ich gerade keine Ausschau halte." Und wenn, dann sicher nicht hier. Denn Maple Valley war nur ein Zwischenstopp auf dem Weg zu dem, was als Nächstes kam. Sein neues Leben.

Aber dazu musste er endlich den Teil seines Inneren unter Kontrolle bringen, der immer noch seinem alten Leben hinterhertrauerte. Als er noch das Spiel gespielt hatte, das sein Leben war, als er noch Teil eines Teams gewesen war, das Großartiges erreichen konnte. Und als er es genossen hatte, wie die Menschen ihn bewundert hatten. Ja, es war vielleicht falsch gewesen, aber es war die Wahrheit.

Außerdem, wenn es um Frauen ging, hatte er wohl noch einiges zu lernen. Zweimal schon hatte er Lilahs Verhalten vollkommen falsch gedeutet, hatte auf eine gemeinsame Zukunft gebaut, die sie für sich nicht gesehen hatte. Im Januar, als er ihr den Antrag hatte machen wollen, hatte sie mit ihm Schluss gemacht, bevor er überhaupt die Chance dazu gehabt hatte. Und dann letzte Woche, als er sich ihrer Gefühle wieder so sicher gewesen war, weil sie ihn monatelang im Krankenhaus besucht hatte.

Offensichtlich hatte er sich gründlich getäuscht.

Er wollte wieder nach der Farbrolle greifen, doch Case legte seine Hand auf Coltons Schulter und hielt ihn auf. „Junge, ich weiß, dass Logan dich darum gebeten hat hierzubleiben. Er macht sich Sorgen um seinen alten Herrn."

„Ach, aber das …"

„Versuch nicht, es zu leugnen." Cases Augen wurden schmal, auch wenn er grinste. „Meine Kinder sind hilfsbereit und rücksichtsvoll, ja. Aber sie stellen sich dabei nicht gerade geschickt an. Es wäre mir unangenehm, wenn du dich verpflichtet fühlst hierzubleiben, nur weil ich verletzt bin."

Vor ein paar Tagen wäre er vielleicht noch aus reinem Pflichtgefühl hiergeblieben. Doch es hatte sich etwas verändert seit dem Abend in Logans Zimmer. Als Kate Ja gesagt hatte. Wie ein Knoten, der endlich geplatzt war.

„Ich bin froh, dass ich hier sein darf, Sir." Er konnte nicht anders, als diese Höflichkeitsform ans Ende seines Satzes zu packen. Seit er Case Walker auf dem College kennengelernt hatte, hatte er ihm gegenüber immer großen Respekt empfunden.

„In diesem Fall bin ich froh, dass du da bist."

Colton nahm die Farbrolle wieder auf. „Außerdem hat sich hier alles irgendwie gefügt. Dass ich Kate kennengelernt habe, als ich sie brauchte." Er hatte die Worte ohne Hintergedanken gesprochen, doch das Flackern in Cases Augen entging ihm nicht. „Ich meine nicht, dass ich *sie* brauchte, sondern einen Autor. Und wenn Sie sich Sorgen machen über … Ich meine, wenn Sie denken, dass …" Er fühlte sich plötzlich nicht mehr wohl in seiner Haut. „Es ist, wie ich es Logan schon erklärt habe. Rein geschäftlich."

Cases lautes Lachen hallte von den Wänden des Depots wider. „Ha, darauf wollte ich nun wirklich nicht hinaus. Ich wollte dir eigentlich nur gratulieren, dass du es geschafft hast, das Mädchen, das in seinem Leben nicht einmal zwei Football-Spiele besucht hat, davon zu überzeugen, mit dir zusammenzuarbeiten." Er schlug Colton freundschaftlich auf die Schulter und eine Welle des Schmerzes durchfuhr seinen Körper. „Aber wo wir schon dabei sind …" Er nahm Colton die Rolle ab und legte sie wieder hin.

„Ich verspreche, dass ich …"

„Ganz ruhig, mein Lieber. Tatsache ist, dass meine große Tochter eine Ablenkung wirklich gut gebrauchen kann. Sie würde mich umbringen, wenn sie mich hören könnte, und Gott weiß, dass ich jeden verprügeln würde, der sie absichtlich verletzt. Aber wenn du es schaffst, dass aus eurer Zusammenarbeit etwas anderes wird als etwas rein Geschäftliches, wäre ich mehr als beeindruckt."

„Sir, meinen Sie etwa …"

„Ich meine, dass ihr Spaß bei eurem Buchprojekt haben solltet.

Kate kann diesen Tapetenwechsel gut gebrauchen und, so wie ich es sehe, du auch. Also, wo ist jetzt diese Reporterin?"

Er zog los und ließ Colton fassungslos stehen. Das war mal eine Unterhaltung mit einer überraschenden Wendung gewesen. Doch es war egal, was Case sagte – ob er es nun ernst meinte oder nicht. Colton hatte es Logan versprochen.

Und er hatte es sich selbst versprochen. Keine Ablenkungen. Er würde sein Buch schreiben lassen und so lange hierbleiben, bis das Depot wiedereröffnet wurde.

Dann würde er in sein echtes Leben zurückkehren und seine neue Karriere aufnehmen, die – wenn Ian recht hatte – durch sein Buch durch die Decke gehen würde. Apropos …

Er zog sein Handy hervor. Ignorierte die unzähligen Nachrichten. *Ich kann es auch gleich so hinter mich bringen.* Dann suchte er die Nummer raus und drückte auf Anrufen.

Ian nahm nach dem zweiten Klingeln ab. „Keine gute Idee, Colt."

„Dir auch einen schönen Tag, Muller."

„Wenn du einen meiner anderen Anrufe entgegengenommen hättest, wäre ich vielleicht etwas höflicher, aber meine Geduld ist am Ende."

Colton trat von der Wand des Depots weg. „Schön. Was ist keine gute Idee?" Als wüsste er es nicht selbst schon.

„Eine Frau, die du gerade mal zwei Sekunden kennst, zu fragen, ob sie dein Buch schreibt."

„Eine Woche. Ich kenne sie fast eine Woche. Und ihre Familie kenne ich schon viel länger. Es sind gute Menschen."

„Condoleezza Rice. Shirley Temple. Nelson Mandela. Meine Mutter. Alles gute Menschen. Aber keiner von ihnen könnte ein Buch schreiben."

„Ich bin sicher, dass mindestens zwei Leute davon schon gestorben sind." Colton ging an der Wand entlang in den Schatten.

Nicht der Hauch von Belustigung in der Stimme seines Managers. „Weiß diese Frau irgendetwas über Football? Irgendetwas?"

Colton rollte mit den Augen und rieb sich den Nacken. „Sie kann es buchstabieren, da bin ich mir sicher. Das ist doch schon mal was."

„Greene."

Er atmete tief durch und versuchte, freundlich zu klingen. „Ian, du machst dir Sorgen um mich. Wie immer. Dafür bin ich dir dankbar – auch wenn du es mir in letzter Zeit wirklich nicht gezeigt hast." Er stützte sich mit der Hand gegen die Wand und riss sie schnell wieder zurück, als er merkte, dass die Farbe noch nicht getrocknet war. „Ich weiß, dass du nur das Beste für meine Karriere willst. Die Sache ist nur … ich bin irgendwie sicher, dass … dass das genau das Richtige ist."

„Hat sie schon mal eine Sportlerbiografie gelesen? Woher weißt du, dass sie nicht nur deinen Ruhm ausnutzen will? Oder worum geht es hier wirklich? Ist sie heiß?"

Nun riss ihm der Geduldsfaden. „Jetzt mach aber mal halblang. Sie ist eine erfahrene Autorin. Und ich spüre, dass es genau das Richtige ist." Colton ballte die Hand zur Faust. „Du willst, dass ich ein Buch schreibe. Und ich werde es nur mit Kate Walker machen."

ᘓ

„Also, mein Mokka ist der Quarterback und der Zimtstreuer ist der Wide Receiver?" Kate hatte sich über den Tisch im Café gebeugt, das Notizbuch in der Hand und die Augen interessiert auf Ava Kingsleys provisorisches Football-Feld gerichtet.

Die Freundin ihres Cousins hatte Kate sofort angeboten, ihr die Grundlagen des Footballs zu erklären, als sie von Coltons Projekt erfahren hatte. Das war gerade mal zehn Minuten her. Da hatten sie sich zufällig hier im *Coffee Coffee* getroffen.

So hieß das kleine Café, das sich an der Ecke einer Häuserfront befand, an der Straße am Flussufer. Die Einrichtung machte die fehlende Kreativität bei der Namensgebung mehr als wett – eine Backsteinwand mit Lichtkunst, Tische in verschiedenen Höhen, ein bunter Mosaikfliesenspiegel über die gesamte Länge der Theke.

Ava schob ihre blonden Haare hinters Ohr und nickte. „Ja und all diese Serviettenschnipsel sind das gegnerische Team. Ihr Ziel ist es, die Offense daran zu hindern, Boden gutzumachen."

Im Hintergrund zischte die Kaffeemaschine. „Und die Offense braucht zehn Yards in vier Downs, damit sie im Ballbesitz bleibt?"

„Richtig."

„Was für ein seltsamer Sport. Wer hatte die Idee mit diesen Downs? Warum bekommt man nur vier? Und warum sind so viele Spieler gleichzeitig auf dem Feld? Das ist doch das totale Durcheinander."

Und sie sollte vernünftig darüber schreiben. Vielleicht war das doch keine so gute Idee gewesen. Aber jetzt war es zu spät. Sie hatte heute Morgen Frederick Langston angerufen und den Auftrag in Afrika angenommen. Nach seinem anfänglichen Freudentaumel hatte er ihr die nächsten Schritte erläutert.

Bald nach Thanksgiving würde sie nach New York fliegen, um einige Wochen mit dem Team zu arbeiten, das nach Afrika gehen würde. Sie würde einen Orientierungskurs absolvieren und die spezifischen Details klären, die für das Schreibprojekt nötig wären. Dann würde sie über die Feiertage noch einmal zwei Wochen zu Hause sein und kurz nach Neujahr dann nach Afrika fliegen.

So viel dazu, die Sache ruhig angehen zu lassen – nachzudenken und zu beten. Doch das hier war anders als ihr impulsiver Entschluss, Gil nach Chicago zu folgen. Afrika, die Stiftung, Colton – wirklich alle Dinge, die sie zu dieser Entscheidung gebracht hatten, waren vollkommen anders. Außerdem, was gab es da noch zu überlegen? Colton und seine verrückte Idee waren gerade in dem Augenblick in ihr Leben gestolpert, als sie das Geld brauchte. Wenn das nicht Gott war, der sagte „Leg los", was dann?

Ava schüttelte jetzt den Kopf. „Es ist kein Durcheinander, wenn du weißt, worauf du achten musst. Es ist wie mit Musik. Jemand, der keine Noten lesen oder Akkorde greifen kann, guckt auf ein Liedblatt und sieht nur Wirrwarr. Aber für jemanden, der etwas von Musik versteht, ergibt alles auf der Seite einen Sinn. Genau wie die Spieler auf dem Feld. Sie alle haben ihre Position und ihre spezielle Rolle zu spielen."

Wie die Charaktere in einer Geschichte. *Ich muss mich mit diesem Sport nicht auskennen. Ich muss nur gut genug schreiben, um die Leser zu überzeugen. Und die Rezensenten.* Sie schluckte, da ihr Mund plötzlich trocken wurde und ihre anfängliche Zuversicht getrübt wurde.

Kate griff nach ihrem Drink. Jetzt blickte sie Ava wieder an. „Was?"

„Was tust du mit meinem Quarterback?"

Sie zuckte zusammen, als sie noch einmal schluckte. Der Mokka war mittlerweile kalt. „Tut mir leid." Sie stellte die Tasse wieder ab. „Du magst Football wirklich gerne."

„Wenn du mit *mögen* meinst, dass ich verrückt danach bin, dann hast du recht. Ich habe geholfen, ein College-Team zu trainieren. Inoffiziell. Als kein Job daraus wurde, bin ich hier gelandet."

„Bei Seth." Kate grinste. „Also ... du wirst ihm noch länger mit dem Restaurant helfen?"

„Erst mal schon. Vielleicht, hm, du weißt schon ... für immer."

„Vermisst du das Training nicht?"

„Doch, klar. Aber es macht Spaß und ist sehr erholsam, sich mal nicht um die eigenen Träume zu kümmern, sondern jemand anderen bei seinen zu unterstützen. Aber genug von mir." Ava bewegte die Tasse näher an einen Löffel heran.

Hm, welche Position hatte dieser Löffel noch mal? Hiker?

„Also, das Spiel startet mit dem Löffeltypen, der den Ball zum Mokka wirft, der sich dann nach dem Zimtstreuer umsieht. Oder, wenn er eine Öffnung in der Reihe der Servietten sieht, rennt er einfach selbst." Ava blickte auf. „Verstanden?"

Kate starrte auf den Tisch, noch verwirrter als vorher. Sie hätte in diese Sache niemals einwilligen dürfen. Wenn sie es nicht einmal schaffte, ein überzeugendes Drehbuch für einen Liebesfilm zu schreiben – davon hatte sie persönlich wenigstens etwas Ahnung –, wie konnte sie dann glauben, eine fesselnde Biografie über einen Mann zu schreiben, den sie kaum kannte und von dessen Sport sie nicht das Geringste verstand?

Ava wedelte mit der Hand über den Tisch. „Konzentrier dich. Ich bewahre dich davor, *Football für Dummies* zu lesen. Willst du Colton mit deinem Wissen denn nicht überraschen und beeindrucken?"

Colton. Er wäre ihre Rettung. Er konnte alle Football-Szenen in dem Buch formulieren. Trotzdem war sie auch weiterhin unsicher. „Hast du viele von Coltons Spielen gesehen?"

Ava griff nach dem Erdbeersmoothie, den sie praktischerweise nicht in die improvisierte Spielszene eingebaut hatte. „Machst du Witze? Er war einer meiner Lieblingsspieler."

„Wie war er?"

„Unberechenbar. Er ist sehr groß für einen Quarterback, deshalb fiel es ihm leicht, die gegnerischen Linien zu durchbrechen. Und auch wenn seine Passgenauigkeit nicht die beste war, immer wieder hat er in der letzten Sekunde durch einen unglaublichen Wurf das Spiel gedreht. Ich glaube, deshalb hat es so einen großen Spaß gemacht, ihm zuzuschauen – man wusste nie, was er als Nächstes tun würde und womit man rechnen kann."

„Könnte man das nicht auch als Schwäche ansehen? Ich meine, zum Beispiel aus der Perspektive des Trainers?" Oder jeder anderen Perspektive. Das Bild von Gil kam vor ihr inneres Auge – sie musste an den Tag denken, an dem er etwas getan hatte, mit dem sie niemals gerechnet hätte; als er ihr mitgeteilt hatte, dass sie ihre Beziehung völlig falsch eingeschätzt hatte.

„Wir hätten niemals mehr sein dürfen als Lehrer und Schülerin, Katie."

„Aber du hast doch gesagt ..."

„Ich habe viele Dinge gesagt, die ich nicht hätte sagen sollen."

Das Klingeln von Avas Handy unterbrach ihre Gedanken. „Tut mir leid, ich muss rangehen. Draußen." Sie deutete auf das Schild an der Wand. Die Zeichnung eines durchgestrichenen Mobiltelefons.

Als Ava durch die Tür verschwunden war, nahm Kate ihren Mokka und erhob sich. Sie konnte sich nachfüllen, während sie wartete, konnte irgendetwas tun, um Gils Stimme in ihrem Kopf zum Schweigen zu bringen.

Die Barista hinter der Theke kämpfte mit dem Griff einer der Maschinen, als Kate sich näherte. Die Frau stöhnte entnervt auf. „Blödes Ding."

„Alles gut?"

Die Frau fuhr herum. Die Bänder ihrer Schürze hingen lose herunter. „Nein, diese neue Maschine ist ein absolutes Desaster." Sie strich sich das zerzauste Haar aus dem Gesicht und hinterließ dabei eine Spur Kaffeesatz auf ihrer Wange. Gepiercte Nase, Totenkopfohrringe, College-Alter. „Jeden Moment kann der Vormittagsansturm losgehen und ich habe eine kaputte Espressomaschine und ..." Sie brach ab, als die Maschine noch einmal rumpelte.

„Was genau bedeutet in Maple Valley denn ein *Ansturm*?"

Die Barista – Megan, wenn man ihrem Namensschild Glauben schenken konnte – schob die Ärmel ihres schwarz-weiß gestreiften Hemdes hoch und funkelte sie böse an. „Sie wären überrascht. Wenn uns hier der Kaffee ausgeht, würde die gesamte Stadt in Schockstarre verfallen. Es wandeln nur kaffeegetriebene Zombies durch die Straßen." Sie ließ die Maschine stehen. „Was wollen Sie denn?"

Hm. Kundenservice wurde hier ja nicht gerade groß geschrieben. „Tja, also …"

„Ich bin heute die Einzige hier, also spucken Sie's schon aus."

Kate warf einen Blick hinter Megan, wo die Espressomaschine noch einmal knurrte. „Wissen Sie was? Ich habe jahrelang in Cofeeshops gearbeitet. Ich kenne das Equipment. Kann ich mir das mal ansehen?"

Zweifel – oder vielleicht auch Verwirrung – legte sich auf Megans Gesicht, doch sie trat mit einer Handbewegung beiseite. „Nur zu."

Kate ging um die Theke herum und inspizierte die Maschine. Ach ja, das wäre schnell behoben. Sie drehte den Griff, bis er im richtigen Winkel stand, dann stellte sie eine Tasse unter den Ausguss und drückte auf Start.

Doch anstatt gurgelnd zum Leben zu erwachen, fing die Maschine an zu zischen und zu spucken, dann schoss Wasser hervor wie aus einem Springbrunnen. Erschrocken schrie sie auf.

„Ich dachte, Sie würden sich damit auskennen."

„Dachte ich auch." Tropfen hingen ihr im Gesicht und durchnässten ihr T-Shirt. „Ein bisschen Hilfe?"

„Wenn ich wüsste, was zu tun ist, hätte ich das schon vor zehn Minuten gemacht."

Das leise Klingeln des Glöckchens über der Tür erklang in den Tumult hinein. Kate drückte eine Hand auf die Stelle, aus der das Wasser strömte. Doch das war nicht die beste Idee. Jetzt spritzte es in alle Richtungen durch ihre Finger.

„Ziehen Sie den Stecker." Gegen das spritzende Wasser half nur, die Augen zuzumachen. Zum Glück hatte sie sich mit ihrer Frisur heute keine Mühe gegeben. Ihr Haar hing mittlerweile in nassen Strähnen herunter. *Bitte lass den Mascara wasserfest sein.*

Megan tat, wie ihr gesagt war, und Sekunden später ließ der Wasserdruck nach. Endlich war es vorbei.

„Probleme, die Damen?"

Neeein. Warum ausgerechnet …?

Sie und die Barista wandten sich wie eine Person um, während die Maschine noch ein letztes Stöhnen von sich gab. Und da stand Colton, mit schwarzem Hoody, das perfekte Bild von Ungezwungenheit und Erheiterung.

„Nein, überhaupt nicht." Kate starrte Colton mit zusammengekniffenen Augen und verschränkten Armen an.

Doch dadurch ließ er sich den Spaß nicht verderben. „Wenn ich jetzt also einen Espresso bestellen würde, wäre das kein Problem?"

Blöder Kerl.

„Sie können alles außer Espresso bestellen." Megan schob sich die Haare hinter die Ohren und funkelte ihn böse an. „Also, was wollen Sie?"

Er blickte zwischen Kate und Megan hin und her. „Eigentlich wollte ich Kate treffen …"

Megan schüttelte den Kopf. „Sie kommen hier rein, lachen uns aus und …"

„Eigentlich habe ich nicht gelacht."

„Und dann besitzen Sie nicht einmal den Anstand, irgendetwas zu kaufen?"

Kate unterdrückte ein Kichern, als Coltons Blick sich schnell auf die Karte fixierte. „Cappuccino. Medium."

„Geht doch. Ist gleich fertig." Megan wandte sich genervt ab.

Kate ging um den Tresen herum zu Colton. Der flüsterte ihr zu. „Eigentlich mag ich gar keinen Cappuccino. Sie macht mir Angst."

„Mach dir keine Sorgen. Da bist du nicht der Einzige." Kate strich sich mit den Händen über die Jeans, plötzlich ungewohnt nervös.

Was total albern war. Denn sie würden sich ja nur zusammensetzen und über das Buch sprechen. Einen Plan schmieden, wie die vielen Ideen sich innerhalb eines Monats umsetzen lassen würden. Es sollte egal sein, dass er sie überragte, dass er sie auf seltsam angenehme Weise mit seinem Schatten zu schlucken schien.

„Ich habe gestern mit meinem Manager gesprochen. Er meldet

sich bei deinem Agenten. In ein paar Tagen sollte der Vertrag da sein."

Wow, ihre eigenen Erfahrungen im Verlagswesen mochten nicht allzu groß sein, doch ihr war klar, dass solche Dinge normalerweise Wochen, wenn nicht gar Monate dauerten und nicht nur ein paar Tage. Es war eben eilig. Dank ihr. Weil sie das Buch schreiben sollte, das über Erfolg oder Scheitern seiner weiteren Karriere entscheiden würde.

Und da stand er vor ihr, ein Wörterbuch für alle Synonyme, die mit gut aussehend zu tun hatten. Und sie mit ihrem durchnässten T-Shirt und den triefenden Haaren konnte kaum hoffen, seinen Erwartungen zu genügen.

Colton schälte sich aus seinem Hoody, gerade als Megan von der Theke rief. „Cappuccino."

Colton ging an Kate vorbei und reichte Megan einen Zehner. „Behalten Sie den Rest." Dann kam er zurück zu Kate.

„Willst du dich freikaufen?"

„Wie groß ist die Chance, dass sie reingespuckt hat?" Mit der freien Hand hielt er ihr seine Kapuzenjacke hin.

„Sehe ich aus, als würde ich frieren?"

„Nein, aber … Ähm …" Er nickte in Richtung ihres T-Shirts, das immer noch nass und voller Kaffeesatz war.

Sie blickte von Colton zu seiner Jacke und wieder zurück. „Ich kann das nicht."

„Ich weiß, dass sie zu groß ist. Du wirst darin versinken, aber …"

Sie schüttelte den Kopf. „Ich meine das Buch. Ich weiß nicht, was ich mir dabei gedacht habe. Du brauchst jemanden, der weiß, wie man eine Sportlerbiografie schreibt. Jemanden, der weiß, was die Aufgaben des Zimtstreuers und der Serviettenreihe sind."

„Ich weiß nicht, wovon du redest, Rosie."

„Mein Name ist Kate und ich kann dein Buch nicht schreiben, Colton." Selbst wenn sie sich aus unerfindlichen Gründen gerade nichts sehnlicher wünschte.

„Doch, das kannst du." Er hielt ihr noch einmal den Hoody hin und endlich nahm sie ihn an. „Und wenn es der Football ist, der dir Sorgen bereitet, keine Angst. Ich habe mir da schon was überlegt."

Die Energie der Maverick-Spieler, die an der Fünzigyardlinie versammelt waren, strahlte bis zu Colton hinüber, der am Zaun stand und das Feld beobachtete. Sie liefen auf der Stelle, rissen die Knie hoch und schlugen dabei mit den Handflächen auf ihre Oberschenkel.

Mit den Armen über dem Metallzaun spürte Colton, wie seine unterdrückten Aggressionen emporstiegen. Natürlich machte er jeden Morgen seinen Sport – seine vom Physiotherapeuten verordneten, schonenden Übungen –, doch das war nichts im Vergleich zu dem Training, das sich vor seinen Augen abspielte. Sich in die Spielerkleidung werfen und den Geruch von frisch gemähtem Gras in der Nase haben und das Adrenalin spüren, wie sich der Fokus schärfte.

Neben ihm fummelte Kate an dem Reißverschluss der viel zu großen Kapuzenjacke herum, die er ihr geliehen hatte. Sie hing an ihr wie eine Decke. „Also wird sich mir das Rätsel erschließen, wenn ich ein Highschool-Football-Spiel anschaue?" Der Reißverschluss hatte sich verhakt.

„Nicht einmal annähernd, aber darum geht es gar nicht."

Sie zog an dem Zipper. „Und worum geht es dann?"

„Ich will, dass du die Seele des Footballs kennenlernst, den Spirit, der dahintersteckt. Du musst den Sport nicht verstehen, um mein Buch zu schreiben. Du musst ihn nur schätzen. Um die Fachbegriffe kümmere ich mich." Er beugte sich zu ihr, um ihr mit dem Reißverschluss zu helfen, zog einmal kräftig an dem Zipper, damit er sich löste, und schloss dann die Jacke.

Im Hintergrund durchschnitt das schrille Pfeifen des Trainers das rhythmische Hüpfen der Spieler. „Ich will fünfzig Liegestützen sehen, dann lauft ihr zwei Runden. Anschließend einen Schluck trinken und dann geht es los."

Colton hielt inne, seine Hand immer noch an dem Zipper, nur wenige Zentimeter entfernt von Kates Kinn. Der Wind spielte mit ihrem Haar und die Nachmittagssonne strahlte in ihren Augen.

„Colton Greene. Ich dachte mir schon, dass Sie das sind."

Colton blinzelte und ließ seine Hand sinken, dann wandte er

sich um und sah, dass der Coach auf ihn zukam. Der Mann blieb vor ihm stehen, der Körperbau immer noch sehr athletisch trotz der grauen Haare, die unter der Kappe hervorlugten, und der Lesebrille, die auf seiner Nasenspitze saß. Er schob sich sein Klemmbrett unter den Arm.

„Coach Leo Barnes." Er streckte eine Hand über den Zaun und begrüßte Colton.

Colton nickte in Richtung Kate. „Und das ist Kate Walker."

„Oh, ich kenne Kate. Ich hatte alle vier Walkers in Politik."

Natürlich. In so einer kleinen Stadt in Iowa kannte jeder jeden.

„Schön, Sie wiederzusehen, Mr Barnes."

„Ich denke, du kannst mich Leo nennen, Mädchen. Oder Coach." Er wandte sich wieder Colton zu. „Ich versuche ja wirklich, cool zu bleiben, aber Sie hier, das ist schon eine ganz schöne Ehre. Ich war bei dem Play-off-Spiel, bei dem Sie die siebzig Yards geworfen haben. Sah unglaublich leicht aus."

Leicht oder einfach nur glücklich. Wie auch immer, das Spiel war das Beste seiner Karriere gewesen. „Ihre Spieler sehen wirklich gut aus." Sie hatten sich auf dem Rasen verteilt und stemmten sich immer wieder hoch.

Coach Leo nickte. „Sie sind ganz in Ordnung. Im Sommer haben sie in der Hitze etwas geschwächelt, aber jetzt, wo es kühler ist, kommen sie langsam in Form."

Colton konnte sich immer noch bestens daran erinnern, wie kalt das morgendliche Training an der University of Iowa gewesen war – ganz anders als ein Herbst in Kalifornien. Er hatte fast vergessen, wie sehr ihm in dieser Zeit der Mittlere Westen ans Herz gewachsen war – die Spiele an dunklen Abenden, als es so kalt gewesen war, dass der Atem weiß vor einem stand, der Himmel so weit offen und klar, dass die Sterne selbst ihm zuzuschauen schienen.

Während die *Junior High* und die Highschool wie eine schreckliche Wüste gewesen waren, die es zu durchqueren galt, war das College in Iowa der erste Schritt in eine Oase hinein gewesen, die ihm ein neues Leben versprach. Dafür musste er seiner Sozialarbeiterin danken – sie hatte ihn dazu gezwungen, all diese Stipendienanträge zu stellen. Die University of Iowa hatte ihm das beste Angebot gemacht.

„Ich muss Ihnen sagen, dass ich Zuschauer beim Training normalerweise nicht schätze", erklärte Coach Leo. „Dann tauchen hier nur Eltern auf, die meinen, dass sie alles besser wissen. Das macht mich verrückt." Der Coach nahm seine Kappe ab und fuhr sich mit der Hand über die Stirn. „Diese Stadt und ihr Football. Wenn ich es zulassen würde, würden sie aus jedem Trainingstag ein Fest machen."

„Tut uns leid. Wir verstehen den dezenten Hinweis." Colton nahm seine Hände vom Zaun und Coach Leo setzte sich die Kappe wieder auf das graue Haar. Er hatte ein wettergegerbtes Gesicht – die Art, die von seinem ewigen Lächeln und unzähligen Stunden in der prallen Sonne herrührte. Wenn man seine Größe und die breiten Schultern betrachtete, war der Mann bestimmt selbst einmal aktiv gewesen. Und die leichte Krümmung seiner Nase stammte wahrscheinlich von einem gemeinen Schlag, den man ihm beigebracht hatte.

„Seien Sie nicht albern, Greene. Ich werde Sie bestimmt nicht wegschicken. Ich meine nur, dass Sie vielleicht lieber die andere Seite des Zaunes ausprobieren sollten. Jemanden wie Sie könnte ich gut gebrauchen."

„Bitte was?"

„Nicht, dass ich Sie bezahlen könnte. Das Schulbudget ist wie immer ausgeschöpft. Aber bestimmt vermissen Sie doch das Spiel. Man erzählt sich, dass Sie eine Weile hierbleiben. Dann könnten Sie doch zum Training kommen. Den Jungs würde es auf jeden Fall guttun."

„Aber ich bin doch gar kein Coach." Und trotzdem ... wie würde es sich anfühlen, wieder auf dem Spielfeld zu stehen? Wieder Teil des Teams zu sein? Die Gemeinschaft, das Zusammengehörigkeitsgefühl. Der Reiz des Wettkampfes.

Spielen würde er nicht können – eine Tatsache, die immer noch schrecklich wehtat. Doch wenn er sich zum Beispiel Case Walker anschaute, konnte er nur Mut schöpfen. Der Mann hatte eine Karriere hinter sich, wie es nur wenige Männer von sich behaupten können. Er war offen, bewundernswert. Hatte seinem Land als Soldat und dann als Diplomat gedient.

Und doch hatte er dieses Leben hinter sich lassen müssen, als seine Frau krank geworden war. Er hatte einen Weg gefunden, sich ein neues Leben aufzubauen. Und er schien zufrieden damit zu sein.

Was, wenn Colton das auch gelingen würde?

„Denken Sie darüber nach." Hinter Coach Leo erhoben sich die Spieler, um ihre Runden zu laufen.

„Mache ich."

„Hey, ist das nicht …" Kates Stimme hob und senkte sich dann plötzlich wieder, als ihre Augen auf einem der Spieler lagen. „Das ist doch der Junge aus dem Depot. Der, der eingebrochen ist."

Colton folgte ihrem Blick und sah einen Spieler, der sich gerade hochstemmte.

„Du meinst Webster Hawks?" Der Coach hob seine buschigen Augenbrauen. „Sag nicht, dass er in Schwierigkeiten steckt."

„Nicht wirklich. Er hat nichts gestohlen." Weil er nicht die Zeit dazu gehabt hatte. Nein, in dem Augenblick, als er Kate und Colton gesehen hatte, war er erstarrt und Colton hatte ihm förmlich angesehen, wie es in seinem Gehirn ratterte. Die Tür, Colton, Kate. Und dann war er wie eine Wildkatze an ihnen vorbeigeschossen. „Auf welcher Position spielt er denn?"

Der Coach legte die Stirn in Falten. „Er ist neu – kam dieses Jahr, weil er einen Platz in einer Pflegefamilie bekommen hat. Er meinte, er wäre in seiner alten Schule in der Defense gewesen."

Pflegefamilie. Coltons Blick folgte Webster, der jetzt mit gleichmäßigen Schritten am Spielfeldrand entlanglief. Wenn man ihm einen Ball unter den Arm steckte, wäre ihm eine große Karriere so gut wie sicher. Colton spürte es einfach. „Ich glaube, er ist ihr neuer Receiver."

„Sie wissen ja nicht mal, ob er überhaupt fangen kann."

„Das kann man jedem Spieler beibringen. Aber um das Feld zu lesen und seine Spielzüge zu planen, braucht man Instinkt. Ich glaube, Webster hat ihn." Colton setzte sich seine Sonnenbrille auf. „Aber ich sage das nur aus dem Bauch raus. Natürlich bin ich kein Trainer."

„Könnten Sie aber sein."

Er spürte Kates neugierigen Blick in seinem Nacken.

„Ich habe eine Idee." Der Coach wandte sich um und winkte dem Jungen zu, der gerade um einen Pfosten herumlief. „Hawks, komm mal her."

Der Junge kam schnaufend auf sie zugelaufen, und als er sie beide bei seinem Coach stehen sah, trat etwas Sorgenvolles in seine Augen. Erkannte er sie wieder? „Ja, Coach?"

„Das ist Colton Greene. Ich habe gehört, ihr habt euch neulich schon kennengelernt?"

Websters Blick flackerte von Colton zu Leo und wieder zurück.

„Er denkt, du bist ein Wide Receiver. Was meinst du dazu?"

Der Junge fuhr sich mit der Hand durch das verschwitzte Haar. „Keine Ahnung. Außerdem ist das erste Spiel ja schon in ein paar Tagen. Ist es nicht zu spät, um noch was zu ändern?"

Colton konnte sich nicht zurückhalten. „Nicht, wenn es eine kluge Änderung ist."

„Normalerweise würde ich jeden Kerl, der mir sagt, wie ich meine Mannschaft aufzustellen habe, des Platzes verweisen, aber bei Greene ist das was anderes. Er sieht etwas in dir." Leo lehnte sich gegen den Zaun. „Ich habe da so eine Ahnung, dass er gerne mit dir arbeiten würde. Beweise dein Talent und du spielst in der Offense. In Ordnung, Greene?"

Also das war Leos Idee? Das Angebot direkt vor dem Jungen machen, damit Colton nicht Nein sagen konnte.

Doch das hätte er ohnehin nicht vorgehabt, oder? Webster mochte mit verschränkten Armen dastehen und aussehen, als interessiere ihn das Geschehen um ihn herum nicht, doch Colton kannte diese abwehrende Art. Er selbst hatte sich in seiner Jugend so verhalten, wenn er wieder einmal von der einen Pflegefamilie zur anderen umziehen musste. Das nahm einem Kind die Sicherheit. Das Grundvertrauen in die Menschen wurde von Mal zu Mal weniger und ließ nichts als Misstrauen zurück.

Und er spürte, wie er nickte. „Natürlich kann ich …"

„Coach, wenn Sie wollen, dass ich als Receiver spiele, dann mache ich das", schnitt Webster Colton das Wort ab. In seinen Augen stand eine unfassbare Härte. „Aber ich will nicht das Sozialprojekt von irgendjemandem sein." Er biss die Zähne zusammen. „Ich muss noch eine Runde laufen."

Und damit wandte er sich um und lief davon, pflügte über den Platz wie ein Schwimmer, der sich durch stürmisches Wasser kämpft. Selbst in seiner Wut erkannte man an Websters athletischen Bewegungen, dass er früher oder später eine größere Rolle in seinem Team einnehmen würde. Er rannte an seinen Kameraden vorbei, die schon dabei waren, sich mit Wasser abzukühlen.

Leo seufzte. „Ich glaube, heute Abend, wenn er nach Hause kommt und über die Sache nachdenkt, wird er sich in den Hintern beißen, weil er es abgelehnt hat, mit einem NFL-Quarterback zu trainieren."

Ex-Quarterback. Colton zuckte mit den Schultern. „Ich kann ihm keinen Vorwurf machen. Ich hätte mich auch komisch gefühlt, wenn man mich so rausgepickt hätte."

„Warum bleibst du nicht noch eine Weile hier, Colton?", fragte Kate leise. „Nimm Coach Leos Angebot an. Hilf ihm mit dem Team. Wir können uns ja später noch …"

„Lieber nicht."

Fragen – von der Art, die er wahrscheinlich nicht gerne beantwortet hätte – standen in ihren Augen. „Aber warum …"

„Danke, Coach, aber ich muss mich um mein Buch kümmern und habe noch viel Arbeit am Depot …"

Mit Webster zu arbeiten, wäre eine Sache, aber er konnte nicht seine Zeit am Rand eines Spielfeldes verbringen und so tun, als helfe er jungen Menschen, ihre Zukunft zu ergreifen. Das alles erinnerte ihn viel zu sehr an sich selbst.

Und daran, dass er nie wieder würde spielen können.

Kapitel 6

„Er will nicht über sich selbst sprechen, Rae. Wie soll ich ein Buch über einen Mann schreiben, der nichts über sich preisgeben will?"

Kate drückte einer Cheerleaderin Geld in die Hand und nahm ihre heiße Schokolade entgegen. Wie konnte das Mädchen in seiner knappen Uniform hier herumstehen, ohne zu erfrieren? Die ersten Herbstblätter wehten über die Straße und der kalte Wind verkündete, dass vom Sommer nichts mehr geblieben war, obwohl es erst Anfang September war.

„Aber du hast jetzt drei Abende lang mit ihm auf der Veranda gesessen. Ich dachte, du hättest ihn interviewt." Raegan bezahlte ebenfalls ihren Kakao und trat von dem Tisch zurück, der auf dem Platz aufgebaut war.

„Habe ich ja auch. Aber alles, was ich habe, sind Notizen über seine Lieblingsspiele und Erinnerungen an seine Teamkollegen. Das würde für einen etwas längeren *Sports Illustrated*-Artikel reichen, aber nicht für mehr." Wolken ballten sich über ihren Köpfen zusammen und gaben dem Himmel ein bleigraues Aussehen.

Raegan nippte an ihrer Schokolade und rümpfte die Nase. „Mist. Sie haben das nicht richtig umgerührt. Schmeckt total mehlig. Mum hätte das gehasst. Weißt du noch, wie sie es immer gemacht hat?"

Natürlich wusste sie das. Dick und süß, sodass schon eine halbe Tasse einem einen Zuckerschock versetzen konnte. „Immerhin haben wir unseren Beitrag zum *Booster Club*-Freitag geleistet und unterstützen die Cheerleader dabei, sich neue Pompons anzuschaffen."

Der *Booster Club*-Freitag war immer am ersten Wochenende des neuen Schuljahres. Die Kinder hatten früher Schulschluss und man versammelte sich auf dem Stadtplatz, unterstützte alle gemeinnützigen Organisationen, die etwas mit Schule oder Erziehung zu tun hatten, und als Highlight konnte man sich einen der

Football-Spieler „ersteigern", der dann einen Nachmittag lang für einen arbeitete.

„Jepp, jetzt müssen wir nur noch einen Spieler ersteigern, damit Dad Hilfe bekommt. Wir sollen jemanden aussuchen, der so aussieht, als könnte er gut ein Dach decken. Aber wie soll man so was bitte sehen?"

Sie schlenderten zur Musikmuschel hinüber, wo sich die Städter versammelt hatten und Coach Leo die Auktion leitete. „Beeilen Sie sich, meine Damen und Herren. Es sind nur noch wenige Spieler übrig."

Sie blieben am Rand stehen und Kate schüttelte den Kopf. „Ich weiß immer noch nicht, warum ich unbedingt mitkommen sollte." Sie hätte Dad im Depot helfen können. Oder den Hof von Ästen und Schutt befreien. Doch als Raegan sie gefragt hatte, hatte sie sich verpflichtet gefühlt, Ja zu sagen. Seit ihrem Streit bei dem Feuer hatte sie nach einer Gelegenheit gesucht, die Wogen zwischen sich und ihrer Schwester zu glätten.

Raegan schüttete den Rest ihrer Schokolade ins Gras und warf den Becher in einen Mülleimer. „Glaub mir, du wirst noch froh sein, dass du hierhergekommen bist. Heute wird es sich lohnen." Der knallige pinke Schal um ihren Hals passte perfekt zu den Strähnen in Raegans Haar.

„Du hörst dich an wie ein Personal Trainer, der jemanden dazu überredet, Liegestütze zu machen." Was verschwieg ihre Schwester ihr?

„Das wird viel spaßiger als Liegestütze, glaub mir."

„Kann ich einfach nicht. Nicht, wenn du mich jetzt mit demselben Gesichtsausdruck ansiehst wie damals in der Schule, als du mich zu Dauerwellen überredet hast."

Raegan klatschte lachend in die Hände. „Oh Mann, das hatte ich schon ganz vergessen. Damals waren deine Haare noch kurz. Du sahst aus wie die brünette Version von Annie." Raegan kicherte vor sich hin. „Und dann ist dein Date mit rasiertem Kopf gekommen, das war einfach zu perfekt. Annie und Daddy Warbucks gehen zum Abschlussball."

„Und genau deshalb vertraue ich dir nicht. Weil du mich nach dreizehn Jahren immer noch damit aufziehst."

Raegan schluckte ihr Lachen hinunter und schaute sie gespielt ernst an. „Du hast recht. Das ist schon Jahre her. Es gibt inzwischen viel Aktuelleres, mit dem ich dich aufziehen kann."

„Wenn du auch nur ein Wort darüber verlierst, dass ich im Bett war mit …"

Raegan hob eine Hand. „Gut, kein Wort. Aber du hast damit angefangen."

„Egal, auf jeden Fall will er nichts von sich erzählen." Kate schluckte den Rest ihres wässrigen Kakaos hinunter.

„Als Nächster ist T. J. Waring dran." Coach Leos laute Stimme dröhnte durch den Park.

„Oh, der Waring-Junge. Sein Dad hat eine Dachdeckerfirma. Hallo, Wink mit dem Zaunpfahl." Raegan winkte hektisch. „Fünfzig Dollar!"

Kate warf ihren Pappbecher weg und verschränkte die Arme. „Glaubst du, diese Stadt wird in Schwierigkeiten kommen, weil sie Jugendliche gegen Geld versteigert? Vielleicht wegen Kinderarbeit?"

„Die sind doch schon auf der Highschool. Ich glaube nicht, dass man da noch Kinderarbeit sagt." Raegan hob wieder ihre Hand. „Fünfundsechzig!" Sie bot weiter, bis sie sich ihren Favoriten für neunzig Dollar gesichert hatte. „Erledigt. Für zehn Dollar weniger, als Dad mir gegeben hat. Ich dachte schon, Lenny Klassen könnte mich überbieten, doch dank meiner Schmolllippen …"

„Du bist schrecklich."

Raegan zählte die neunzig Dollar ab und steckte sich den letzten Schein wieder in die Tasche. „Und um zehn Dollar reicher." Dann wandte sie sich wieder zu Kate um, während die Stimme des Coaches weiter dröhnte. „Also, ich habe da noch eine Frage zu dieser Sache mit Colton. Warum stellst du nicht ein paar Recherchen über ihn an? Er ist berühmt. Da wird es nicht viel aus seiner Vergangenheit geben, das du nicht im Internet findest."

Regenwolken ballten sich über ihnen zusammen und Kate machte ihre schwarze Fleecejacke zu. „Ich interessiere mich nicht für die Fakten, Rae. Ich will Geschichten, Anekdoten, Erinnerungen. Ich will wissen, was ihn geformt hat, was ihn zu dem Mann gemacht hat, der er heute ist." Ihr Blick suchte nach ihm – und fand ihn auf der anderen Seite des Platzes, wo er, die kräftigen Arme verschränkt, an einer Eiche lehnte. Er hatte vorhin tatsächlich auch bei der Auktion mitgeboten, für Webster, den Jungen, der es abgelehnt hatte, mit ihm zu trainieren. „Er ist interessant. In der einen Sekunde macht er seine Scherze und Anspielungen oder leiht einem seine Kapuzenjacke. Und in der nächsten … ist er grüblerisch und niedergeschlagen."

Zum Beispiel, als Leo ihn gefragt hat, ob er beim Training aushelfen wollte, und er so schnell abgelehnt hatte, als sei *Coach* ein Synonym für Nacktbaden im Blaine River. Den Rest des Abends hatte Colton kaum ein Wort gesagt.

„Und mit Miles Venton, der uns achtzig Dollar einbringt, geht unsere Versteigerung zu Ende." Der Coach nahm das Mikro aus dem Stativ. „Aber der Abend noch lange nicht. Jungs, holt die Körbe."

Wind wehte über den Platz. Kate warf Rae einen fragenden Blick zu. „Körbe?"

„Kate, in diesem Augenblick musst du dich daran erinnern, dass ich deine Schwester bin und dass du mich liebst."

Argwohn machte sich in ihr breit. Vorne brachten die Jungen aus dem Team Körbe auf die Bühne, die über ihren Armen hingen. „Rede."

„Vor ein paar Jahren brauchten die Förderer mehr Geld, um die Uniformen des Spielmannszuges zu erneuern. Also haben sie diese Picknickkorb-Auktion ins Leben gerufen." Raegans Erklärung kam schnell und hektisch. Sie war offensichtlich hin- und hergerissen zwischen Belustigung und Unsicherheit „Die Frauen packen einen Picknickkorb und die Männer bieten darauf. Und danach fahren sie gemeinsam ins Grüne oder zu einem Date oder so." Jeder hatte dabei immer viel Spaß und deshalb war es mittlerweile zur Tradition geworden."

„Und?"

Raegan trat einen Schritt zurück. „Ich habe auch einen Korb für dich gemacht."

„Was?"

„Da ist dieser Typ …"

„Nein. Auf keinen Fall." Sie wandte sich um.

„Er ist süß und nett und Mathelehrer." Raegan folgte ihr und hielt sie am Ellbogen fest. „Sein Name ist Sheldon."

„Der erste Korb ist so schwer, dass ich wetten würde, es befindet sich eine Schüssel Lasagne darin."

Sheldon. Irgendwo hier in der Menge war ein Kerl, der Sheldon hieß und den Raegan dazu gebracht hatte, ihren Korb zu kaufen. Einen Korb, den sie nicht zusammengestellt hatte, für ein Date, das sie nicht wollte.

„Du musst da mitmachen, Kate. Ich habe ihm fünfzig Dollar gegeben."

Sie erstarrte und schnappte nach Luft. „Du hast ihn dafür *bezahlt?*"

„Na ja, ich … ich wollte nur sichergehen …"

Oh nein. Nein, nein, nein. Ihr Blick blieb an Colton hängen. *Genau!* Er stand immer noch unter dem Baum. Bevor sie es sich anders überlegen konnte, lief sie um Raegan herum und erreichte ihn vollkommen atemlos.

„Hey, Ros…"

„Ich habe dir doch gesagt, dass ich Kate heiße, aber das ignorierst du natürlich und das ist jetzt auch egal, weil ich nicht viel Zeit habe und dich um einen Gefallen bitten muss."

Seine Grübchen vertieften sich durch sein Grinsen. „Also, was hat es mit diesen Körben auf sich? Das ist ja wie aus einem Groschenroman."

„Du liest Groschenromane?" Sie schüttelte den Kopf. „Egal. Bitte, Colt. Bitte, bitte, bitte, biete auf meinen Korb."

Sein Grinsen wurde zu einem lauten Lachen. „Geht leider nicht. Man erzählt sich, dass da ein Lehrer im Spiel ist."

„Raegan hat es dir gesagt?"

„Sie ist sehr aufgeregt deshalb. Hat mir erzählt, dass sie dieses Gourmetessen vorbereitet hat. Ich weiß alles über den Typen." Er legte ihr eine Hand auf die Schulter und der Schalk funkelte in seinen Augen. „Und, hey, es ist doch nicht schlimm, dass er einen Leguan als Haustier hat. Ich bin sicher, der darf nicht bei ihm mit im Bett schlafen."

„Du machst Witze."

„Nein, auf keinen Fall, außer das mit dem Gourmetessen. Ich glaube, sie hat eine Schachtel Schokoflakes reingetan."

Kate verengte die Augen. „Colton …"

Coach Leos Stimme schallte durch den Park und Kate fuhr herum. Sie sah, wie er einen kleinen Korb mit einem blauen Band hochhob.

Sie wandte sich wieder an Colton. „Biete für meinen Korb, Greene."

„Kommt nicht infrage. Es ist der kleinste da oben. Wenn ich auf einen bieten würde, dann auf den größten, der mir vielleicht ein Steak oder so was beschert."

„Rette mich vor dem Mathelehrer mit dem Leguan. Bitte."

„Fünfzehn Dollar!" Der Ruf kam irgendwo aus der Menge. Eine nasale Stimme.

Colton setzte einen entschuldigenden Gesichtsausdruck auf. „Verflixt, nur fünfzehn? Das ist ein mieses Gebot." Sie starrte ihn böse an und er seufzte. Ein langer, übertriebener Seufzer. „Also gut." Er hob die Hand. „Fünfundzwanzig Dollar."

„Dreißig." Die gleiche Stimme aus der Menge.

„Kate." Raegan trat mit dem Handy in der Hand an ihre Seite.

„Fünfunddreißig." Colton zwinkerte ihr zu.

Raegan zog sie am Ellbogen weg von Colton. „Ich weiß, dass du sauer bist, also dachte ich, ich tue dir einen Gefallen. Alles, was mir eingefallen ist, war, wie du schnelle Antworten über Colton bekommen kannst."

„Was?" Ihr Blick schoss zu Colton hinüber – sie waren inzwischen bei fünfzig Dollar angekommen – und sie entfernte sich noch weiter von ihm.

„Ich glaube, ich weiß, warum er nicht gerne über seine Vergangenheit spricht."

„Das ist jetzt nicht der richtige Zeitpunkt, Rae." Kates Stimme war kaum mehr als ein Zischen.

„Vertrau mir, du willst es lesen." Raegan hielt Kate ihr Handy hin.

„Dir vertrauen? Nachdem du mich hinterhältig in diese Sache ..." Ihre Stimme brach ab, als sie die Überschrift des Artikels las, den Raegan im Internet aufgerufen hatte.

Zug rast in Auto, zwei Tote

Sie atmete scharf ein.

Trauer trat in Raegans Augen. „Lies es."

Im Hintergrund vermischte sich Coltons Stimme mit der des anderen Bieters. Kate nahm das Handy und überflog den Artikel.

Tödlicher Unfall.

Alan, 32, und Joan Greene, 30.

Noch am Unfallort verstorben.

Und daneben das Foto eines kaum zu erkennenden Autowracks auf den Schienen.

„Fünfundachtzig Dollar", wehte Coltons Stimme zu ihnen herüber.

In Kate wurde das Mitleid immer größer.

„Hundert Dollar."

Sie blickte von Colton zu Rae.

„Lies bis zum Ende."

Kate senkte den Blick wieder und las weiter, während ihr die Kälte über den Rücken fuhr und sie eine Gänsehaut bekam.

Ebenfalls am Unfallort wurde der neunjährige Sohn des Ehepaars gefunden. Er wurde mit leichten Verletzungen ins Lake County Memorial Hospital gebracht und steht nun unter der Obhut des Jugendamtes.

Oh, Colton.

„Einhundertfünfundzwanzig."

Am Unfallort gefunden.

Wie schrecklich musste das gewesen sein? Sie sah noch einmal auf das Foto. Wie hatte er das überleben können, wenn er mit im Auto gesessen hatte? Doch was hätte er schon außerhalb des Autos tun sollen?

„Für einhundertfünfundzwanzig Dollar an Colton Greene. Zum Ersten."

Colton strahlte sie an, doch sie senkte den Kopf, um seinem Blick auszuweichen. Dann wischte sie sich eine Träne von der Wange.

„Zum Zweiten."

Er hat mitansehen müssen, wie seine Eltern gestorben sind.

„Und zum Dritten. Herzlichen Glückwunsch."

Colton hatte keine Ahnung, worauf das hier hinauslaufen sollte – oder was ihn überhaupt dazu getrieben hatte, es zu tun. Webster Hawks saß mit verschränkten Armen und abgewandtem Blick auf dem Beifahrersitz des Trucks, den Colton sich von Case Walker geliehen hatte. Nicht gerade ein Bild der freudigen Erwartung.

Doch er hatte keine andere Wahl – Colton hatte für fünf Stunden mit dem Jungen bezahlt. Was er zuerst für seine einzige Ersteigerung an diesem Tag gehalten hatte. Bis Kate ihn angebettelt hatte, sie zu *retten*. Er hätte auf keinen Fall Nein sagen können, selbst wenn er es gewollt hätte.

Er wünschte, er hätte gewusst, warum sie dann anschließend so schweigsam gewesen war, als er mit dem Korb zu ihr gekommen war. Er hatte gestichelt und gesagt, dass sie bestimmt ein wunderbares Dinner in dem Korb finden würden.

Doch sie hatte kaum gelächelt.

Die ersten Regentropfen spritzten auf die Scheibe, als er auf den Parkplatz einbog, der zum Football-Feld der Highschool gehörte.

Gut. Ein Sturm würde den Nachmittag vielleicht interessanter machen.

Obwohl er wahrscheinlich nicht froh über den Regen sein sollte. In Maple Valley machte man sich momentan große Sorgen wegen einer drohenden Überschwemmung.

„Die Wolken sind pechschwarz", schnaubte Webster. „Was, wenn es anfängt zu schütten?"

Hey, der Junge war ja gar nicht stumm. „Genau das Gleiche wie bei Sonnenschein und strahlendem Himmel." Colton stellte den Hebel auf Parken und griff nach dem Football auf dem Rücksitz. Er warf ihn in Websters Schoß. „Ein paar Bälle fangen."

Minuten später kamen sie am Ticketschalter vorbei und gingen auf das Feld. Zuerst hatte es nur ein bisschen getröpfelt, mittlerweile nieselte es.

„Warum denken Sie, dass ich unbedingt Wide Receiver sein soll?"

Colton zog seine Regenjacke an, während sie nebeneinanderher gingen. „Das wolltest du mich doch schon die ganze Fahrt über fragen, oder?"

Webster schnaubte nur.

„Als wir dich an dem Abend im Depot erwischt haben, wusstest du, dass wir kommen, aber du hast dich trotzdem weiter auf die Kasse konzentriert. Methodisch, komplett fokussiert." War das etwa Stolz, den er da auf Websters Gesicht sah? *Hm.* Es war wohl besser, wenn dem Jungen schnell bewusst wurde, dass Colton von seinen Fähigkeiten als Einbrecher nichts hielt. „Ein Receiver muss auch alle Ablenkungen ausblenden können. Du musst dich absolut konzentrieren können."

Webster blieb stehen. „Und Sie glauben, dass ich das kann?"

„Ja, und dazu bist du auch ziemlich schnell." Er setzte sich die Kapuze auf. „Und du bist eine Drama Queen."

Websters Augen verengten sich zu Schlitzen, doch auf seinem Gesicht war die Andeutung eines Lächelns zu sehen. „Falsch."

„Ich will nur sagen, dass die meisten Receiver, die ich kenne, gerne im Mittelpunkt stehen. Sie brauchen die Aufmerksamkeit der anderen und wollen den Ball und das Spiel in der Hand haben."

„Sie glauben, ich will Aufmerksamkeit?"

„Das musst du dir selbst beantworten. Warum sollte ein Junge gerade in *der* Nacht in ein altes Depot einbrechen, in der sich ein paar Blocks weiter die halbe Stadt versammelt hat?"

Webster antwortete nicht. Doch man musste ihm zugutehalten, dass er auch nicht den Blick abwandte. Und er wischte sich auch nicht den Regen aus dem Gesicht, der nun in Strömen fiel.

„Gib mir den Ball und geh an die Zwanzigyardlinie."

„Gut. Aber wenn es anfängt zu blitzen, bin ich raus." Er warf Colton den Ball zu.

Colton fing den Football locker auf. Als Webster die Zwanzigyardlinie erreicht hatte, lupfte Colton den Ball in seine Richtung. Wie erwartet, rutschte Webster der Ball durch die Hände und landete im Gras.

Die Wolken türmten sich über dem Spielfeld und der Nieselregen wurde immer stärker. Der Wind trieb die nassen Schwaden über die offene Fläche.

Colton grinste. Perfekt. Heute Nachmittag war der Sturm ihr Gegner. Nein, nicht das Gleiche wie eine Reihe Verteidiger, die sich Webster in den Weg stellten. Aber trotz allem eine gute Lehrstunde. „Wirf ihn zurück."

Webster warf eine perfekte Schraube zurück, die Colton mühelos fing. Sekunden später war der Ball schon wieder auf dem Rückweg. Dieses Mal fokussierte sich Webster auf den Drall des Balles und schnappte ihn sich aus der Luft. Und so ging es immer weiter. Fünf Minuten. Zehn.

„Ich kann nicht glauben, dass Sie fünfzig Mäuse bezahlt haben, nur um mit mir zu trainieren", rief Webster.

Dafür ließ Colton den Jungen beim nächsten Fang laufen. Doch anstatt den Ball zu erwischen, rutschte er in einer Pfütze aus. Er fluchte laut und schlug auf den Boden, bevor er sich wieder auf die Beine kämpfte. Matsch klebte an seiner Hose und mittlerweile hatte der Regen auch sein Hemd und die Jacke durchnässt.

Die nächsten fünfzehn, zwanzig Minuten ließ Colton Webster über das Feld rennen. Als ein entferntes Donnern erklang, konnte Webster den Ball nicht fangen und lief ihm hinterher.

„Vergiss den Donner, Hawks. Noch sind keine Blitze zu sehen. Konzentrier dich. Beobachte den Ball, spüre die Außenlinie. Achte darauf, dass du nicht ins Aus trittst."

Und dann, als er den Arm hob und den Ball in Richtung Seitenlinie schickte, kam der große Moment, auf den Colton schon den ganzen Nachmittag gewartet hatte. Ein entschlossener Ruf von Webster. Eine zielstrebige Konzentriertheit in seinem Blick, sein Stand, wie sich sein ganzer Körper auf den Ball einzustellen schien.

Er stemmte die Beine ins nasse Gras, dann raste er mit einer Geschwindigkeit los, die genau auf sein fliegendes Ziel abgestimmt war. Er sprang, seine Hände im perfekten Winkel, um den Ball festzuhalten. Dann kam er wieder auf, die Schuhe gruben sich wenige Zentimeter von der Außenlinie entfernt in den Boden.

Und dann fing er an zu laufen.

An Colton vorbei, über die Fünfzigyardlinie, auf das gegnerische Tor zu. Er ließ sich nicht einmal von einem weiteren Donnerschlag bremsen.

Und Colton schmeckte den Regen, als sich seine Überraschung in ein breites Grinsen verwandelte.

Das war es mehr als wert gewesen.

Der Gedanke kam ganz unvorbereitet und traf ihn wie ein Verteidiger, den er nicht hatte kommen sehen. Doch es stimmte. Der Junge erinnerte ihn an sich selbst. So war er gewesen, früher, als er ein Ziel gehabt hatte, für das es sich zu laufen lohnte.

Webster erreichte das Ende des Feldes und warf den Ball auf den Boden. „Tor."

„Ich wäre noch mehr beeindruckt, wenn du das mit einer *Defensive Line* im Nacken schaffst." Der Wind trug seine Worte über das Feld. Hoffentlich hörte Webster den anerkennenden Unterton hinter seinen sarkastischen Worten.

Webster nahm den Ball auf, als wollte er ihn zu Colton zurücktreten, hielt jedoch in der Bewegung inne. Colton schüttelte sein nasses Haar aus der Stirn und wartete. „Was ist los?"

Webster blickte auf sein Handgelenk, fummelte daran herum. Was war los? Seine Uhr? Ein Armband oder so was?

„Junge, was soll das?"

Als Webster nicht antwortete, zuckte Colton mit den Schultern und lief auf den Jungen zu, ignorierte die Steifheit in seinem Knie, die ihm schon aufgefallen war, als sie angefangen hatten zu spielen.

Als er bei Webster angekommen war, legte der Junge gerade seine Armbanduhr ab. Er hielt sie sich ans Ohr. Tippte darauf.

„Nicht wasserdicht?"

Webster hob sein Gesicht und Colton wäre fast zurückgewichen, als er die kalte Wut in seinen Augen sah. Wegen einer Uhr? Sie sah nicht einmal besonders gut aus.

„Kann ich mal sehen?"

Doch Webster warf sie wütend zu Boden. „Was jetzt?" All die Energie, die Euphorie, war aus seiner Stimme verschwunden.

„Was ist los? Wenn es um die Uhr geht, es gibt bestimmt einen Laden in der Stadt, wo wir sie reparieren lassen können. Oder …"

„Trainieren wir weiter? Wenn nicht, dann verschwinde ich von hier. Ich habe sowieso keinen Bock auf diese ganze Aktion."

„Die Kälte in Websters Stimme ging Colton unter die Haut.

„Wenn dir das hier egal ist, meinetwegen. Ich will weder deine noch meine Zeit verschwenden."

„Was? Sie haben was Besseres zu tun? Sie haben keine Mannschaft. Keine Freundin. Kein …"

Colton hob die Hand. „Genug." Wie, um alles in der Welt, hatte eine kaputte Uhr zu diesem Wutausbruch führen können?

Webster ging näher zu ihm. „Sie glauben vielleicht, weil wir beide in Pflegeheimen waren, hätten wir irgendetwas gemeinsam? Wir ähneln uns überhaupt nicht. Ich habe alles über Sie gelesen. Ihre Eltern sind bei einem Unfall gestorben, aber vorher haben sie sich doch bestimmt um Sie gekümmert, stimmt's? Das tun die meisten Eltern – habe ich zumindest gehört." Er riss sich die klitschnasse Jacke vom Körper.

Der Junge hatte keine Ahnung, wovon er da sprach.

Keine Ahnung.

„Wissen Sie, was meine Eltern getan haben? Rumgeballert." Er warf seine Jacke in den Matsch, wo sie schmutzig liegen blieb, während er ein paar Schritte davonstapfte.

„Web…"

Er wirbelte wieder herum. „Ich spiele als Receiver, wenn Sie wollen. Aber die Saison wird irgendwann enden und in ein paar Jahren mache ich meinen Abschluss und bin zu alt für das Jugendamt – und was dann? Bekomme ich dann ein großes Stipendium wie Sie? Werde ich ein Football-Held? Ganz bestimmt."

Warum fand Colton keine Worte, um den Schmerz zu lindern, den er aus Websters Anklage heraushörte? Wieder donnerte es und in der Ferne sah man Blitze zucken.

Webster hörte auf, wie wild herumzumarschieren, und ging wieder auf Colton zu. „Und selbst, wenn das alles passieren würde, sehen Sie sich doch an." Er musterte Colton mit dunklen, zornigen Augen. „Eine dumme Entscheidung auf dem Feld, ein Unfall und Sie sind durch. Am Ende des Tages ist es einfach nur ein dämliches Spiel. Darauf kann man sich genauso wenig verlassen wie auf seine drogensüchtige Mutter."

Er riss seine Jacke hoch, warf sie sich über die Schulter, wo sie überall Schmutzflecken hinterließ, und stapfte davon.

Und Colton erkannte die messerscharfe Wahrheit in seinen Worten.

CB

Bestimmt würde Colton sie nicht versetzen.

Kate beobachtete den Kiesweg, der zum Haus ihres Vaters führte. Die Abenddämmerung hatte die meisten Sturmwolken vertrieben und färbte den Himmel nun in Pastelltönen. *Wo bist du, Colt?*

Vielleicht hatte er einen Witz gemacht, als er ihr versprochen hatte, sie heute zu dem ersteigerten Dinner auszuführen. War sie so sehr mit dem Inhalt des Zeitungsartikels beschäftigt gewesen und hatte nicht kapiert, dass er für sein Geld gar nichts erwartete?

Vielleicht hatte sie sich auch viel zu sehr auf heute Abend gefreut … aus Gründen, die überhaupt keinen Sinn ergaben. Sie durfte sich jetzt nicht ablenken lassen – denn jetzt hatte sie endlich die Chance, den Traum zu leben, den sie schon so lange hegte. Schon einmal hatte sie diese Chance verpasst – wegen eines Mannes, der genauso falsch gewesen war wie ihre Hoffnung auf eine gemeinsame Zukunft.

Hinter ihr quietschte die Fliegengittertür und Schritte erklangen. Dads Schritte. „Er kommt schon noch."

Sie stellte den Picknickkorb ab, der mittlerweile viel schwerer war als noch bei der Versteigerung im Park. „Es wäre auch egal, wenn er nicht kommen würde. Ist doch nur eine alberne Tradition."

Dad legte ihr seine Hand auf die Schultern. „Er kommt ganz sicher." Er zögerte ein paar Sekunden, bis Kate ihn direkt ansah. „Katie, ich muss dir etwas sagen. Ich hatte einen Anruf … von Gil."

Sie schluckte, schmeckte sauren Unmut. „Gil?" Er hatte Dad nur wenige Male getroffen – einmal, als Kate noch an der Uni gewesen war, und dann, als Dad nach Chicago gekommen war, um sie zu besuchen. Warum sollte er …

„Er sagt, er hätte versucht, dich anzurufen."

Tatsächlich? „Vielleicht habe ich seine Nummer nicht erkannt. Normalerweise gehe ich bei fremden Nummern nicht ran." Und ihre Mailbox hörte sie erst recht nicht regelmäßig ab. „Hoffentlich hast du einfach aufgelegt."

„Das hätte ich sehr gerne. Aber ich habe gehört, dass er es ernst meint. Er klang verzweifelt. Ich habe ihm nichts versprochen. Nur gesagt, dass ich dir von ihm erzählen würde. Und seine Nummer weitergebe."

„Ich rufe ihn bestimmt nicht an, Dad."

Er nickte. „Das ist deine Entscheidung. Und sie ist verständlich. Aber ich frage mich ..."

„Ich nicht." Hörte sie sich hart und gefühllos an? Konnte man ihr daraus einen Vorwurf machen?

Das Knattern von Dads altem Truck, den er Colton für die Dauer seines Aufenthaltes hier geliehen hatte, erklang in der Einfahrt und ersparte ihr den Fortgang dieses Gesprächs. Über Gil wollte sie nicht sprechen. Nicht einmal an ihn denken. Warum sollte er sie nach dieser langen Zeit plötzlich wieder anrufen?

Dad strich ihr über den Rücken. „Ich habe dir ja gesagt, dass Colton kommen würde. Viel Spaß euch beiden."

Kate küsste ihn auf die Wange und griff nach dem Picknickkorb. Sie lief die Stufen der Veranda hinunter und ging auf den Truck zu. Doch als sie an das Fahrerfenster trat, sah sie eine vollkommen unbekannte Härte auf Coltons Gesicht. „Hey."

Ihr blieben fast die Worte im Halse stecken.

„Sollen wir darüber reden, wohin wir für unser Picknick wollen?" *Oder warum du aussiehst, als kämst du gerade von einer Beerdigung?*

„Lass uns einfach losfahren."

„Okay." Sie reichte ihm den Korb und kletterte in den Truck. Ihre Augen trafen sich, als er ihr den Korb wieder übergab. Und obwohl er blinzelte und schnell den Blick abwandte, sah sie es – die angespannte Aufgewühltheit in seinen Augen.

Schmerz. Offen und unverkennbar.

Sein Name lag ihr auf der Zunge, eine Frage, die unbedingt gestellt werden wollte – was war in den wenigen Stunden seit ihrer Begegnung auf dem Stadtplatz geschehen? Doch er rammte den Rückwärtsgang rein und raste los, bevor sie auch nur ein Wort sagen konnte, der Splitt spritzte unter den Reifen und ihr Zögern übermannte ihre Neugier.

Sie waren etwa eine halbe Meile gefahren, als er endlich sprach. „Tut mir leid, dass ich zu spät bin."

„Kein Problem." Eine Lüge. Denn die ganze Zeit über hatte sie auf der Veranda gestanden und sich Sorgen gemacht. Würde er vielleicht gar nicht kommen? Und warum machte ihr das so viel aus?

Wir sind ja nicht einmal befreundet. Er schuldet mir keine Rechenschaft darüber, wo er gewesen ist.

„Übrigens, als Dank dafür, dass du meinen Korb ersteigert hast, habe ich deine Sachen in mein Zimmer geräumt. Ich schlafe wieder in Becketts."

„Kate ..."

„Versuch erst gar nicht, etwas dagegen zu sagen. Ich sehe doch, wie du die ganze Zeit deinen Nacken reibst. Du kannst nicht länger in diesem kleinen Bett schlafen, sonst wird deine Wirbelsäule zu einer Brezel. Außerdem mag ich Musicals über alles. Die Poster sind also eine Inspiration." Sie wartete darauf, dass er lachte – oder wenigstens seine Mundwinkel zu einem kleinen Lächeln verzog. Nichts. „Okay, ich verstehe ... du hattest keinen schönen Nachmittag."

Die ländliche Szenerie draußen flog grün und goldbraun an ihnen vorüber. Silos erhoben sich in der Ferne, und obwohl die Fenster hochgekurbelt waren, konnte man riechen, wie sich der Geruch des Korns mit dem von feuchtem Gras mischte. „Nicht wirklich."

„Wir müssen das hier nicht machen. Wir können auch einfach wieder zurückfahren."

Er schwieg. Würden sie umkehren? Doch nach einer Weile schüttelte er den Kopf. „Nein. Ich habe gutes Geld für dieses Picknick bezahlt."

„Sicher?"

Und dann lächelte er, ein Lächeln, das eine Anstrengung zu sein schien nach all diesem finsteren Starren in den letzten Minuten – oder wahrscheinlich den ganzen Nachmittag. „Such dir aus, wohin wir wollen, und dirigiere mich, Rosie Walker."

Steine knirschten unter den Reifen. „Was muss ich tun, damit du mich Kate nennst?"

„Ich kann nichts dagegen tun. Du siehst eben aus wie eine Rosie."

„Stimmt doch gar nicht. Rosies sollten hübsches, gelocktes Haar haben und Sommerkleider tragen ... und pinken Lippenstift."

Colton lachte und löste seinen verkrampften Griff um das Lenkrad etwas. „Du hast doch Locken."

„Ich habe widerspenstige Strähnen und ich kann mich nicht einmal daran erinnern, wann ich das letzte Mal Lippenstift getragen habe."

„Tja, du errötest wie auf Kommando. Das kommt mir sehr wie eine Rosie vor."

„Stimmt doch gar nicht."

„Stimmt wohl. Ich könnte dich jetzt sofort zum Erröten bringen."

„Colton …"

„Du siehst sehr hübsch aus, heute Abend, Katherine Rose Walker, auch wenn du kein Sommerkleid und keinen Lippenstift trägst."

„Danke, aber ich werde nicht erröten." Zu spät, denn sie konnte es förmlich spüren, wie ihr die Hitze in die Wangen stieg.

„Ich habe ein Foto deiner Mutter im Flur hängen sehen. Du siehst ihr unglaublich ähnlich."

Sie hielt inne, alles Scherzen war wie weggeblasen durch diesen Moment der Überraschung. „Ich hätte nie gedacht, dass ich ihr ähnlich sehe. Raegan hat ihre blauen Augen und die blonden Haare geerbt."

Colton sah sie an. „Und du hast ihr Lächeln."

Falls sie jetzt wieder errötete, kam die Wärme aus ihrem tiefsten Inneren. Seine Worte füllten einen hungrigen Teil ihres Herzens, von dem sie bisher nicht einmal gewusst hatte.

Colton richtete seinen Blick wieder auf die Straße. „Und ihre Nase."

Durch ihr Lachen verschwand die Schwere, die zwischen ihnen gewesen war, und er lachte mit. An diesen unbeschwerten Klang würde sie sich gewöhnen können, wenn sie ehrlich war. Tief und ehrlich und …

„Also, wohin fahren wir? Ich fahre ziellos hier rum, dabei verhungere ich fast."

Die Idee kam ihr, als sie aus dem Fenster sah. „Bieg hier ab."

„Du willst in einem Wassergraben picknicken?"

„Nein, fahr einfach da rein."

Er gehorchte, parkte, nahm ihr den Korb vom Schoß und Sekunden später standen sie am Straßenrand. Sie zeigte auf ein Maislager – ein metallener Zylinder mit einem Betonfundament –, der sich in der Mitte des Feldes befand.

Colton zuckte die Schultern. „Nicht gerade ein Picknicktisch, aber mir reicht es."

Sie stapften durch hohes Gras, als sie über das Feld gingen. Der Boden war nach dem Sturm am Nachmittag immer noch nass. „Auf diesem Feld haben wir schon gespielt, als wir Kinder waren. Die Eltern von Becketts bestem Freund haben hier gewohnt. Wir sind hierhergekommen und haben Vater, Mutter, Kind gespielt. Obwohl er das nie zugeben würde, wenn du ihn fragst."

Kate musste um einen alten Traktorreifen herumgehen, den jemand dort entsorgt hatte, um das Maislager zu erreichen. Colton kletterte auf das Fundament und zog Kate hoch. Bevor er sich versah, prallte sie sanft gegen ihn.

Er sah sie an. „Wahrscheinlich bringt dich meine Frage zum Lachen, aber kannst du mir trotzdem sagen, wofür man diese speziellen Maislager eigentlich braucht."

Kate lachte wirklich laut auf. „Oh, du kannst wirklich nicht abstreiten, dass du nicht aus dem Mittleren Westen kommst. Aber eigentlich solltest du das trotzdem wissen. Du bist schließlich in Iowa City aufs College gegangen."

„Klar, aber ich war so mit Football und wilden Partys beschäftigt, dass ich mein Wissen über die Landwirtschaft nicht wirklich erweitert habe."

Partys, das stimmt. Sie hatte heute Nachmittag ein paar Artikel über Colton gelesen. Okay, mehr als nur ein paar. Als sie einmal angefangen hatte, ihn zu googeln, hatte sie gar nicht mehr aufhören können. Dabei hatte sie von seinen Erfolgen am College erfahren, seinem Ruf als Joker auf und neben dem Feld, wie er dann, nach einigen Jahren seiner NFL-Karriere, sein Leben komplett geändert hatte. In einem der Artikel war er sogar zitiert worden, wie er seinem neu gefundenen Glauben und einem Freund dankte, der ihm Verstand eingeprügelt hatte.

Sie vermutete, dass Logan dieser Freund gewesen war.

Colton ging jetzt um das Lager herum und konnte mit seinen langen Schritten ganz leicht über die Öffnung im Betonboden steigen. Ein dünnes Metallgeflecht, teilweise braun vor Rost, bildete die Mauer.

„Maislager werden dazu benutzt, um den Mais nach der Ernte

einzulagern und zu trocknen. Die Wände bestehen aus Metallgittern, damit die Luft zirkulieren kann, und es hat ein Betonfundament, damit kein Ungeziefer hineingelangen kann. Zum Beispiel Ratten oder Mäuse."

„Rost und Nagetiere. Und hier willst du picknicken?"

Sie nickte. „Und wenn du Glück hast, kläre ich dich sogar über Mähdrescher, Scheunen und Bewässerung auf." Sie warf ein Brett, in dem ein Nagel steckte, aus dem Weg. „Hier draußen muss man vorsichtig sein. Die Tetanus ist hier nie weit weg."

Colton stand vor ihr. Er war unglaublich groß. Und breit. Warum reagierte sie immer wieder so auf ihn? Es war nicht nur seine Erscheinung. Es war die Art und Weise, wie er sich so schnell an ihre Heimatstadt angepasst hatte, wie er jeden Morgen früh aufstand, um die Sturmschäden auf dem Grundstück ihres Vaters zu beheben, und dann den Rest des Tages im Depot half. Wie er sich um diesen Jungen aus dem Football-Team kümmerte. Es war der Schmerz, von dem sie wusste, dass er unter der Oberfläche lauerte. *Ich mag dich mehr, als mir lieb ist, Colton Greene. Viel mehr.*

„Sollen wir essen?"

Richtig. Essen. Das Picknick. Der Grund, warum sie hier waren. Ja, sie sollten etwas essen. Am besten auf verschiedenen Seiten des Lagers. „Noch nicht. Ich muss dir noch das Beste an einem Maislager zeigen." *Keine gute Idee, Walker. Zieh das hier nicht in die Länge. Iss und verschwinde von hier, bevor dein gesunder Menschenverstand vollends untergegangen ist.*

Doch sie konnte ihrem eigenen Gewissen nicht gehorchen. Sie trat an das Metallgeflecht heran und bedeutete Colton, ihr zu folgen. „Der Blick ist großartig, wenn man hoch genug steigt."

Sie fing an, nach oben zu klettern, und Colton tat es ihr gleich. Das Metall klapperte bei jeder Bewegung. Nach drei Vierteln des Weges verharrten sie, die Finger um die Stäbe geklammert.

Und der Blick war genauso, wie sie ihn in Erinnerung gehabt hatte – ein Flickenteppich aus Farmland erstreckte sich wie ein nicht enden wollender Quilt. Im Westen führte eine Asphaltstraße durch die Felder, die blassen Farben des Sonnenuntergangs tauchten alles in ein Blau.

„Da hinten ist das Depot." Sie zeigte in die entsprechende Rich-

tung. „Ein paar Meilen in Richtung Süden liegt Hansons Apfelgar-
ten. Da gibt es den besten Cidre der Welt."

„Das gefällt mir. Mein persönlicher Touristenführer für Maple
Valley. Was sollte ich noch sehen, während ich hier oben bin?"

„Also, über all die Antiquitätenläden haben wir ja schon gesprochen. Und dann gibt es da noch dieses riesige grüne Haus im Westen von Maple Valley. Es ist das coolste Haus der Stadt. Es hat eine
großzügig gewundene Auffahrt und davor stehen überall Flieder-
sträucher. Oben am Dachboden ist noch ein kleiner Balkon angebracht. Ich glaube, da lebt schon seit Jahren niemand mehr, aber
ich liebe es einfach, daran vorbeizufahren. Der Ort kommt mir wie
verzaubert vor. Es mag albern klingen, aber ich mag es eben."

„Wie sieht es drinnen aus?"

„Keine Ahnung. Ich war noch nie im Haus."

„Es ist einer deiner Lieblingsorte in der Stadt und du warst noch
nie im Innern?"

„Wie ich schon sagte, es ist albern." Sie zeigte auf eine Ansammlung von Bäumen. „Da drüben ist die Schlucht hinter Dads Haus.
Du solltest irgendwann mal da spazieren gehen. Es gibt einen Bachlauf mit einer kleinen Brücke. Dahin hat Dad Mum bei ihrem ersten Date ausgeführt. Mum war neu in der Stadt und sie wollte nicht
auf den Abschlussball, also hat Dad die Brücke in ihre eigene Tanz-
fläche verwandelt. Sie mit Lichtern und allem dekoriert." Sie hielt
inne. „Tut mir leid, ich plappere."

„Nein, alles gut. Ich mag es, wenn du von deiner Familie er-
zählst."

Weil er keine eigene hat. Ein kalter Wind pfiff um das Maislager.
„Colt, ich …" Das Bekenntnis lag ihr einige Sekunden auf den Lip-
pen, bevor sie sich traute, es auszusprechen. „Ich habe von deiner
Familie gelesen. Deinen Eltern, dem Unfall."

Er wandte den Blick ab, der Wind zupfte an seinem Haar. „Nach-
forschungen. Ich verstehe. Du schreibst mein Buch. Du musst die
Fakten kennen."

Die Kälte der Metallstäbe zwischen ihren Fingern wurde eisig.
„Kannst du … dich daran erinnern?"

Sie sah, wie sich sein Mund anspannte, noch bevor sie den Satz
zu Ende gesprochen hatte. Seine Augen füllten sich mit Unmut.

„Lass uns essen."

„Aber ..."

Das Metall klapperte wieder, als Colton seinen Abstieg begann. Sie hatte es vermasselt.

Während sie nach unten kletterte, suchte sie nach Worten, mit denen sie ihre letzte Frage wiedergutmachen konnte. Oder war es besser weiterzubohren? Immerhin schrieb sie sein Buch, seine Geschichte. Das hatte er selbst gesagt. Und der Tod seiner Eltern war schließlich ein essenzieller Teil seines Lebens. Vielleicht wäre es gut ...

Sie wurde aus ihren Gedanken gerissen, als ihr Fuß auf etwas Spitzes traf, ihr Schrei mischte sich mit Coltons Ausruf, was geschehen war. Sofort war er an ihrer Seite, stützte sie, während sie sich das Bein hielt. In ihrer Sohle steckte ein Nagel samt Brett.

„Geht es dir gut?"

„Ich habe einen Nagel im Fuß."

„Richtig, blöde Frage."

Sie hielt sich an der Wand des Maislagers fest, während Colton sich vorbeugte. „Er sitzt nicht sehr tief, zieh ihn einfach raus." Der Schock saß viel tiefer als der Schmerz. Gott sei Dank hatte sie Tennisschuhe an.

„Bist du sicher?"

„Also, ich glaube nicht, dass es gut ist, wenn er länger drinsteckt."

Coltons Gesichtsausdruck schwankte zwischen Sorge und Amüsement, doch er beugte sich wieder vor und zog den Nagel aus dem Schuh. Dann half er ihr, sich hinzusetzen, und zog ihr Schuh und Socke aus und untersuchte ihre Fußsohle. Seine Finger fuhren über ihre Haut, sanft und vorsichtig.

„Es tut kaum weh."

„Und es blutet auch nicht stark. Tja, wenn du ein Sommerkleid und Sandalen getragen hättest, wäre es viel schlimmer ausgegangen." Er band ihren Socken um die Wunde und dann, bevor sie sich wehren konnte, legte er einen Arm unter ihre Knie und einen um ihren Rücken.

„Was ..."

Er hob sie hoch. „Wir müssen ins Krankenhaus."

„So schlimm ist es nicht, Colt."

Sie konnte seinen Atem auf ihrer Stirn spüren. „Du hast doch eben noch von Tetanus gesprochen. Du brauchst eine Spritze."

„Dazu musst du mich aber nicht tragen."

Er ignorierte ihren Einwand und ging einfach weiter, die Arme um sie gelegt.

„Ich habe das Picknick ruiniert." Zuerst ihre nervigen Fragen. Und jetzt das.

„Du hast nichts ruiniert." Er ging durch den Wassergraben, dann kletterte er hinauf zur Straße, wo das Auto stand. „Hey."

Dieses eine Wort klang so ernst, dass sie den Blick hob und ihm in die Augen schaute. Das stürmische Grau war verschwunden und nun lag ein klarer Ozean vor ihr. „Ja?"

„Findest du es wirklich schlimm, wenn ich dich Rosie nenne?"

Überhaupt nicht. „Du hast hundertzwanzig Dollar für ein Essen bezahlt, das du immer noch nicht bekommen hast. Du bist auf ein Maislager geklettert. Du hast mir gesagt, dass ich aussehe wie meine Mum. Du hast mich bis zum Auto getragen. Du kannst mich nennen, wie du willst, Colton Greene."

Kapitel 7

Colton hatte drei Minuten Zeit, um einen Eindruck zu hinterlassen, der seinen zukünftigen Weg als TV-Sportanalyst ebnen würde – oder auch nicht.

Eine Karriere, von der er bis zu Ians hektischem Telefonanruf nichts geahnt hatte.

Er verschränkte die Finger und versuchte ruhiger zu werden, während es um ihn herum geschäftig summte. Ein Kameramann, der an seiner Linse herumfummelte. Eine Rasenfläche entfernt das *Jack Trice*-Stadion der Iowa State University mit all den Fans, die gespannt auf das Spiel ISU gegen Iowa warteten. Der Wind wehte den Duft von Popcorn und Hotdogs herüber.

Und eine Frau mit einem Pinsel in der Hand stand vor ihm und trug ein Puder auf. Ian hatte nicht gesagt, dass dieser Auftrag Make-up erforderte.

„Wie weit bist du von Ames entfernt und wie schnell kannst du dort sein?“

Er war kaum wach genug gewesen, um Ians Anruf entgegenzunehmen. Wie sollte er da eine exakte Beschreibung seiner geografischen Lage geben können. Doch irgendwie hatte er es geschafft, innerhalb von dreißig Minuten aufzubrechen, mit einer geliehenen Krawatte, einer alten Anzugjacke von Logan, die an den Schultern spannte, und Cases Warnung im Kopf, dass er sich vor Wildwechsel in Acht nehmen sollte. Ian hatte ihn mit der Nachricht überrascht, er habe ihm vor dem heutigen Spiel ein Kurzinterview bei einem Verantwortlichen von ESPN besorgt.

Und Kate saß auf dem Beifahrersitz.

Sie winkte ihm von ihrem Platz hinter dem Kameramann zu. Ihre Jeansjacke war offen und sie trug ein blaugrünes T-Shirt und einen gelben Schal. Er wusste immer noch nicht, wie es dazu gekommen war, dass sie hier war. Sie war ihm im Haus gefolgt, von einem Raum zum anderen, während er sich beeilt hatte, sich auf den Weg zu machen.

„Ich wusste gar nicht, dass du Sportreporter werden willst."

„Ich weiß nicht, ob ich das will. Aber mein Manager hält es für eine gute Idee. Das machen viele Spieler, die nicht mehr aktiv sind."

„Sprichst du denn gerne vor der Kamera?"

Überhaupt nicht. „Ich spreche gerne über Football."

Dann hatte sie plötzlich neben ihm im Truck gesessen und sie hatten den ganzen Weg nach Ames miteinander gesprochen. Die fünfundvierzig Minuten waren wie im Flug vergangen. Sie hatten über gestern Abend gelacht, die Fahrt ins Krankenhaus, darüber, dass die Tetanusimpfung schmerzhafter gewesen war als der Nagel. Es war, als ob dieser Morgen die Verlängerung des gestrigen Abends war – das gemütliche Beisammensitzen auf der Veranda, das Picknick, das sie endlich zusammen eingenommen hatten, die Gespräche, die entspannt zwischen ihnen geflossen waren, bis sie kurz vor Sonnenaufgang dann doch noch ins Bett gegangen waren.

Es war eine gute Nacht gewesen. Eine der besten, die er in letzter Zeit gehabt hatte. Und noch besser war es gewesen, dass sie nicht mehr auf seine Eltern und den Unfall zu sprechen gekommen war.

„Sind Sie bereit?" Link Porter, der Moderator des Sportsenders, ließ sich neben ihn auf den Stuhl fallen.

„Mehr denn je." Colton stellte seine Füße auf die Stange unten an seinem Stuhl. Immerhin gab es nur eine Kamera für diesen kurzen Vorbericht zum Spiel – das war besser als die Horde Reporter, denen er sich das letzte Mal hatte stellen müssen. Es war ihm während seiner ganzen Karriere nicht leichtgefallen, vor die Kamera zu treten. Doch das war eben genau das, was Sportler taten, wenn ihre aktive Zeit beendet war. Oder etwa nicht?

Näher würde er an das Leben, das er kannte, nicht mehr herankommen.

„Eiskalt heute." Link rieb sich die Hände. Der frühere Tigers-Spieler, der seine Karriere vor mehr als zwanzig Jahren beendet hatte, trug den quietschgrünen Schlips, der zu seinem Markenzeichen geworden war, und ein geübtes Lächeln, das seine gebleichten Zähne offenbarte. Sein silbernes Haar war mit Gel zu einem wahren Helm geformt. „Ich weiß nicht, warum man freiwillig hier lebt."

Colton beobachtete, wie Kate sich die Hände in die Taschen steckte, um sich gegen die Kälte des Nachmittags zu schützen. Sie hatte darauf bestanden, bei dem Interview dabei zu sein, anstatt schon einmal die Plätze an der Fünfzigyardlinie aufzusuchen, die man ihnen gegeben hatte. Der Sonnenschein goss sich wie Gold über den kristallblauen Himmel aus. „Oh, ich finde es gar nicht so schlecht hier."

„Warten Sie auf den ersten Blizzard. Dann überlegen Sie es sich schnell anders."

Obwohl Links Karriere bei den Tigers zwei Jahrzehnte vor Coltons Aufstieg geendet hatte, hatte er den Mann in den letzten Jahren einige Male getroffen. Er war hin- und hergerissen gewesen zwischen der Bewunderung dafür, dass der Mann immer noch so prominent war, und der Frage, ob das Leben im Rampenlicht sich aus diesem völlig anderen Blickwinkel genauso gut anfühlte.

„Kann ich Sie etwas fragen, Link? Genießen Sie das Leben als Sportreporter?"

„Ich mache das seit über zwanzig Jahren."

„War der Wechsel schwer? Vom Spieler zum passiven Zuschauer und Berichterstatter, meine ich."

Etwas Herablassendes lag in Links Lachen. „Machen Sie Witze? Ich war fast vierzig, als ich aufgehört habe. Mein Körper war ein einziges Wrack."

Das war der Unterschied. Link hatte gespielt, bis er innerlich dazu bereit gewesen war, seine Karriere zu beenden. Coltons Laufbahn war viel zu früh zu Ende gewesen.

Ein Kerl, dessen Namensschild ihn als *Maury* auswies, kam um die Kamera herum und setzte sich Kopfhörer auf. „Gut, Gentlemen, wir sind auf Sendung in zehn Sekunden."

Coltons Füße suchten Halt und trafen auf dem Boden auf.

Link wandte sich ihm zu. „Junge, Sie brauchen nicht aufgeregt zu sein. Die Sache ist vorbei, bevor Sie es überhaupt merken."

Leicht gesagt. Für Link war das Routine. Nichts Außergewöhnliches.

Für Colton war es das erste große Event nach vielen Monaten.

Doch das stimmte eigentlich nicht. Da war seine Reise nach Iowa und Kate, die die perfekte Autorin für ihn war, das spürte er. Da war Case, dem er seit einer Woche im Depot half und für den er endlich etwas Lohnenswertes tun konnte. Da war die Hoffnung, dass er seinem Leben endlich eine neue Richtung geben konnte.

„Zehn. Neun. Acht." Maury begann den Countdown.

„Ach, das hätte ich fast vergessen. Schaue ich Sie an, wenn wir reden, oder sehe ich in die Kamera?"

„Sieben. Sechs. Fünf."

Link sprach mit einem unbeweglichen Lächeln. „Beides."

„Vier. Drei. Zwei."

„Aber wie …"

Maury ließ den Arm fallen.

„Guten Tag, Leute, Link Porter hier, um von einem heißen Spiel an einem kalten Tag zu berichten. Hier bei mir ist Colton Greene, ehemaliger Quarterback der L.A. Tigers und auch ein früherer Schüler an einer der Schulen, die sich heute auf dem Feld gegenüberstehen. Schön, Sie hier zu haben, Colton."

„Es freut mich auch, hier zu sein, Link." Gut, seine erste Zeile hatte er überstanden.

„Ich werde Sie jetzt nicht fragen, für wen Sie heute sind, denn das ist nach Ihren vier Collegejahren als Hawkeye wohl klar. Ihr Herz schlägt doch bestimmt immer noch für die Hawks."

Colton rieb seine Handflächen. Verflixt, nahm die Kamera das auf? „Natürlich, aber wir sind hier auf dem Gebiet der Cyclons, also werde ich mich nicht zu weit aus dem Fenster lehnen."

„Gut gesagt. Lassen Sie uns über Strategie sprechen. Wenn Sie Coach Hardy wären, was würden Sie den Hawks jetzt sagen?"

Colton blickte in die Kamera. Jetzt sollte sein Instinkt übernehmen. Jetzt sollte er den Monitor vergessen und das kleine Mikrofon, das ihm am Kragen klemmte.

Doch stattdessen zeigte er Nerven. *Coach Hardy … sprich über die Defense der ISU … stell Iowas Vorliebe heraus, den Ball über das Feld zu tragen.* Sie hatten das doch vorhin noch besprochen.

„Wenn ich Coach Hardy wäre … würde ich … ähm, wahrscheinlich über die Defense sprechen. Ich würde meinem Quarterback … ähm, meinem Quarterback …"

„Der Quarterback ist Bobby Emmanuel", unterbrach ihn Link. „Sein Wurf hat letzte Woche das Spiel gegen Kansas State entschieden. Haben Sie es gesehen, Colton?"

„Ähm, nein. Habe ich nicht."

Links Lächeln wankte nicht, doch seine Augen loderten böse. „Zurück zur Defense. Wir haben dieses ISU-Team in dieser Saison erst ein paarmal gesehen, aber sie verteidigen gut gegen eine breite Offense. Glauben Sie, wir können das Gleiche von den Hawks sagen?"

Sonnenlicht spiegelte auf der Kameralinse. Colton blinzelte. Sein Magen drehte sich um. „Ich denke schon, Link."

Er versaute es. Die wenigen Worte, die er fand, mischten sich mit saurer Galle, bevor sie ihm über die Lippen kamen.

„Konzentrier dich auf die Gesichter." Ians Stimme, die er noch von Dutzenden Pressekonferenzen im Ohr hatte.

Doch schon damals hatte der Rat seines Managers nicht viel gebracht. Und auch jetzt nützte er nichts, da das Gesicht, in das er schaute, einem versierten Fachmann gehörte, der es gerade offensichtlich bereute, Colton in die Sendung eingeladen zu haben. Doch dann, als Link gerade etwas über die Teamaufstellung sagte, sah Colton Kate aus dem Augenwinkel.

Nur für den Bruchteil einer Sekunde, doch lang genug, um die Unterstützung in ihrem Blick zu sehen.

„… weshalb ich überzeugt bin, dass ISU heute, trotz der ähnlichen Statistiken der beiden Teams, schnell die Führung übernehmen wird."

„Da bin ich mir nicht so sicher, Link."

Link konnte sein Missfallen kaum verbergen. „Nicht?"

„Die Hawkeyes haben zwei Siege zu verzeichnen, ja, aber sie waren nicht die Überflieger, die wir alle erwartet haben. Ich denke, heute müssen sie sich beweisen und deshalb werden sie uns alle überraschen."

Zwei ganze Sätze und kein einziger Stotterer. Erleichterung durchströmte ihn – doch nicht genug, um die Beschämung über seine Patzer wiedergutzumachen.

Sekunden später winkte Maury, das rote Licht an der Kamera erlosch und Link lehnte sich in seinem Stuhl zurück, während jemand ihm eine Tasse Kaffee in die Hand drückte. „Gut, das war's."

Maurys Gesichtsausdruck war noch viel unfreundlicher als der von Link.

Colton nahm das Mikrofon von seinem Kragen und reichte es der Frau, die neben ihn trat. Der Kameramann räumte schon sein Equipment ein.

„Ähm, alles gut?"

Link schluckte seinen Kaffee. „Alles gut. Viel Spaß beim Spiel."

Das war's. „Also, vielen Dank. Vielleicht sehen wir uns ja mal wieder."

Weder Link noch Maury gaben sich große Mühe, ihre Zweifel zu verbergen. Und alle Hoffnungen, die er in das dreiminütige Interview gesetzt hatte, schwanden dahin. Er schüttelte Links Hand, dann ging er zu Kate, die immer noch dort stand, wo sie die ganze Zeit gewartet hatte.

Ihr Lächeln war zu angespannt. „Super gemacht." Auch ihre Stimme klang nicht echt.

„Ich weiß nicht, welches der Zehn Gebote sagt, dass man nicht lügen soll, aber du hast es gerade gebrochen."

Kate schlang ihren Arm durch seinen und führte ihn aus dieser peinlichen Situation heraus. „Nein. Du hast es wirklich gut gemacht. Vor allem am Ende."

Nur am Ende. Ian hatte gesagt, er würde das Interview im Internet verfolgen. Wahrscheinlich saß er jetzt mit steinernem Gesichtsausdruck in L.A. und rührte sich nicht mehr.

„Komm, lass uns unsere Plätze suchen und das Spiel anschauen. Dann kannst du mir auch gleich erklären, warum ich mich dafür interessieren sollte."

„Weil es das interessanteste Match in deinem Staat ist, deshalb."

„Ich meine eigentlich, warum ich mich für Football im Allgemeinen interessieren soll."

„Warum tust du mir so weh?"

Lachen tanzte in ihren Augen.

„Du wirst das ganze Spiel anschauen, Rosie, und am Ende wirst du es lieben. Oder es zumindest zu schätzen wissen. Dafür werde ich sorgen." Und vielleicht konnte er ja dann auch seinen peinlichen Auftritt von eben vergessen – und die Tatsache, dass er gerade seine Karriere versaut hatte.

Wieder einmal.

Kate hatte nur ein Ziel, als sie Colton mit in die Twister Tavern nahm: den Mann aufzuheitern.

Und bisher schien das zu funktionieren. „Jawoll, neunundzwanzig Körbe. Perfekt!" Sie wandte sich von dem Basketball-Spielautomaten ab, der in der Ecke des Restaurants stand und an dem sie zu College-Zeiten die Hälfte ihrer Samstagnächte verbracht hatte.

„Ich muss zugeben, dass das ziemlich beeindruckend ist." Colton beäugte den Korb an der Wand, der zu dem Spiel gehörte. „Aber du solltest wissen, dass ich bei diesem Spiel schon unzählige Rekorde erreicht habe. Wir hatten so einen in unserem Schlafsaal in Iowa …"

„Pssst." Sie legte den Finger an die Lippen. „Wir sind hier noch auf ISU-Gebiet, und nachdem wir heute so kläglich verloren haben, kannst du doch nicht einfach den Namen des Feindes so laut herumposaunen."

Er grinste breit. „Gut. Dann schau zu … und lerne." Er drehte sich um, steckte ein paar Münzen in den Automaten und stampfte dann ihren Rekord von neunundzwanzig Treffern mit seinen eigenen fünfundvierzig in Grund und Boden. Dann drehte er sich mit einem großspurigen Lächeln zu ihr um. „Was sagst du jetzt, Walker?"

Wenn er sie dann so anlächeln würde, wäre sie bereit, wieder zu verlieren.

Jetzt hatte sie wohl völlig den Verstand verloren. *Reiß dich zusammen, Walker.*

„Das war unfair. Ich hatte noch kein Abendessen."

„Gut. Wir essen und dann spielen wir die nächste Runde."

Sie folgte ihm zurück zum Tisch, wo eine Kellnerin gerade ihr Essen brachte. Ein Teller mit Pommes und ein Burger für Kate. Und Rippchen für Colton. Sie ließ sich auf ihren Stuhl fallen und legte sich sofort eine Serviette auf die Knie. „Komm zu Mama."

Colton grinste sie über sein Glas hinweg an. „Ich hätte nie gedacht, dass du der Burger-Typ bist."

„Du kennst mich gerade mal seit acht Tagen. Es gibt eine ganze Menge, das du noch nicht weißt." Sie zog eine Pommes durch den Ketchup und steckte sie sich in den Mund.

Schon verblüffend, wie wenig sich dieser Ort seit ihrer College-Zeit verändert hatte – teilweise neue Speisen und hier und da neue Teamfotos der ISU-Spieler an den Wänden, doch noch immer die gleichen alten, mit Holz ausgekleideten Sitznischen und karierte Tischdecken. Die Kellner und Kellnerinnen trugen noch die gelb-roten Schürzen, an die sie sich erinnerte, und das *e* der Neonschrift *Cyclone City* flackerte wie eh und je.

Sie legte die Finger um den Burger. „Heiliger Strohsack, das Ding ist ja riesig."

„Heiliger Strohsack. Lustig."

„Was? Oh ... ja." Wieder ein Blick auf den Burger. Ein kurzes Zögern.

„Nicht lustig?"

„Ich liebe Fleisch, aber ich denke lieber nicht darüber nach, woher es kommt."

Immerhin lachte Colton, als er eines der saftigen Rippchen hochhob. Er hatte ein hübsches Lachen. Ein sattes Tenorlachen. Davon hatte sie während des Football-Spieles viel zu wenig gesehen. Ja, er hatte es versucht – hatte ein Pokerface aufgesetzt. Hatte sich die Zeit genommen, ihr alles haarklein zu erklären, was auf dem Feld passierte. Hatte sich sogar auf eine halbherzige Diskussion über ihre gegnerische Alma Mater eingelassen. Hatte sich gefreut, als sein Team in der letzten Minute den entscheidenden Touchdown gemacht hatte.

Er hatte sogar zugelassen, dass sie ihn in der Halbzeitpause über weitere Spielerinnerungen für das Buch ausfragte, mit dem sie am besten in den nächsten Tagen anfangen sollte.

Doch sie hatte die permanente innerliche Grimasse gespürt, die er seit dem Interview nicht mehr hatte ablegen können. Er quälte sich selbst deswegen, das wusste sie, denn er hatte so große Hoffnungen in dieses kurze Gespräch gesetzt.

Kaum anders als sie und ihre Chance bei der Jakobus-Stiftung.

Vielleicht hatte sie deshalb vorgeschlagen, ein frühes Abendessen in Ames einzunehmen, bevor sie sich auf den Weg zurück nach Maple Valley machten. Ein gut gebratenes Stück Fleisch konnte Wunder bewirken. Doch vielleicht hätte sie lieber keinen Ort aussuchen sollen, an dem an allen Ecken Fernseher hingen, auf deren Monitoren die verschiedenen Sportkanäle liefen.

Eine Weile aßen sie schweigend. Sie wartete, bis er seine Rippchen halb aufgegessen hatte, bevor sie sich langsam vortastete. „Colton, was hast du gemacht, als du noch kein Football gespielt hast? Bestimmt hattest du doch Interessen. Hobbys. Freunde." *Freundinnen.* Näher würde sie nicht an die Frage herankommen, die sie eigentlich stellen wollte. Online hatte sie über Lilah Moore gelesen – den aufsteigenden Stern am Politikhimmel Kaliforniens. Und in den Artikeln hatte es geheißen, dass sie nicht nur Direktorin von Coltons Stiftung war, sondern auch seine langjährige Lebensgefährtin gewesen war.

Bis zu dem Tag, als dieses brutale Spiel seine Karriere beendet hatte. Da hatte sie ihn verlassen. Anscheinend war sie jetzt mit jemand anderem verlobt.

Colton griff nach seinem Glas, doch anstatt einen Schluck zu nehmen, spielte er mit dem Strohhalm herum. „Football ist seit der Highschool mein Leben. Ich hatte keine Zeit für etwas anderes."

„Es ist nur … Ich kann kein Buch über dich schreiben, das sich nur um die sportlichen Aspekte dreht, Colton. Du willst nicht über deine Kindheit sprechen. Du willst nicht über dein Privatleben sprechen."

Sie spürte, wie unangenehm ihm das Gespräch war. Vielleicht war es nicht der richtige Zeitpunkt, um dieses Thema zur Sprache zu bringen. Doch sie hatten nicht wirklich viel Zeit, um dieses Projekt abzuschließen. Sein Manager wollte bis Anfang Oktober einen Entwurf. Die Stiftung erwartete sie im November zu ihrer Orientierungswoche in New York.

Der Abgabetermin machte ihr langsam Sorgen.

Eine Kellnerin ging mit einer zischenden Pfanne an ihnen vorbei. „Ich bin wirklich froh, dass du diejenige bist, die mein Buch schreibt, Kate. Ich will, dass es gut wird. Es muss gut werden. Aber es gibt einige Dinge …" Die Eiswürfel klirrten in dem Glas, als er umrührte. „Es gibt Dinge, über die ich nicht spreche. Nicht einmal mit dir. Das könnte ich gar nicht, selbst wenn ich wollte."

Er *konnte* es nicht? Was hatte das nun wieder zu bedeuten? Und warum kam es ihr gerade so vor, als wäre eine Mauer zwischen ihnen, die die beginnende Freundschaft zwischen ihnen empfindlich störte? Sie fühlte sich plötzlich so, als hätte sie die letzten vierundzwanzig Stunden in der Gegenwart eines vollkommen anderen Menschen verbracht.

Worüber willst du nichts erzählen, Colton?

Je mehr Zeit sie mit diesem Mann verbrachte, desto weniger kannte sie ihn.

Und desto mehr wollte sie ihn kennenlernen.

„Ich habe ziemlich viel gesprochen."

Sie blinzelte. „Hm?"

„Du hast mich gefragt, was ich vor dem Football gemacht habe. Ich habe gesprochen. Auf Veranstaltungen. Ich habe ehrenamtlich in einem Waisenhaus gearbeitet. Und in Schulen und Kirchen zu Jugendlichen gesprochen – solche Sachen."

Sie ließ ihren Burger sinken und erkannte seine Äußerung als die Bemühung, die sie war. „Aber wie …?"

„Du fragst dich, wie ich vor großen Gruppen sprechen konnte, wo ich heute im Interview so kläglich versagt habe?" Am anderen Ende des Restaurants ging jemand an die Jukebox und eine weinerliche Country-Ballade erklang. „Ich habe kein Problem damit, auf einer Bühne vor dreihundert Leuten zu stehen. Aber halt mir eine Kamera ins Gesicht und ich bin verloren. Keine Ahnung, warum."

Und er wollte wirklich Sportmoderator werden? „Worüber hast denn mit den Schülern gesprochen?"

Colton zerknüllte seine Serviette und legte sie in die inzwischen leere Schale. „Darüber, gute Entscheidungen zu treffen. Die Schule fertig zu machen und solche Dinge. Um es mit den Worten meines ach so taktvollen Managers zu sagen, wir haben einen Vorteil aus meinem abgelegten Badboy-Image geschlagen." Er verdrehte die Augen, während er die Stimme seines Managers nachmachte, doch dann zuckte er mit den Schultern. „Es hat Spaß gemacht. Ich hatte das Gefühl, ich würde etwas Wichtiges tun. Wenn ich schon so eine schreckliche Kindheit hatte und später eine Menge Fehler gemacht habe, sollte am Ende wenigstens noch etwas Gutes bei rauskommen."

„Wann genau in deiner schrecklichen Kindheit hast du denn entdeckt, dass du Football spielen kannst?" Sie hatte Angst, dass er abblocken würde wie jedes Mal, wenn sie ihm eine Frage über seine Vergangenheit stellte.

Stattdessen fixierte sich sein Blick auf einen Punkt über ihrer Schulter und nachdenkliche Erinnerungen funkelten in seinen blauen Augen. „In der ersten Pflegefamilie war ich vier Monate. Eines Tages tauchte meine Sozialarbeiterin auf. Sie sagte, die Familie hätte entschieden, dass es nicht funktionierte. Ich musste zurück ins Heim." Er stützte ein Kinn auf die Fäuste. „Es ist seltsam. Ich kann immer noch das Vinyl ihres Pontiacs riechen. Ich bin ziemlich oft darin zurück ins Heim gebracht worden."

Kate schob ihren Teller weg und tauchte mit ihm in seine Kindheitserinnerungen ein.

„Also sind wir von diesem Haus weggefahren, immer weiter auf der Landstraße. Nora – so hieß meine Sozialarbeiterin – hat mir, als wir im Auto saßen, gesagt, dass mir das Leben übel mitgespielt hat und dass ich jeden Grund hätte, wütend zu sein. Und dann hat sie neben einer alten Scheune geparkt und eine Kiste aus dem Kofferraum geholt. Da waren alte Glasvasen und Flaschen drin. Eigentlich wollte sie die entsorgen, doch dann hatte sie eine bessere Idee."

Im Hintergrund wechselte der Countrysong zu einem Lied von Elvis. „Das Nächste, was ich weiß, ist, dass sie eine Vase gegriffen und sie gegen die Scheunenwand geschmettert hat. Und dann hat sie mir eine gegeben. Wir haben die komplette Kiste geleert."

Colton schaute auf und sein Blick flackerte, als er in die Gegenwart zurückkehrte. „Na ja, und dann hat sie mich gefragt, ob ich Sport mache. Sie fand, mit meinem Wurfarm sollte ich Baseball spielen."

„Baseball?"

Er grinste. „Sie ist Baseballfan. Also habe ich es ihr zuliebe getan. Ich habe in den nächsten Jahren so ziemlich jeden Sport ausprobiert. Und im Football war ich eben exzellent."

Und es war zu seiner Fluchtmöglichkeit geworden. Eine Bewältigungsstrategie. Wie Gläser gegen eine Wand zu schmeißen.

Die Kellnerin blieb an ihrem Tisch stehen und räumte die Teller ab, sie ließ auch gleich die Rechnung da. Als sie wieder weg war, räusperte Kate sich. „Danke, dass du mir das erzählt hast, Colton."

Er zuckte mit den Schultern. „Damit solltest du schon mal einen Teil des Buches schreiben können."

„Bist du mit Norah in Kontakt geblieben?"

„Nicht wirklich. Sie hat mir in den ganzen Jahren immer mal wieder eine Karte geschickt. Letzten Januar habe ich ihr Tickets für die Playoffs geschenkt. Wir hatten oft schwere Zeiten – ich war damals so unglaublich wütend. Und mir war nicht klar, was ich an ihr hatte. Nicht jedes Waisenkind hat eine Sozialarbeiterin wie sie."

„Hast du deswegen bei der Auktion Webster ersteigert? Möchtest du sein Leben beeinflussen, wie sie deins beeinflusst hat?"

Er zuckte mit den Schultern. „Oder ich vermisse das Spiel so sehr, dass ich mit einem Jungen spielen will, der mir nicht das Wasser reichen kann."

Das bezweifelte sie.

„Entschuldigung. Sie sind Colton Greene, oder?"

Kate schaute auf und sah einen College-Jungen, der an ihren Tisch getreten war und Colton nervös musterte. Colton nickte.

„Jungs, ich habe es euch doch gesagt", rief er über die Schulter.

Und in den nächsten zehn Minuten beobachtete sie, wie Colton Autogramme gab und so tat, als wäre er nicht begeistert davon.

Während sie so tat, als würde sie sich nicht zu ihm hingezogen fühlen.

ॐ

Wann war er das letzte Mal so außer Atem gewesen?

Colton rammte seine Füße in den Boden, während er Bear folgte. Sein Blick ging hin und her zwischen dem Ball, den der Freund von Seth in den Händen hielt, und den Liegestühlen im Garten der Walkers, die die Endzone markierten.

„Schnapp ihn dir, Rae!"

Raegan war einige Meter vor Colton und gerade, als Bear sich bereit machte, den Touchdown zu landen, streckte sie sich, um seinen Arm zu schnappen.

Kates Freudenrufe mischten sich mit seinem eigenen Jubel.

„Jawoll. Nimm das, Bear McKinley!" Lachen schwang in Raegans Stimme mit, als sie dem Mann, der von der Statur her seinem Namen alle Ehre machte, den Ball wegriss.

„Das ist mein Mädchen", rief Case von der Veranda her und prostete ihnen zu.

Eine lauwarme Brise schlug Colton ins Gesicht, der Duft von reifem Getreide lag in der Luft. Kate hob beide Hände und schlug ein. Ihre Wangen leuchteten rosig. „Und? Bist du jetzt glücklich, dass du zwei Frauen in deinem Team hattest?"

Der Schmerz in seinem Knie war kaum zu spüren, doch er machte ihm klar, dass dies hier die einzige Art Sport war, die er je wieder würde machen können. „Hey, ich fand das von Anfang an in Ordnung." Er stieß sie mit dem Ellbogen an. „Ich wusste, dass wir es mit Seth, Bear und Ava locker aufnehmen könnten."

Genauso sollte ein Sonntagnachmittag sein. Sonnenflecken zuckten durch die Wolken und Äste über die weite Fläche. Die Sonntagskleidung war längst gegen Sportlicheres getauscht – die Sweatshirts und Jacken lagen nun auf der Veranda verteilt.

Und Freunde, die er erst vor knapp zwei Wochen kennengelernt hatte, hatten sich in Teams aufgeteilt, um das unorganisierteste Football-Spiel zu spielen, das er jemals erlebt hatte. Bear versetzte Raegan einen freundschaftlichen Stoß, als sie an ihm vorbeikam.

Gut, vielleicht war das Interview gestern nicht gut gelaufen. Vielleicht hatte er sich lächerlich gemacht, als er da neben Link Porter gesessen und in die Kamera gestammelt hatte.

Doch während dieser sonnigen Stunden zählte das nicht. Alles, was wichtig war, war der alte Football, den er in Cases Garage gefunden hatte.

Und wenn das Spiel vorbei war, dann hatte er schon Pläne für den Rest des Tages.

Er legte jeder Schwester eine Hand auf die Schulter. „Okay, Ladys, der letzte Ballbesitz und wir werden unseren Gegnern keine Chance lassen."

Kate zog ein Haargummi aus der Tasche und band sich einen Pferdeschwanz. „Ich schlage vor, wir versuchen ein Double-Reverse -Spiel. Es war so süß, als die Hawkeyes das gestern gemacht haben. All diese Übergaben – so schwer, aber so gut ausgeführt. Wie ein komplizierter, aber perfekt strukturierter Satz."

Colton spürte die pure Freude. „Ich habe dich noch nie mehr gemocht als gerade jetzt, Kate Walker."

Ein verführerisches Funkeln flackerte in ihren bronzefarbenen Augen. „Lasst es uns versuchen."

Während Kate nach ihrer Wasserflasche griff, nahm Colton Raegan den Ball ab. „So sehr ich deinen Mut bewundere, ist das vielleicht doch ein bisschen zu viel verlangt. Lasst uns ein Ablenkungsmanöver starten. Raegan, du rennst auf der linken Seite entlang und ich tue so, als würde ich zu dir passen. Kate, du kommst um mich herum und machst dich bereit für die Übergabe. Dann bringst du den Ball das Feld runter."

„Machst du Witze? Die rennen mich über den Haufen."

Colton schüttelte den Kopf. „Nein. Bear hat nur Augen für Rae und …"

Raegan sah ihn schockiert an. „Ähm … was?"

„Und Ava wird versuchen zu erkennen, wohin ich werfe und sich danach ausrichten."

Kate verschränkte die Arme. „Aber Seth …"

„Er ist genauso nutzlos wie Bear. Vertrau mir, er wird sich nicht für dich interessieren."

„Beeilt euch, Greene", rief Ava.

Zweifel huschten über Kates Gesicht. „Wenn jemand läuft, dann solltest du das machen, Colt."

„Mm. Es ist deine Aufgabe. Und jetzt stellt euch auf, Walkers."

Kate seufzte und nahm ihren Platz ein, Raegan blieb rechts neben ihm. Kate bückte sich für den Anstoß. Sie schnappte sich den Ball, Raegan lief davon … und das Spiel entwickelte sich genauso, wie Colton es erwartet hatte. Seine Finger berührten Kates, als er ihr den Football übergab und dann sah er die Freude und Entschiedenheit in ihren Augen, als sich vor ihr die Lücke öffnete und sie davonspurtete. Sekunden später jubelte er, als sie in die Endzone flog und den Touchdown machte.

„Das ist mein anderes Mädchen!" Wieder ein Ruf von Case.

Raegan schrie und schlug Bear auf den Arm und Seth und Ava stöhnten laut. Kate war immer noch außer Atem, als Colton sie erreichte, ihr Pferdeschwanz hatte sich gelöst und ihre Wangen waren rot.

„Ich habe doch gesagt, dass es funktioniert." Er legte einen Arm um ihre Schulter und sie gingen in Richtung Haus.

„Ja, ja, du hattest recht."

„Ich hatte auch recht mit dem Spiel an sich – gib es zu. Jetzt erkennst du die Schönheit des Footballs, oder? Ist es dein neuer Lieblingssport? Wirst du nie wieder einen Super Bowl verpassen?"

Der Wind umfing ihr Lachen, als sie sich seinen Schritten anpasste. „Ich lerne es zu schätzen, okay? Reicht das erst mal?"

„Für den Augenblick. Ich habe ja noch ein paar Wochen Zeit, um dich zu einem absoluten Fan zu machen." Obwohl es sich viel zu kurz anfühlte. Die Tage, von denen er erwartet hatte, dass sie sich in die Länge ziehen würden, rasten nur so dahin.

Kate blieb stehen und rieb sich die Augen. „Ich habe Staub oder eine Wimper im Auge."

Er wandte sich ihr zu. „Soll ich mal nachschauen?" Ihr Haar roch nach Vanille – oder Kokosnuss.

Anstatt noch einmal zu reiben, ließ sie ihre Hand sinken. „Warum bist du gerade von Football so begeistert, Colt?"

„Ich mag es, Spielzüge zu lernen. Ich mag die Einfachheit der Zielsetzung und die Komplexität des Weges dorthin." Er zuckte mit den Schultern und seine Finger strichen über ihre Braue, während er ihr Auge untersuchte. „Am liebsten habe ich Anweisungen über den Platz gerufen. Diese Augenblicke, in denen ich das Feld studiert habe, die Defense. Und dann habe ich immer dieses Gefühl im Magen bekommen. Habe im letzten Augenblick die Strategie geändert. Es war …" Er hielt inne, weil seine Gedanken plötzlich abschweiften. „Belebend."

Sie blinzelte wieder und ihr Blick flackerte. „Ich … ähm … glaube, meinem Auge geht es wieder gut."

Jetzt war es an ihm zu blinzeln. „Richtig." Er schluckte, trat zurück, bemerkte, dass alle anderen schon ins Haus gegangen waren, und räusperte sich, versuchte, seine Fassung wiederzugewinnen, die er irgendwann in den letzten sechzig Sekunden verloren hatte.

Logans Schwester.

Die mit dem Football unter dem Arm viel zu großartig aussah.

Es ist rein geschäftlich.

Er ging die Verandastufen hinauf und versuchte, die seltsame Spannung zu ignorieren, die sich über sie gelegt hatte wie die Vorboten eines sanften Regens – obwohl der Himmel strahlend blau war. Seth und Ava hatten sich schon auf das Sofa fallen lassen, als er ins Wohnzimmer kam, und Kate und Raegan setzten sich in die Sessel.

„Hallo, Nachmittagsschläfchen", stöhnte Bear und ließ sich in einen Lehnstuhl fallen.

„Jetzt wird nicht geschlafen." Colton stellte sich vor die Gruppe. „Ich habe Pläne." Er deutete auf den Stapel DVDs, die auf den eingebauten Regalen über dem Kamin standen.

Kates Augen wurden schmal. „Bitte sag mir, dass das nicht ist, wofür ich es halte."

„Ich habe deinen Dad gefragt, ob er ein paar von deinen Filmen hat. Er hat sie sogar alle." Colton grinste. „Jemand kann Popcorn machen. Wir haben einen Filmmarathon vor uns."

„Bin schon auf dem Weg", sagte Case, der in Richtung Küche unterwegs war.

„Welchen wollen wir uns zuerst anschauen, Rosie?"

„Rosie?" Seth hatte seinen Arm auf die Rückenlehne des Sofas gelegt.

„Der Hauptcharakter in *African Queen*. Katharine Hepburns erster Farbfilm", erklärte Colton. „Und die einzige Rolle, für die Humphrey Bogart jemals einen Oscar bekommen hat."

Alle starrten ihn an.

„Was? Ich höre eben zu, wenn Rosie mir etwas erzählt." Er durchsuchte die DVDs. „Wow, Mario Lopez hat in einem deiner Filme mitgespielt? Der von *California High School*?"

„Colt ..."

„Oh, spielt da nicht auch das Mädchen von *Full House* mit?" Raegan sprang aus ihrem Sessel. „In vielen von Kates Filmen haben Stars aus den 90er-Serien mitgespielt. Und Kate hat sie fast alle getroffen."

„Leute, ich will wirklich nicht ..."

„Oh!" Raegan zog eine Hülle aus der Mitte heraus. „Den hier liebe ich. Er spielt in Charleston. Zum ersten Mal wurde einer von Kates Filmen am Originalschauplatz gedreht. Das war kurz nach ihrem Emmy, also wurde ein höheres Budget zur Verfügung gestellt und ..."

Kate sprang auf und schnitt Raegans Worte ab. „Mein Auge tut immer noch weh. Ich muss schnell ..." Sie verschwand aus dem Wohnzimmer.

Colton nahm Raegan die Hülle ab und öffnete sie. „Dann

Charleston." Er legte die DVD in den Player und setzte sich auf die Couch. Doch als Kate immer noch nicht zurückgekommen war, als die Eröffnungsmusik verstummte, wandte er sich an Raegan. „Warum braucht sie so lange?", flüsterte er.

Raegan sah vom Bildschirm zu Colton und biss sich auf die Unterlippe. „Ähm, ich glaube nicht, dass sie wiederkommt." Fragend sah er sie an. Der Duft von frischem Popcorn erfüllte die Luft. „Ihr sind ihre Filme peinlich. Das war schon immer so."

„Aber ich dachte ... ich habe das extra für sie geplant." Er hatte gedacht, es wäre eine spaßige Art, seine Dankbarkeit für gestern zu zeigen. Wenn alle zusammen ihre Arbeit bewunderten. Damit sie sich besonders fühlte oder so.

Super Idee, Greene.

Er erhob sich, quetschte sich zwischen Sofa und Sessel hindurch und ging ins obere Stockwerk. Er fand Kate in Becketts Zimmer. Sie stand neben dem Schreibtisch und hatte einen Bilderrahmen in der Hand.

„Hey, du bist verschwunden."

Mittlerweile hatte sie die Kontaktlinsen rausgenommen und trug jetzt ihre Brille. Sie sah mit beidem gut aus, doch mit der Brille wirkte sie noch mehr wie eine Autorin. So gelehrt.

Süß.

Er schluckte bei dem Gedanken, trat neben sie und warf einen Blick auf das Foto. „Deine Mum und Beckett. Ist das in San Diego?

Sie nickte. „Zu unserem dreizehnten Geburtstag hat meine Mum uns jeweils zu einem besonderen Wochenendausflug mitgenommen – nur sie und wir. Und wir durften uns aussuchen, wohin wir wollten. Beck hat sich für San Diego entschieden."

„Und du?"

Sie stellte das Bild zurück, ein leichter Abdruck im Staub zeigte, wo es vorher gestanden hatte. „New York City. Ich wollte den Hauptsitz ihrer Stiftung sehen."

„Mit der du demnächst nach Afrika fliegst?" Sie hatte ihm gestern auf dem Heimweg davon erzählt. Mit Worten, die so schnell aus ihr herausgesprudelt waren, dass man ihre freudige Aufregung fast hatte greifen können. Abends war er mit dem Bild vor seinem inneren Auge eingeschlafen, wie Kate in einem kleinen Dorf mitten in der Wüste stand.

„Ja. Habe ich dir schon erzählt, dass meine Mum auch Mitgründerin war? Sie hat den Förderantrag geschrieben, durch den die ganze Sache ins Rollen gekommen ist. Ich habe ihn ein-, zweimal gelesen und eine Kopie behalten. Seiten über Seiten mit Statistiken und Strategien und Fallstudien. Es ist ein Meisterstück.“

„Ich kann mir vorstellen, dass du es mehr als ein- oder zweimal gelesen hast.“

„Das Verrückte ist, dass meine Mum nie geplant hat, einer gemeinnützigen Organisation vorzustehen.“ Sie wandte sich Colt zu. „Sie wollte Missionsärztin werden. War schon in Äthiopien, als sie noch auf die Highschool ging, und dachte, dass es ihre Berufung ist, Ärztin zu werden und nach Afrika zu ziehen. Sie hatte vormedizinische Kurse am College und hat sich zweimal an der Medizinschule beworben, wurde aber nie angenommen.“

„Also war die Stiftung Plan B.“ Er setzte sich auf die Schreibtischecke.

Kate nickte. „Wenn sie schon selbst nicht Ärztin sein konnte, wollte sie es wenigstens anderen ermöglichen. Die Stiftung baut Kliniken und hilft bei der Ausbildung von lokalen Medizinern, Krankenschwestern und Notärzten. Es ist schon faszinierend – eine ganz normale Frau aus Iowa gründet eine Stiftung, die fast vierzig Jahre später noch unglaubliche Arbeit leistet. Sie hat es natürlich nicht allein gemacht. Aber trotzdem.“

Die Wehmut in Kates Stimme ging ihm zu Herzen und ein stilles Verständnis entstand zwischen ihnen. Was sich für ihn gestern noch unüberlegt angehört hatte – das Land für drei Monate zu verlassen und die Karriere ebenso lange auf Eis zu legen –, ergab nun plötzlich einen Sinn. Diese Reise nach Afrika war keine spontane Dummheit. Die Gelegenheit mochte sich unverhofft ergeben haben, doch innerlich wartete Kate schon seit Jahren darauf.

„Ich glaube, du kommst mehr nach deiner Mum, als dir bewusst ist, Kate.“

Sie wirkte nicht sehr überzeugt.

„Ich weiß, dass ich deiner Mutter nur ein- oder zweimal begegnet bin, als ich noch auf dem College war. Aber ich glaube, genau die gleiche Bedeutung, die für dich die Kopie ihres Antrages hat, hätte für sie der Stapel DVDs dort unten. Genau wie für deinen Vater."

Sie wollte sarkastisch auflachen, doch er ließ es nicht zu. „Ich meine es ernst. Du kannst das alles abwiegeln und selbst deine härteste Kritikerin sein. Aber diese Filme sind ein Teil von dir. Etwas, das du geschaffen hast. Dadurch bekommen sie einen ganz anderen Wert." Er nickte ihr zu. „Außerdem habe ich gehört, dass es wirklich gute Geschichten sein sollen."

„Es sind *Liebes*geschichten, Colton."

„Ich mag die Liebe. Das tun die meisten Menschen." Er kam ihr näher. „Aber wenn du es wirklich nicht willst, dass wir deine Filme anschauen, dann gucken wir eben das Patriots-Broncos-Spiel."

Kate wirkte zögerlich, die Wertschätzung in seinen Worten war angekommen. Sie ließ ihre Arme sinken und steckte die Hände in die Taschen ihres Kapuzenpullis. „Das Spiel wird ein Reinfall. Wenn Martin und Christoff fehlen, haben die Pats doch überhaupt keine Chance."

Er starrte sie mit offenem Mund an.

„Was?" Kates Brille rutschte auf die Nasenspitze, als sie Colton über den Rand hinweg ansah. „Ich höre dir zu, wenn du redest." Sie ging in Richtung Tür. „Raegan hat recht. Der Film in Charleston ist der beste. Ich hoffe, dass du den ausgesucht hast."

Er folgte ihr aus dem Zimmer.

Logans Schwester. Rein geschäftlich.

Kapitel 8

„Oh Kate, Gott sei Dank bist du da."

Raegans panische Stimme war das Erste, das Kate wahrnahm, als sie aus dem Auto stieg. Sie hatte einen halben Block entfernt vom Coffeeshop geparkt, da ihre Schwester sie herangewinkt hatte. Die Schatten der Geschäfte überragten sie und überall am Flussufer waren Sandsäcke gestapelt.

„Wow, so schlimm ist es schon? Machen wir uns so große Sorgen wegen der Flut?"

„Darum geht es doch gar nicht. Ich meine das da." Glöckchen klimperten an Raegans Handgelenk, als sie auf eine lange Menschenschlange deutete, die sich vor dem Coffeeshop am Ende der Straße gebildet hatte. Sie konnte die angespannte Stimmung sogar von hier aus spüren.

„Droht uns eine Kaffeeknappheit? Ist das hier wie der Bankensturm damals während der Großen Depression? Wie in *Ist das Leben nicht schön?*" Und was erwartete Raegan überhaupt von ihr?

„Mach keine Witze, Kate. Das ist wirklich nicht lustig." Raegan zog an Kates Arm und beförderte sie auf den Bürgersteig. „Maple Valley behält seinen beschaulichen Charme nur so lange, wie alle Einwohner angemessen koffeiniert sind. Ohne Koffein wäre es hier eher so wie am Hof der roten Königin bei *Alice im Wunderland*. Alle werden bald ihre Köpfe verlieren."

„Übertreibst du nicht etwas?"

Mittlerweile hatten sie den Eingang des Cafés erreicht, wo die verärgerte Menge finster vor sich hin starrte. Raegan öffnete die Tür.

„Wir können uns nicht einfach vordrängeln, Rae."

„Das machen wir doch gar nicht. Du wirst hinter der Theke helfen. Das hast du doch früher auch schon gemacht."

„Aber ich …"

„Bitte. Zum Wohle der Gemeinde. Hilf uns."

Der Duft von Kaffee und Kürbis empfing sie, als Raegan sie

durch die Tür schob. Die Schlange, die draußen auf der Straße endete, reichte bis zur Theke. Eine einsame Frau stand an der Kasse, das Haar zerzaust und die Bewegungen fahrig.

„Das ist Amelia Bentley. Sie schreibt für die Zeitung, arbeitet aber ein paar Stunden die Woche hier."

„Warum ist sie alleine?"

„Anscheinend ist Megan krank."

Megan, das düstere Emo-Mädchen? Kate seufzte und öffnete ihre Jacke. „Gut, ich helfe eine Weile. Aber nicht den ganzen Tag." Denn sie musste heute das erste Kapitel von Coltons Buch schreiben – *die* ersten, wenn es gut lief. Sie musste etwas zustande bringen, das sie seinem Manager schicken konnte.

Sie schlüpfte hinter die Theke und schnappte sich eine Schürze. „Hilfe ist da."

Die Frau an der Kasse schlug auf die Tasten. „Du bist meine Lebensretterin. Ich wollte schon aufgeben."

Fünfunddreißig Minuten später hatte sich die Schlange endlich in Wohlgefallen aufgelöst. Kate seufzte und ließ sich gegen die Wand sinken. „Vorhin dachte ich noch, es würde einen Aufstand geben. Vor allem, als das Kürbisbrot ausverkauft war." Die Kunden hatten das Glas auf dem Tresen geleert.

Amelia band sich die Schürze ab und streckte ihr die Hand entgegen. „Zeit für eine vernünftige Vorstellung. Ich bin Amelia und arbeite für die Zeitung. Und manchmal hier. Aber wenn Megan mich noch mal alleine lässt, kündige ich."

Kate erwiderte den Händedruck. „Kate Walker."

„Raegans Schwester. Du schreibst das Buch über Colton Greene."

„Genau die bin ich." Und schreiben wollte sie. Nach letztem Wochenende hatte sie auch endlich etwas, über das sie schreiben konnte.

Warum erstarrten dann jedes Mal ihre Finger, wenn sie sich an den Laptop setzte?

„Das macht dich zur glücklichsten Frau der Stadt. Alle sprechen über ihn. Und wenn er meine Interviewanfrage nicht abgelehnt hätte, würde ich auch über ihn schreiben."

„Nach dem Tornado und der möglicherweise aufkommenden

Flutwelle sollten die Leute doch etwas anderes haben, über das sie reden." Die tief stehende Sonne schien durch das Schaufenster und Kate bedeckte ihre Augen. Selbst von hier aus konnte sie den Fluss auf der anderen Seite der Straße glitzern sehen. Das Wasser stand extrem hoch. „Also, was ist mit Megan passiert?"

„Ihr ging es auf einmal sehr schlecht und sie musste nach Hause. Es war so schlimm, dass ich sie am liebsten nicht hätte fahren lassen, aber ich glaube, sie hat keine Familie hier. Auch kaum Freunde."

Von dem, was Kate bisher von dem Mädchen gesehen hatte, war das kein Wunder.

„Ich hätte ja nach ihr geschaut, aber wenn ich das Café geschlossen hätte, hätte es wahrscheinlich einen Aufstand gegeben."

Kate blickte in Richtung der Laptoptasche, die sie abgelegt hatte, als sie sich hinter die Theke gestellt hatte. Sie musste wirklich anfangen zu schreiben.

Aber wenn Megan krank war … und sie niemanden hatte …

Entscheidung getroffen. Kate band sich die Schürze ab und hängte sie an den Haken. „Ich sehe nach ihr. Weißt du, wo sie wohnt?"

„Ja, nur etwa eine halbe Meile von hier. Ich schreibe dir die Adresse auf."

Zehn Minuten später parkte Kate ihr Auto vor einem alten viktorianischen Haus, das in zwei Wohnungen umgebaut worden war. In Zuckerwattepink gestrichen, stand es unter einer großen Weide. Seeeehr pink.

Kate checkte noch einmal die Adresse: 143 B. West Side. Sie stieg aus und kurze Zeit später stand sie auf der Schwelle des alten Hauses. Erst nach dreimaligem Klingeln wurde die Tür geöffnet.

Megans raues „Was?" klang gereizt. Ihre Nase war rot und die grünen Augen glasig, umgeben von dunklen Schmierflecken.

„Ähm … hey. Du siehst schrecklich aus."

„Hey, danke. Deshalb bist du hier?"

Das Mädchen trug eine Decke um die Schultern und drückte sie vor der Brust zusammen.

„Bist du krank?"

„Nein, ich spiele nur gerne alleine Superman."

Selbst mit rauer Stimme – und wahrscheinlich Fieber – schaffte sie es, abfällig zu klingen. Aber sie hatte gesagt, dass sie alleine war.

Und das reichte, um Kates Mutterinstinkt zu wecken. Sie drückte sich an Megan vorbei.

„Hey, was machst du da?"

Der erste Blick auf Megans Wohnung war so, wie Kate es bei einem Mädchen ihres Alters erwartet hätte. Bandposter zierten die Wand neben der Treppe, die in das obere Stockwerk führte, einige Klamotten lagen auf dem Geländer und ein Wäschekorb stand auf den Stufen.

Doch dann betrat sie das Wohnzimmer. Und erstarrte. Sie stand plötzlich in einem Gewächshaus – überall Pflanzen. Sie hingen von Tischen und Regalen. Alle Fensterbänke standen voll. Und der Kaminsims.

Megan trat neben sie.

Kate wandte sich um und sah ihr schockiertes Gesicht in dem Spiegel hinter Megan.

Doch die zuckte nur mit den Schultern. „Was? Ich mag eben Pflanzen."

„Wie kümmerst du dich nur um alle?"

Sie zog die Nase hoch. „Wasser und Sonnenlicht. Das ist keine Wissenschaft."

Kate legte ihre Hand auf Megans Stirn. „Du hast Fieber, Mädchen. Hast du ein fiebersenkendes Mittel?"

„Ja, das nehme ich schon den ganzen Tag."

Und das war offensichtlich nicht das Einzige, was sie heute getan hatte – nicht wenn der Eimer neben der Couch bedeutete, was Kate befürchtete. Der Gedanke an eine Magen-Darm-Grippe ließ sie schaudern.

„Ja, ich wäre auch lieber woanders." Megan ließ sich auf die Couch fallen. „Aber du bist diejenige, die hier reingeplatzt ist. Ich kenne dich nicht mal."

„Du solltest zum Arzt gehen."

„Der wird mir sagen, dass ich einen Virus habe und warten muss, bis es vorbei ist."

„Hast du heute schon was gegessen? Brauchst du irgendwas? Mehr Taschentücher? Ich kann für dich einkaufen. Ich könnte dir NyQuil besorgen – das Zeug ist ein wahres Wunder."

Megan schüttelte den Kopf und legte ihr zerzaustes Haar wieder auf ein Kissen. „Alles gut." Sie streckte sich unter der Decke aus. „Abgesehen davon, dass ich nicht weiß, was du hier willst."

Kate setzte sich in einen Sessel. „Ich war im Café. Amelie hat gesagt, dass du krank bist. Da habe ich mir Sorgen gemacht."

Megan schloss die Augen. „Es geht mir gut. Ich muss mich nur ausruhen. In ein paar Stunden bin ich wieder auf dem Damm und gehe zur Arbeit."

„In deinem Zustand solltest du niemanden bedienen. Am besten rufst du den Manager an und nimmst dir den Rest des Tages frei."

„Ich muss nicht anrufen."

„Aber so kannst du doch nicht an die Arbeit."

Sie öffnete ein Auge. „Ich muss nicht anrufen, weil ich die Managerin bin. Es ist mein Laden."

Okay, vergiss die Pflanzen. Diese Info gewinnt. „Warte, du meinst, dir gehört das C*offee Coffee*? Du bist doch gerade mal zwanzig oder so."

„Einundzwanzig."

„Einundzwanzig und du besitzt und leitest dein eigenes Geschäft."

Megan musste das *Wie?* in Kates Stimme gehört haben. Sie richtete sich auf. „Meine Großmutter hat mir ein ziemliches Vermögen hinterlassen. Um es taktvoll zu sagen, ich bin stinkreich. Oder war es jedenfalls, bis ich das *Coffee Coffee* gekauft habe."

„Das war taktvoll?"

„Zum Glück hat sich meine Oma dafür eingesetzt, dass mein Erbe nicht wie bei vielen erst mit einundzwanzig ausgezahlt wird, sondern schon mit achtzehn." Sie zog die Decke enger um sich. „Ich … ich glaube, als sie ihr Testament verfasst hat, wusste sie, dass mein Familienleben nicht ganz so … familienhaft war."

Megan schniefte wieder und Kate zog die Box mit den Taschentüchern unter einer Pflanze hervor. „Darf ich fragen, was du damit meinst?"

„Oh, ich wurde nicht missbraucht oder so was. Meine Eltern sind beide Ärzte. Viel unterwegs. Kaum zu Hause. Und wenn, dann war ich ihnen meistens im Weg. Hattest du schon mal das Gefühl, jemandem dankbar sein zu müssen, nur weil er dich in seiner Nähe geduldet hat?"

Tja, da fiel ihr tatsächlich jemand ein. Zum Beispiel jemand in diesem Raum. Und es war keine Pflanze.

Megan trank ihren Tee aus und stellte die Tasse auf den Tisch. „Wie auch immer, es ist keine traurige Geschichte oder so, aber als ich siebzehn war, habe ich den Fehler gemacht, ihnen zu sagen, dass ich nicht aufs College gehen will. Sie sind total ausgeflippt. Dann habe ich meinen Abschluss gemacht und hatte keine Ahnung, was ich mit meinem Leben anfangen sollte. Ich hatte nur ein volles Bankkonto."

„Also hast du das Café gekauft?"

„Nicht sofort. Ich bin ein paar Monate lang gereist und habe mehr Geld verprasst, als ich zugeben würde. Dann bin ich einem Typen nach Maple Valley gefolgt, was dumm war, sich aber im Endeffekt als gut herausgestellt hat, weil ich gesehen habe, dass das Café zum Verkauf stand, und alles hat plötzlich Sinn ergeben."

„Du bist ein überraschender Mensch, Megan."

Megan lehnte sich erschöpft zurück auf das Kissen, als hätte ihr ihre Geschichte alle Energie geraubt.

„Ich mache dir jetzt eine Suppe." Kate erhob sich. „Da ist die Küche?"

„Das musst du wirklich nicht."

„Ich weiß."

Sie war schon fast im nächsten Zimmer – einem Esszimmer mit einem antiken runden Tisch –, als sie Megans raue Stimme hörte.

Sie steckte den Kopf zurück ins Wohnzimmer. „Ja, Megan?"

„Danke." Als Megan die Augen schloss und sich in ihre Decke kuschelte, wirkte sie überhaupt nicht wie eine einundzwanzigjährige Geschäftsfrau, sondern wie ein Mädchen, das sich nach viel mehr sehnte als nur nach einer heißen Suppe.

Kate stand noch eine Weile in der Tür, beobachtete, wie Megan langsam ein- und ausatmete, dann ging sie in die Küche.

Der Raum war gut ausgestattet – viel besser als ihre eigene Küche. Und organisiert. Sie entdeckte Hühnerbrühe und Eiernudeln. Eine Hähnchenbrust im Tiefkühlschrank und Karotten im Kühlschrank. Einen großen Topf im Schrank unter dem Backofen.

Sie arbeitete still vor sich hin – nur das Geräusch des Messers auf dem Schneidebrett und ein Specht vor dem Fenster waren zu hören.

Und dann das Klingeln ihres Handys, das eine E-Mail ankündigte. Die sie aber erst las, als sie die Hühnerbrühe in den Ofen geschoben hatte.

Und danach wünschte sie sich, sie hätte sie nicht gelesen.

Gil. Anscheinend konnte er sie einfach nicht in Ruhe lassen.

Sie zuckte zusammen, als das Wasser im Topf überkochte und zischend auf den Herd tropfte.

☙

Wenn Ian nicht bald mit seiner Nörgelei aufhörte, würde Colton einfach auflegen. Das wäre ein Anfang.

Eine Genugtuung.

Colton stieg aus dem Auto und versuchte dem Drang zu widerstehen, sich gegen Ians Vorwürfe zu verteidigen.

„Es hätte ein Selbstläufer sein sollen. Drei Minuten Interview über das Spiel, das du in- und auswendig kennst."

Spürte Ian denn nicht, dass er sich selbst die größten Vorwürfe wegen seiner Performance am Samstag machte? Es war das gleiche niedergeschlagene Gefühl, das er nach schlechten Spielen gehabt hatte, vor allem in seiner frühen Karriere, als das überwältigende Gefühl, sich beweisen zu müssen, ihn immer wieder verfolgt hatte.

Vor ihm erhob sich jetzt das zweigeschossige Gebäude, in dem Websters Pflegefamilie wohnte, das die anderen Häuser im Ranch-Stil überragte. Als Kind hatte er weitaus schlimmere Bleiben erlebt.

Und was er von Coach Leo und Case Walker gehört hatte, waren die Clancys gute Menschen. Er lehnte sich an sein Auto, während er darauf wartete, dass Ians Tirade endete. Wer wusste schon, ob Webster überhaupt zu Hause war – oder Colton die Tür öffnen würde.

Wenn er nur einen Blick auf das Display geworfen hätte, bevor er den Anruf angenommen hatte.

„Wenn du mit deiner Standpauke fertig bist, habe ich noch was zu erledigen."

„Das ist keine Standpauke, Greene."

„Nicht? Du weißt, dass ich vor der Kamera noch nie gut war."

„Du hast doch schon dutzende Pressekonferenzen gegeben."

„Das ist etwas anderes."

„Warum?"

Frustration durchströmte ihn. Er steckte das Kinn in den Kragen seines Fleecepullovers. „Ich weiß nicht." Doch es war eine Tatsache. Irgendwie hatte er es geschafft, sich an die vielen Kameras und die geschossartigen Fragen der Reporter zu gewöhnen. Aber es war etwas anderes, wenn eine einzelne Kamera auf ihn gerichtet war ...

Es war ja auch ein Unterschied, ob er mit einem Football unter dem Arm alleine über das Feld lief oder mit dem gesamten Team.

Irgendwo bellte ein Hund in der ansonsten stillen Nachbarschaft. Colton schwieg weiter.

Er konnte hören, wie Ian atmete. Als sein Manager wieder sprach, klang seine Stimme tief und kontrolliert. „Ich habe viele Klienten, Greene. Du warst mir immer der Wichtigste, aber auch meine Geduld hat ihre Grenzen."

„Ian ..."

„Ich will dir nur dabei helfen, auf den Füßen zu landen. Aber wenn du dich selbst sabotierst, kann ich nichts mehr für dich tun."

Colton richtete sich auf, der Wind zerzauste sein Haar. „Was willst du damit sagen?"

„Ich meine, dass du dich entscheiden musst, was du willst, und du musst es schnell tun. Kein Herumgedruckse mehr, sonst musst du dich nach einem anderen Manager umschauen. Ich sage es nicht gerne, aber so ist es nun mal."

Ja, genauso war es. Ein klares, unmissverständliches Ultimatum.

Er entfernte sich von seinem Wagen und ging auf das Haus der Clancys zu. Der Geruch von verbranntem Laub drang ihm in die Nase. „Ich verstehe."

„Tust du das?"

„Ja." Wenn Ian ihm nicht glaubte, würde er sich beweisen müssen. Er würde üben oder so. Vielleicht eine Kamera kaufen und Kate die Reporterin spielen lassen, die ihn vor der Linse interviewte.

„Gut." Ian klang nicht überzeugt. „Ach, übrigens solltest du Lilah zurückrufen. Sie versucht die ganze Zeit, dich zu erreichen. Du musst wegen deiner Stiftung ein paar Entscheidungen treffen."

Sie legten auf und Colton seufzte erleichtert auf, als er die Stufen zur Haustür hochging. Er klingelte.

„Sei still, Rocky." Das Schimpfen erklang gleichzeitig mit dem

Quietschen der grünen Fliegengittertür. Eine Frau erschien in der Tür, deren knallrotes Haar unter einer *Maple Valley Mavericks*-Baseballkappe hervorschaute. „Tut mir leid, dieser Hund ist verrückt. Man könnte glauben, Rocky hätte noch nie einen Fremden gesehen."

Hinter ihr sprang ein kleiner Hund keifend auf und ab. „Wie Rocky Balboa?"

„Nein, wie Rocky Colavito."

„Der Baseballspieler. Nett."

„Wir nehmen den Sport sehr ernst." Sie bückte sich und nahm den Welpen auf den Arm. Er bellte noch einmal, dann war er still. „Ich habe meinem Mann gesagt, wir sollten uns eine Schlange oder Echse anschaffen, aber neeeein. Er wollte unbedingt einen Hund."

„Mir gefällt es, dass sie sich zwischen einem Reptil und einem Hund entscheiden wollten."

Sie grinste. „Sie sind dieser Football-Spieler, stimmt's?"

„Schuldig. Colton Greene." Er streckte ihr die Hand entgegen, dann grinste er verlegen, als er erkannte, dass sie die Begrüßung mit dem Hund auf dem Arm nicht erwidern konnte. Er ließ die Hand wieder sinken.

„Laura Clancy." Sie trat beiseite und ließ ihn ins Haus. Der Duft nach Schokoladenkeksen wehte ihm entgegen und sein Magen erinnerte ihn plötzlich daran, dass er das Abendessen verpasst hatte, weil er so lange in Cases Depot gearbeitet hatte. „Es war nett, dass Sie letzte Woche auf Webster geboten haben. Weil er neu in der Stadt ist, wusste ich nicht, ob jemand ihn nehmen würde."

Laura redete, während Colton ihr ins Wohnzimmer folgte – die Möbel hier waren alt, aber gepflegt, auf den Schränken standen gerahmte Fotos und Hundespielzeug lag auf dem Teppich verteilt.

„Ist er hier? Kann ich mit ihm sprechen?"

„Klar, unten im Keller. Kommen Sie mit."

Sie führte ihn durchs Esszimmer – noch mehr Familienfotos in Regalen – in die Küche, dann zu einer Tür. Sie öffnete sie und steckte den Kopf hindurch. „Hey, Web, du hast Besuch."

Stille stieg die Treppe hinauf.

Laura wandte sich um und seufzte.

„Ich gehe vor, wenn es Ihnen nichts ausmacht."

„Bitte, machen Sie ruhig."

Seine Füße tappten über die teppichbedeckten Stufen, als er langsam nach unten ging. Er sah Webster über ein Heft gebeugt am Schreibtisch sitzen.

Am Fuß der Treppe hielt er inne. Sollte er noch weitergehen?

„Hey, Hawks, ich bin's."

Webster blickte nicht einmal auf.

„Ich habe dir geschrieben."

„Hausaufgaben."

Colton nickte langsam und sah sich in dem Zimmer um. Als Laura Clancy vom *Keller* gesprochen hatte, hatte er sich eine hölzerne Wandvertäfelung und einen alten Teppich vorgestellt. Vielleicht ein Futon als Bett und Rohre, die an der Decke entlangliefen. Doch das hier war wirklich hübsch gemacht. Der Teppich konnte nicht älter als zwei oder drei Jahre sein, die Wände waren hell gestrichen, die Decke hoch und durch die Beleuchtung ging jedes Kellergefühl verloren. Der Flat-TV und der Laptop auf dem Schreibtisch wirkten auch nicht gerade schäbig.

Und doch …

So schön das Zimmer war, er fragte sich, ob Webster sich hier unten nicht isoliert fühlte. Vielleicht hatten die Clancys sich alle Mühe gegeben, einen Raum für ihn zu schaffen, den er ganz für sich alleine hatte, und erkannten nicht, was Kinder wie Webster sich eigentlich wünschten: nicht Unabhängigkeit, sondern Einbindung. Dazuzugehören, wenn alle anderen ihre eigene Familie hatten.

Nicht dass er den Clancys irgendwelche Vorwürfe machte. Sie hatten das Herz offensichtlich am rechten Fleck.

„Ich bin nur vorbeigekommen, um dir das hier zu bringen." Er griff in die Hosentasche und holte die Armbanduhr heraus, die Webster im Matsch des Spielfeldes hatte liegen lassen. Er war heute Morgen beim Uhrmacher in der Stadt gewesen und hatte sie reparieren lassen.

Webster hörte auf zu schreiben, blickte aber immer noch nicht auf.

Colton legte die Uhr auf den Schreibtisch.

Websters Schweigen verwandelte sich in einen nachdenklichen

Gesichtsausdruck. Er nahm die Uhr und fuhr mit dem Daumen darüber. „Von meinem Vater. Das Einzige, was ich von ihm habe."

Colton hatte sich gedacht, dass es etwas in dieser Art sein könnte. Er sagte nichts, wartete darauf, dass Webster sie sich ums Handgelenk band. Und dann wagte er sich vor. „Ich habe von einem Laden in der Innenstadt gehört, der gute Pizza und eine alte Pacman-Konsole hat."

Endlich blickte Webster auf, ein unausgesprochenes Dankeschön auf dem Gesicht.

„Haben Sie 25-Cent-Stücke?"

„Ich besorge welche auf dem Weg."

Dann erhob sich Webster und schnappte sich das Sweatshirt von der Stuhllehne. „Gut. Worauf warten wir noch?"

Ɂ

„Man nennt es einen Abtretungsvertrag für geistiges Eigentum."

„Oh, Beck, kannst du mir das auch ohne dein Fachchinesisch erklären?" Kate saß auf der pinken Tagesdecke in ihrem Zimmer.

Nun ja, in den letzten beiden Wochen war es Coltons Zimmer. Doch für den Augenblick wieder ihres – denn sie brauchte das Familiäre um sich herum, da sie sich Gils E-Mail hatte stellen wollen.

Selbst jetzt, wo Colton nicht zu Hause war, strahlte der Raum seine Gegenwart aus. Der Kapuzenpulli, den er immer trug, hing über dem antiken Frisierspiegel. Joggingschuhe lagen neben dem Bett. Auch die Bandage, die er sich ums Knie wickelte, wenn er Laufen ging.

Ihr fiel wieder ein, was sie bei ihrer ersten Begegnung gedacht hatte; dass er nämlich viel zu groß war für dieses kleine Zimmer. Und die Tapete in diesem Zimmer wiederum viel zu pink für so einen Mann.

Doch jetzt, wo sie sich umschaute, war es nicht das Pink, das sie sah, sondern die Art und Weise, wie er sich eingerichtet hatte. Und er hatte das nicht nur hier im Haus getan, sondern auch in Maple Valley. In gerade einmal zwei Wochen hatte er sich hier und im Depot unentbehrlich gemacht, auch im Restaurant, dem Coffee-Shop und der Kirche hatte er tatkräftig mitgeholfen.

Colton Greene, der Profi-Football-Spieler aus Kalifornien, hatte ausgerechnet in ihrer Heimatstadt eine neue Aufgabe gefunden.

„Ich habe das Gefühl, dass du mir gar nicht zuhörst, Kate." Die sonst so geduldige Stimme ihres Bruders drang durch das Telefon und die Bettfedern quietschten, als sie sich bewegte, um sich in den Schneidersitz zu begeben.

„Tut mir leid. Du hast recht. Fang noch mal an."

„Vereinfacht gesagt ist es ein Vertrag, in dem beide Parteien sich über die Details für das geistige Eigentum einigen und über dessen Wert. Du würdest, kurz gesagt, unterschreiben ‚Ich verzichte hiermit auf das Eigentum und alle Rechte an der Idee der Geschichte, was bisher geschrieben wurde oder sich in Zukunft daraus ergibt.'"

Abtretungserklärung für geistiges Eigentum. Es klang kalt und unpersönlich. Frei von Emotionen.

Doch wenn sie auf Gils Bitte eingehen würde, dann wollte sie es genau so. Abgeklärt.

Kate griff nach der Tasse Earl Grey, die sie sich mit ins Zimmer genommen hatte. Der Teebeutel hing noch in der Tasse und das heiße Getränk wärmte ihre Hände. Als sie einen Schluck nahm, kam ihr die E-Mail, die sie auf keinen Fall hatte auswendig lernen wollen, ungefragt in den Sinn.

Ich wollte persönlich mit dir darüber sprechen, Kate. Ich habe dich angerufen, deine Agentin, sogar deinen Vater. Ich mache dir keine Vorwürfe, dass du nicht mit mir sprechen möchtest. Bitte glaube mir, ich würde mich nicht zurück in dein Leben drängen, wenn es nicht wichtig wäre.

Es geht um das Skript, das wir zusammen begonnen haben, als … alles zu Ende ging. Mit deiner Erlaubnis würde ich es gerne fertigstellen. Aber es war ebenso dein Entwurf, also möchte ich den legalen Weg gehen.

Nach all dieser Zeit – den Anrufen, Nachrichten und E-Mails – war alles, was er wollte, über ihr gemeinsames Projekt von damals zu sprechen. Wie ein schreckliches Déjà-vu – so kam es ihr vor.

„Angenommen, beide Parteien stimmen den Konditionen zu, wäre die Sache schnell erledigt", sagte Beck gerade. „Aber wenn du denkst, dass dein geistiges Eigentum mehr wert ist, als im Vertrag angegeben, oder du noch weitere Konditionen hinzufügen möchtest, kann die Verhandlung ein langwieriger Prozess werden."

Mit einer Hand balancierte Kate die Tasse auf ihrem Knie. „Nein, wenn ich das mache, dann mit einem klaren Schnitt. Kurz und schmerzlos." Bei jedem ihrer Worte tippte sie gegen die Tasse.

„Sicher?"

„Ja."

„Also, wir reden über ein Skript, richtig? Ein Drehbuch?"

Sie seufzte, stellte ihre Tasse wieder auf den Nachttisch und ließ sich in die Kissen fallen. „Ja, ein Drehbuch."

Ein unfertiges Skript, das Gil anscheinend vor ein paar Wochen ausgegraben hatte, als er sein Arbeitszimmer aufgeräumt hatte. Sie war versucht gewesen, die E-Mail unbeantwortet zu löschen. Einfach so, aus dem Posteingang verschwunden und hoffentlich auch aus ihrer Erinnerung.

Doch etwas hatte sie aufgehalten. Warum dieses Skript? Warum jetzt? Und warum gab er sich solche Mühe, ihre Erlaubnis zu bekommen, um es fertigstellen zu dürfen?

„Also, warum möchtest du die Rechte an etwas, das du selbst geschrieben hast, abtreten? Warum solltest du alles deinem Co-Autor überlassen? Wäre das Ansehen, das vielleicht dadurch entsteht, nicht gut für deine Karriere?"

Das unaufdringliche, würzige Aroma von Coltons Aftershave hing in den Kissen und stieg ihr in die Nase. „Beckett, ich werde ehrlich sein, wenn du mir versprichst, dass du nicht ausflippst."

„Es kann dir doch egal sein, ob ich ausflippe. Ich bin in Boston ..."

Sie stellte ihn sich vor, wie er wahrscheinlich an dem antiken Schreibtisch in seiner Wohnung saß und Papierstapel vor sich hatte. Abgesehen von der Brille und der leichten Welle in seinen Haaren sah Beckett genau aus wie ihr Vater in jungen Jahren.

„Der andere Autor ist Gil."

Sein Schweigen war eine wortlose Anklage. „Das meinst du nicht ernst. Gil. Dieser Schleimbolzen."

„Schleimbolzen ist vielleicht ein bisschen übertrieben." Doch sie musste trotzdem lächeln.

„Er hat ein Jahr lang mit dir seine Spielchen gespielt. Du warst seine Studentin und zehn Jahre jünger."

„Als wir uns befreundet haben, war ich nicht mehr seine Studentin."

„Er hat dich um den Finger gewickelt. Hat dich überredet, das Praktikum in D.C. abzulehnen und nach Chicago zu ziehen. Und dann, bumm, hat er dich eines Tages mit der Nachricht überrascht, dass er schon längst verheiratet ist."

Ihre Muskeln spannten sich an. Irgendetwas unter der Decke pikste sie. „Ich brauche keine Zusammenfassung, Beck. Ich war live dabei."

Außerdem kannte Beck nicht die ganze Geschichte. Er wusste nicht, dass Gil sie sehr bei ihrem Buch unterstützt hatte. In ihrem letzten Studienjahr hatte sie sehr intensiv daran gearbeitet, es fertigzubekommen, bevor ihre Mutter gestorben war. Gil hatte Szenen überarbeitet und alles Korrektur gelesen und es dann dem Herausgeber zukommen lassen, mit dem er bekannt war.

Ja, er hatte ihr übel mitgespielt, ihr wehgetan, aber er hatte sie auch unterstützt, das wollte sie nicht leugnen.

Sie griff unter die Tagesdecke, um den störenden Gegenstand hervorzuziehen. Noch ein Kapuzenpulli. Wie viele davon besaß Colton denn nur?

„Ja, also, jetzt, da ich diese Informationen habe, empfehle ich dir, dass du Gil deinen Teil abtrittst. Ich vertrete dich. Wenn er das Skript haben will, gerne. Aber wir lassen ihn zahlen. Wir lassen ihn ordentlich dafür zahlen."

„Anwalt Beckett, du machst mir Angst." Sie warf den Kapuzenpulli ans Fußende des Bettes und richtete sich auf. „Das war erst mal nur ein informativer Anruf. Ich wollte mich bei dir über meine Rechte aufklären lassen. Gil will persönlich mit mir sprechen und ich will gut auf das Treffen vorbereitet sein."

„Warum willst du dich überhaupt mit ihm treffen? Lass das doch deinen Agenten regeln."

„Danke für deine Hilfe, Beck." Sie schloss die Augen. Der lange Tag hatte ihr die Energie geraubt … und die Kraft, dieses Thema auszudiskutieren.

„Ist das deine Art, mir mitzuteilen, dass ich mich raushalten soll?" Als sie nicht antwortete, seufzte er. „Ich weiß, dass ich dein *jüngerer* Bruder bin. Es ist Logans Job, dir Ratschläge zu erteilen."

„Und trotzdem bist du derjenige, den ich angerufen habe."

„Stimmt. Sei einfach vorsichtig, okay? Und klug."

Ein paar Minuten später legten sie auf und sie ließ sich zurück in die Kissen fallen. Vielleicht hatte Beck recht. Vielleicht war der Kontakt mit Gil keine gute Idee. Sie hatte so lange gebraucht – so unglaublich lange –, bis sie ihn wirklich hatte loslassen können.

Sie schloss wieder die Augen. Es fühlte sich so gut an, in ihrem eigenen Bett zu liegen. Sie könnte sofort einschlafen … spürte, wie die Welt um sie herum leiser wurde …

Das Geräusch der Haustür, die ins Schloss fiel, hallte durch das Haus. Kate fuhr hoch. Es war dunkel im Zimmer und die Wärme ihres Bettes umgab sie. Sie war eingeschlafen. Wie viel Uhr war es überhaupt?

Dad hatte gesagt, dass er heute lange im Depot arbeiten würde. War Reagan nach Hause gekommen?

Schritte erklangen im Flur, lauter als bei Raegan.

Colton … Sie zuckte zusammen. Er durfte sie hier nicht finden, wie sie gerade ein Nickerchen gemacht hatte … in seinem Bett. Aber die Schritte waren schon fast an der Tür.

Sie sprang auf und lief ins Badezimmer, das sich an ihr Zimmer anschloss.

Warum? Warum versteckst du dich?

Weil sie nicht klar denken konnte, wenn sie gerade erst aufgewacht war, deshalb.

Coltons Schritte waren nun im Schlafzimmer.

Erklär ihm einfach, warum du in seinem Zimmer bist.

Genau. Das würde sich ja auch gar nicht seltsam anhören.

Sie hörte, wie Colton auf das Badezimmer zukam. *Mist. Mist, Mist, Mist.* Sie sprang in die Wanne und zog den Duschvorhang zu.

Sich in der Wanne des eigenen Badezimmers zu verstecken. Das gehörte zu den Geschichten, mit denen ihre Familie sie für den Rest ihres Lebens aufziehen würde.

Colton kam ins Badezimmer. Hielt inne. Vielleicht holte er sich nur ein Taschentuch oder so. Bestimmt ging er gleich wieder …

Aber nein, denn plötzlich schoss sein Arm über die Wanne und er stellte das Wasser an. Wasser umströmte ihre Füße und dann zog er den Knopf, um die Dusche zu starten.

Wasser spritzte ihr ins Gesicht und über ihre Sachen und sie musste sich zusammenreißen, dass sie nicht schrie oder fluchte. Die Panik wurde immer größer. Sie konnte nicht hierbleiben. Gleich würde er den Vorhang zur Seite ziehen und sie entdecken.

Doch wie sollte sie von hier verschwinden?

Schlechte Idee, Walker. Ganz schlechte Idee.

Noch bevor sie einen klaren Gedanken fassen konnte, flog der Vorhang schon zur Seite und sie hielt sich schnell die Augen zu. „Komm nicht rein, Colton", quietschte sie. „Komm nicht rein."

„Entspann dich, Walker. Ich bin angezogen."

Sie öffnete ein Auge und blinzelte ihn an. Nackte Füße. Jeans. Hemd. Grinsen. „D-du ... du wusstest, dass ich hier drin bin." Das Wasser strömte ihr übers Gesicht und die Arme.

Colton beugte sich vor, um den Hahn abzudrehen, dann zeigte er nach oben. „Das Licht macht verrückte Dinge, Rosie. Man nennt sie *Schatten*."

„Du wusstest, dass ich hier drin bin und hast trotzdem das Wasser angestellt." Fassungslos schüttelte sie den Kopf. „Du bist gemein."

„Aber immerhin bin ich nicht nass."

„Du –" Sie griff nach dem Shampoo, das auf dem kleinen Metallregal in der Dusche stand, machte es auf und spritzte die schmierige Flüssigkeit gegen seine Brust."

„Ey, was soll das?"

Während er noch schockiert an sich hinabschaute, schnappte Kate sich den Duschkopf, drehte den Hahn auf und richtete den Strahl auf Colton.

„Du setzt das ganze Badezimmer unter Wasser", rief er und versuchte, ihr auszuweichen – was ihm in dem kleinen Raum natürlich nicht gelang.

„Ich erspare dir nur die Waschmaschine."

Lachend kletterte er über den Rand der Badewanne und versuchte, ihr den Duschkopf zu entreißen. Kate kicherte. Beide waren jetzt vollkommen durchnässt und Seifenblasen flogen durch das Bad.

„Bei einer Wasserschlacht gegen eine Walker hast du keine Chance, Colton."

Er presste sich gegen sie und hielt ihre Hand mit dem Duschkopf weg von seinem Gesicht. „Du hast wohl vergessen, dass ich etwas größer bin als du."

Sie kicherte immer noch wie ein kleines Mädchen, während sie gefangen an der Duschwand stand. Colton griff lachend nach hinten und drehte das Wasser ab, der Geruch von Erdbeershampoo lag in der Luft.

Und sie beide konnten gar nicht mehr aufhören zu lachen.

Bis sie schließlich doch still wurden. Nur das Tropfen des Wassers und der Ventilator waren noch zu hören.

Und plötzlich hämmerte Kates Herz in ihrer Brust.

Sie blickte zu Colton auf, sah seinen schnellen Atem. Wie er sie anschaute ... Spürte die Nähe seines Körpers ...

Was haben wir uns nur gedacht?

„Ich sollte besser gehen."

Sie kletterte aus der Wanne, schnappte sich ein Handtuch aus dem Wandregal, warf es sich über die Schultern und ergriff die Flucht.

Sie erreichte Becketts Zimmer gerade, als Raegan nach ihr rief.

„Hey, Kate, hast du ..." Sie brach ab und starrte Kates nasse Sachen an. „Was ist denn hier passiert?"

„Lange Geschichte." Nicht wirklich. Aber *Ich hatte gerade eine Wasserschlacht mit Colton* würde nur zu unerwünschten Spekulationen führen.

Da erst bemerkte sie, dass mit Raegan etwas nicht stimmte. Sie ließ die Schultern hängen und wirkte irgendwie bedrückt. „Was ist denn los?"

„Sie wollen das Depot schließen. Der Stadtrat hat entschieden, darüber abstimmen zu lassen. All die Arbeit, die Dad und Colton hineingesteckt haben, wird umsonst gewesen sein."

Kapitel 9

„Dad? Was, um alles in der Welt, denkst du dir nur?"
Kates Worte klangen abgehackt, während sie von ihrem Auto zu dem Überstand des Depots lief. Jetzt, wo alles neu gestrichen war, strahlte das Gebäude vor dem hügeligen Hintergrund. Die bunten Farben des Herbstes breiteten sich nur langsam in der Natur aus, sodass alles noch eher braun wirkte.

Und da stand ihr Dad auf einer Leiter – nur seine Beine waren zu sehen. Der Rest musste sich hinter der hölzernen Vertäfelung verbergen, auf der der Name des Depots in großen Lettern prangte.

Kate schob ihre Kapuze zurück und hob den Kopf. Sie trug immer noch ihre Schlafanzughose und hatte sich nicht einmal die Zeit genommen, ihre Kontaktlinsen einzusetzen. Eigentlich hatte sie gehofft, heute Morgen mit ihrem Vater zu sprechen, bevor er das Haus verließ, doch sie hatte bis weit nach Mitternacht wach gelegen wegen des Sturms, der die ganze Nacht getobt hatte. Und weil sie Colton nicht aus dem Kopf bekommen hatte. Und das, was sich im Badezimmer abgespielt hatte.

Denk nicht an Colton. Vergiss diese Szene in der Badwanne …

Immer noch nieselte es, dicke Wolken hingen am Himmel, doch in der Ferne ließ sich schon das Morgenrot erkennen. Sie blieb am Fuß der Leiter stehen, schob ihre Brille hoch und blickte auf. „Wirklich, Dad? Du reparierst die Außenlichter während eines Sturmes? Willst du dich grillen lassen? Und dann noch mit dem Arm in der Schlinge."

Er lächelte sie an, schraubte eine Glühbirne aus der Fassung und blickte zu ihr hinunter. „Fang."

Dann flog auch schon die Glühbirne auf sie zu und sie streckte sich, um sie zu fangen.

„Außerdem, junge Dame, gewittert es überhaupt nicht mehr. Die Chance, dass ich von der Leiter falle und mir das Genick breche, ist viel größer als die, vom Blitz getroffen zu werden."

Kate stellte einen Fuß auf die unterste Sprosse. „Sehr beruhigend."

Genauso wie die Information, dass das Depot und das Museum vielleicht geschlossen werden würden.

Wie konnte der Stadtrat diesen historischen Ort nur aufgeben? Nach all der Arbeit, die Dad hineingesteckt hatte. Auch wegen des Depots kamen die Touristen nach Maple Valley.

Metall kratzte über Metall, als ihr Dad über ihrem Kopf die neue Glühbirne einschraubte. Er nickte zufrieden, dann kletterte er die Leiter herunter. Zerschlissene Jeans und ein Flanellhemd – so vollkommen anders als die Militäruniformen und Maßanzüge, die er früher getragen hatte.

Aber das gleiche Grinsen, wenn auch in einem faltigeren Gesicht.

„Also?", fragte er und hob eine Augenbraue – ein Zug, den er an Beckett vererbt hatte. Kate hatte Stunden vor dem Spiegel verbracht, um sich diesen Ausdruck ebenfalls anzutrainieren. „Warum bist du heute so früh unterwegs?"

Sie nickte in Richtung des Depots. „Deshalb. Deinetwegen. Ich habe mich gefragt, was du hier tust."

Er presste die Lippen zusammen und griff nach der Leiter, Holz rutschte über Holz, als er sie zusammenschob. Er hob sie mit einer Hand an und Kate kam ihm zu Hilfe, um am anderen Ende zu tragen.

Sie trugen die Leiter um das Gebäude herum zum Schuppen, vor dem ihr Dad stehen blieb und den Schlüssel hervorkramte.

„Du wirst doch etwas unternehmen?"

Ihr Sweatshirt war inzwischen von Regentropfen durchtränkt. Sie wartete, während ihr Vater die Leiter wegräumte und den Schuppen anschließend wieder abschloss. Als er sich umwandte, sah sie die Entschlossenheit auf seinem Gesicht. Ja, er mochte sich anders kleiden, seit er vor vielen Jahren seinen Job beim Militär an den Nagel gehängt hatte. Doch er war immer noch standhaft wie ein Baum. Wie die Eichengiganten auf dem Stadtplatz, die nicht einmal einem Tornado nachgaben.

„Es ist die Entscheidung des Stadtrates, Katie. Es ist teuer, das Depot zu erhalten – die Gleise und die Wagen. Und jetzt, wo alles so stark beschädigt wurde ..."

„Aber du und Colton habt doch wie verrückt gearbeitet. Colton ist sich sicher, dass ihr bis zum Depot-Tag alles fertig bekommt."

„Wenn sie sich dazu entschließen sollten, den Laden zu schließen, wird es keinen Depot-Tag geben." Der Wind wehte die feuchte Luft zu ihnen und ihr Dad tätschelte ihr die Schulter und wandte sich dann dem Hintereingang des Depots zu.

„Aber die Einwohner von Maple Valley werden das nicht gut finden. Das Depot ist ein Publikumsmagnet, Dad." Der Duft nach Zitrone und Kiefer umfing sie, als sie die Halle betrat.

„Aber nur hier in der Gegend. Und im Gegensatz zu den Antiquitätengeschäften ist es nicht einmal das ganze Jahr über geöffnet."

Das Licht der Milchglaswandleuchten mischte sich mit dem sanften Tageslicht, das von außen durch die Fenster drang, und brachte die Arbeit, die Dad und Colton in den letzten Tagen vollbracht hatten, besonders zur Geltung. Hellgrün bedeckte die obere Hälfte der Wände, während die untere mit einer walnussfarbenen Vertäfelung verkleidet war. Die eine Seite der Halle öffnete sich zu dem nun dunklen Essbereich hin, wo im Sommer Eis und im Herbst heißer Kakao und Apfelwein serviert wurden.

Der hölzerne Boden zeugte von den Abertausenden von Schritten und den jüngsten Sturmschäden. Bisher war noch keine der Glasvitrinen an ihren Platz gerückt worden und auch die Wände wirkten ohne die Regale, die sonst vollstanden mit Krimskrams, alten Reisebüchern und Eisenbahnerinnerungen, viel zu nackt.

Doch langsam sah es hier wieder so aus, wie sie es in Erinnerung hatte.

„Komm mit ins Büro. Du hattest doch bestimmt noch keinen Kaffee."

„Sieht man das etwa?"

Dad grinste. „Du legst die Stirn in Falten."

Sie folgte ihm an dem alten Ticketschalter vorbei, der auf beiden Seiten und auch zur Außenwand hin Fenster hatte. „Das liegt daran, dass ich mit dir zusammen einen Plan schmieden wollte, wie wir das Depot retten können. Aber du scheinst ..." Vollkommen zufrieden zu sein. Und das ergab überhaupt keinen Sinn.

Er führte sie ins Büro, das kaum mehr als ein größerer Schrank war. Kein großer Mahagonischreibtisch mit passenden Aufsätzen wie damals, als sie noch im Osten gelebt hatten. Hier war kaum Platz für einen kleinen Rollcontainer und zwei Stühle.

Sie setzte sich auf einen, während ihr Dad eine Tasse ergriff.

„Ich bin überrascht, dass Colton nicht hier ist. Sonst ist er doch immer schon um sieben Uhr da." Dad linste in die Tasse, dann wischte er sie mit seinem Hemd aus.

Kate unterdrückte ein Grinsen. „Ich hatte schon Angst, er würde dich hier nicht mehr unterstützen, sobald wir an seinem Buch arbeiten."

„Überhaupt nicht. Er arbeitet hart. Und sieht anscheinend auch ganz gut aus, wenn ich Rae glauben schenke." Dad griff nach der Kaffeekanne auf dem Schreibtisch. „Aber wenn ich ihn mit einer meiner Töchter sehen würde, dann mit dir."

„Dad!"

Er wandte sich grinsend um und reichte ihr die Tasse. „Was denn? Ich fand von Anfang an, dass ihr beide gut zusammenpassen würdet. Darf ich denn nicht meine Beobachtungen äußern."

„Schon, aber nicht uns verkuppeln."

Er schüttete sich selbst einen Kaffee ein. „Und wenn ich sage ,von Anfang an', dann meine ich von Anfang an. Seitdem ich ihn auf der Elternwoche in Iowa kennengelernt habe. Logan hat damals eine Woche vorher angerufen und gefragt, ob wir Colton mitnehmen könnten. Da er ja keine Familie hatte."

„Das klingt ganz nach Logan."

„Und ich sage dir, als ich ihm das erste Mal begegnet bin, habe ich gedacht, Katie sollte diesen Jungen kennenlernen. Flora fand das auch. Wir haben damals den ganzen Heimweg darüber gesprochen. Ich fand, ihr beide würdet ein gutes Paar abgeben, weil er Beatles-Poster neben seinem Bett hängen hatte. Weißt du noch, als du diese Beatles-Phase hattest?"

„Ich war vierzehn." Sie nippte an dem Kaffee – der bei Dad immer so stark war, dass der Löffel darin stehen blieb.

„Das war ja auch nur mein erster Gedanke. Im Lauf der Woche habe ich dann herausgefunden, dass sein Humor perfekt zu deinem passen würde."

„Dad!"

„Na ja, die Argumente deiner Mutter waren natürlich vollkommen anders."

„Das will ich gar nicht hören." Nur dass das leider nicht stimmte. Es hatte etwas Therapeutisches, über Mum zu sprechen. Ihr Bild auf Dads Schreibtisch stehen zu sehen und einfach nur zu reden.

Auch, wenn der Gesprächsinhalt ihre Wangen rot werden ließ.

Nein, das ist nur der Kaffee.

Genau.

„Sie dachte, eure Kinder würden wunderschön werden."

Genau in diesem Augenblick nippte sie an ihrem Kaffee und verschluckte sich ganz fürchterlich. Sie musste würgen und spürte, dass ihr das bittere Gebräu wieder hochkam. Sie bekam kaum Luft. Und weil sie mit dem Schock kämpfte, konnte sie noch nicht einmal böse gucken.

„Ach, Katie, du bist viel zu leicht in Verlegenheit zu bringen."

„Du hast mich nicht in Verlegenheit gebracht, Yente. Emma Woodhouse. Dolly Levi. Such dir eine fiktionale Kupplerin aus."

„*Anatevka* und Jane Austens *Emma*. Aber bei der dritten bin ich mir unsicher."

„*Hello, Dolly!*, Dad. Das solltest du wissen. Ich habe die Version mit Barbara Streisand als Kind bestimmt tausendmal geguckt."

„Und immer eine raue Stimme bekommen, weil du versucht hast, wie Louis Armstrong zu singen. Jetzt weiß ich es wieder." Dad lachte und betrachtete sie einen Augenblick lang.

Dann schien er Mitleid mit ihr zu haben, ließ das Thema fallen und setzte sich auf seinen Stuhl.

„Lass uns noch mal über das Depot sprechen. Wir können doch wenigstens irgendeinen Rettungsversuch starten."

Er nippte an seinem Kaffee und ließ ihre Frage erst eine Weile im Raum stehen, bevor er antwortete. „Hör zu, Katie, ich bin dein Vater, keins von deinen Drehbüchern. Du musst nicht versuchen, die Dinge für mich zu regeln."

Sie stellte die Tasse weg. „Ich versuche doch gar nicht …"

Er unterbrach sie mit einem Blick. Nahm noch einen Schluck. „Es gibt etwas, das Gott mich in all den Jahren gelehrt hat – Dinge loszulassen. Darin war ich noch nie gut. Deshalb war ich wahrscheinlich auch so ein guter Soldat und Botschafter. Aber jetzt ist mein Platz ein anderer. Mehr und mehr erkenne ich, wie wichtig es ist zurückzutreten und abzuwarten, wohin Gott mich führt. Zu beobachten, wann es Zeit ist, an etwas festzuhalten, und wann man es loslassen sollte." Er stellte seine Tasse ab. „Wenn es an der Zeit sein sollte, diesen Ort loszulassen – egal wie sehr deine Mutter ihn geliebt hat oder welche Erinnerungen damit verbunden sind –, dann will ich nicht meine Zeit damit verschwenden, mich daran zu klammern. Mein Leben soll weiterhin einen Sinn haben, auch wenn es sich langsam dem Ablaufdatum nähert."

Trotz der Sanftheit seiner Stimme trafen Kate seine Worte wie ein Schlag in die Magengrube.

„Aber … wenn das Depot geschlossen wird, was willst du dann tun?"

„Ich tue, was als Nächstes ansteht."

„Du hast keinen Plan?"

„Katie, sag mir, wann sich ein Plan jemals so entwickelt hat, wie man es gerne gehabt hätte." Er beugte sich vor, liebevoll aber gleichzeitig bestimmt. „Ich sage ja nicht, dass man sein Leben ziellos vor sich hin leben sollte. Aber man muss flexibel bleiben, abwarten und sehen, was sich ergibt. Es ist sehr heilsam, das zu erkennen."

Das hörte sich gut an, doch das Problem war, dass Kate schon seit Jahren keinen Plan mehr gehabt hatte. Nicht seit Gil ihr den Boden unter den Füßen weggerissen hatte. Seit sechs Jahren hatte sie einfach immer eine Sache nach der anderen getan, das nächste Skript geschrieben, den nächsten Nebenjob angenommen.

Jetzt hatte sie endlich – *endlich* – einen Plan. Und sie würde ihn für nichts in der Welt aufgeben.

„Dad, ich …"

In dem Moment flog die Bürotür auf und Colton stand da. Atemlos, lächelnd.

„Ich habe einen Plan." Sein Blick wanderte von Kate zu Dad und wieder zurück. „Netter Schlafanzug."

Sie verdrehte nur die Augen.

Dad erhob sich. „Wofür?"

Er grinste. „Für die Rettung des Depots."

☙

Er hatte es geschafft. Er konnte es nicht glauben, dass er es tatsächlich geschafft hatte.

Colton ließ seinen Blick über den großen Hof des Depots schweifen und Zufriedenheit stieg in ihm auf. Zuerst war er sich nicht sicher gewesen, ob Case Walker mit seiner Idee einverstanden wäre, ein spontanes Last-minute-Event zu starten, die Presse einzuladen und eine große Öffentlichkeit zu erreichen. Vielleicht so viele Menschen wie noch nie zuvor in der Geschichte des Depots.

Kate hatte den Ausschlag gegeben. Sie war sofort Feuer und Flamme gewesen, als er seine Idee vorgestellt hatte. Und hatte dann ihren Vater davon überzeugt mitzumachen. Dann war sie mit ihm zum Bürgermeister und den anderen Stadträten gegangen, um sie zu überzeugen.

Jetzt standen sie da, drei Tage später, und das Feld hinter dem Depot war vollgeparkt mit Autos und der Rasen übersät mit Menschen. Trotz ihrer Marotten und Eigenarten wussten die Menschen in Maple Valley, wie man eine Party auf die Beine stellte.

Und das Beste war, dass Colton mindestens drei Fernsehcrews und vier Reporter mit Notizblöcken und Kameras gezählt hatte. Ein Radiosender hatte sogar eine Liveberichterstattung angekündigt.

Und das alles hatte die Stadt keinen einzigen Cent gekostet.

„Junge, ich habe das Gefühl, ich hätte eine Reise in die Vergangenheit gemacht und wäre nicht nur ans andere Ende des Landes geflogen." Es war Joe Kemper, der das gesagt hatte, ein früherer Teamkollege aus dem ersten Jahr in der NFL. Der frühere Tight End, der auch einen Bibelkreis geleitet hatte, hatte ihn damals immer wieder eingeladen. Doch zu dieser Zeit war Colton am Glauben noch nicht interessiert gewesen.

Und dann waren da noch Greg Williams und Darrell Clapton, auch Kollegen von der Uni und den Tigers. Vier NFL-Spieler, Seth und sein Freund Bear und eine Handvoll anderer Männer aus der Stadt würden sich heute dem *Mavericks*-Football-Team stellen, im ersten offiziellen Eisenbahn-Zieh-Wettbewerb der Stadt.

Der Geruch von Grillwürstchen zog vom *The Red Door* herüber. Seths Freundin, Ava, leitete eine Gruppe Freiwilliger beim Verkauf von Essen an. Hunderte Menschen waren gekommen – sie aßen, redeten, lachten und warfen immer wieder interessierte Blicke zu Colton und seinen Freunden, die auf dem Bahnsteig waren. Der Speisewagen stand auf den Schienen und wartete als stolzer Hauptakteur auf seinen Einsatz. Eifrige Fans hatten großzügige Spenden gegeben, um nach dem Eisenbahn-Ziehen mit ihren Idolen eine Fahrt darin zu unternehmen. Und über allem strahlte das alte Eisenbahndepot, als wäre es genau für diesen Tag herausgeputzt worden.

Der Himmel strahlte in hellem Blau, doch in der Ferne ballten sich dunkle Wolken.

Bitte, Herr, halte den Regen auf. Maple Valley braucht dieses Event.

Und er betete auch für seine Schulter und das Knie. Seit Tagen schon hatte er kein Eis mehr gebraucht. Doch wenn es etwas gab, das seinen lädierten Gelenken schaden konnte, dann war es das Vorhaben, eine Eisenbahn zu ziehen.

„Ich kann nicht glauben, dass du schon seit Wochen hier in Iowa bist." Das kam von Greg. „Wenn ich das gewusst hätte, hätte ich meine Jungs von Cedar Falls mitgebracht und sie dir vorgestellt. Sie können immer noch nicht glauben, dass ich mit *dem* Colton Greene gespielt habe."

Colton lachte. Greg sagte das, als wäre Colton einer von den Manning-Brüdern. „Du hättest sie einfach heute mitbringen sollen."

„Das war leider zu spontan."

Das war auch Coltons Sorge gewesen, was dieses Event anging. Doch wenn es spontane Menschen gab, dann in Maple Valley. Und dank der Publicity, die die Stadt nun bekam, würden sich die Abgeordneten vielleicht doch dazu entscheiden, das Depot zu erhalten – wenigstens für dieses Jahr.

„Seid ihr bereit?" Kate trat neben sie und ihre braunen Augen funkelten in der Sonne. Sie hatte sich mehr als jeder andere für dieses Event eingesetzt.

„Das sind wir."

Sie gingen zu ihrem Zug. Case hatte zwei leere Frachtwaggons ausgesucht.

Kate trat neben ihn. „Hübscher Schal übrigens."

Er sah an sich herunter. „Raegan hat die Schals für das Erwachsenenteam gemacht. Sie meinte, hellbraun wäre die männlichste Farbe gewesen, die sie im Laden bekommen hätte."

„Meine Schwester kann häkeln?"

„Entweder das oder sie hat andere für sich häkeln lassen. Für wen bist du heute?"

Sie grinste breit und lachte. „Ich bin hin- und hergerissen. Einerseits sind die Mavericks mein Team. Meine Schule. Aber ihr habt meinen Cousin und Bear."

Er guckte sie schockiert an. „Bitte?"

„Und dich, natürlich."

Er verschränkte die Arme. „Gut, denn ich bin immer noch dein Co-Autor. Und da verdiene ich doch ein klein bisschen Loyalität."

„Wo wir gerade davon sprechen, ich habe die Abschnitte gelesen, die du zu Kapitel drei geschrieben hast. Du bist ein guter Autor, Colt."

„Tja, jahrelange Übung."

„Übung?"

Er blieb stehen und bemerkte, dass er mehr gesagt hatte, als gut war. Jedem anderen gegenüber hätte er jetzt dichtgemacht. Aber es war ein besonderer Tag und sie ein besonderer Mensch und darum erklärte er ihr mit einer Ruhe, die er sich selbst nicht erklären konnte: „Als meine Eltern gestorben waren, konnte ich mich nicht mehr an den Unfall erinnern. An gar nichts. Ich wurde zur Therapie geschickt und die Therapeutin hat mir gesagt, ich soll anfangen, alles aufzuschreiben. Und so schrieb ich ganze Notizbücher voll. Dutzende."

Das Stimmengewirr um sie herum, die Musik, das Lachen, alles rückte in den Hintergrund, während Kate ihn musterte. „Du kannst dich immer noch nicht erinnern."

Er schüttelte den Kopf.

Doch er wusste, was mit den Büchern passiert war. An dem Tag, als Norah ihn zu sich bestellt hatte, um ihm mitzuteilen, dass er ab jetzt auf eigenen Füßen stand und der Staat sich nicht länger um ihn kümmerte, hatte sie ihm eine ganze Kiste dieser Notizbücher überreicht.

Und er hatte sie beiseitegeschoben und war, ohne ein Wort zu sagen, einfach weggegangen.

Die einzige Person, die sich jemals um ihn gesorgt hatte, hatte er so undankbar von sich geschoben.

„Colton?"

Er erwiderte Kates Blick. „Ja?"

„Ich bin für dich."

Einfache Worte, doch er hatte das Gefühl, dass sie ihm noch lange im Gedächtnis bleiben würden.

„Greene, wir brauchen dich." Joe Kempers Stimme drang in diesen wichtigen Moment der Zweisamkeit ein.

„Ich gehe jetzt besser."

Kate richtete seinen Schal. „Zieh, so fest du kannst."

Er lief zu seinen Teamkameraden, die schon in Position standen. „Wir haben einen Vorteil, Männer."

„Was? Graue Haare?", stichelte Darrell, der älteste der Gruppe.

„Nein, Erfahrung."

Colton beobachtete, wie Kate zu den anderen Zuschauern ging und Raegan und Case Gesellschaft leistete.

„Tut mir leid, dir das sagen zu müssen, Kemper", sagte Graig und schlug Joe auf die Schulter, „aber ich habe noch nie einen Waggon gezogen. Weiß einer von euch, wie viel so einer wiegt?"

„Keine Ahnung, aber die Sache ist doch die: Wir haben schon Meisterschaften gespielt und gewonnen. Aber ohne Teamwork und eine klare Fokussierung auf das Ziel hätten wir das nicht geschafft. Das zeichnet uns aus. Sieh sie dir an." Joe zeigte auf das College-Team, das in voller Montur aufgelaufen war. „Zahlenmäßig sind sie uns zwar überlegen, aber was hast du uns über sie erzählt, Greene?"

„Sie haben ihren Stand noch nicht gefunden. Sie sind noch nicht zu einem Team zusammengewachsen. Haben die ersten Spiele verloren."

„Männer, *wir* sind ein Team. Lasst uns unsere Plätze einnehmen."

Colton ging mit den anderen auf den Waggon zu, blieb dann aber noch einmal stehen und sah zurück zu Kate. „Eine Sekunde, Jungs."

Er lief zu ihr und wickelte währenddessen seinen Schal ab.

„Zu warm?", fragte sie, als er bei ihr ankam.

Er legte ihn ihr um. „Du musst ihn tragen. Dann werden wir gewinnen."

Als er zum Waggon zurücklief, spürte er schon die ersten Regentropfen. Er gesellte sich zu seinem Team und nahm eine der Ketten, die Case an dem Waggon befestigt hatte.

Dann gab jemand das Startsignal und die Anfeuerungsrufe gingen los. Er umfasste seine Kette fest und Joes Stimme wurde begleitet von dem Stöhnen und Ächzen der Männer um ihn herum. „Zieht!", schrie Joe.

Er zog. Und zog. Als spielte er Tauziehen mit einem Riesen, ohne zu sehen, ob er überhaupt Fortschritte machte.

Ein Regentropfen fiel ihm ins Auge und er blinzelte. Wieder rief Joe. „Zieht!" Er spürte einen scharfen Schmerz in der Schulter und biss die Zähne zusammen. „Zieht! Alle zusammen."

Minuten vergingen, wie viele, wusste er nicht. Doch bald hatten sie ihren Rhythmus gefunden und zogen wie ein Mann, während der Wagon sich quietschend vorwärtsbewegte.

„Wir schaffen es. Zieht!"

Coltons Schulter würde am nächsten Morgen rebellieren, doch sie würden das hier schaffen.

Und gerade, als der Himmel seine Schleusen öffnete, fing die Menge an zu jubeln und er wusste, dass sie es geschafft hatten. Er ließ seine Kette fallen, die Muskeln brannten, der Schweiß mischte sich mit dem Regen. Sein Team schnaufte und japste, doch alle klopften sich gegenseitig auf den Rücken und nickten sich zu. Dann schaute Colton sich um und sah, dass das Highschool-Team mit seinem Waggon auch fast am Ziel angekommen war.

Sie hatten gewonnen, doch das war es nicht, was Colton so euphorisch machte. Es war Kate, als er sie in der Menge entdeckte, wie sie fröhlich auf und ab sprang und jubelte. Dann war sie plötzlich bei ihm. „Der Schal hat funktioniert!"

Er hob sie hoch und umarmte sie, was sie genauso überraschen musste, wie ihn selbst.

Der Jubel wurde noch lauter, als auch die Highschool-Mannschaft ins Ziel kam.

Doch er wollte sich nicht umdrehen. Er konnte seinen Blick nicht von Kate losreißen, die in seinen Armen lag. Ihr Lächeln, das Haar, das sich um ihr Gesicht kringelte, das freudige Flackern in ihren Augen.

„Kate."

„Danke, Colt. Dafür, dass du das für meinen Vater und das Depot getan hast. Danke."

Anstatt sich zurückzuziehen, schlang sie ihre Arme um ihn und barg ihr Gesicht an seinen Schultern.

Und in diesem Augenblick erkannte er die Wahrheit – er hatte nicht alle Hebel in Bewegung gesetzt und dieses Fest organisiert, um das Depot zu retten. Auch nicht, um Case einen Gefallen zu tun.

Er hatte es alleine für Kate getan. Weil es ihr so viel bedeutete.

Und weil sie ihm unglaublich viel mehr bedeutete.

Vielleicht war es die viele Zeit gewesen, die sie miteinander verbracht hatten. Vielleicht auch die Art und Weise, wie sie an seinem Äußeren vorbei in sein Innerstes geschaut hatte. Wie sie mit seinen Fehlern und Erinnerungen, seiner Verletzlichkeit umgegangen war, die er sonst im Verborgenen hielt.

In etwas mehr als zwei Wochen hatte Kate in ihm eine Sehnsucht geweckt, die er bisher nie gespürt hatte – von der er gar nicht gewusst hatte, dass es sie gab. Er war nicht Fall Nummer 174 – der Waisenjunge, der seine Eltern bei einem Autounfall verloren hatte. Auch nicht Spieler Nummer 18 – der Quarterback der L.A. Tigers.

Er war einfach nur Colton. Der Kerl, der endlich etwas richtig gemacht hatte.

Dann hob sie ihren Kopf und sah ihm tief in die Augen.

In diesem Moment erklang Case Walkers Stimme. „Alle, die an einer Zugfahrt interessiert sind, es geht in zehn Minuten los."

ᚨ

Kate nutzte die erste Gelegenheit, die sich ihr bot, und floh auf die Toilette des Essenswaggons – ein Räumchen, das ihren begehbaren Kleiderschrank zu Hause wie einen Tanzsaal wirken ließ. Gerade hatte sie schon ein Taschentuch verwendet, um den Großteil ihres regenverschmierten Make-ups zu beseitigen. Doch jetzt, wo sie Zugang zu einem Spiegel hatte, wollte sie sich das wahre Ausmaß des Schadens ansehen.

Der Zug rumpelte unter ihren Füßen und sie stemmte sich gegen das Waschbecken, bevor sie in den Spiegel blickte.

„Wunderbar. Einfach … wunderbar." Ja, sie hatte die Mascara-Streifen beseitigt, doch damit hatte sie auch alle anderen Reste ihres Make-Ups entfernt. Jetzt entblößte das grelle Licht über dem Spiegel ihre blasse Haut und die Ringe unter den Augen. Oder wurde das alles hier nur verstärkt?

„Psst, Kate, bist du da drin?"

„Ähm, ja, Rae."

„Lass mich rein."

„Woher weißt du, dass ich nicht …" Egal. Sie entriegelte die Tür und Raegan quetschte sich zu ihr. „Was brauchst du?"

Raegan legte ihre Hände auf Kates Schultern. „Ooooh … mein Gott. Oh. Mein. Gott."

„Sehe ich so schlimm aus?"

Raegan schüttelte sie. „Nein. Ich rede von der Szene vorhin. Mit dem Schal und der Umarmung und *Colton*."

Der Zug schien um eine Kurve zu fahren und Kate wurde gegen die Wand gedrückt. Ein plötzlicher Anfall von Klaustrophobie erfasste sie. „Ich weiß nicht, wovon du sprichst."

Eine glatte Lüge. Dieser Augenblick im Regen … Nun, sie konnte noch nicht darüber sprechen. Geschweige denn nachdenken. Wollte es nicht. Irgendetwas war in diesem Moment geschehen und sie war noch nicht bereit, es genauer zu beleuchten. Nur leider war es vor der versammelten Gemeinde geschehen. Und den Kameras.

Doch jetzt wollte sie es einfach nur für sich bewahren. Es war nicht nur die Umarmung, es war auch das, was er vorher zu ihr gesagt hatte. Er hatte ihr einen Teil seiner Vergangenheit offenbart und das war ihm bestimmt nicht leichtgefallen. Und dann hatte er sie auf diese spezielle Art angesehen. Als wäre dieser ganze Tag heute ein Geschenk für sie.

Aber, ach, was dachte sie sich nur? *Du kannst das nicht tun, Kate.* Sie durfte diese zweiwöchige Freundschaft nicht zu irgendetwas Besonderem aufblähen. Da war der Herzschmerz vorprogrammiert.

Er geht zurück nach L.A. Ich gehe zurück nach Chicago. Dann New York. Dann Afrika. Sie musste ihre Gefühle wieder unter Kontrolle bekommen.

„Du bist ja so gut darin, dich dumm zu stellen, große Schwester."
Der Sarkasmus in Raegans Stimme besänftigte nicht gerade den
Ärger, der in Kate aufstieg. „Und du bist so gut darin, die Dinge
falsch zu interpretieren."

Raegans Lippen zuckten. „Komm schon, es war vollkommen offensichtlich, jeder hat es gesehen. Dad hat es gemerkt. Seth hat es
gemerkt. Sogar einem Blinden wäre es aufgefallen."

Das stechende Aroma des Potpourris in der Schale neben dem
Waschbecken nahm Kate die Luft zum Atmen. Es war zu viel. Zu
eng. „Was redest du da von einem Blinden?"

„Keine Ahnung. Warum leugnest du, was so offensichtlich ist?"

Kate verschränkte die Arme. „Und das wäre?" Sie hätte einfach
nicht fragen sollen.

„Du und Colton. Die Funken. Und nicht nur kleine, mickrige
Funken, die nach drei Sekunden erloschen sind. Ich spreche von
einem Feuerwerk. *Kabumm.*" Mit ihren Fingern machte sie eine
explodierende Bewegung.

„Ich denke, du hast dich klar ausgedrückt. Aber du irrst dich."
Sie musste hier raus und versuchte, an Raegan vorbei an die Tür-
klinke zu kommen, doch ihre Schwester stellte sich ihr in den Weg.

„Rae …" Kates Handy vibrierte in der Tasche. Vielleicht Marcus.
Schon wieder. Er hatte in den letzten Stunden mindestens viermal
angerufen. Sie hatte ihm für dieses Wochenende ein Update des
Buchprojektes versprochen. Aber das Wochenende war ja noch
nicht vorbei.

„Warum regst du dich überhaupt so auf? Ich sollte beleidigt sein.
Immerhin habe ich Colton zuerst getroffen. Wenn jemand sich in
ihn verknallt, dann …"

„Ich bin nicht in ihn verknallt." Wunderbar, jetzt war sie auch
noch laut geworden. Das würde bestimmt helfen, Raegan zu überzeugen.

„Mach dir keine Sorgen, ich rege mich nicht auf. Wenn ihr beide
nicht so wunderbar zusammenpassen würdet, vielleicht. Aber …"

„Raegan." Sie schrie den Namen förmlich.

Kate schloss die Augen. Atmete tief ein. Drehte den Wasserhahn
auf – auf volle Stufe –, dann wandte sie sich wieder Raegan zu.
„Was du da andeutest, Rae … ist für mich überhaupt nicht wit-

zig." Sie sprach langsam, versuchte jedes Wort zu betonen und somit wirksamer zu machen. „Du kannst über Colton und meine … Freundschaft Vermutungen anstellen, wie du willst. Aber behalt sie für dich."

Verwirrt sah ihre Schwester sie an. „Warum benimmst du dich so seltsam? Das ist doch absurd."

Wieder ruckelte der Zug. „Im letzten Jahr hat Colton die Person verloren, die er eigentlich heiraten wollte, und dann musste er auch noch seine Karriere aufgeben. Er hat eine Vergangenheit, die den Verlust eines Elternteils wie einen Spaziergang im Park erscheinen lässt." Sie sah, wie Raegan bei diesen Worten zusammenzuckte. War sie zu weit gegangen? „Und er hat eine Million andere Dinge, um die er sich zu kümmern hat – er muss sich konzentrieren und weitermachen. Das Letzte, was er gebrauchen kann, ist eine Ablenkung. Also vergib mir, wenn ich es nicht lustig finde, dass du Witze über unsere Beziehung reißt. Zwischen uns wird es niemals mehr geben als Freundschaft. Ich finde es nämlich ganz und gar nicht lustig."

Raegan schien unter Kates scharfen Worten immer kleiner zu werden, sie zuckte regelrecht zusammen. Das Rattern des Zuges, die gedämpften Stimmen von draußen, das Plätschern des Wassers erfüllten die Stille, die sich zwischen ihnen spannte.

„Ich … ich finde es einfach nicht lustig." Sie wiederholte die Worte noch einmal sanfter.

Als Raegan nicht antwortete, stellte Kate das Wasser ab. Sie beugte sich über das Waschbecken und blickte wieder in den Spiegel.

„Du kannst ja ruhig versuchen, dir diesen Quatsch einzureden."

Kate starrte ihre Schwester im Spiegel an und zuckte jetzt ihrerseits bei dem kalten Ton zusammen, den die Stimme ihrer Schwester angenommen hatte. „Was?"

„Rede dir ruhig ein, dass es an Colton liegt und all den Dingen, mit denen er sich angeblich beschäftigen muss und um die du dir Sorgen machst."

„Natürlich mache ich mir deshalb Sorgen."

„Ja, da bin ich sicher. Aber nur, weil du gelernt hast, wie du den Schalter auf Aus stellen kannst, wenn du auch nur den Hauch von Romantik spürst. Du bist eine Expertin darin, Mauern um dich zu bauen, Kate. Nur zur Info: Das mit Gil war vor über sechs Jahren.

Ich weiß, dass es dich schrecklich verletzt hat, und ich weiß, dass du so etwas nie wieder …"

„Hör auf damit, Rae. Du bist nicht meine Psychiaterin." Wieder vibrierte ihr Handy in der Tasche. *Ach, komm schon, Marcus.*

„Das stimmt. Ich bin deine Schwester!" Raegan zögerte kurz, bevor sie weitersprach. „Und wenn du ehrlich wärst, würdest du zugeben, dass *du* diejenige bist, um die du dir Sorgen machst."

Sie konnte das nicht länger aushalten. Kate drückte sich an Reagan vorbei, riss die Tür auf und prallte mit einem anderen Fahrgast zusammen. Sie murmelte eine Entschuldigung und blickte den Flur des Waggons entlang. Am einen Ende sah sie die NFL-Freunde von Colton, hörte klickende Kameras.

Das andere Ende war leer.

Einfache Entscheidung.

„Kate."

„Ich will nicht mehr darüber reden, Rae. Nicht hier." Überhaupt nie wieder.

Ihr Handy piepste einmal. Scheinbar hatte Marcus ihr eine Sprachnachricht hinterlassen.

Sie eilte an der Person vorbei, mit der sie gerade zusammengestoßen war, und flüchtete sich in den leeren Teil des Zuges. Sonnenstrahlen fielen durch die Fenster und die wunderschöne Landschaft glitt draußen vorbei.

Sie versuchte, sich darauf zu konzentrieren. Ließ sich in einen der braunen Sessel sinken und fokussierte ihre Augen auf das Grün und die malerische Brücke, die sie nun überquerten.

Doch die Landschaft konnte ihr erhitztes Gemüt nicht kühlen. Raegan hatte ja keine Ahnung, wovon sie sprach.

Kate riss sich den Schal vom Hals – Coltons Schal – und zog ihr Handy aus der Tasche. Fünf verpasste Anrufe von Marcus. Sie sollte sich seine Nachricht anhören.

„Da bist du ja." Colton ließ sich ihr gegenüber in den Sessel fallen. „Du warst auf einmal verschwunden, aber wo solltest du in diesem Zug schon hingehen? Es sei denn, du hättest so einen *Lone Ranger*-Stunt auf dem Dach geplant."

Warum musste er in diesem vertrauten Ton mit ihr sprechen? Und warum sah er so schrecklich gut aus?

Und warum versuchst du überhaupt zu leugnen, was Raegan gesehen hat?

„Warum siehst du mich so an?"

Sie blinzelte. „Wie denn?"

„So …" Er zog das Wort in die Länge. „Verloren. So wie ich geschaut hätte, wenn du mir gesagt hättest, dass dich Football immer noch nicht interessiert, obwohl ich so viel Zeit investiert habe …"

„Wir müssen damit aufhören, Colt." Die Worte kamen ihr über die Lippen, noch bevor sie darüber nachdenken konnte.

„Womit aufhören?"

Ihre Finger spannten sich um ihr Handy. „Einfach … aufhören. Mit uns. Dieser Sache. Wie auch immer."

Er zog die Stirn kraus. „Ich versuche wirklich nicht, mich dumm zu stellen, aber ich kapiere nicht, wovon du gerade redest."

In dem Moment erhielt sie eine Textnachricht. Sie schaute auf ihr Handy. Marcus. Natürlich.

Doch dann las sie die Nachricht. Schnappte erschrocken nach Luft und ein Kloß entstand in ihrem Hals.

BITTE geh ans Handy, K. Es geht um Breydan.

Kapitel 10

Warum war es in Krankenhäusern nur immer so kalt? Das Piepen und Klicken der Maschinen um Breydans Bett erfüllten den kleinen Raum. Die dünne Decke schien seinen kleinen Körper förmlich zu verschlucken, seine blasse Haut hatte die Farbe der Wände angenommen.

Trotz ihrer langen Ärmel hatte Kate eine Gänsehaut. Sie musste schlucken. Es war der Versuch, das Rumoren in ihrem Bauch zu unterdrücken.

„Die Ärzte sind heute Morgen ein bisschen optimistischer." Ein Funken Hoffnung, fragil und zittrig, schwang in Marcus' Stimme mit. „Sie denken … dass das Fieber vielleicht sinkt …"

Kate klammerte sich an diese Hoffnung. „Das wird es."

Sie konnte die Augen nicht von Breydan reißen. So still. Wenn der Monitor es nicht angezeigt hätte, hätte sie sich gefragt, ob er überhaupt noch atmete.

„Ich kann nicht glauben, dass du so schnell hergekommen bist."

Sieben Stunden im Auto hatten sich nicht gerade schnell angefühlt. Sie war sich wie in einem dieser Träume vorgekommen, in denen man versucht, ein Ziel zu erreichen, doch nie von der Stelle kommt.

Marcus wandte sich um. „Und ich kann erst recht nicht glauben, dass du Colton Greene mitgebracht hast. Du solltest sehen, wie die Krankenschwestern ihn anstarren."

Es war eher so gewesen, dass Colton sie hergebracht hatte. Er hatte sie beobachtet, als sie Marcus angerufen hatte – war das erst gestern Abend gewesen? Hatte sich vorgebeugt und ihre Hand ergriffen, als er erkannt hatte, dass irgendetwas Schreckliches geschehen sein musste. Und als sie aufgelegt und ihm alles erklärt hatte, hatte er darauf bestanden, sie sofort nach Chicago ins Krankenhaus zu bringen.

Wie er es geschafft hatte, wach zu bleiben, als sie die Nacht durchgefahren waren, wusste sie nicht. Doch er hatte nicht zugelassen, dass sie sich selbst ans Steuer setzte. Als sie etwa eine Stunde unterwegs gewesen und auf die Interstate 80 bei Des Moines aufgefahren waren – da hatte er zu ihr hinübergeschaut und schüchtern gefragt, ob er beten sollte. Das war das Schönste an ihrer Fahrt gewesen.

Die Tränen, die sie auf unerklärliche Art und Weise bis dahin zurückgehalten hatte, waren hervorgebrochen und sie hatte nur erstickt nicken können.

Es war ein einfaches Gebet gewesen. Kurz. Keine blumigen Worte oder in die Länge gezogenen Bitten. Doch ehrlich. Danach hatte sie versucht zu schlafen, war vielleicht auch ein- oder zweimal eingedöst. Den Schal als Kissen unter ihrem Kopf. Doch Marcus' Worte waren ihr immer und immer wieder durch den Kopf gegangen.

„Er hatte eine plötzliche Reaktion auf eines seiner Medikamente. Fieber, Krampfanfälle. Und bei seinem Immunsystem … Es ist wirklich schlimm, Kate. Ich glaube, du solltest besser kommen …"

Sie beugte sich vor und strich Breydan über die Haare und die Stirn. „Kannst du dir vorstellen, wie glücklich er sein wird, wenn er aufwacht und Colton trifft?"

„Er wird genauso glücklich sein, dich zu sehen." Marcus drückte ihren Arm. „Ich schaue nach Hailey. Sie wollte einen Kaffee holen."

Als er schon gehen wollte, fragte sie ihn: „Weißt du, wo Colton abgeblieben ist?"

Als sie im Krankenhaus angekommen waren, hatte er sie am Eingang abgesetzt. *„Ich suche einen Parkplatz und komme dann zu dir. Geh schon mal rein."*

„Ja, er ist im Wartebereich. Ich habe ihm gesagt, dass er reinkommen kann, aber er dachte, dass du vielleicht erst mal mit Breydan alleine sein willst." Marcus musterte sie kurz. „Soll ich ihn reinschicken?"

„Nur, wenn er nicht schläft."

Marcus nickte und verließ das Zimmer. Kate wandte sich wieder Breydan zu.

Sie zog sich einen Stuhl heran und setzte sich, beugte sich vor, bis ihre Hand Breydans berührte. Seine Finger waren eiskalt. Was wegen des Fiebers überhaupt keinen Sinn ergab.

Aber was ergab bei Krebs schon Sinn?

„Hey, kleiner Mann."

Nur das Zischen der Maschinen antwortete ihr.

„Du musst bald aufwachen, okay? Wir müssen noch so viele *Mario Kart*-Rennen spielen."

Sie strich ihm über den kleinen Finger, legte ihren Daumen in seine Handfläche.

„Ich konnte in letzter Zeit nicht viel üben, aber eines Tages werde ich dich besiegen." Eine Träne lief ihr über die Wange. „Wart ab … Eines Tages …"

Sie plapperte nur noch, wiederholte sich. Doch wie sonst sollte sie es schaffen, nicht einfach auseinanderzubrechen?

Das ist nicht fair, Gott. Nicht fair.

Mehr Tränen. Sie fielen auf das weiße Bettlaken. Sie wischte sich unter den Augen entlang. Schniefte.

„Kate?"

Coltons Hand auf ihrer Schulter fühlte sich warm an. Und im Bruchteil einer Sekunde war sie aufgesprungen und schmiegte sich an ihn.

CB

Auch wenn Colton heute nichts anderes mehr zustande brachte, eines würde er durchsetzen: Kate davon überzeugen, dass sie schlafen musste.

Er rieb mit der Hand über den angelaufenen Spiegel in Kates Badezimmer. Er hatte geduscht und der kleine Raum war davon so aufgeheizt, dass wenigstens etwas von der Anspannung in seinen Muskeln verschwunden war. Erst die endlose Autofahrt und dann das stundenlange Sitzen in einem Krankenhausstuhl.

Aber das war es wert gewesen, das Klopfen in seinem Knie und die Erschöpfung.

Kate hatte ihn gebraucht. Und das fühlte sich gut an.

Sie hatten fast den ganzen Tag im Krankenhaus verbracht, doch endlich, als Breydan immer weitergeschlafen hatte und der Nachmittag schon in den Abend überging, hatte er Kate dazu überredet, für die Nacht zu ihr nach Hause zu fahren. Ihre Freunde, Marcus und Hailey, hatten versprochen, sofort anzurufen, sollte irgendetwas mit ihrem Sohn passieren.

Colton rieb sich die Haare mit dem roten Handtuch trocken, das er in dem Schrank unter dem Waschbecken gefunden hatte. Er trug schon die alten Sporthosen, die er noch schnell in seine Tasche geschmissen hatte, bevor sie Iowa verlassen hatten. Jetzt zog er sich ein weißes T-Shirt mit dem Hawkeyes-Logo an.

Aus seiner Reisetasche erklang das Klingeln seines Handys. Er nahm es heraus. „Hallo?"

„Warum bist du den ganzen Tag nicht zu erreichen?"

Ian. „Dann ist es wohl nicht das erste Mal, dass du es heute versuchst." Er hatte überhaupt nicht auf sein Handy geschaut.

„Ich weiß, dass Iowa am Ende der Welt liegt, aber so schlecht wird der Empfang da auch nicht sein."

Er stopfte seine getragenen Klamotten in die Tasche. „Ich bin nicht in Iowa."

„Wo denn dann?"

„In Chicago."

„Du machst Witze."

„Was soll daran witzig sein?" Warum war er Ian gegenüber so kurz angebunden?

Weil es sich jedes Mal wie ein Eindringen anfühlt, wenn er anruft.

Dieser Gedanke ließ ihn innehalten und er schaute sich im Spiegel an. War das wahr? Gefiel es ihm in Maple Valley mittlerweile so gut, dass die Erinnerungen an sein altes Leben ihm wie eine Störung erschienen?

„Es ist nicht witzig, sondern ein unglaublicher Zufall. Ich habe ein paar Jobangebote für dich ergattert. Eins in St. Louis, eins in Miami und eins in Chicago."

„Wirklich." Warum konnte er nicht mehr Interesse dafür aufbringen? Immerhin hatte er genau darauf gehofft und sogar dafür gebetet.

Nur nicht in letzter Zeit. Oh Mann, er hatte seit Tagen nicht mehr für seine Karriere gebetet. Er hatte für das Zugwettziehen gestern gebetet – dass es gut ausgehen und die Menschen dazu anregen würde, sich für das Depot zu interessieren. Er hatte wegen seines Buches gebetet. Heute hatte er wie verrückt für den kleinen Jungen im Krankenhaus gebetet.

Aber nicht für Werbeverträge oder Fernsehauftritte oder Moderatorenjobs. Die Dinge, um die er sich eigentlich kümmern sollte.

„Ich hätte dir ja Miami empfohlen, aber wo du schon mal in Chicago bist, nutzen wir die Gelegenheit. Es ist eine regionale Sportschau und sie suchen nach einem Analysten. Nennt sich Sports Circle. Gute Quoten, gute Zahlen."

Colton ließ das Handtuch fallen. „Sports Circle. Chicago."

„Ich weiß, es ist nicht an der Ost- oder Westküste, aber der Markt ist gut. Ehrlich gesagt hätte ich mich schon gefreut, wenn sie dich nach Kansas City oder Minneapolis eingeladen hätten. Chicago ist besser, als ich erwartet hätte."

Chicago. Wind. Der Millennium Park. Die Bears, die Cubs, die Bulls.

Seine Gedanken rasten.

Kate.

Er taumelte. So sehr, dass er das Gleichgewicht verlor und in die immer noch nasse Wanne fiel. Doch seine nasse Hose hinderte ihn nicht daran, den einen klaren Gedanken zu fassen.

Kate lebt in Chicago.

Wenn sie nicht gerade in Maple Valley war. Zumindest bis zu ihrer Reise nach Afrika, von der sie ihm erzählt hatte.

„Was ist passiert? Bist du gestolpert?"

Eigentlich sollte es ihm nicht so wichtig sein, dass er eine Möglichkeit gefunden hatte, dahin zu ziehen, wo Kate lebte. Doch es war unendlich wichtig.

Der Ventilator an der Decke ratterte vor sich hin, als er sich aus der Wanne hievte. „Okay, ich bin interessiert, Ian. Was kommt als Nächstes?" Er zog den Duschvorhang zu und sammelte seine Sachen ein.

„Wir organisieren ein Vorstellungsgespräch. Je schneller, desto besser. Vielleicht gleich morgen."

Die Tasche rutschte ihm von der Schulter und fiel zu Boden. „Morgen kann ich nicht."

„Machst du Witze? Du bist doch schon in Chicago. Wenn es einen Gott gibt, dann macht er momentan einen ziemlich guten Job für dich."

Nur dass Gott ihn nicht wegen eines Vorstellungsgesprächs nach

Chicago gebracht hatte. Er war hier, weil ein krebskrankes Kind in der Klinik lag. Er war hergekommen, weil Kate ihn brauchte.

„Eine solche Chance kommt so schnell nicht wieder, Greene. Zwei der letzten fünf Analysten des Sports Circles sind zum NFL Network gewechselt. Einer zu ESPN. Diese Möglichkeit bestünde für dich auch, wenn du dich reinkniest."

Das Klappern von Schranktüren und Töpfen drang zu ihm herauf. Kate war in der Küche zugange und bereitete irgendetwas zu essen vor. Colton hatte ihr versprochen, sie morgen früh gleich wieder ins Krankenhaus zu fahren. Und so lange dort mit ihr zu warten, bis Breydan aufwachte.

Falls er aufwachte.

Niemand würde diesen Gedanken jemals laut aussprechen, doch diese Angst musste Kate und ihre Freunde verrückt machen. Und in dieser Situation würde er sie niemals allein lassen.

„Ich rufe gleich morgen früh dort an und sehe, was sich machen lässt."

„Ian, nein. Nicht morgen. Nicht so bald." Seine Stimme klang ernst und fest.

Ian schwieg einen Augenblick und Colton spürte die Anspannung, als stünde er mit ihm im gleichen Raum. „Weißt du was? Mach was du willst. Mach das Vorstellungsgespräch oder nicht. Aber falls nicht, werde ich unsere künftige Zusammenarbeit noch einmal gründlich überdenken."

Colton schloss die Augen und beugte sich über das Waschbecken. Wenn sein Manager sich von ihm zurückzog, bedeutete dies das Ende seiner Karriere. Irgendetwas sagte ihm jedoch, dass es nicht gut wäre, Ian von dem kleinen Breydan zu erzählen. Oder von Kate. Oder davon, warum er eigentlich hier war.

Ian würde niemals verstehen, wie Colton seine berufliche Zukunft für jemanden aufs Spiel setzen konnte, den er erst vor wenigen Wochen kennengelernt hatte. Wie könnte er auch? Colton wusste ja selbst nicht, was los war.

Er wusste nur, dass er hier sein musste, bei Kate. Es fühlte sich richtig an. In einer Art und Weise, wie sich in den letzten Monaten kaum etwas angefühlt hatte.

Da erst merkte er, dass die Leitung tot war. So viel dazu. Er hob seine Tasche auf und warf sie sich über die Schulter. Sah sich noch einmal im Spiegel an. Sauber und frisch rasiert wiesen nur noch die dunklen Ringe unter seinen Augen darauf hin, dass er letzte Nacht zu wenig Schlaf bekommen hatte.

Als er aus dem Badezimmer trat, umgab ihn der Duft von Essen. Frühstücksduft. Sein knurrender Magen erinnerte ihn daran, wie wenig er heute zu sich genommen hatte – Münzautomatenessen und Krankenhauskaffee.

Er ging durch das Wohnzimmer, warf seine Tasche auf die Couch und fand Kate in der Küche. Sie stand mit dem Rücken zu ihm und hatte ihn anscheinend nicht kommen hören. Was ihm Zeit gab, sie zu betrachten – das braune Haar noch feucht vom Duschen, pinke Jogginghosen, weißes T-Shirt.

Er merkte gar nicht, dass er sie anstarrte, bis sie sich erschrocken umdrehte. „Colton!"

„Tut mir leid." Er hob die Hände. „Entschuldigung."

„Für einen so großen Mann bist du ziemlich leise." Sie wandte sich wieder der brutzelnden Pfanne zu.

Er trat an den Herd und beim Anblick des Essens knurrte sein Magen noch lauter. Rührei mit Gemüse. Armer Ritter und Speck. Geschnittenes Obst in einer Schale.

„Du hättest dir nicht so viel Arbeit machen sollen."

Er erhaschte einen Hauch ihres Duftes, als er nach einer Gabel griff. Und er hatte gedacht, das Essen würde gut riechen.

„Das war doch keine Arbeit. Und außerdem können wir Walkers nichts anderes als Frühstück machen. Und das tun wir immer. Vor allem, wenn es ein harter Tag war. Oder werden wird." Sie rührte die Eier um. „Jeder hat seine Spezialität. Beckett ist der Pfannkuchenkönig. Logan macht ein Omelett, das einen verzaubert. Raegan ist unglaublich kreativ, was Obstsalate angeht."

Colton schnappte sich eine Traube aus der Schüssel. „Und hat dein Dad auch eine Spezialität?"

„Miniküchlein."

„Nicht dein Ernst."

„Absolut. Du solltest sehen, wie er Minimuffinförmchen akribisch mit Teig füllt." Sie kicherte. Das erste Lachen, das er heute von ihr hörte.

„Und was ist deine Spezialität, Rosie?"

Sie zog ihre Nase kraus, als er ihren Spitznamen benutzte. „Das hier. Es mag wie ganz herkömmlicher armer Ritter aussehen. Aber ich verrate dir mein Geheimnis, wenn du möchtest."

„Sehr gerne."

„Ich zerstoße Cornflakes und mische sie in den Ausbackteig." Sie zeigte auf die leere Cornflakestüte, die aus dem Mülleimer schaute.

„Genial."

Sie schwenkte den Pfannenheber wie einen Zauberstab. „Ich bin keine Sterneköchin, aber ich habe so meine Stärken."

Sie versenkte weitere Brotschnitten im Teig, während er sich in der kleinen Küche umschaute. Weiße Schränke und Edelstahlarmaturen vor hellblauen Wänden. Die Kochinsel, die von der einen Wand abging, öffnete sich in Richtung Wohnzimmer, sodass man die beigen Möbel vor dem Kamin sehen konnte.

Es war ein gemütliches Zuhause, sauber und ordentlich, aber nicht ohne eine Note von Kate. Ein Hängeregal im Flur mit Büchern über alte Filme. Eine antike Schreibmaschine auf einem schmalen Tischchen im Eingangsbereich. Und an der Wand unzählige Familienfotos, wo die Treppe hinauf in den ersten Stock führte.

Als er sich wieder umdrehte, ertappte er Kate dabei, wie sie ihn beobachtete. „Was?"

„Meine Küche wirkt viel kleiner, wenn du hier bist."

Lustig, denn er empfand seine Welt als viel größer, seit Kate in seinem Leben war.

„Ich kann nicht glauben, dass du den ganzen Tag mit mir im Krankenhaus warst."

„Ich war genau da, wo ich sein wollte. Außerdem hatte ich eine interessante Lektüre."

„Wirklich?"

„Ja, warte kurz." Er ging ins Wohnzimmer und zog das Buch aus seiner Reisetasche. „Ein kleines Schätzchen, das ich mir in der Bücherei in Maple Valley ausgeliehen habe."

Sie wandte sich zu ihm um und blickte schockiert drein, als sie das Cover sah. „Oh nein, Colt. Nein, nein, nein."

„Was denn? Es ist ein großartiges Buch von dieser super Autorin, die ich zufällig persönlich kenne."

„Sag mir bitte, dass du es nicht wirklich liest.“

Der arme Ritter zischte hinter ihr. „Ich habe schon hundert Seiten verschlungen. Es gefällt mir.“

„Es ist erdrückend und überheblich.“ Sie hatte immer davon geträumt, ein Buch zu schreiben – das hatte sich schon in den kleinen Liebesgeschichten gezeigt, die sie als Schülerin in ihr Notizbuch gekritzelt hatte. Im College war sie dann der Meinung gewesen, sie müsste ihren Schreibstil hochtrabender gestalten. Irgendetwas Intellektuelles zustande bringen, literarisch anspruchsvoll.

Was vielleicht auch gar nicht schlimm gewesen wäre, wenn die Geschichte die Leser angesprochen hätte. Oder sich auch nur im Mindesten nach Kates Worten angehört hätte.

„Mir gefällt es trotzdem.“

„Ich habe nicht einmal dreihundert Exemplare verkauft und die wenigen Buchkritiken waren nicht gerade schmeichelhaft.“

Er legte das Buch auf die Arbeitsplatte. „Also gut, es liest sich etwas schwerfällig. Aber ich erkenne immer noch dich darin. Ich habe mich nur eins gefragt.“ Er schlug das Buch auf der ersten Seite auf – bei der Widmung. Zwei einfache Worte: *Für Gil.*

Kate beäugte zuerst das Buch, dann ihn. „Er war mein Uniprofessor und eine Zeit lang mein Co-Autor. Wir … standen uns sehr nahe.“

So nahe wie er und Logan?

Oder so nahe wie er und Lilah?

Wow, das war das erste Mal seit Wochen, dass er überhaupt an sie dachte.

Kate wandte sich wieder um und schüttete die Eier aus der Pfanne. „Zwischen uns lief es nicht so gut. Wir hatten eine Beziehung und ich habe seinetwegen dieses unglaubliche Praktikum in D.C. abgesagt und ihm bei einem Filmskript geholfen. So bin ich dazu gekommen, für *Heartline* zu schreiben.“ Sie versuchte mit dem Pfannenheber den armen Ritter zu lösen, der etwas zu lange in der Pfanne geschmort hatte. „Aber es hat mich dann doch sehr überrascht, als ich herausgefunden habe, dass er verheiratet ist – und das schon seit Jahren.“

Colton trat neben sie, nahm ihr den Pfannenwender ab und kümmerte sich um den armen Ritter. „Er ist ein Idiot.“

Sie lachte trocken auf. „Den Titel verdiene ich genauso. Ich meine, ich habe D.C. für einen Kerl aufgegeben, der mir nie irgendein festes Versprechen gegeben hat. Ja, er hat mir dabei geholfen, mein Buch zu veröffentlichen – und das, als ich noch sehr jung war. Ich wollte es noch vor dem Tod meiner Mutter fertigstellen. Aber sie starb, bevor es veröffentlicht wurde, immerhin hat sie meine finale Version gelesen." Sie hastete durch diese Erklärung, eindeutig darum bemüht, nicht die Fassung zu verlieren. „Ich glaube, es war die lange Zeit, die ich in meinen letzten Studienjahren mit Gil zusammen an meinem Buch gearbeitet habe, und der näher rückende Tod meiner Mutter, die mir die Sinne vernebelt haben. Auf jeden Fall bin ich ihm dann nach Chicago gefolgt. Aber wie blöd muss man sein, wenn einem nicht auffällt, dass der Mann immer darauf besteht, sich bei dir zu Hause zu treffen? Und er hat mich auch nie mit auf öffentliche Veranstaltungen genommen."

Er drehte das Brot um, die Unterseite vollkommen schwarz. „Du bist nicht blöd."

„Egal, ich dachte jedenfalls, er wäre Vergangenheit. Aber seit Kurzem versucht er, wieder in Kontakt zu mir zu treten."

Colton zeigte mit dem Pfannenwender in ihre Richtung. „Lass dich bloß nicht darauf ein."

„Du hörst dich an wie mein Bruder."

Tja, seine Gefühle waren nicht wirklich die eines Bruders ... Sie lächelte ihn an und ihr feuchtes Haar umschmeichelte ihr Gesicht.

„Ich dachte, wir essen vielleicht vor dem Fernseher", sagte sie mit einem Stocken in der Stimme, das zu seinem eigenen nervösen Herzklopfen passte.

„Die Sportschau?"

Sie verdrehte die Augen und nahm ihm den Pfannenwender ab. „Ich dachte an einen alten Klassiker. Du bist schrecklich ungebildet, was Filme angeht."

Es war ihm vollkommen egal, was Ian sagte. Er war genau dort, wo er sein wollte.

☙

Kate erwachte durch das leise Klopfen, das von irgendwoher ertönte. Und spürte die unglaublich gemütliche Wärme, die sie umfing. Sie fühlte sich geborgen wie in einem Kokon, umgeben von Kissen und Decken. Es musste das bequemste Bett der Welt sein. Nur hatte sie leider absolut keine Ahnung, wo sie eigentlich war.

Sie öffnete ein Auge, dann das andere und lugte unter der Decke hervor.

Moment ...

Das war keine Decke.

Und das hier war auch nicht ihr Bett.

Was spürte sie da neben sich? *Colton.* Er hatte seinen Arm um sie gelegt wie einen Schutzschild. Seine Beine lagen ausgestreckt auf dem Couchtisch, wo noch die Teller vom Abendessen standen.

Ihre eigenen Beine hatte sie angezogen. Eingerollt wie eine Katze lag sie auf dem Sofa und trug seinen Kapuzenpulli.

Langsam, wie ein verschwommenes Polaroid, kamen ihr die Ereignisse des gestrigen Abends in den Sinn. Armer Ritter und Rührei vor dem Fernseher, ein Schwarz-Weiß-Film, den sie kaum beachtet hatten. Das Flackern ihres elektrischen Kamins. Das Album, das Colton unter dem Tisch entdeckt hatte – voller Erinnerungen an ihre Kindheit und Jugend.

Und ihr Buch. Er hatte es irgendwann ins Wohnzimmer geholt und ihr die Stellen gezeigt, die er unterstrichen hatte. Oh Mann, wenn man das Herz einer Autorin gewinnen wollte, dann so ...

Und dann das Beste. Er hatte die Seite mit der Widmung rausgerissen und zusammengeknüllt.

„Colton, das gehört der Bücherei."

Er hatte nur gegrinst. *„Dann bezahle ich eben die Strafe."*

Nicht lange danach hatte er schützend seinen Arm um ihre Schultern gelegt. Sie hatte es sich gefallen lassen. Und dann ...

War sie anscheinend eingeschlafen.

Und jetzt konnte sie an nichts anderes denken, als wieder in dieser wohligen Wärme zu versinken und die Augen zu schließen ...

Doch als sie gerade wieder am Wegdämmern war, klingelte ein Handy und ließ sie zusammenzucken. Es war Coltons, das auf dem Couchtisch lag. Er reagierte nicht. Der arme Mann musste nach der langen Fahrt und dem anstrengenden Tag im Krankenhaus unendlich müde sein.

So vorsichtig sie konnte, schlüpfte sie aus Coltons Armen und beugte sich vor. Sie wollte das Ding so schnell wie möglich zum Schweigen bringen, also nahm sie einfach ab und hob es ans Ohr. „Hallo?", flüsterte sie, als sie sich in die Küche geschlichen hatte.

„Ähm, hier spricht Ian. Ich möchte gerne Colton sprechen."

„Tut mir leid ..." Ihre Stimme hörte sich rau an. Sie räusperte sich und versuchte es noch einmal. „Tut mir leid, hier ist seine Freundin Kate. Er schläft." Wunderbar. Sie wollte sich gar nicht vorstellen, was die Person am anderen Ende der Leitung nun dachte. Ian – das war Coltons Manager, richtig? „Ich kann ihn wecken, wenn Sie möchten."

„Ich hatte gehofft, dass er mittlerweile seinen gesunden Menschenverstand zurückgewonnen hat. Aber wenn er mittags noch schläft ..."

„Mittags?" Sie hatte Hailey und Marcus versprochen, am Vormittag wieder im Krankenhaus zu sein.

„Vielleicht können Sie ihm ja gut zureden. Ich habe ihm das Vorstellungsgespräch besorgt. Sie erwarten ihn um ein Uhr. Ich habe deshalb schon dreimal angerufen."

Und sie hatten einfach geschlafen.

Er hatte eine Jobchance? Hier ... in Chicago?

Sie ließ den Kaffeefilter liegen, den sie gerade aus dem Schrank genommen hatte, und trat um die Kücheninsel herum, um ins Wohnzimmer zu schauen. Colton regte sich immer noch nicht.

„Was meinen Sie damit, ihm gut zuzureden?"

„Er wollte auf keinen Fall heute zu diesem Vorstellungsgespräch. Keine Ahnung, was in letzter Zeit mit ihm los ist."

Warum sollte er heute nicht ...?

Meinetwegen. Das war es. Er wollte sie nicht alleine lassen und deshalb setzte er seine berufliche Zukunft aufs Spiel.

Das konnte sie nicht zulassen.

„Ich rede mit ihm", sagte sie leise.

„Gut. Ich habe ihm die Adresse gemailt und alle Details, die er wissen muss, also soll er einfach seine Mails checken. Sagen Sie ihm, dass er es bereuen wird, wenn er dieses Gespräch verpasst."

Sie drückte auf Auflegen und zögerte nur eine Sekunde, bevor sie die Nummer der Taxizentrale wählte. Dann lief sie zurück ins Wohnzimmer. Die Sonne strahlte durch die Bambusrollläden und malte Streifen auf Coltons entspanntes Gesicht.

„Ich habe es schon oft gesagt und ich sage es wieder", flüsterte sie. „Du bist ein guter Mann, Colton Greene."

Sie beugte sich vor und schüttelte ihn, bis er aufwachte. Seine Lider zuckten. „Wach auf, Schlafmütze."

„Ich will aber nicht."

Sie war versucht, sich wieder neben ihn auf die Couch fallen zu lassen und ihm durchs Haar zu fahren. Doch dafür war jetzt keine Zeit. „Steh auf und mach dich fertig. Der Tag ist schon halb vorbei. Es wird Zeit." Sie zog an seinem Arm.

Plötzlich setzte er sich kerzengerade hin und schaute sie erschrocken an. „Warte, ist etwas mit Breydan?"

Sein Haar stand in alle Richtungen ab und ein Schimmer frischer Bartstoppeln bedeckte seine Wangen. „Ich habe noch nichts von Breydan gehört. Aber du musst aufstehen und zu deinem Vorstellungsgespräch fahren." Sie schnappte sich seine Hand und zog fester. Nichts – er war viel zu schwer. „Wäre schön, wenn du mir etwas helfen würdest."

„Vorstellungsgespräch?", wiederholte er und hielt immer noch ihre Hand.

„Dein Manager hat gerade angerufen. Er war nicht sehr mitteilsam, aber ich habe den Hinweis verstanden. Du hast ein Vorstellungsgespräch. In einer Stunde. Und du wirst es nicht verpassen, Colton Greene."

Und plötzlich sprang er auf, sein Gesicht grimmig. „Nein. Auf keinen Fall."

„Doch, aber du musst dich beeilen. Das Taxi ist schon auf dem Weg. Ich würde dich ja selbst hinbringen, aber selbst nach den ganzen Jahren hier verfahre ich mich immer noch ständig." Sie fuhr sich mit der Hand durch ihr nasses Haar.

„Kate, ich habe gestern schon Nein zu Ian gesagt und ich habe es so gemeint. Ich will jetzt für dich da sein. Wir können das Gespräch verschieben …"

„Das weißt du nicht." Sie drückte ihm seine Reisetasche in die Hand. „Zieh dich um."

„Nein, ich lasse dich nicht im Stich."

Sie hielt inne, um den Sinn seiner Worte zu begreifen. Sie waren wie heiße Schokolade, die ihren gesamten Körper erwärmte. Dann ging sie um die Couch herum und stellte sich vor ihn, legte ihm ihre Hand an die Wange. Sie schluckte, als es plötzlich in ihrem Magen kribbelte. Er war ihr so nah.

„Colton, du lässt mich nicht im Stich, sondern du gehst durch eine Tür, die sich dir öffnet." Sie hoffte, dass er ihre Worte verstand. „Und jetzt zieh dich an."

Irgendetwas in ihrem Tonfall musste ihn überzeugt haben. Denn obwohl er ansetzte, wie um ihr zu widersprechen, machte er sich schließlich auf den Weg zum Badezimmer.

Während Colton sich umzog, sammelte sie seine Sachen ein – das Buch aus der Bücherei, sein Handy, seine Geldbörse. Er brauchte nur wenige Minuten, und als er wieder aus dem Bad kam, trug er die gleiche Jeans wie gestern und ein Poloshirt. „Das ist alles, was ich dabeihabe", sagte er, als sie ihn musterte.

„Das werden sie schon verstehen."

Sie stopfte das Buch in seine Reisetasche.

„Kate …"

„Das Taxi ist da." Sie reichte ihm seine Brieftasche und das Handy.

Er stopfte beides in die Hosentasche. „Kate."

„Oh, dein Sweatshirt." Sie zog es aus, stopfte es in die Reisetasche und richtete sich dann auf, um Coltons Kragen glatt zu ziehen. Dann strich sie ihm durchs Haar. „Gut, du bist bereit." Sie hängte ihm die Tasche über die Schulter.

Dann stellte sie sich auf die Zehenspitzen.

Und küsste ihn.

Und erstarrte, als sie seine Lippen auf den ihren spürte, seinen Atem, der sich mit ihrem mischte. *Was. Tust. Du. Da?*

Sie zuckte zurück und taumelte, blickte in Coltons erstaunte Augen. „Ich weiß nicht, warum ich … ich war so in Gedanken … es war … "

Sein Grinsen hätte ein Iglu zum Schmelzen gebracht.

Das Taxi hupte.

Und mit einem „Viel Glück" schubste sie ihn aus der Tür.

Kapitel 11

„Und hier werden Sie den Großteil Ihrer Zeit verbringen, wenn Sie im Studio arbeiten."

Der Junge, der Colton das *Sports Circle*-Studio zeigte, war kaum älter als vierundzwanzig. Neben ihm fühlte Colton sich wie ein Greis.

„Sie sagten, wenn ich hier im Studio arbeite. Wo sollte ich denn sonst sein?"

„Unterwegs bei den Spielen. Es ist ein Reisejob. Der Kerl, den Sie ersetzen würden – Carlton Jennings –, meinte immer, auf zwei Sachen könnte er sich im Leben verlassen: dass die Frist für die Abgabe der Steuererklärung ihn immer wieder aufs Neue überrascht und dass er am Wochenende nicht zu Hause ist."

Colton sah sich in dem Hauptraum des Studios um. Er war so klein. Der blaue Schreibtisch mit der Glasplatte nahm fast den ganzen Platz ein. Und dahinter an der Wand prangte in passendem Blau das Logo von *Sports Circle*. Lichter und Kamerautensilien nahmen den Rest des Raumes ein.

„Es ist nicht ESPN, aber die Arbeit hier ist in Ordnung", sagte der Junge. Als er mit dem Mitarbeiterband spielte, das ihm um den Hals hing, las Colton seinen Namen. Landon.

Er konnte immer noch nicht glauben, wie schnell das alles geschah. Ians Anruf gestern Abend. Kate, die ihn heute Morgen geweckt und darauf bestanden hatte, dass er dieses Vorstellungsgespräch wahrnahm. Die schlaflose Nacht während der Fahrt nach Chicago und das hektische Aufstehen heute Morgen hatten in seinem Gehirn einen dunstigen Nebel hinterlassen. Er konnte sich kaum konzentrieren.

Nun, wenn er ehrlich war, war es eigentlich Kate und ihr Kuss, die ihm die Konzentration raubten. So urkomisch war der schockierte Ausdruck auf ihrem Gesicht gewesen, als könne sie nicht glauben, was sie gerade getan hatte. Urkomisch und unfassbar und … wundervoll.

Jetzt grinste er.

Und wenn das Taxi nicht gewesen wäre und sie ihn zur Tür hinausgeschoben hätte, wäre es nicht bei diesem kurzen Küsschen geblieben – das war sicher.

„Unsere meisten Zuschauer sind aus Chicago und der Umgebung, aber es ist eine überregionale Sendung, daher kann man uns in sechs Staaten empfangen."

Colton nickte knapp. Er musste sich wieder auf Landon konzentrieren.

„Letzten Monat hatten wir Rekordzahlen. Wir hoffen, dass wir die auch diesen Monat erreichen können. Da Carlton Jennings uns verlässt, könnte das schwer werden, aber wenn wir *Sie* an Bord hätten, würde das natürlich alles sprengen. Haben Sie irgendwelche Fragen?"

Ja, wie atmete der Junge, wenn er so schnell redete? „Hm. Ich denke ... was ist eigentlich Ihre Aufgabe hier?"

Landon drehte sein Band wild hin und her. „Oh, ja, das hätte ich Ihnen vielleicht gleich sagen sollen. Ich bin Praktikant – momentan nicht mehr als ein Faktenchecker für Sie – also, wenn Sie den Job bekommen. Aber wieso sollten Sie nicht? Und ich arbeite auch für Ihre Co-Moderatorin. Sie heißt Stella. Sie werden Sie mögen. Rufen Sie nur nie *Stella!* im *Marlon Brando*-Stil. Das kann sie gar nicht leiden."

Colton blickte sich wieder im Studio um und entdeckte ein Plakat mit Carlton und Stella, die ihn breit anlächelten. Er versuchte, sich vorzustellen, wenn er an Carltons Stelle wäre. Versuchte, sich auszumalen, wie es sein würde, das Wochenende am Spielfeldrand zu verbringen anstatt auf dem Feld. Die Abende im gedämpften Licht des Studios, während er zu einem Publikum sprach, das er niemals kennenlernen würde.

Er würde diesen Job machen können, oder? Vielleicht war es nicht das, was er sich erträumt hatte. Doch er konnte seine Kameraangst überwinden und diese Sache durchziehen.

In der letzten Stunde war er zu dem Entschluss gekommen, dass er die Arbeit haben wollte. Viel mehr als vorher. Und der Grund dafür hatte nichts mit seiner zukünftigen Karriere zu tun ... sondern nur mit der Frau, die ihn vor nicht einmal neunzig Minuten geküsst hatte.

Vielleicht sollte ihn dieser Gedanke beunruhigen, vor allem wenn er bedachte, wie seine Beziehung zu Lilah ausgegangen war.

Doch Kate war nicht Lilah. Und er war auch nicht mehr der gleiche Mann wie noch vor einem Monat.

„Colton Greene?"

Die Stimme hallte den Flur entlang und er und Landon drehten sich um. Ein schlaksiger Mann mit ungeduldigen Zügen kam auf ihn zu. Er streckte ihm die Hand entgegen. „Jerome Harving, leitender Produzent."

Colton ergriff die Hand. „Freut mich, Sie kennenzulernen, Sir."

„Landon, danke, dass du ihn herumgeführt hast."

Der Praktikant erkannte den mehr oder weniger versteckten Hinweis, jetzt zu verschwinden. „War cool, Sie kennenzulernen, Mr Greene. Ähm ..." Er warf Harving einen schnellen Blick zu. „Kann ich nachher noch ein Autogramm bekommen?"

„Klar. Ich komme bei Ihnen vorbei, bevor ich gehe."

Landon verschwand und ließ Colton mit Harving allein. Glasfronten gaben den Blick auf weitere dunkle Büros frei und Stille herrschte im Studio.

„Mittags ist hier nicht viel los", erklärte Harving.

„Es freut mich, dass Sie mich so spontan empfangen."

„Ja. Klar."

Okay. Harving schien an diesem Gespräch so sehr interessiert zu sein wie ein Schuljunge an einem Museumsbesuch.

„Setzen wir uns", sagte der Mann endlich und zeigte auf zwei gepolsterte Stühle hinter dem Schreibtisch. „Warum wollen Sie Sportanalyst werden, Colton?"

„Also, ich liebe Football, Mr Harving und ..."

„Jerome."

„Jerome. Und ich glaube, dass ich durch meine Erfahrung in verschiedenen Bereichen des Footballs – während der Highschool, dem College und als Profi – prädestiniert dafür bin, fachlich zu kommentieren und einer Sportschau das gewisse Etwas zu verleihen." Es war eine vorgegebene Antwort aus Ians Mail. Doch es war die Wahrheit. Wenn er über etwas sprechen konnte, dann Football.

Sofern er seine Kameraangst in den Griff bekam.

Jerome schien ihn einen Moment zu mustern. „Ich will offen

und ehrlich sein, Greene. Wir haben schon einige Gespräche geführt und waren drauf und dran, unserem Favoriten den Job zu geben, als Ihr Manager uns angerufen hat. Der Mann hat das Aussehen, das Auftreten und das Talent, in Carlton Jennings' Fußstapfen zu treten."

Also warum dann überhaupt dieses Gespräch? „Ich verstehe …"

„Aber eins hat er nicht. Einen bekannten Namen. Ich war mir nicht sicher, ob wir nur deshalb wieder bei null anfangen sollten, aber ich bin klug genug zuzuhören, wenn ich Anweisungen von ganz oben erhalte."

Fingerspitzengefühl schien nicht gerade seine Stärke zu sein. Colton war also hier, weil der Studioleiter es so wollte. Nicht der Produzent. Egal. „Nun, wie gesagt, es freut mich, dass Sie mir die Chance geben."

Jerome schaute sich im Raum um. „Ich weiß schon einiges über Sie. Ich weiß, dass Sie kaum Erfahrung haben, was diesen Job angeht, außer einer kleinen Vorberichterstattung letzte Woche in Iowa."

Colton musste aufpassen, dass er nicht zusammenzuckte. Hatte Jerome dieses Desaster etwa gesehen?

„Wir könnten jetzt stundenlang über Ihre Qualifikationen und meine Vision für die Show sprechen und bla, bla, bla, aber ich hatte noch kein Mittagessen und am Ende des Tages zählt dieser ganze Kram ja auch nicht. Was wir brauchen, ist jemand, der sich gut vor der Kamera macht. Leider konnte uns Ihr Manager mit solchen Bildern nicht versorgen."

Richtig, weil es solche Bilder nicht gab. Weil er die letzten drei Wochen am Ende der Welt in Iowa verbracht hatte und mit Kate zusammen gewesen war und sich in einer Stadt versteckt hatte, die sich nun fast schon anfühlte wie ein Zuhause.

Was absolut verrückt war. Er gehörte nicht nach Iowa, oder?

„Wir machen jetzt einfach die Probe aufs Exempel. Ich habe jemanden für die Kamera hier." Jerome zeigte ins Dunkle. „Da ist der Teleprompter. Ich kümmere mich um den Sound. Die Lichter gehen in einer Sekunde an und dann können Sie einfach starten."

Oh, wow, das ging schneller als erwartet. *Konzentrier dich. Denk nicht an die Kamera. Lies einfach die Worte ab und sei überzeugend.*

Dann gingen die Lichter an, blendeten ihn.

Er blinzelte.

Und dann bewegten sich die Wörter auf dem Teleprompter. *Lies einfach.*

„Der heutige Spielplan enthält ein spannendes Derby zwischen Chicagos größten Rivalen …"

Das Licht ließ seinen Kopf pochen. Und die Worte auf dem Bildschirm verschwommen. Noch schlimmer war, dass die Kamera ihn anzustarren schien.

„Machen Sie weiter, Colton." Jeromes Stimme erklang irgendwo aus dem Nichts. „Sie machen das gut."

„Das machst du super. Du bist ein richtiger kleiner Star. Lass mich ein Foto machen." Die Stimme aus seiner Vergangenheit.

Ein Blitzen. Das Kreischen von Metall auf Metall. Eine andere Stimme im Hintergrund. Ein Streit.

Die Erinnerungsfetzen schossen wie ein Blitzlichtgewitter durch seinen Kopf, schrecklich real und doch verschwommen.

Und kreischend. Sie rissen ihn direkt in den Strom der Vergangenheit hinein, den er so lange nicht hatte erreichen können und er …

„Colton."

Die Stimme brachte ihn zurück in die Gegenwart und er blinzelte. Bemerkte, wo er war und dass er seine Finger um den Moderationstisch gekrallt hatte. Er sah das Weiß seiner Knöchel, spürte den Ruck der Wirklichkeit.

Die Lichter im Studio gingen aus.

„Stimmt etwas nicht?" Jerome Harving sprach von hinter der Kamera und klang alles andere als begeistert.

„Es … es tut mir leid." Er erhob sich und ein scharfer Schmerz schoss durch sein Knie bis in seine Brust hinauf. „Kann ich … kann ich einen Augenblick für mich haben?"

Irgendwie trugen seine Füße ihn in den Flur. Er hatte keine Ahnung, ob Jerome seinem Abgang zugestimmt hatte. Er ließ sich gegen die Wand sinken und atmete schwer.

Was war das?

Wieder saugte er die Luft ein.

Selbst durch den Nebel in seinem Kopf erkannte er, dass es ein

185

viel deutlicheres Wiedererleben war, als er es in den letzten Jahren gehabt hatte, fast so wie damals als Kind, als er schreiend aus Albträumen hochgeschreckt war. Aber warum gerade jetzt?

Die Kamera.

Denk nach. Er schloss die Augen, erlaubte sich, die Szene noch einmal zu erleben. *„Das machst du super. Du bist ein richtiger kleiner Star. Lass mich ein Foto machen.“*

Nicht die Stimme seiner Mutter. Auch nicht die seines Vaters …

Das Klingeln seines Handys riss ihn in die Realität zurück und wie ein Ertrinkender klammerte er sich an diese Ablenkung. „Colton Greene.“

Er bemerkte, wie sich die Studiotür öffnete und Jerome heraustrat.

„Colton, hier ist der Coach. Ich hoffe, ich störe nicht. Laura Clancy hofft, dass Sie uns helfen können. Webster Hawks wird seit über siebzehn Stunden vermisst.“

„Webster … wird vermisst?“ Der Schock riss ihn aus der Umnebelung.

„Er ist gestern Abend nicht nach Hause gekommen. Seitdem suchen sie ihn. Auch die Polizei ist alarmiert. Ich dachte, vielleicht hat er versucht, Sie zu erreichen.“

Coltons Mund wurde trocken. „Ich habe nichts von ihm gehört.“

Als Leo nichts weiter sagte, machte sich die Angst in Colton breit.

Das ergab doch keinen Sinn – nicht, wo Webster sich in den letzten Tagen so gut gemacht hatte. Sie hatten drei-, viermal miteinander gespielt. Der Coach hatte sogar davon gesprochen, ihn beim Spiel Ende der Woche als Receiver einzusetzen. Warum sollte Webster ausgerechnet jetzt verschwinden?

Harving tippte mit dem Fuß. „Greene, wir haben keine Zeit mehr.“

„Coach, lassen Sie mich wissen, wenn Sie etwas hören. Ich bin in Chicago, aber ich kann mich sofort auf den Weg machen.“

„Sie müssen nicht kommen.“

„Ich möchte aber.“ Er würde einen Flug nehmen, egal, wie finster Harving ihn anstarrte. Er legte auf. „Es tut mir leid, Jerome, aber ich muss gehen. Können wir das verschieben?“

„Ich habe meinen Kandidaten schon vertröstet. In zwei Wochen muss dieser Stuhl neu besetzt sein. Ich habe keine Zeit für weitere Sperenzchen." Der Mann biss die Zähne zusammen. „Wenn Sie durch diese Tür gehen, dann war's das für Sie."

Colton atmete tief ein. „Dann ist das eben so."

CB

„Das Beste habe ich bis zum Schluss aufgehoben." Kate saß an Breydans Bett, eine Stofftasche auf dem Schoß, aus der sie nun fast alle Dinge geholt hatte, die sie auf dem Weg ins Krankenhaus besorgt hatte. Sportmagazine. Ein Kartenspiel. Ein Brettspiel, das der Junge hoffentlich noch nicht hatte.

Und den Football. Sie hielt ihn so, dass Breydan ihn vom Bett aus sehen konnte. „Und den habe ich nicht aus dem Laden. Der kommt direkt aus Iowa. Unterschrieben von Colton Greene höchstpersönlich."

Von dem Mann, den sie heute Morgen geküsst hatte. Sie hätte sich selbst in den Hintern treten können. Was hatte sie sich dabei nur gedacht?

Okay, sie hatte überhaupt nicht gedacht. Sie war in dem Augenblick gefangen gewesen. In der Eile, Colton möglichst schnell zu diesem Vorstellungsgespräch zu schicken. Wie eine Mutter, die nicht will, dass ihr Kind zu spät zur Schule kommt.

Klar, als hätte dieser Kuss irgendetwas Mütterliches an sich gehabt.

„Ich kann es nicht glauben." Breydans zartes Stimmchen holte sie zurück ins Krankenhaus.

Zu beobachten, wie seine blassen Lippen sich zu einem schwachen Lächeln verzogen, berührte ihr Herz und Tränen traten ihr in die Augen. Sie schob Breydan den Ball unter den Arm und versuchte, seinen zerbrechlichen Körper zu ignorieren.

„Er ... war ..." Breydan leckte seine Lippen ab und versuchte es noch einmal. „Er war wirklich hier?" Er fuhr mit den Fingern über den Ball.

„Das war er. Er musste leider gehen, weil er einen Termin hatte, aber er will unbedingt mit dir reden. Ich soll dir sagen, dass er eine Runde mit dir trainiert, wenn es dir wieder besser geht. Versprochen."

„Er ist unglaublich."

Wie recht du hast. „Ja, da hast du recht, Brey."

Schließlich lag seine Hand ganz still da und er schloss die Augen. Sekunden später sank sie auf das Laken. *Schlaf gut.*

„Gott, bitte." Sie flüsterte das Gebet, mit dem sie Gott in den letzten Tagen in den Ohren gelegen hatte. Es waren die einzigen beiden Worte, die sie über die Lippen brachte.

Und vielleicht war das in Ordnung so. Sie hatte damals bei ihrer Mutter schon versucht, eloquente Gebete zu formulieren, weil sie überzeugt davon gewesen war, dass die richtigen Worte den Unterschied machten.

Aber so war es nicht gewesen. So funktionierte Gott nicht.

Sie war sich nicht sicher, wie Gott überhaupt funktionierte.

Ihre Gebete waren eher Gewohnheit geworden. Keine Herzenssache mehr. Die Gemeinde war zur Routine geworden. Wenn sie ehrlich war, war ihr die Karriere in den letzten Jahren wichtiger gewesen als ihr Glaube.

Mit den Ellbogen auf dem Bett senkte Kate den Kopf und fuhr sich mit den Fingern durchs Haar.

„Kate?"

Sie hob den Kopf, als Marcus das Zimmer betrat, Kaffeeduft umgab ihn. Er zog sich einen Stuhl heran und reichte ihr einen Becher. „Hailey hat in der Straße einen Coffeeshop entdeckt."

Die heiße Flüssigkeit wärmte ihr die Hände. „Den hättet ihr mir nicht bringen müssen." Doch sie war froh, dass sie ihn hatte. Und sie vor der Krankenhausplörre rettete.

„Und du hättest nicht sieben Stunden fahren müssen, um hier zu sein."

„Das wollte ich aber. Ihr seid meine Familie. Das weißt du, Marcus."

Sein Blick schweifte über seinen schlafenden Sohn, die Sorgen standen in seinen Augen wie ein Sturm.

Was sollte sie sagen, wie ihm Mut machen? „Der Arzt wirkte optimistischer als gestern, was meinst du?"

Marcus nickte ohne Überzeugung. „Ich verliere langsam die Hoffnung, Kate."

Sie stellte den Becher auf das Nachtschränkchen und wandte sich ihm zu. „Er wird das durchstehen. Der Arzt hat gesagt …"

„Ich weiß, dass er eine gute Chance hat, *diese* Sache durchzustehen. Aber er ist erst neun." Marcus' Augen füllten sich mit Tränen. „Die Untersuchungen und mögliche Rückfälle werden sich über viele Jahre erstrecken. Und jederzeit könnte ihn der kleinste Infekt umbringen."

Er raufte sich die Haare. Die dunklen Ringe unter seinen Augen spiegelten die Verzweiflung wider, die in seinen Worten lag. „Wenn ich nur seinen Platz einnehmen könnte. Ich würde keine Sekunde zögern."

In Gedanken hörte sie, wie ihr Dad die gleichen Worte geflüstert hatte. Sie war in den Ferien zu Hause gewesen, nicht so sehr, um zu lernen, sondern um Mum so nahe wie möglich zu sein, denn der Krebs war zurückgekehrt.

Und dieses Mal viel, viel schlimmer.

An diesem Abend hatte sie gedacht, der Rest der Familie würde schlafen, als sie in die Küche geschlichen war, um ein Glas Wasser zu holen. Doch auf dem Rückweg zu ihrem Schlafzimmer hatte sie Mum und Dad gehört, die im Schlafzimmer leise miteinander gesprochen hatten. Durch die angelehnte Tür hatte sie gesehen, wie Dad Mums Hand gehalten hatte.

„Ich wünschte, ich könnte mit dir tauschen, Flora. Ich sollte an der Reihe sein."

„Keiner von uns sollte so etwas erleiden, Schatz. Wäre doch schön, wir hätten noch vier oder fünf Jahrzehnte miteinander."

„Was, fünf Jahrzehnte? Du willst über hundert werden?"

Sie hatten gelacht. Wie hatten sie nur lachen können?

„Aber wenn ich auch nur noch fünf Wochen mit dir hätte …"

„Sag so etwas nicht, Flora. Ich kann nicht …"

„… oder fünf Tage. Es ist nicht die Zeitspanne, die mir wichtig ist. Du bist es. Ich möchte jede Sekunde mit dir verbringen. Du bist das Beste, was mir je passiert ist. Was wahrscheinlich die kitschigste Aussage ist, die man machen kann – unsere Tochter würde bessere Worte dafür finden. Aber so ist es. Du bist mein Leben."

Kate war die wenigen Schritte zu ihrem Zimmer wie in Trance gegangen, hatte sich gefragt, wie sich ein Herz gleichzeitig so voll und so zerbrochen anfühlen konnte.

Jetzt seufzte Marcus, den Blick immer noch auf seinen Sohn gerichtet. „Es tut mir leid. Ich … ich glaube, ich musste es einfach mal rauslassen. Musste zugeben, dass ich nur noch wenig Hoffnung habe. Ich kann kaum noch beten."

„Du musst dich nicht entschuldigen."

Warum fand sie keine Worte, um ihren Freund zu trösten? Warum konnte sie nicht wie Colton sein, der da gewesen war und genau das Richtige gesagt hatte?

„Weißt du, Marcus, ich glaube … ich glaube, es ist nicht falsch, Angst zu haben oder sich hilflos zu fühlen. Dein wunderbarer Sohn liegt in einem Krankenbett und kämpft um sein Leben. Was für Eltern würden sich nicht leer und verlassen fühlen?" Sie schmeckte das Salz ihrer eigenen Tränen. „Aber es gibt Menschen, die für euch hoffen, die Hailey und dich in ihre Gebete einschließen. Lass *uns* für euch stark sein. Lass *uns* für Breydans Zukunft beten. Für die nächsten Wochen, die nächsten Jahre. Du konzentrierst dich einfach auf das Hier und Jetzt. Darauf, sein Vater zu sein, der ihn von ganzem Herzen liebt."

Die Tränen liefen Marcus über die Wangen, fielen auf sein Hemd, Kates Hände, als sie die seinen hielt.

Sie blieb noch einige Minuten bei ihm, flüsterte Worte des Trostes. Wartete, bis Marcus ganz nahe an seinen Sohn herangerückt war.

Ihre Schritte hallten auf dem Boden, als sie den Raum verließ und Marcus die Zeit mit seinem Sohn gab. Die Gefühle brodelten in ihr und sie ließ sich erschöpft gegen die Flurwand sinken.

Bitte, Gott.

Und dann diese Stimme. „Kate? Kate Walker?"

Sie zuckte zusammen und starrte hoch.

Gil.

☙

„Ich kann dir gar nicht sagen, wie dankbar ich bin, Case. Ich bringe dir deinen ganzen Abend durcheinander."

Das Fenster auf der Beifahrerseite von Cases Truck war heruntergekurbelt. Colton stieg ein und ließ sich erschöpft in den Sitz sinken. Er schloss die Augen und kämpfte gegen die Kopfschmerzen an – und das Sodbrennen. Anscheinend waren ihm der Burger und die Pommes nicht so gut bekommen. Sein Körper war einfach vollkommen durcheinander – erst eine siebenstündige Autofahrt, eine schlaflose Nacht, dann ein ruheloser Tag in einem Krankenhauswartezimmer, gefolgt von einer Nacht auf der Couch, einem frustrierenden Vorstellungsgespräch und dann dem Rückflug hierher. Kein Wunder, dass in ihm alles drunter und drüber ging.

Doch nach Iowa zurückzukehren war genau die richtige Entscheidung gewesen.

Case Walker schüttelte den Kopf und stopfte eine zerknüllte Fast-Food-Tüte in die Mittelkonsole. „Ablenkung tut gut. Seit dem Tornado dreht sich mein Leben nur noch um das Depot und die Arbeit. Es fühlt sich gut an, das alles eine Zeit lang hinter sich zu lassen.“

Colton hatte in Chicago den nächsten Flug nach Des Moines genommen und beschlossen, sich dort einen Mietwagen zu nehmen, um nach Maple Valley zu fahren. So jedenfalls hatte er es Kate gemailt. Und sie hatte dann wohl Case informiert, der darauf bestanden hatte, ihn am Flughafen abzuholen.

Jetzt war es kurz nach acht und sie waren nicht mehr weit von der Stadt entfernt. In dem letzten Ort waren sie durch den Drive-in eines Fast-Food-Restaurants gefahren, als Colton der Magen geknurrt hatte.

„Jedenfalls bin ich dir wirklich sehr dankbar. Ich weiß nicht einmal, warum ich das Gefühl hatte, so schnell nach Hause kommen zu müssen.“

Vor allem jetzt. Sie hatten immer noch in Des Moines auf dem Parkplatz gestanden, als der Coach sich gemeldet hatte. Webster war endlich wieder aufgetaucht. Anscheinend war er in eine Schlägerei geraten und hatte bei den Clancys nicht mit einem blauen Auge auftauchen wollen. Doch bei den niedrigen Temperaturen, die mittlerweile nachts herrschten, hatte er es nicht mehr länger draußen ausgehalten und war zu seinen Pflegeeltern zurückgekehrt.

In der Ferne sah Colton einen Mähdrescher mit greller Beleuchtung, der auch zu dieser späten Stunde noch erntete. Im Mondlicht sah man die Ähren stehen.

„Ich wüsste gerne, warum Webster sich ausgerechnet jetzt in einen Streit verwickeln lässt und seine Pflegeeltern in Todesängste versetzt. Ich weiß, wie schwer es ist, sich an eine neue Familie zu gewöhnen." Er rutschte auf seinem Sitz hin und her. „Aber er scheint es bei den Clancys wirklich gut zu haben. Und auf dem Feld, Case, das sage ich dir, da ist er ein vollkommen anderer. Momentan ein bisschen inkonstant, aber wenn er da ist, ist er da."

Case bog vom Highway ab und nahm die Abfahrt Richtung Maple Valley. Noch fünfzehn Meilen und er war zu Hause.

Zu Hause. Wann war Maple Valley bitte schön zu seinem Zuhause geworden? Es hatte nur ein Zwischenstopp sein sollen. Wie eine Raststätte an der Autobahn, wo man aussteigt, sich die Beine vertritt und einen Kaffee holt. Aber irgendwann kam die Zeit, wo man wieder einsteigen und weiterfahren musste.

Er stützte einen Arm auf die Armlehne und lehnte den Kopf gegen die kalte Fensterscheibe. Sein Magen rebellierte immer noch. „Aber andererseits ergibt es vielleicht gerade deshalb einen Sinn. Sieh dir mich an – ich war auch auf der Höhe meines Erfolgs, als ich mich quasi selbst sabotiert habe."

Case blickte zu ihm herüber. Das Mondlicht erhellte seine nachdenklichen Züge. „Erinnerst du dich noch an deine Verletzung?"

„An ziemlich viel. Was verwunderlich ist, wenn man bedenkt, wie hart ich getroffen wurde." Oder wenn man bedachte, dass er sich kaum an das andere traumatische Ereignis in seinem Leben erinnern konnte.

Hier und da brachten ihn Träume zurück aufs Spielfeld. Zu den Sekunden direkt vor dem Wurf. Wenn er jetzt seine Augen schloss, hatte er die Szene immer noch vor sich.

Schon im Augenblick des Wurfes hatte er erkannt, dass der Ball unmöglich das Ziel erreichen würde. Er trudelte in der Luft und das Meer der Spieler teilte sich, Coltons Blick landete auf dem Defender, der einfach aus dem Nichts aufgetaucht war.

Unterbrechung.

Wut durchzuckte ihn. Helmschläge und Stöhnen, Schutzpolster, die sich ineinanderbohrten – all die Geräusche, die die Symphonie des Feldes ergaben. Doch alles, was er sehen konnte, war die Nummer 24 des gegnerischen Teams, die sich den Ball aus der Luft angelte, landete und sofort lossprintete.

Im Bruchteil einer Sekunde scannte er das Feld. Erkannte, dass kein einziger Tiger da war, um die Nummer 24 abzufangen. Nicht einer, der ihn tackeln und zu Fall bringen konnte.

Nur ich.

Emotionen und Bedauern und Ärger über sein Versagen erfüllten ihn und ließen ihn losstürmen. Er fand seinen Weg, um eine schwarz-orange Menschensäule herum, am ersten Defender vorbei, die Augen auf die 24 gerichtet …

Und dann nahm sein Lauf ein jähes Ende, als zwei Verteidiger aus entgegengesetzten Richtungen in ihn donnerten. Er spürte das Reißen in seinem Rücken, schmeckte das Blut, als er in die Luft geschleudert wurde.

Wusste, als er auf dem Gras wieder aufkam – mit der Schulter zuerst, das Knie zertrümmert zwischen Helmen und schweren Körpern –, dass dies das Ende sein könnte. Diese Verletzung würde schreckliche Konsequenzen für ihn haben können. Er hörte seinen eigenen Schrei wie aus weiter Ferne.

Und dann … nichts mehr.

Bis zum Piepen des Krankenhausmonitors. Und dem leisen Flüstern. Lilahs Stimme. *„Er wacht auf."*

Nur …

Colton machte die Augen auf. Über ihm flackerte ein rotes Licht und holte ihn zurück in die Gegenwart. Sie standen an einem Bahnübergang und in der Ferne hörte man das Rattern eines Zuges. Sein Magen drehte sich um.

„Alles in Ordnung, Colt?" Case.

War das wirklich Lilahs Stimme gewesen? Er presste die Augen zu und versuchte, sich zu erinnern. Er hatte sie in den ersten Tagen nach dem Unfall doch überhaupt nicht gesehen, oder? Und die Stimme aus seiner Erinnerung klang … tiefer. Älter.

„Colton?"

Es war nicht Lilah gewesen. „Mir geht es nicht so gut. Vielleicht das Essen."

Eine rot-weiße Schranke senkte sich und Case stellte den Motor ab. „Musst du aussteigen?"

Die Lichter des herannahenden Zuges kamen in Sicht, die Hupe zerriss die Nacht. Colton nahm seinen Sicherheitsgurt ab, die Hand auf dem Türöffner. „Ist wohl besser." Sein Magen rebellierte, trieb ihn an den Straßenrand, wo er ins Gras sank. Das Rattern des vorbeirasenden Zuges verdeckte Coltons Keuchen, während er sein Abendessen von sich gab.

Case war an seiner Seite, noch bevor er fertig war, legte Colton eine Hand auf den Rücken und reichte ihm eine Wasserflasche, als es vorbei war. Colton trank sie halb aus und erhob sich.

„Wow, tut mir leid."

Case schüttelte den Kopf. „Du brauchst dich nicht zu entschuldigen."

War es wirklich das Essen gewesen?? Oder war da etwas anderes?

Der Schatten des Zuges schnaufte um die Kurve und verschwand aus seinen Augen, nur die herabgesenkte Schranke erinnerte noch an ihn. Das rote Licht hörte auf zu blinken. Stille. Nur die Zikaden zirpten in den Feldern.

„Ich weiß nicht, was ich machen soll."

Case steckte die Hände in seine Jackentaschen. „Ich glaube, jetzt wäre es erst mal am besten, schnell nach Hause zu fahren und ein paar Salzstangen zu essen."

Colton drehte die Wasserflasche zu. „Ich meine mit meinem Leben. Ich bin heute aus einem Vorstellungsgespräch geflohen. Habe alles vermasselt. Ian hat Pläne für mich, aber ich glaube nicht, dass das etwas wird. Ich bin Football Spieler, kein TV-Star. Dann ist da noch das Buch. Aber ich fühle mich …" *Verloren.*

Der Mähdrescher näherte sich und das Licht der Scheinwerfer fiel auf die Straße. Und dann sank die Stimme von Case langsam in seine Gedanken. „Colt, was weißt du von Raymond Berry?"

Hm, was für eine Frage. „Er war Wide Receiver. Hat für die Colts gespielt. In den Fünfzigern und Sechzigern?"

Case nickte, lehnte sich gegen seinen Truck. „Und dann ist er Coach geworden. Es gibt eine Geschichte über ihn. An seinem ersten Tag als Coach der Cowboys ist er gerade dabei, den Anfängern zu zeigen, wie man eine Route an der Seitenlinie spielt. Der Mann war bekannt für seine Präzision. Er läuft also seine Route, macht seine gewohnte Anzahl an Schritten, wirft in Richtung der Seitenlinie … und trifft ins Aus."

Colton nahm noch einen Schluck Wasser. „Passiert."

„Nicht Berry. Er sagte: ‚Jungs, entweder stimmen die Markierungen nicht oder das Feld ist zu schmal.'"

„Wegen dieses einen Vorfalls?"

Case nickte. „Also haben sie ein Maßband geholt und Berry hatte recht. Das Übungsfeld war dreißig Zentimeter zu schmal."

Colton war fertig mit seinem Wasser. „Das ist unglaublich. Und eine ziemlich coole Geschichte."

„Und voller Analogien. Wenn ich ein Pastor wäre, würde ich ein Jahr lang darüber predigen. Man könnte darüber sprechen, ein Leben zu führen, das ganz präzise vorgezeichnet ist. Man kann über Grenzen reden." Case warf ihm einen Blick zu. „Aber für dich, Colt, geht es nicht um die Linien. Es geht um die dreißig Zentimeter."

„Was meinst du damit?"

Case nahm die Hände aus den Taschen. „Du spielst auf einem Feld, das zu schmal ist, Junge. Du hast dir für dein Leben Grenzen gesetzt und entschieden, dass alle Dinge dort hineinpassen müssen. Der Football und alles, was damit zu tun hat. Und als der nicht mehr Teil deines Lebens war, hast du dich gefühlt, als stündest du im Aus."

Genauso war es. Nicht nur im Aus, sondern gar nicht in der Nähe des Spielfeldes. Ziellos.

„Aber ich sage dir, was ich denke." Case nahm Coltons leere Wasserflasche und warf sie auf den Rücksitz. „Ich denke, Gott hat noch dreißig Zentimeter für dich."

„Und das bedeutet …?"

Case ging um den Truck herum, sah Colton an und zuckte mit den Schultern. „Es gibt mehr."

„Das ist alles? Ein vages *Mehr*? Ich würde gerne wissen, was in diesen dreißig Zentimetern steckt."

Case lachte und machte seine Tür auf. „Das wirst du. Sei geduldig, denk darüber nach, bete."

„Und bis dahin?"

„Steig in den Truck, damit wir nach Hause fahren können."

Nach Hause. Colton stieg ein.

Kapitel 12

Kate hatte sich diesen Moment unzählige Male ausgemalt. Was sie sagen oder tun würde, wenn Gil plötzlich wieder in ihrem Leben auftauchen würde.

Aber sie hätte niemals damit gerechnet, dass es in einem Krankenhaus in Chicago sein würde. Auf der Krebsstation.

Jetzt schob Gil ihr ein rotes Glas über die Theke in der Cafeteria zu. „Cola light. Immer noch dein Lieblingsgetränk?"

Sie hatten sich keine zwei Minuten unterhalten, als sie sich vor Breydans Zimmer auf dem Flur getroffen hatten – war das wirklich schon fünf Tage her?

Gil hatte nichts gesagt, doch sie hatte ihn sofort erkannt, als sie ihn gesehen hatte – seine abgemagerte Statur, die dunklen Ringe unter seinen Augen, die wenigen grauen Strähnen, wo sein Haar früher doch so voll gewesen war. Er war nicht als Besucher hier, sondern als Patient.

Jetzt ließ sie sich ihm gegenüber auf einen Stuhl gleiten. „Cola light, ja." Er hatte sogar an den Zitronenschnitz gedacht.

„Danke, dass du dich mit mir triffst. Das Einzige, auf das ich gehofft hatte, war eine Antwort auf meine E-Mail. Ich hätte nie gedacht, dass ich dich zufällig treffen würde. Und dann an so einem Ort."

Der Geruch nach Essen – oder einfach ihre strapazierten Nerven – drehte ihr den Magen um und ein unangenehmes Ziehen machte sich in ihren Schläfen breit. *Schlechte Idee, ganz schlecht.*

Doch sie hatte seine Bitte nicht ablehnen können, als er sie im Flur angesprochen hatte. Nicht, da sie die Erleichterung auf seinem Gesicht gesehen hatte. *„Ich kann nicht glauben, dass du hier bist. Du weißt gar nicht, wie sehr ich darum gebetet habe. Ich habe jetzt nur kurz Zeit, aber können wir uns irgendwann treffen? Bitte!"*

Für einen kurzen Augenblick hatte sie nicht den Mann gesehen, der ihr das Herz gebrochen hatte, sondern ihren Lehrer, der ihre Kreativität gefördert und in ihr die Liebe zum Schreiben geweckt hatte.

Nein, Gil war nicht immer eine schlimme Erinnerung gewesen.

Und deshalb hatte sie diesem Treffen zugestimmt. Den Großteil der Woche hatte sie es ausblenden können, da sie damit beschäftigt gewesen war, für Marcus und Hailey einiges zu erledigen, Breydan zu bespaßen und an Coltons Buch weiterzuschreiben. Und mit ihm zu telefonieren oder zu texten, wann immer sie nicht über ihn schrieb.

„Es war auf jeden Fall eine Überraschung", sagte sie jetzt. Da, sie hatte ihre Stimme wiedergefunden. Das war doch ein Anfang.

Gil lächelte. Ungeachtet seiner schlechten Verfassung hatte er immer noch diese beeindruckenden aschefarbenen Augen. Er war immer noch der gleiche elegante College-Professor wie früher – schwarze Oxfordschuhe, metallgraue Weste.

„Zuerst dachte ich, du wärst eine Illusion, die durch die Chemo hervorgerufen wurde. Aber nein, du warst es wirklich."

Chemo.

Er musste gesehen haben, dass sie bei diesem Wort zusammengezuckt war, denn sein Grinsen verschwand. „Ich habe die Diagnose vor sieben Monaten bekommen. Es sieht … schlecht aus. Der einzige Grund, warum ich mich überhaupt behandeln lasse, ist meine Frau. Sie braucht etwas, an dem sie sich festhalten kann."

Kate schluckte ihre Cola hinunter, die Kohlensäure brannte im Hals. Vielleicht sollte die Erwähnung von Gils Frau sie treffen. Vielleicht sollte sie Wut spüren, wie sie es an dem Abend getan hatte, als er ihr offenbart hatte, dass ihre Beziehung nicht mehr funktionierte und er – ach, übrigens – schon seit Jahren verheiratet war.

Und sie sich gefragt hatte, wie um alles in der Welt sie so dumm hatte sein können.

Doch ihn nun so zu sehen, wischte das alles weg. Denn dieser Mann hatte ihr gerade offenbart, dass er sterben würde.

„Gil, es tut mir so leid."

„Weißt du, was seltsam ist? Wenn ich es den Menschen sage, tun sie mir fast mehr leid als ich mir selbst. Ich habe mich damit arrangiert. Oder vielleicht verleugne ich es auch nur." Er zuckte mit den Schultern. „Ich meine, es ist schon von großer Bedeutung, wenn du feststellst, dass dir nicht mehr viel Zeit bleibt. Aber man bekommt dadurch auch einen ganz anderen Fokus." Er nahm einen

Schluck aus seinem Glas. „Und deshalb habe ich versucht, dich zu erreichen."

„Das verstehe ich nicht. In deiner E-Mail hast du ein Skript erwähnt." Warum sollte er sich jetzt für ihre alte Arbeit interessieren?

„Ich will es beenden. Katie, es war eine meiner besten Leistungen, als ich mit dir zusammengearbeitet habe. Wir waren gut zusammen."

Sie musste aufpassen, dass sie nicht wieder zusammenzuckte. „*Gut zusammen.*" Sie konnte sich immer noch daran erinnern, als er diese Worte zum ersten Mal zu ihr gesagt hatte.

Sie hatte sich so besonders gefühlt, als er sich im letzten Jahr am College für sie entschieden hatte. Jede Studentin hatte sich in diesen Professor verguckt. Sie hatten sogar ein Spiel daraus gemacht, ihm reihum zu jeder Vorlesung eine Dose Limonade auf dem Podium zu hinterlassen, weil sie wussten, dass er sie gerne trank.

Kate war die Einzige, die er dabei erwischt hatte. Sie hatte gewartet, bis er mit einem anderen Studenten in eine Diskussion verwickelt war, hatte ihre Hände um die Dose gelegt …

Und dann hatte er sich umgedreht, gerade als sie sie herausgezogen hatte. Ihre Blicke hatten sich getroffen und ein Lächeln war auf sein Gesicht getreten, sodass sie regelrecht glücklich gewesen war, ertappt zu werden. Und kurz danach war sie vollkommen fasziniert von ihm gewesen.

Kurz vor ihrem Abschluss hatte er ihr gesagt, dass er einen Job an der Northwestern University angenommen hatte. Er hatte auch einen Vertrag für sein erstes *Heartline*-Skript unterschrieben und sie gebeten, mit ihm nach Chicago zu kommen, damit sie gemeinsam daran arbeiten konnten. Ohne sich großartig Gedanken zu machen, war sie ihm gefolgt und schließlich hatten sie in dem Coffeeshop gesessen, der bald ihr Lieblingscafé werden sollte, und gemeinsam Ideen gesammelt.

Jetzt schlossen sich ihre Finger um das eiskalte Glas.

„Kate." Gils Stimme war leise und angespannt, als wäre er ihrer Gedankenreise gefolgt. „Es tut mir leid. Das alles tut mir schrecklich leid. Es war so unglaublich unangemessen, wie ich mich verhalten habe. Meine Ehe lief nicht gut. Ich war sicher, dass wir uns bald scheiden lassen würden. Aber trotzdem war es schlimm, was ich dir angetan habe." Er nahm seine Brille ab und rieb sich die Nasenwurzel.

„Du hast mir gesagt, dass ich das Praktikum absagen soll."

Er legte die Stirn in Falten.

„Das Praktikum in D.C. Das bei der Stiftung. Du hast mir gesagt, dass ich es ablehnen und mit dir nach Chicago kommen soll, damit wir zusammen schreiben können. Wer weiß, wo ich heute wäre, wenn …" Sie hielt inne. *Hör auf damit. Hör auf, den Ankläger zu spielen. Du bist in einem Krankenhaus, um Himmels willen. Es ist Jahre her.*

Doch anstatt unter ihren Worten zusammenzuschrumpfen, richtete Gil sich gerade auf, biss die Zähne zusammen. „Ich muss mich für vieles entschuldigen, das weiß ich. Aber dass ich dich davon überzeugt habe, das Praktikum abzulehnen, gehört nicht dazu. Ich habe dich einem Verleger vorgestellt, der deine Bücher herausgegeben hat, Kate. Und dieses erste Skript mit mir zusammen zu schreiben, hat deine Karriere erst in Gang gebracht. Wenn es nicht der Weg war, den du einschlagen wolltest, hättest du ihn jederzeit verlassen können. Aber ein sechsmonatiges Praktikum in D.C. hätte dir niemals eine glänzende Zukunft verschafft. Wenn du dich also immer noch fragst, was gewesen wäre, wenn … dann weiß ich auch nicht, was ich dir dazu noch sagen soll."

„Gil …" Sie versuchte, die richtigen Worte für eine Antwort zu finden, doch sie gingen in der schrecklichen Wahrheit unter. *Er hat ja recht.*

Es tat weh, es zuzugeben, doch sie hatte ihre eigene Entscheidung getroffen. Es war nur viel einfacher gewesen, die Schuld dem Mann zuzuschieben, der sie so schrecklich verletzt hatte.

Jetzt schüttelte er den Kopf und seufzte. „Ich wollte diese alten Geschichten eigentlich nicht wieder aufwärmen. Ich wollte mich einfach nur entschuldigen und fragen, ob ich das letzte Skript, das wir zusammen angefangen haben, beenden darf. Es war genauso deine Geschichte wie meine, also werde ich nicht ohne …"

„Schreib es fertig." Sie nahm eine Serviette aus dem Spender und wischte den Wasserrand auf dem Tisch weg, den ihr Glas hinterlassen hatte. „Mach damit, was du willst. Es ist mir egal."

„Fünfzig Prozent der Arbeit sind von dir."

„Ich werde dich nicht verklagen. Versprochen."

Er faltete die Hände auf der Tischplatte. „Ich denke, es könnte eine großartige Geschichte sein. Und ich muss noch einmal etwas Großartiges tun, bevor ich …"

Sie konnte nur nicken, die Gefühle waren zu stark, um zu sprechen.

Kurze Zeit später standen sie auf und verabschiedeten sich voneinander. Sie brachte Gil zum Aufzug, wo er den Abwärts-Knopf drückte.

„Gil, ich …"

Verständnis lag in seinem Blick. „Danke, dass du dich mit mir getroffen hast, Katie. Und dass du mir erlaubst, die Geschichte fertig zu schreiben."

Der Aufzug kam und die Türen öffneten sich. Er trat ein. Die Türen schlossen sich.

Kate sprang vor, um sie aufzuhalten. „Ich danke *dir*, Gil."

Erstaunen lag in seinem Blick.

„Du hast mich inspiriert. Du hast mich zu einer besseren Autorin gemacht." Etwas wie Erleichterung schien ihn zu durchströmen. „Und alles, was du eben gesagt hast, stimmt."

Gil streckte ihr die Hand entgegen und sie erfasste sie. „Leb wohl, Katie Walker."

Der Handschlag war voller Wärme. „Mach's gut, Gil."

Und dann trat sie zurück und schaute zu, wie sich die Türen schlossen.

„Wow, habe ich das richtig gesehen?" Haileys verwirrte Stimme erklang hinter ihr.

Kate wandte sich um. Hailey starrte auf die Aufzugtür, eine Tüte M&Ms in der Hand.

„Jepp, das war Gil. Lange Geschichte." Sie streckte die Hand aus, damit Hailey ihr ein paar von den M&Ms abgab. „Eigentlich nicht. Er will ein Skript fertig schreiben, das wir vor Jahren gemeinsam begonnen haben." Den Rest musste Hailey nicht erfahren – nicht, wo ihr Sohn den gleichen Kampf ausfocht wie Gil.

„Sag mir, dass du ihn ausgelacht hast."

„Ähm, nein. Ich habe Ja gesagt."

Hailey warf sich eine Handvoll M&Ms in den Mund, wandte

den Blick aber nicht von Kates Gesicht ab. „Du hast dich verändert."

„Nicht wirklich."

„Doch. Vor ein paar Wochen hätte alleine der Gedanke, ein Wort mit Gil zu wechseln, dir Magenschmerzen beschert."

Kate griff nach der Tüte mit den Süßigkeiten. „Tja, und jetzt esse ich alle deine M&Ms."

„Es liegt an Colton."

Kate verschluckte sich und hustete. „Träum weiter."

„Ich meine es ernst, Kate. Er ist das Einzige, was sich in deinem Leben verändert hat, seit wir uns das letzte Mal gesehen haben. Deshalb muss es an ihm liegen, dass du so ruhig bleiben kannst, wenn es um Gil geht."

Durch den Lautsprecher wurde nach einem Arzt gerufen. „Ich glaube nicht, Hail."

„Er hat alles stehen und liegen gelassen, um dich hierherzufahren. Ich habe gesehen, wie er dich im Arm gehalten hat, als du an Breydans Bett geweint hast. Am ersten Tag hat er dich im Krankenhaus nicht aus den Augen gelassen. Seitdem hat er dich jeden Tag angerufen. Und dir Dutzende Nachrichten geschrieben."

„Vielleicht, weil er Angst hat, dass ich sein Buch nicht fertig schreibe."

Hailey versteifte sich. „Tu das nicht, Kate."

„Was denn?"

„Dich vor ihm verschließen. Dieser Mann bedeutet dir etwas und du solltest ihn in dein Herz lassen." Hailey seufzte. „Wäre es denn so schlimm zuzugeben, dass da etwas zwischen euch ist?"

„Denkst du denn, ich würde es nicht versuchen?"

„Ich denke, du schlägst manchmal Türen zu, bevor du weißt, was auf der anderen Seite ist … weil es einfacher und sicherer ist." Sie schüttelte den Kopf.

Kate starrte auf das Karomuster des Fußbodens. „Selbst, wenn etwas … zwischen uns wäre, woher soll ich denn wissen, dass ich nicht nur ein Lückenbüßer bin? Vor nicht allzu langer Zeit hatte er noch eine Freundin. Und er hat es auch immer noch nicht verwunden, dass er nicht mehr Football spielen kann. Wie soll ich also wissen …"

„Du kannst es nicht wissen."

Ihr Blick fuhr hoch.

„Man nennt es ein Risiko eingehen, Kate. Denk an die Charaktere in deinen Filmen. Wenn sie endlich erkennen, was sie fühlen – normalerweise am Ende –, verhalten sie sich entsprechend. Der Held sucht seine Angebetete oder andersherum. Deine Charaktere sind mutiger als du selbst. Lass das nicht zu. Sei diejenige, die ein Risiko eingeht." Sie machte eine kurze Pause, bevor sie weitersprach. „Es ist okay, sich einzugestehen, was man wirklich will. Und dann bist du vielleicht mutig genug, deine Ziele zu verfolgen."

Stille entstand zwischen ihnen, nur das Summen des Ventilators und das Klingeln des Aufzuges waren zu hören, bis Kate endlich wieder aufblickte.

„Weißt du was? Heute ist das Homecoming-Spiel in Maple Valley." Sie warf einen schnellen Blick auf die Wanduhr. „Wenn ich jetzt gleich losfahre …"

Hailey grinste. „Verschwinde schon." Sie griff nach der Tüte. „Aber nicht mit meinen M&Ms."

⊗

DU HAST DAS VORSTELLUNGSGESPRÄCH ABGEBROCHEN.

Ein kalter Wind, der sich eher nach November als nach den letzten Septembertagen anfühlte, riss an Coltons Haaren, als er die Nachricht auf dem Display las. Er musste Ians Stimme nicht hören, um die Wut seines Managers zu spüren. Jetzt war es wahrscheinlich vorbei.

Nein, nicht *wahrscheinlich*.

Aber warum hatte Ian so lange gebraucht, um ihn damit zu konfrontieren. Es war fast eine Woche her, seit er sein Bewerbungsgespräch in Chicago vermasselt hatte. Das machte für ihn keinen Sinn. Und obwohl er sich schlecht fühlte, weil er Ian enttäuscht hatte, bedauerte er es nicht, dass er den Job nicht bekommen hatte.

Er wäre sowieso nicht gut darin gewesen – das hatte er von Anfang an gewusst.

Auf halber Höhe der überdachten Tribüne spielte die Kapelle das dritte oder vierte Stimmungslied des Abends, die Blasinstrumente schmetterten und die Trommeln stampften und mischten sich mit dem Lachen und den Rufen des Publikums. Die summenden Stadionscheinwerfer flackerten ab und an und am fast nachtdunklen Himmel funkelten die Sterne, als sähen sie voll gespannter Erwartung zu.

Gespannte Erwartung. Das waren die perfekten Worte, um die Stimmung vor einem jeden Spiel zu beschreiben, wenn sich die Zeit in die Länge zog und gemeinsam mit der inneren Aufregung immer weiter dehnte, bis der Schiedsrichter endlich zu seiner Trillerpfeife griff, das Spiel anpfiff und der Center sich den Ball schnappte.

Schade, dass Ian sich gerade diesen Augenblick aussuchen musste, um ihm Vorwürfe zu machen. Wieder blickte er auf sein Handy. Der Chat-Verlauf zeigte, dass ihr Verhältnis mittlerweile bis zum Zerreißen gespannt war.

„Schlechte Nachrichten?" Raegan musste sein Gesicht gesehen haben.

„Ja, irgendwie schon." Und er war derjenige, der sie überbrachte. Er tippte schnell.

JA, ICH BIN GEGANGEN. MILDERNDE UMSTÄNDE.

„Ich teile meinem Manager mit, dass ich den Job in Chicago nicht bekommen habe."

„Weil du wegen Webster zurückgekommen bist? Kannst du ihm das nicht erklären? Es wäre doch ziemlich hartherzig, wenn er das nicht verstehen würde. Bestimmt bekommst du dann eine zweite Chance." Raegan schob sich eine Strähne ihres grün gefärbten Haares – zu Ehren der Mavericks – hinters Ohr.

Er klappte den Kragen seiner Jacke hoch. „Ich bin ziemlich sicher, dass das schon meine zweite Chance war." Oder die dritte oder vierte. Ehrlich gesagt, war es ein Wunder, dass Ian so lange zu ihm gestanden hatte. „Ich sehe für meine Zukunft einfach keine TV-Karriere."

Er wusste überhaupt nicht, was er für seine Zukunft sah. Oder sehen wollte.

„Ich denke, Gott hat noch dreißig Zentimeter für dich."

Noch vor wenigen Wochen hätte Colton die Worte von Case abgetan, hätte dem Gedanken widersprochen, dass er sich auf irgendeine Art und Weise selbst beschränkt hatte. Er wollte einfach nur sein altes Leben zurück. Das war alles, was er wollte.

Und jetzt?

Noch dreißig Zentimeter mehr.

Nun, wenn Gott ihm das zu bieten hatte, wusste Colton beim besten Willen nicht, wo sich diese entscheidenden Zentimeter versteckten. Er war sich nur sicher, dass er sich immer wieder so entscheiden und das Vorstellungsgespräch verlassen würde, selbst jetzt, wo er wusste, dass es Webster gut ging. Der Ausdruck auf dem Gesicht des Jungen, als Colton bei den Clancys aufgetaucht war und er erkannt hatte, dass Colton für ihn alles stehen und liegen gelassen hatte, war es wert gewesen, den Job sausen zu lassen.

Seitdem hatte er die Abende damit verbracht, mit Webster zu trainieren. Spielzüge einzuüben und zwischendurch mit dem Jungen zu sprechen.

Auf dem Feld verließen die Mavericks jetzt ihre Aufwärmzone und liefen an der Seitenlinie entlang. Einige formierten sich zu einem Pulk, andere nahmen auf der Bank Platz, die nahe am Zaun stand.

Coltons Handy summte wieder.

WIR MÜSSEN REDEN. RUF MICH AN.

Ians knappe Worte zeigten Colton, dass nun das folgte, was er schon seit Tagen erwartet hatte.

Und vielleicht war es am besten, wenn er es Ian so leicht wie möglich machte.

ICH KANN JETZT NICHT TELEFONIEREN. ES WAR SCHÖN, MIT DIR ZUSAMMENZUARBEITEN, IAN. ICH VERSTEHE ES.

Dann steckte er das Handy in seine Jackentasche und atmete tief ein, roch den Duft von Nachos und Popcorn, spürte die kalte Luft und die Energie. Es würde alles gut werden. Morgen würde er sich überlegen, wie es weitergehen sollte. Heute ging es um das Spiel, darum, Webster zu unterstützen.

Die Tribüne zitterte unter seinen Füßen und Colton blickte auf. Er sah Case, der zu ihren Plätzen zurückkam und ein Tablett mit drei Bechern in den Händen hatte. „Heiße Schokolade für alle."

Er verteilte die Becher und setzte sich neben Raegan.

„Ich wünschte, Kate wäre hier." Raegan nahm den Deckel von ihrem Becher und roch an dem heißen, dampfenden Getränk. „Nach all der Zeit, die sie mit dir verbracht und über Football geredet hat, hat sie das Spiel zum ersten Mal wirklich verstanden."

Er wünschte sich ebenfalls, dass sie hier wäre. Die Anrufe, die SMS und die Mails über die Kapitel, die sie geschrieben hatte, waren bei Weitem nicht das Gleiche, wie sie bei sich zu haben. Obwohl es großartig gewesen war, stundenlang und entspannt mit ihr zu telefonieren – Unterhaltungen, die immer bei seinem Buch begannen und sich dann grundsätzlich verselbstständigten.

Wann hatte er sich nur so an ihre Anwesenheit in seinem Leben gewöhnt?

Sein Blick schweifte hinüber zu der Anzeigetafel. Noch sechs Minuten bis zum Anpfiff. Er schaute zurück zum Team. Wo war Webster?

Dort.

Seine Augen konzentrierten sich auf die 73 am Ende der Sitzbank, *HAWKS* stand über der Nummer. Webster saß vorgebeugt da. Allein.

Als hätte Case seine Gedanken gelesen, beugte er sich über Raegan hinweg. „Ich habe gehört, dein Junge könnte heute mehr Spielzeit bekommen als erwartet, Colt."

„Wirklich? Hast du mit dem Coach gesprochen?"

„Nein, aber die Mutter eines der Start-Receiver hat am Ticketstand gearbeitet. Sie hat mir gesagt, dass ihr Sohn ganz grün im Gesicht war, als er heute das Haus verlassen hat. Vielleicht eine Magen-Darm-Grippe. Er wollte unbedingt heute spielen, aber sie glaubt nicht, dass er das erste Viertel übersteht."

Was Websters Haltung auf der Bank erklären würde. Natürlich würde es der Junge niemals zugeben, aber höchstwahrscheinlich war er gerade so nervös wie noch nie zuvor in seinem Leben.

Wieder wanderten seine Augen zur Anzeigetafel. Immer noch fünf Minuten bis zum Anstoß.

„Rae, kannst du kurz meinen Kakao halten? Ich muss noch mal kurz mit Web reden."

Er schob sich an den Zuschauern auf der Tribüne vorbei, bis er den Gang erreichte, dann eilte er die Metallstufen hinunter. Einige Menschen grüßten ihn freundlich, als er vorbeikam – Sunny aus dem Baumarkt, die Clancys, Seth und Ava, Bear.

Wie war es dazu gekommen, dass er in Maple Valley mehr Menschen mit Namen kannte als in seiner ganzen Zeit in L.A.?

Er lief an den Zaun, der die Tribüne vom Feld trennte. „Hey, Hawks."

Webster drehte sich um und Colton bedeutete ihm, näher zu kommen. Webster sah fragend zu seinem Coach, der schaute zu Colton und nickte.

Websters Helm schwang an seinem Arm, als er auf Colton zuging. Er blieb stehen und jetzt sah Colton die geröteten Wangen. „Sie sind gekommen."

Colton stützte sich mit den Ellbogen auf den Zaun. „Natürlich bin ich gekommen. Das lasse ich mir doch nicht entgehen."

Webster lächelte nicht, doch wenn Colton sich nicht irrte, erkannte er Dankbarkeit in den Augen des Jungen. „Hör zu, ich habe gehört, dass einer der Starter krank ist."

„Ja, wenn er kotzt, bin ich drin."

„Ich wünsche ihm nichts Schlechtes, aber wenn er ausscheidet, bist du dann bereit, die Reihen aufzufüllen?"

Webster rollte übertrieben mit den Augen. „Genau das Gleiche hat mich der Coach auch schon gefragt."

„Also wirst du deine Sache gut machen?"

Webster zuckte mit den Schultern. „Das werden wir dann sehen, richtig?"

Colton blickte auf die Anzeigentafel. Drei Minuten. „Du erinnerst dich an das ganze Lauftraining."

„Sie meinen, als Sie mich so übers Feld gejagt haben, dass *ich* kotzen musste?"

Colton grinste. „Genau. Du kennst dieses Feld, Web – jeden einzelnen Millimeter. Du fühlst es. Du kennst die Laufwege. Jetzt musst du nur noch die Lücken finden. Zerteile das Feld und zeig ihnen allen, was in dir steckt."

Webster starrte ihn nur an und runzelte die Stirn.

„Du kannst es schaffen. Ich glaub an dich. Genau wie die Clancys. Ich bin eben auf der Tribüne an ihnen vorbeigekommen und ich schwöre dir, Laura Clancy ist so stolz auf dich, dass sie wahrscheinlich schon Fanbuttons an die Leute um sich herum verteilt."

Jetzt lächelte Webster endlich ein wenig. Colton hob eine Faust über den Zaun und Webster schlug ein, dann lief er zurück an seinen Platz. Colton drehte sich um und hatte plötzlich die Tribüne vor sich, das Meer aus Grün und Weiß – den Farben der Mavericks –, darüber den dunkelblauen Himmel, an dem der Mond hing.

Wieder vibrierte sein Handy und er zog es hervor.

ES WAR AUCH SCHÖN, MIT DIR ZU ARBEITEN, GREENE.

Gut. Okay. Das … war es also. Er nickte und ging zurück an seinen Platz.

Diese bescheuerte Baustelle.

Kate löste ihren Gurt, bevor sie auch nur richtig in der Parklücke stand, und sprang hinaus auf den Parkplatz des Football-Feldes. Wenn es bei Iowa City keinen Stau gegeben hätte, wäre sie schon vor einer Stunde hier in Maple Valley gewesen.

Doch sie hatte die erste Hälfte des Spiels im Radio verfolgt. Es war fast Halbzeit.

Sie eilte an die hintere Autotür und schnappte sich den blauen Schal und die passenden Fäustlinge von der Rückbank. Da lag auch ihre Mütze, die sie sich hektisch aufsetzte.

Nicht die Farben der Schule, aber wenigstens warm.

Kalte Herbstluft umgab sie, als sie über den Parkplatz lief. Sie hatte daran gedacht, Dad oder Raegan anzurufen und zu sagen, dass sie kommen würde. Aber es war doch viel lustiger, sie zu überraschen.

Und vielleicht auch Colton.

Irgendwo zwischen Chicago und Des Moines hatte sie aufgegeben, so zu tun, als wäre sie aufgeregt wegen dem Spiel und nicht deshalb, weil sie Colton endlich wiedersehen würde.

„Es ist okay, sich einzugestehen, was man wirklich will."

Hailey hatte einige sehr richtige Dinge gesagt.

Und Kate musste zugeben, dass die Neugier und das Interesse und, na gut, auch die Anziehungskraft, die sie in den letzten Wochen so hartnäckig ignoriert hatte, mittlerweile die Oberhand gewonnen hatten. Sie war nicht mehr so vorsichtig und reserviert. Diese Gefühle waren in den letzten Jahren ihr ständiger Begleiter gewesen. Aber die Zeit war vorbei. Sie hatte zwar keinen Plan oder so etwas. Aber sie hatte eine Art Hoffnung. Eine Sehnsucht, die erkundet werden wollte. Und genau das würde sie heute Abend tun. Sie würde ihr Herz erkunden, während sie die Nähe des Mannes genoss, den sie als ersten nach langer Zeit an sich heranließ.

Sie blieb am Ticketschalter stehen. Die Frau hinter der Scheibe blickte auf ihre Uhr. „Schätzchen, wenn Sie noch drei Minuten warten, ist Halbzeit und ich lasse Sie für den halben Preis rein."

Kate blickte auf das Feld. Die Menge auf der Tribüne jubelte und stampfte laut. Nach sieben Stunden im Auto sollten sich drei Minuten aushalten lassen. Doch die Ungeduld nagte an ihr.

„Ist schon okay. Ich bezahle die fünf Dollar. Mein Beitrag für das Team."

Die Frau nickte und reichte ihr das Ticket. „Genießen Sie das Spiel."

Kate blickte auf die Anzeigentafel. Immer noch sieben zu zehn, die Mavericks lagen zurück.

„Kate!"

Sie drehte sich zu der überraschten Stimme ihrer Schwester um, die über das Summen der Zuschauer hinweg erklang. Raegan kam vom Essensstand auf sie zu, den Arm voller Snacks.

„Perfektes Timing, Schwesterchen." Raegan hielt ihr eine Box mit Nachos hin. „Ich dachte, ich könnte Dads und mein Essen tragen, aber ich leide anscheinend an Selbstüberschätzung. Was machst du hier?"

Kate stahl sich eine Pommes aus der Box. „Ich bin wegen des Spieles hier, ist doch klar."

Raegan blieb so abrupt stehen, dass der Schotter unter ihren Stie-

feln knirschte. „Du bist sieben Stunden von Chicago aus herge-
fahren, um das Homecoming-Spiel anzuschauen? Du. Die sich ihr
Leben lang nicht für Football interessiert hat." Raegan schüttelte
den Kopf. „Na klar."

„Ich kann Sport genauso genießen wie jeder andere auch." Sie
setzte sich wieder in Bewegung.

Raegan lief hinter ihr her. „Genau."

Kate entschied sich dazu, den Sarkasmus in der Stimme ihrer
Schwester zu überhören. Heute würde sie sich durch nichts erschüt-
tern lassen.

Gerade als sie die Tribüne erreichten, sprang die Menge auf und
fing laut an zu jubeln. Kate wirbelte herum. „Was ist los?"

Die Tribüne wackelte unter ihren Füßen, als sie sich nach vorne
drängte, um zu sehen, warum alle so aus dem Häuschen waren.
Und da sah auch Kate den Grund dafür. Ein einzelner Spieler raste
über das Feld, die Defensivspieler, die er gerade ausgespielt hatte,
liefen hilflos hinter ihm her.

Raegan schnappte nach Luft. „Das ist doch Webster!"

Coltons Webster, der gerade mühelos dem letzten Spieler aus-
wich, der ihn noch hätte aufhalten können. Die Menge jubelte und
schrie noch lauter. Sekunden später warf sich Webster in die Endzone und die Tribüne explodierte. Raegans Schrei schrillte in ihrem
Ohr und auf der Anzeigentafel erschien das dreizehn zu zehn. Sie
konnte sich Coltons Reaktion lebhaft vorstellen.

Kate stellte die Nachos auf der Tribüne ab und musterte mit
klopfendem Herzen die Sitzreihen. Sie entdeckte Dad, aber nicht
Colton. „Wo ist denn Colton?" Im Geschrei der Menge ging ihre
Stimme unter.

„Was?"

„Colton?", schrie sie. „Wo ist er?"

Raegans Blick lag immer noch auf dem Feld. „In der Pressebox."

„In der Pressebox? Warum?"

„Für ein Halbzeitinterview. Lulu vom Radio hat ihn dazu überredet."

Sie wandte sich um, als das Team sich wieder zum Angriff bereit
machte. „Ich gehe ihn suchen."

Sie lief die Tribüne entlang, als die Menge noch einmal laut jubelte. Ihr Team musste schon wieder einen Punkt gemacht haben. Da entdeckte sie Colton durch das Fenster der Pressebox. Er schlug mit irgendjemandem ein.

Ihre Nerven zerrten an ihrem Magen. *Geh schon.*

Sie kletterte über eine Sitzreihe, ging die letzten Schritte langsamer. *Soll ich klopfen oder ...*

Die Tür wurde aufgerissen und Colton stand vor ihr. „Ich dachte schon, ich hätte Halluzinationen."

Er hatte vorher schon gelächelt, aber jetzt strahlte er sie förmlich an. Oder waren es die Stadionlichter, die sich auf seinem Gesicht spiegelten. Oder das Mondlicht. Oder ... Es war ihr egal. Sie warf sich in seine ausgebreiteten Arme.

„Webster war unglaublich. Und das ist alles dein Verdienst. Du hast so viel mit ihm gearbeitet."

Seine Arme schlossen sich um sie. „Nein, Webster hat es ganz alleine geschafft. Ich wusste, dass es in ihm steckt. Und genau das hat er gebraucht. Etwas, das ihn au..."

Plötzlich erschlafften seine Arme. Er trat zurück, sein Blick über Kates Schulter gerichtet.

Sie drehte sich um und sah eine Frau, die vor der Pressebox stand.

Hinter Kate erklang Coltons ungläubige Stimme. „Lilah?"

Kapitel 13

„Hey, nicht herumlungern."

Kate zuckte zusammen, als sie hörte, wie jemand von oben herunterrief. Die Kälte kroch langsam durch ihre dünne Baumwollhose. Noch vor einer halben Stunde hatte sie sich eingeredet, dass sie nicht wie ein Pyjama aussah.

Doch hier im Morgengrauen vor dem *Coffee Coffee* war es definitiv eine Schlafanzughose.

Und jemand im zweiten Stock über dem Café hatte sie entdeckt.

Sie schaute nach oben und legte die Hand gegen die ersten Sonnenstrahlen über die Augen. „Bitte was?" Sie versuchte, das Gesicht des Mannes zu erkennen. Bear, Seths Freund?

„Was machst du da unten?"

„Ich warte auf Kaffee." *Und gehe Colton aus dem Weg.* „Und hoffe, dass ich nicht erfriere."

Er lehnte sich weiter aus dem Fenster. Ja, es war definitiv Bear. Sie hatte noch nicht viel mit ihm geredet – doch er schien überall da aufzutauchen, wo Seth war. Oder Raegan. „Hast du keinen Kaffee zu Hause?"

Jetzt wusste sie auch nicht weiter. Sie schlang die Arme um sich und fragte sich, warum sie vorhin, als sie das Haus verlassen hatte, keine Jacke angezogen hatte. Das Display im Auto hatte 5.13 Uhr angezeigt, als sie sich auf den Fahrersitz hatte fallen lassen – und für den Bruchteil einer Sekunde hatte sie über die Lächerlichkeit ihres Verhaltens nachgedacht.

Das Zahnpastalächeln dieser Frau, die gestern ungefragt aufgetaucht war, ging ihr einfach nicht aus dem Kopf. Und so hatte sie den Motor gestartet und war in die Stadt gefahren. Aber das Café hatte noch geschlossen.

„Klar habe ich Kaffee zu Hause, aber hier gibt es auch Gebäck."

„Moment." Bear verschwand.

Kate verschränkte die Arme und fing an, auf dem Bürgersteig auf und ab zu gehen, weil ihr eisig kalt war. Maple Valley schlief zu dieser frühen Morgenstunde noch – selbst das Gras war noch unter einer Reifschicht verborgen. Nur das Rauschen des Blaine River auf der anderen Seite der Straße war zu hören.

„Wie wäre es mit getoastetem Apfelstrudel."

Kate schaute wieder nach oben. „Bitte was?"

Bears Gesicht war wieder im Fenster aufgetaucht. „Megan macht das Café in letzter Zeit immer erst später auf. Du hast Glück, wenn sie um halb sieben hier auftaucht. Aber ich hätte Kaffee und ich habe gerade ein Päckchen Strudel im Gefrierschrank entdeckt. Und mein Toaster funktioniert wunderbar."

Er lud sie in seine Wohnung ein? „Wir kennen uns doch gar nicht."

„Wir sind hier in Maple Valley. Wenn man jemanden auf der Straße trifft und Hallo sagt, ist man doch schon so gut wie verwandt."

Das stimmte. Außerdem war er Seths bester Freund. Und Raegans Vernarrtheit in den Mann hätte kaum offensichtlicher sein können. Vielleicht sollte Kate die Gelegenheit nutzen und den Mann besser kennenlernen, in den ihre Schwester verliebt war.

Das Geschlossen-Schild an der Tür des *Coffee Coffee* schien sich vorerst nicht umzudrehen. Und außerdem war es unheimlich kalt. *Und nach Hause zurück fahre ich bestimmt nicht.* Nicht, nachdem sie sich Colton gestern so in die Arme geworfen hatte – nur, um sich dann umzudrehen und Lilah Moore vor sich stehen zu sehen.

„Versprichst du mir, dass du kein Serienmörder bist?"

„Von ganzem Herzen." Er zeigte um die Ecke. „Die Treppe ist da hinten."

Sekunden später hatte sie die Hausecke umrundet und ging die Holztreppe hoch, die zum seitlich gelegenen Eingang führte. Bear begrüßte sie auf der Schwelle und aus dieser kurzen Distanz machte er seinem Namen alle Ehre. Er hatte etwa die gleiche Größe wie Colton, doch noch viel breitere Schultern. Und im Gegensatz zu Coltons blauen Augen waren die von Bear so dunkel, dass man die Iris kaum von den Pupillen unterscheiden konnte.

Sie betrat eine Küche, die rot und schwarz eingerichtet war, von den Handtüchern, die an der Wand hingen, bis hin zu der Kaffeemaschine, die schon zum Leben erwacht war.

Bear ging an die Kücheninsel und drückte den Toaster herunter. „Ach, ich hätte es vielleicht erwähnen sollen – wenn ich ein Serienmörder *wäre*, hätte ich es höchstwahrscheinlich nicht zugegeben. Das wäre wenig effektiv."

„Findest du so normalerweise deine Opfer? Du lockst sie mit dem Versprechen auf Strudel und Kaffee zu dir?"

Bear lachte und zeigte auf den Tisch. „Setz dich."

Sie zog ihre Weste aus und nahm Platz. „Ich wusste gar nicht, dass über dem *Coffee Coffee* eine Wohnung liegt."

„Ich kann es nur von ganzem Herzen empfehlen, über einen Coffeeshop zu ziehen. Es riecht immer köstlich. Ich würde dir ja den Rest der Wohnung zeigen, aber es ist hier momentan ziemlich … junggesellenmäßig aufgeräumt." Er nahm eine Kaffeetasse aus dem Schrank.

„Deine Küche ist hübsch."

Er stellte ihr die dampfende Tasse hin. „Das ist das Werk deiner Schwester. Sie war ein- oder zweimal hier, hat einen Blick auf meine karge Einrichtung geworfen und behauptet, dass man so nicht leben könnte. Ehrlich gesagt, ist es mir vollkommen egal, ob meine Geschirrtücher zu den Vorhängen passen … oder ob ich überhaupt Vorhänge habe. Aber du kennst ja Raegan."

Die Strudel sprangen hoch und Bear legte sie auf einen Teller, dann setzte er sich Kate gegenüber hin.

„Willst du denn keinen Kaffee?"

Er schüttelte den Kopf. „Ich liebe den Duft, aber ich hasse den Geschmack."

„Aber du hattest schon welchen gekocht?"

Er wedelte das Gebäck kurz in der Luft, um es abzukühlen. „Wachst du nicht manchmal mit dem Gefühl auf, dass dieser Tag etwas ganz Besonderes werden wird?"

„Normalerweise bin ich einfach nur müde, wenn ich aufwache."

„Tja, ich wache manchmal ziemlich früh auf und bete dann. Und genauso war es auch heute. Ich hatte den seltsamen Gedanken, dass heute früh jemand bei mir vorbeikommen würde. Da ich der einzige Mensch in Maple Valley bin, der nichts mit Koffein anfangen kann, habe ich einfach schon mal Kaffee gekocht. Vorsorglich."

Verrückter Kerl, dieser Bear McKinley. Verrückt und faszinierend.

Er schob Kate den Strudel hin. „Iss." Sie nahm einen Bissen und genoss die Wärme, die sich in ihrem Magen ausbreitete. Dann griff sie nach dem Kaffee.

„Da du schon mal hier bist, Kate, muss ich dir etwas gestehen …"

Sie zuckte zusammen und hätte den Kaffee beinahe wieder ausgespuckt. Er schmeckte nach Pfütze. Es gelang ihr gerade noch, ihn hinunterzuwürgen. Aber ihr Magen protestierte.

Seine dunklen Augenbrauen zogen sich zusammen. „So schlimm? Ich mache das nicht oft."

„Nur, wenn du seltsame Gedanken bekommst?"

Er grinste. „Und wenn Freunde zu Besuch kommen."

Sie stellte die Tasse ab. „Und das sind danach immer noch deine Freunde?"

Er lachte auf und griff nach dem verbliebenen Strudel auf dem Teller. „Darüber wollte ich eigentlich gar nicht sprechen." Jetzt blickte er wieder ernst drein. „Es geht um Raegan."

Eine Mischung aus Neugier und Sorge begleitete ihr Nicken. „Okay."

„Sie und ich … wir … also ich glaube …"

Kate musste ihr Grinsen hinter dem Strudel verstecken. Kein Wunder, dass ihre Schwester diesen Kerl mochte. Groß, dunkel und gut aussehend. Süß, wenn er sich unwohl fühlte. Freundlich und zuvorkommend.

Auch wenn er wirklich lausigen Kaffee kochte.

„Bei eurer Freundschaft geht es offensichtlich nicht nur um das Dekorieren deiner Küche, wenn ich mich nicht irre." Sie waren perfekt füreinander. Wie Feuerholz, das nur darauf wartete, entzündet zu werden. Sie musste es wissen. Sie schrieb schon seit gefühlten hundert Jahren Liebesgeschichten.

Zugegeben, ihr eigenes Liebesleben lief momentan alles andere als gut. Sonst hätte sie wohl kaum noch vor dem Morgengrauen die Flucht ergriffen, weil sie dumm genug gewesen war, Gefühle zuzulassen, die ohnehin nicht erwidert werden würden …

Ja, irgendwann zwischen ihrer Unterhaltung mit Hailey und dem Augenblick, als diese wunderschöne Fremde vor Colton gestanden hatte, war sie eine Frau geworden, die sich nach einem Mann sehnte, den sie nicht haben konnte. Weil er nächste Woche zurück nach Kalifornien gehen würde. Und weil er so was von nicht in ihrer Liga spielte, dass sie es gar nicht in Worte fassen konnte.

„Die Sache ist, dass es niemals funktionieren wird."

Bears Worte rissen sie zurück in die Gegenwart. Jetzt gerade ging es um Raegan, nicht um sie. „Aber ... warum?"

„Nächstes Jahr um diese Zeit werde ich in Südamerika sein und eine Kirche bauen und sie so lange als Pastor betreuen, bis Gott mich an eine andere Stelle ruft. Ich gehe im Frühjahr weg." Er nahm einen Bissen, kaute, sah ihr in die Augen. „Und Raegan ... sie liebt Maple Valley mehr als alles andere, das ich kenne."

Da hatte er recht. Ihre kleine Schwester war schon immer sehr heimatverbunden gewesen, besonders seit Mums Tod. Und Kate sah die Wahrheit in Bears Augen, als er sie anschaute – als hoffte er, sie würde ihm widersprechen, wusste aber gleichzeitig, dass sie es nicht tun würde.

„Ich will ihr nicht wehtun." Seine Worte waren sanft, offen.

„Die Sache ist die: Ich glaube, wenn erst einmal dein Herz involviert ist, geht es nicht ohne ein gewisses Maß an Schmerz."

„Das glaubst du?"

Ich weiß es.

„Also sollte ich mich besser zurückziehen? Ich meine, bevor sie und ich ... bevor wir ... mehr investieren. Sollte ich eine klare Grenze ziehen? Ihr sagen, dass wir nur Freunde sein können?"

Vor ein paar Wochen hätte sie ihm noch gesagt, dass er genau das tun müsste. Dass er einen Schlussstrich setzen sollte, bevor es richtig losging, damit er Raegan nicht wehtat.

Doch so, wie sich die Dinge nun entwickelt hatten, wusste sie, dass es solche Grenzen nicht geben musste, dass man sich anders verhalten konnte.

„Warum ausgerechnet Südamerika?"

„Die ganze Geschichte würde jetzt zu lange dauern, aber du bekommst die Kurzfassung. Es hat lange gedauert, bis ich meine Vision oder meinen Ruf oder wie immer man es auch nennen möchte gefunden hatte. Ich wusste, dass ich reisen und predigen will." Er verschränkte die Hände auf der Tischplatte. „Pastor Nicks war mir eine Art Mentor und er hat mir gezeigt, dass ich für mein Leben nicht unbedingt einen großartigen Plan haben muss. Ich müsste nur den nächsten Schritt gehen. Einen Schritt nach dem anderen eben, das sagt man doch immer so schön. Irgendwann hat sich eine Tür geöffnet und der nächste Schritt führt mich jetzt eben nach Südamerika."

„Hört sich weise an."

Er lehnte sich in seinem Stuhl zurück und verschränkte jetzt die Hände hinter dem Kopf. „Ja klar, es ist ein super Ratschlag … vor allem, wenn man sich gar nicht sicher ist, was der nächste Schritt sein soll. Vielleicht habe ich ihn ja erkannt, was meinen Beruf angeht, aber meine Beziehungen? Mein Privatleben?"

Er zuckte mit den Schultern, griff nach ihrem Kaffee und erhob sich. Dann schüttete er das widerliche Gebräu ins Waschbecken. Mit beiden Händen stemmte er sich auf die Arbeitsplatte und blickte aus dem Fenster.

Bear hatte einen nachdenklichen Zug an sich, den sie niemals erkannt hätte, wenn sie nicht diese letzten Minuten mit ihm verbracht hätte. *Er hat eine Geschichte zu erzählen.* „Bear …"

Plötzlich reckte er sich. „Hm. Sie sitzt immer noch im Auto."

„Wer?" Kate erhob sich ebenfalls und entdeckte den gelben VW-Käfer, der hinter ihrem Focus stand. „Megan?"

„Als ich dir den Kaffee eingeschenkt habe, habe ich gesehen, wie sie geparkt hat. Ich frage mich, warum sie nicht aussteigt."

Kate drehte sich um und griff nach ihrer Weste. „Ich glaube, ich schau mal nach ihr. Danke für das Frühstück und den Kaffee, den ich nicht getrunken habe."

„Danke für die Unterhaltung."

„Ich habe dir ja nicht wirklich weitergeholfen."

Er hob eine Schulter. „Ja, aber … ich habe das Gefühl, dass du mich verstehst."

War sie so leicht zu durchschauen? Oder war Bear einfach so gut darin, Menschen zu lesen? Die Fragen folgten ihr, als sie die Treppe hinunterging, lösten sich aber in dem Moment auf, als sie Megans zusammengesunkene Gestalt hinter dem Steuer sah. Sie machte sich Sorgen um sie und klopfte an das Beifahrerfenster. „Hey, Megan, ich bin's. Geht es dir gut?"

„Ja klar." Doch das Schluchzen in ihrer Stimme sagte das Gegenteil.

Kate machte die Tür auf und ließ sich ungefragt auf den Beifahrersitz fallen. Bevor sie sich noch fragen konnte, ob ihr Verhalten unangemessen war, war Megan schon in Tränen ausgebrochen. Sie zitterte am ganzen Körper.

„Ach, Schatz, was ist denn los? Bist du immer noch krank? Ich kann dich zum Arzt fahren, wenn du …"

Megan schüttelte den Kopf, das dunkle Haar fiel ihr ins Gesicht. „Ich muss nicht zum Arzt. Da war ich gestern schon."

„Gut. Hat er dir Medikamente verschrieben?"

Wieder ein Schluchzen. „Ich brauche keine … das ist nicht das …" Megan atmete zitternd ein, bevor sie schließlich den Kopf hob. „Ich bin schwanger."

☙

Der Rhythmus seiner eigenen Schritte auf dem Schotter ließ Colton weiterlaufen, obwohl die eiskalte Morgenluft jeden Atemzug erschwerte. Case Walkers Haus kam in Sicht, als er um die Kurve bog, das helle Sonnenlicht spiegelte sich in den Fensterscheiben und dort auf der Veranda saß – Lilah.

Seine Geschwindigkeit verringerte sich, da sein Knie schmerzte und er die eiskalte Luft einatmete. Er hatte nicht erwartet, dass Lilah so früh hier auftauchen würde. Doch seine Überraschung war nichts im Vergleich zu dem Schock, den er gestern Abend bekommen hatte, als sie plötzlich bei dem Football-Spiel aufgetaucht war. Bisher hatte es keine Möglichkeit gegeben, die Unordnung in seinem Kopf zu sortieren – nicht, als er für den Rest des Spieles neben ihr gesessen hatte, nicht, als sie später mit dem Team zu Frankies Pizzeria gekommen war, und auch nicht danach, als er ihr vor ihrem Hotel Gute Nacht gesagt und das Mondlicht in dem Diamant an ihrem Ringfinger gefunkelt hatte.

Jetzt winkte sie, als er an ihrem Mietwagen vorbeiging. *Lilah. Hier. In Iowa.* Und wo war das Auto von Kate?

„Seit wann bist du zum Frühaufsteher geworden?", rief Lilah, als er noch näher gekommen war.

Er blieb vor ihr stehen und stützte einen Ellbogen auf das Geländer, atmete schwer. „Der Morgen in Iowa hat etwas Besonderes. Frische Luft. Ungetrübte Sicht." Die Stille und das Flüstern des Herbstes wurden jeden Tag intensiver.

„Du hattest gesagt, dass ich zum Frühstück kommen soll. Ich war mir nicht sicher, wann, und habe dir geschrieben, aber du hast nicht geantwortet."

Endlich wurde sein Herzschlag langsamer und er schaute Lilah an – blickte sie zum ersten Mal wirklich an, seit sie hier aufgetaucht war. Das glänzende schwarze Haar und ihr schlanker Körper hatten sich nicht verändert, seit er sie das letzte Mal gesehen hatte. Ihre Stiefel reichten fast bis zu den Knien und passten perfekt zum dunklen Saum ihres grauen Kleides.

Wie immer war sie stylish und passend gekleidet. So war sie eben. Noch nie hatte er erlebt, dass sie sich an einem Ort oder in einer Situation unwohl gefühlt hatte – nicht einmal, als sie sich damals von ihm getrennt hatte.

Doch heute schien das anders zu sein. Sie rang die Hände im Schoß und ihr Lächeln hatte etwas Gezwungenes.

„Ich glaube, ich habe mein Handy gestern Abend in der Pressebox vergessen." Er setzte sich auf die oberste Verandastufe und lehnte den Kopf gegen das Geländer. „Was das Frühstück betrifft, wir essen hier um halb acht."

„Wir?"

„Alle, die zu Hause sind. Kate, Case, Raegan. Seth ist dann normalerweise schon im Restaurant, aber manchmal ist er auch dabei."

„Kate und Raegan sind Logans Schwestern, Case ist sein Dad. Und Seth ist der Besitzer des Restaurants, richtig?" Sie wiederholte die Namen, als bereite sie sich mit Notizzetteln auf ein Referat vor. „Ich habe ihn noch nicht kennengelernt, oder?"

Eigentlich schon. Gemeinsam mit Ava und Bear und Webster und den Clancys, Sunny aus dem Eisenwarenladen und ihrem Ehemann, Lenny, dem Schreiner, Alec, dem Auswanderer aus Schottland, der das Chinarestaurant führte, Coach Leo, Nick, der Pastor der Gemeinde, die Colton seit Wochen besuchte – lange genug, um sich hier mittlerweile heimisch zu fühlen.

„Du hast gestern ziemlich viele Leute kennengelernt. Ich erwarte nicht, dass du dich an alle erinnerst."

„Du scheinst sie aber ziemlich gut zu kennen. Warst du schon zu College-Zeiten öfter mal hier?" Sie spielte mit einem ihrer Ohrringe.

„Nein, aber Maple Valley ist einer dieser Orte, die dich vereinnahmen, egal, ob du es willst oder nicht. Am einen Tag bist du neu und kennst niemanden und um nächsten fährst du einen Paradewagen und organisierst ein Eisenbahnwettziehen und gehst auf eine Stadtversammlung nach der anderen." Okay, ehrlicherweise musste er zugeben, dass er bisher erst auf zwei Versammlungen gewesen war. Die erste war in Seths Restaurant gewesen, als er an der Wand gestanden und sich ernsthaft gefragt hatte, wo er sich da hineinmanövriert hatte, und die zweite hatte Anfang dieser Woche stattgefunden. Da war beschlossen worden, dass das Depot vorerst weitergeführt werden sollte, da das öffentliche Interesse durch den Wettbewerb nun wieder deutlich zugenommen hatte.

Der Bürgermeister hatte ihn sogar nach vorne geholt und sich offiziell für die Organisation des Eisenbahnwettziehens bedankt, dann hatte die Menge minutenlang geklatscht.

Und er musste zugeben, dass ihm das gefallen hatte. Für einen Moment hatte er sich wieder gefühlt wie Colton Greene, der Quarterback. Der Kerl, der einen Applaus wert war, den die Menschen bewunderten.

„Dir gefällt es hier." Eine Feststellung, keine Frage. Lilah stützte die Ellbogen auf die Knie. „Du bist hier anders. Ruhiger und gelassener und so."

Ihre Worte erreichten ihn und wühlten einen Schmerz auf, den er lange begraben geglaubt hatte. Ihre Worte an dem Tag, als sie mit ihm gebrochen hatte. *Ja, es ist der Football, Colton – der Lifestyle, das Reisen, alles eben. Aber es liegt auch an dir. Ich glaube nicht, dass du weißt, wie man ein normales Leben führt.*

„Warum bist du hier, Lilah?" Die Frage klang ruppiger, als er sie eigentlich meinte, aber vielleicht war es besser so. Jetzt redete er nicht mehr um den heißen Brei herum, wie es gestern Abend noch der Fall gewesen war. Sie war ja nicht ohne Hintergedanken hier aufgetaucht. „Wenn Ian dich gebeten hat …"

„Hat er nicht." Sie griff sich an den Hinterkopf, um ihr Haar zu einem Knoten zu drehen und ließ es dann wieder fallen – eine Geste, die er seit dem Tag kannte, an dem sie sich das erste Mal getroffen hatten. „Ich will mich aus der Stiftung zurückziehen, Colton."

Er atmete aus, als eine kühle Brise über die Veranda strich.

Damit hätte er rechnen müssen. Jetzt, wo ihre politische Karriere immer weiter in Schwung kam, hatte Lilah überhaupt keine Zeit mehr, sich um eine Stiftung zu kümmern, die seit ihrer Gründung immer noch keinen wirklichen Sinn und Zweck hatte und auch nie wirklich von der Stelle gekommen war. Colton hatte ihr nie eine Richtung gegeben, hatte nicht gewusst, was er damit eigentlich anfangen sollte. „Du hättest anrufen können."

Sie hob ihre perfekt geformte Augenbraue. „Als wärst du drangegangen, wenn du meine Nummer gesehen hättest." Dann wurde ihr Ton weicher. „Außerdem wollte ich es dir lieber von Angesicht zu Angesicht sagen. Das hast du verdient."

„Tja, danke. Denke ich."

„Ich habe ein paar Vorschläge für meinen Ersatz."

Er rieb mit den Fingern über sein Knie, versuchte das Klopfen wegzumassieren. „Ich weiß nicht. Ich glaube, es lohnt sich nicht, die Stiftung weiterzuführen. Das war doch sowieso nie etwas Echtes."

„Ich finde nicht, dass du sie einfach fallen lassen solltest."

„Es ist komisch, so etwas von dir zu hören."

Der Kommentar war ihm entschlüpft, ehe er etwas dagegen tun konnte, und er traf mitten ins Schwarze, denn Lilah sprang auf, Schmerz und Ärger standen auf ihrem Gesicht. „Das ist nicht fair, Colton." Sie schritt wütend auf und ab. „Weißt du was? Das ist der andere Grund, warum ich gekommen bin. Ray bekniet mich seit Wochen, endlich ein Datum für die Hochzeit festzusetzen, und ich kann es einfach nicht. Und vor ein paar Tagen habe ich endlich erkannt, warum. Du und ich ... wir haben nie einen wirklichen Schlussstrich gezogen."

„Da bin ich mir nicht so sicher."

Sie blieb stehen und starrte ihn böse an, ihre Stimme wurde nun immer lauter. „Ach komm schon, du bist ein erwachsener Mann. Tu nicht so, als hättest du es nicht kommen sehen. Du warst so in dein Selbstmitleid versunken, dass du um dich herum doch kaum noch etwas wahrgenommen hast." Sie schüttelte den Kopf. „Ganz ehrlich, es kommt mir so vor, als würde es dir gefallen, dich in dein Schneckenhaus zu verkriechen und dich in deinem Selbstmitleid zu suhlen."

„Ich suhle mich also in meinem Schneckenhaus?"

„Hör auf, das ist nicht lustig. Ich habe auf all das keine Lust mehr. Ich will mich nicht länger schuldig fühlen."

„Und du dachtest, hierherzukommen und mich anzuschreien, würde daran etwas ändern?"

Nun knurrte sie ungehalten. „Lass das. Wende dich nicht ab und tu so, als würdest du mich nicht hören."

Drinnen im Haus erklangen Geräusche. Wunderbar, sie hatten die anderen aufgeweckt. „Ich höre dich ja, Lilah. Und es tut mir leid, dass du dich schuldig fühlst, okay? Ich mache dir ja gar keine Vorwürfe wegen meinem verletzungsbedingten Rücktritt oder so."

„Aber offensichtlich wegen dem, was mit uns beiden passiert ist. Und das ist nicht fair. Ich habe es versucht, Colt. Ich habe dir immer und immer wieder mein Herz geöffnet – aber du hast mich nie in deins gelassen."

Jetzt erhob er sich. „Machst du Witze? Ich wollte dir einen Antrag machen. Ich habe dich geliebt."

„Weil du mich *gekannt* hast. Aber du hast mir nie gestattet, dich ebenso kennenzulernen. Du hast eine Mauer um dich gezogen, die ich nie überwinden konnte. Es war ja nicht so, dass ich jedes kleine Detail deines Lebens wissen wollte. Aber ich hätte … irgendetwas gebraucht."

Und all die Monate, in denen er ihr seine Liebe und Aufmerksamkeit geschenkt hatte, zählten gar nichts? „Ist es dir je in den Sinn gekommen, dass es vielleicht schmerzhaft ist, über meine Vergangenheit zu sprechen?"

„Natürlich. Aber darum geht es doch bei Menschen, die füreinander da sind … sie teilen ihren Schmerz. Sie gehen gemeinsam durch dick und dünn." Sie verschränkte die Arme und senkte jetzt ihre Stimme. „Man kann keine Beziehung haben, geschweige denn eine Ehe eingehen, wenn sich einer dazu entscheidet, alleine zu gehen."

„Ich bin nicht …"

„Doch, bist du." Sie steckte ihre Haare hinter die Ohren und blickte ihn resolut an. „Ich sehe ein, dass ich dich nicht überzeugen kann. Wenn du keine Verantwortung für das übernehmen willst, was du in unserer Beziehung falsch gemacht hast, ist das eben so. Aber ich musste das alles mal so aussprechen, damit es mir besser geht."

„Schön, das hast du getan." Er hörte die Unnachgiebigkeit in seiner Stimme, spürte den Starrsinn, der sich in ihm breitmachte. *Du verhältst dich falsch. Es ist genau so, wie sie gerade gesagt hat. Du willst es nur nicht wahrhaben.*

Doch selbst, wenn er sich jetzt hätte entschuldigen wollen, war es zu spät. Denn Lilah war längst zu ihrem Mietwagen gestapft und hatte die Tür hinter sich zugeknallt.

☙

„Du bist wirklich nicht leicht aufzuspüren, Colton Greene."

Kates Schritte klapperten auf der Tribüne, als sie auf die Pressebox zuging, die das Football-Feld der *Maple Valley*-Highschool überblickte. Der pinke Sonnenuntergang spiegelte sich in der weißen Farbe des selbst gezimmerten Häuschens – eigentlich kaum mehr als eine Holzkiste.

Doch hier schien sich Colton offensichtlich den Nachmittag über versteckt zu haben. Sie konnte ihn durch das geöffnete Fenster sehen.

Der Wind wehte ihr die Haare ums Gesicht, als sie sich auf Zehenspitzen stellte, um durch das Fenster zu schauen. „Ich habe den ganzen Tag über versucht, dich anzurufen."

Er hielt sein Handy hoch. „Hatte ich hier vergessen."

„Das hat mir Rae dann auch gesagt. Aber sie meinte auch, du wärst schon vor zwei Stunden hierhergefahren." Und das war noch lange nicht alles gewesen, was sie von ihrer Schwester erfahren hatte. Nachdem Rae die Unterhaltung zusammengefasst hatte, die sie am Morgen zwischen Lilah und Colton belauscht hatte, hatte Kate verstanden, warum sie ihn den ganzen Tag über nicht zu Gesicht bekommen hatte. „Kann ich reinkommen?"

Er nickte gedankenverloren, doch immerhin gab er sein Okay.

„Die Tür ist abgeschlossen. Du musst also auf dem gleichen Weg reinkommen wie ich." Er erhob sich und streckte die Hand durchs Fenster.

Sie trat auf den nächsten Vorsprung, legte ihre Hand in seine und kletterte – mehr oder weniger elegant – durch das Fenster. Hier drinnen war es eng. Die Rückwand war mit Spielplänen und Übersichtstabellen gepflastert, die Vorderseite ein einziges großes Fenster, das zum Spielfeld zeigte.

„Ein angemessener Ort, um sich eine Weile zu verstecken. Aber ein bisschen frisch."

Colton ging in die Ecke, wo ein kleiner Heizlüfter stand, und stellte ihn an. „Das sollte helfen."

Colton zog ihr einen alten Bürostuhl heran, dessen Polsterung sich schon in ihre Bestandteile auflöste. Als sie Platz genommen hatte, klappte er sich einen Metallstuhl auf und setzte sich neben sie.

Der dumpfe Geruch von Holz mischte sich mit dem von altem Popcorn – was Sinn ergab, wenn sie das Knirschen von Maiskörnern unter ihren Füßen bedachte. Sie wandte sich Colton zu. „Also."

Sein Blick war in die Ferne gerichtet. „Also."

„Also ist Lilah wieder gefahren."

Er erwiderte nichts.

„Raegan hat es mir erzählt."

„Wie viel hat sie heute Morgen gehört?"

„Nicht viel."

Jetzt schaute er sie endlich an. „Also ziemlich alles?"

„Ja."

Der Heizlüfter verströmte seine Wärme und sein Summen mischte sich mit dem Wind draußen. Die ersten Sterne erschienen am Himmel.

„Harter Tag."

Sie versuchte, ein mitfühlendes Lächeln aufzusetzen. „Nun, meiner war eher interessant."

Erleichterung schien ihn zu durchströmen, wahrscheinlich, weil sie das Thema wechselte. „Erzähl mir davon."

Während ihrer Telefonate hatte sie ihn unzählige Male diese Worte sagen hören, die die vielen Meilen zwischen Chicago und

Maple Valley zu überbrücken schienen. Wie viele Stunden hatte sie nur am Telefon verbracht?

„Du kennst Seths Freund Bear? Es fing damit an, dass er mir Frühstück gemacht hat. Und den schlechtesten Kaffee, den ich jemals getrunken habe."

Fast grinste er. „Ich habe mich heute Morgen gefragt, wo du bist."

„Tja, ich war ziemlich früh wach." *Und bin dann geflohen.* „Dann habe ich den Rest des Vormittags und einen guten Teil des Nachmittags damit verbracht, mich um Megan zu kümmern."

„Die seltsame Barista?"

„Sie ist nicht seltsam, Colt, sie ist … kratzbürstig." Sie fuhr mit der Hand über das kalte Metall des Mikrofons auf dem Tisch. „Und schwanger."

Seine Augen wurden groß. „Wow."

„Ja, wow. Sie hatte vor zwei Monaten einen Augenblick geistiger Umnachtung mit einem alten Freund. Sie ist ziemlich fertig. Und ich glaube, dass sie hier in der Stadt niemanden hat, mit dem sie reden kann."

„Außer dir."

„Ich glaube, sie denkt immer noch darüber nach, ob sie mich ertragen kann oder nicht. Aber ja, ich stehe ihr anscheinend am nächsten – was wirklich verrückt ist."

Kalte Luft kroch durch das Fenster und verdrängte die Wärme, die aus dem Heizlüfter strömte. „Ich finde das nicht verrückt. Du bist eine gute Zuhörerin, Rosie. Mit dir kann man sich gut unterhalten."

Die Nähe zwischen ihnen war verlockend, eine Spannung, die sie fast vergessen ließ, was sie sich heute Morgen bei Bear fest vorgenommen hatte. *Colton und ich sind nur Freunde. Wir halten Abstand.* Aber jetzt war Lilah wieder weg. Vielleicht keimte die Hoffnung neu auf, die gestern im Krankenhaus entstanden war – wow, war es wirklich erst gestern gewesen, dass sie Chicago verlassen hatte?

Nein. Das ergab überhaupt keinen Sinn. Maple Valley war für sie beide nur eine Seifenblase, die bald zerplatzen würde.

„Also, du hattest einen miesen Tag. Was tust du normalerweise, wenn du einen miesen Tag hattest? Was ist dein Gegenmittel?

Du hast gesagt, deine Sozialarbeiterin konnte dich gut aufmuntern. Was hat sie getan, außer zusammen mit dir Glasflaschen gegen eine Scheunenwand zu werfen?"

Seine Schultern hoben sich etwas. „Norah? Wir haben uns einen Football zugeworfen."

Natürlich. Kate sah sich in dem schattigen Raum um und ihr Blick fiel auf einen Ball in der Dunkelheit. „Jackpot. Komm mit, Greene."

Ohne auf ihn zu warten, schnappte sie sich den Football, kletterte auf den Tisch und durch das Fenster. Draußen klapperte die Tribüne unter ihren Füßen. Wenige Augenblicke später hatte sie das Feld erreicht, Colton folgte ihr auf dem Fuße.

„Ich hätte nie gedacht, dass ich mal den Tag erleben würde, an dem du mir freiwillig anbietest, einen Football zu werfen." Er schloss seine Kapuzenjacke, als sie in die Mitte des Feldes gingen. „Neulich sonntags mussten wir dich förmlich dazu zwingen."

„Ich sollte dich besser warnen." In der Ferne hörte sie ein Donnern. *Bitte, Gott, nicht noch mehr Regen.* Noch ein paar Tropfen mehr und die Ufer des Blaine River würden nicht länger standhalten.

„Warne mich." Er nahm ihr den Football ab und warf ihn in die Luft. Zum ersten Mal an diesem Abend wirkte er entspannt.

„Als ich sieben Jahre alt war, hat Beckett gebettelt, dass ich zum Frisbeespielen nach draußen komme. Ich hatte gerade geschrieben, weil ich das immer getan habe. Ich habe ein Notizbuch nach dem anderen mit Geschichten über Pioniere und …"

Er fing den Ball wieder auf. „Warum Pioniere?"

„Das ist nicht wichtig für die Geschichte."

„Ja, aber …"

„Weil ich es spannend fand, mit einem Planwagen in den wilden Westen zu reisen oder so. Keine Ahnung."

„Anscheinend haben dir die Indianer keine Angst gemacht."

Sie verdrehte die Augen. „Also habe ich versucht, Beckett zu erklären, dass er Logan oder Rae suchen sollte, um zu spielen, aber er hat nicht locker gelassen."

„Büffel. Schlangenbisse. In Wasserlöchern feststecken. All die Gefahren des Oregon Trails."

Sie riss Colton den Football aus den Händen, als würde ihn das zum Schweigen bringen. „Er hat mir die Frisbeescheibe zugeworfen. Ich habe sie perfekt gefangen, aber als ich sie zurückgeworfen habe, hat sie ihn mitten im Gesicht getroffen und ihm zwei Zähne ausgeschlagen."

Colton lachte laut auf. „Waren es wenigstens Milchzähne?"

„Ja, aber das hat meine Geschwister nicht davon abgehalten, mich deshalb zu mobben."

Das letzte Sonnenlicht verschwand hinter dem Horizont und ließ die dunklen Wolken am Himmel noch bedrohlicher wirken. „Ich verstehe nicht, warum sie dich aufgezogen haben. Es war doch Becketts Schuld. Schließlich hätte er fangen müssen."

„Er war erst vier."

„Also dann, aus Sicherheitsgründen, weißt du, wie man einen Football wirft?"

„Hm, mit der Hand?"

„Es gibt eine Technik, Kate."

„Ich krieg das schon hin."

„Ich und meine Zähne aber nicht. Ich zeige es dir."

„Colt …"

„Hey, das war deine Idee, Rosie. Also, du musst zuerst wissen, wie du den Ball hältst." Er griff nach ihrem Arm. „Berühr ihn mit der Hand. Aber halt ihn nicht zu fest. Dein Daumen und der Zeigefinger sollten ein L bilden." Er legte ihre Hand auf den Ball. „Der Zeigefinger legt sich über diese Naht, der Ringfinger hierhin." Er drückte ihre Finger an Ort und Stelle. „Gut. Und jetzt wirf ihn."

Sie hob den Arm, doch er ging um sie herum und hielt ihren Arm fest, bevor sie den Ball loslassen konnte.

„Nicht so schnell. Wir müssen uns erst um den Rest kümmern." Er legte seine Hände auf ihre Schultern und drückte ihr mit seinem Knie in die linke Kniekehle. „Du willst dein Ziel im Neunziggradwinkel anvisieren und deinen linken Fuß auch in Richtung des Zieles zeigen lassen."

„Will ich das?" Coltons körperliche Nähe hatte auf sie den gleichen Effekt wie der Heizlüfter in der Pressebox. „Ich weiß nicht einmal, wo mein Ziel ist."

„Halte dir den Football ans Ohr." Er bewegte ihren rechten

Arm. „Lehn dich zurück." Er legte seine Hand auf ihre. „Und dann machst du eine halbkreisförmige Bewegung und lässt den Ball nach der Hälfte los." Er bewegte ihren Arm vorwärts ... und zurück ... vorwärts.

„Und mein anderer Arm?" Das machte ihm auch noch Spaß, was?

„Beweg ihn in die andere Richtung, mit der Handfläche in diese Richtung. So." Die eine Hand noch immer auf ihrem Wurfarm, legte er die andere auf ihre linke Hand. „Ich zeige dir nur die Grundlagen. Die Bewegung ändert sich natürlich, wenn du einen Hail Mary oder einen Kurzpass oder aus dem Spiel heraus wirfst."

„Natürlich." Immer noch in seinen Händen, bewegte sie ihre Arme synchron, lehnte sich etwas zurück und ließ den Ball los.

Keine perfekte Spirale. Aber auch kein schlechter Wurf. Erfreut drehte sie sich um und Colton stand so dicht hinter ihr, dass sie fast mit ihm zusammenstieß. Aus Reflex legte er seine Hände an ihre Schultern, um sie zu halten, und lachte auf.

Bis er schließlich still wurde und ihr tief in die Augen sah – ihren Blick suchte, seine Hände an ihren Armen hinunterfahren ließ. Und dann sagte er leise: „Ich kann mich nicht daran erinnern." Plötzlich war die Nähe weg. Er ließ die Arme fallen und machte einen Schritt zurück.

Sie wollte ihn nicht gehen lassen und folgte ihm. „Woran?"

Nein. Abstand, flüsterte ihr Gewissen ihr zu und sie zog sich wieder etwas zurück.

„An den Tod meiner Eltern. Ich weiß, was passiert ist. Ich kenne die schrecklichen Fakten. Ich weiß, dass ich aus irgendeinem Grund nicht im Auto war. Ich kann mich an alle Tage vorher erinnern und auch an all die Versuche der Therapeuten, das Erlebnis zurückzuholen, damit ich es endlich verarbeiten kann. Aber es hat nie funktioniert."

Die Worte strömten nur so aus ihm heraus, als wären sie froh, endlich ausgesprochen zu werden. Jetzt, wo die Sonne untergegangen war, erhellte nur das schwache Licht des Mondes seine Züge, als er sie anblickte.

„Und genau deshalb vermassele ich jede Beziehung in meinem Leben. Lilah hat gesagt, ich hätte sie nicht an mich herangelassen, und sie hatte recht. Ich habe ihre Nähe nicht zugelassen, weil ich mich nicht erinnern *wollte*. Es ist so, als wäre da nur eine hauchdünne Schicht Eis, die zwischen mir und der Erinnerung steht, und wenn mir jemand zu nahe kommt, bricht das Eis und ich …"

Er würde in eine Erinnerung eintauchen, mit der er vielleicht nicht umgehen konnte. Tiefes Mitgefühl erfüllte sie und zog sie wieder näher zu ihm heran. Am liebsten hätte sie ihn umarmt und sein Gesicht gestreichelt, ihm versprochen, dass alles gut werden würde. *Ach, Colton …*

Abstand.

Ihr Gewissen war nun kaum noch mehr als ein Flüstern. Colton hatte schon viel zu viel Abstand in seinem Leben.

Also gab sie nach, überbrückte die Distanz zwischen ihnen und schlang ihre Arme um seine Taille. Sie schmiegte sich an ihn und spürte, wie er seine Arme um sie legte und sie wie in einem Kokon schützend umfing.

Vergiss den Abstand.

Diese Sache mit Colton, was auch immer es war, konnte dazu führen, dass ihr das Herz brach. Doch in diesem Augenblick ging es nicht um ihr Herz – sondern um das Herz, das an ihrer Wange schlug.

Kapitel 14

„Also erklär mir noch mal, was ich hier soll. Das habe ich doch schon alles hinter mir. In einen Becher pinkeln und so."

Megans Fuß tippte mit unglaublicher Geschwindigkeit gegen das Bettgestell in der Klinik von Maple Valley. „Ja, aber wenn ich mich recht erinnere, hast du mir erzählt, dass du einfach rausgerannt bist, nachdem der Arzt dir gesagt hat, dass du schwanger bist. Heute bleibst du vielleicht solange, dass du noch ein paar wichtige Informationen von Doc Malone bekommst. Vielleicht musst du Vitamine nehmen. Und du erfährst von ihr vielleicht den errechneten Entbindungstermin."

Megan strich sich ihr schwarzes Haar aus dem Gesicht und entblößte dabei die unzähligen Piercings in ihrem Ohr. „Das kann ich mir schon selbst ausrechnen. Chase und ich ..." Sie blickte auf. „Also, er war ja nur zwei Tage in der Stadt. Also rechne ich einfach neun Monate drauf."

„Hey, jetzt sei nicht sauer auf mich. Du hast mich doch angerufen und gefragt, ob ich mitkommen würde."

Es war eine willkommene Ablenkung gewesen. Kate hatte mit dem sechsten Kapitel von Coltons Buch gekämpft – zu beschäftigt mit ihren eigenen Gedanken, um ihrer Schreiberei die angemessene Aufmerksamkeit zu schenken.

Seit der Nacht auf dem Football-Feld war eine Woche vergangen, die sie teils damit verbracht hatte, ihrem Vater im Depot zu helfen, damit es morgen wie geplant wiedereröffnet werden konnte, und teils damit, am Buch zu arbeiten. Fast immer war Colton dabei gewesen. Wenn sie nicht mit ihm zusammen schrieb, schrieb sie über ihn. Oder versuchte es wenigstens.

Es war schwer, ein Buch zu schreiben, wenn man sich in den Protagonisten verliebte.

„... weiß auch nicht warum. Du schuldest mir ja nichts. Du hättest nicht mitkommen müssen."

Kate blinzelte und zwang sich dazu, Megan zuzuhören. Sie setzte sich jetzt neben sie und legte ihr den Arm um die Schultern. Megan versteifte sich, doch sie entzog sich Kate nicht. „Meg, hast du deine Eltern angerufen?"

Jetzt verspannte sie sich noch mehr. „Machst du Witze? Ich war schon als Teenie eine Belastung für sie. Was glaubst du, was los ist, wenn sie erfahren, dass ich schwanger bin?" Sie schüttelte den Kopf und klopfte wieder mit dem Fuß. „Nein, danke. Das kann ich mir auch gleich sparen."

„Meinst du nicht, sie sollten erfahren, dass sie Großeltern werden?"

„Ach, ich werde es ihnen schon irgendwann sagen. Vielleicht, wenn er fünf oder sechs ist und den Kindergarten besucht."

Die Tür öffnete sich und Dr. Malone betrat mit schwingendem Kittel und Stethoskop um den Hals das Zimmer. Die Ärztin war nicht einmal einen Meter sechzig groß, sie war zierlich, hatte grüne Augen und rotes Haar, in dem sich die ersten grauen Strähnen abzeichneten. Seit Kate denken konnte, war sie die Hausärztin der Walkers, doch sie hatte sie seit Jahren nicht mehr gesehen. Seit Mums Beerdigung.

„Also, Megan, schön, dass Sie noch einmal hergekommen sind." In den Augen der Ärztin funkelte es freundlich, als sie die Akte in ihren Händen betrachtete. „Wir haben den Entbindungstermin auf den sechsten Mai berechnet."

Megan stieß den Atem aus, ihr Gesichtsausdruck so unlesbar wie immer. Der Rest des Termins verging wie im Flug. Dr. Malone gab Megan Broschüren mit, empfahl ihr Vitaminpräparate und begleitete sie dann zum Empfang, wo der nächste Kontrolltermin für in zehn Wochen abgemacht wurde.

Kate wartete, bis sie auf der anderen Straßenseite am Auto waren, bis sie ihre Frage stellte. „Hey, vorhin, als wir über deine Eltern gesprochen haben, hast du gesagt ‚wenn *er* fünf oder sechs ist'."

Megan hielt inne. „Wirklich?"

Kate ging um das Auto herum zur Fahrerseite und sah über das Dach hinweg. „War das ein Versehen oder wünschst du dir einen Sohn?"

Megan riss die Beifahrertür auf. „Ich wünsche mir überhaupt kein Baby." Sie ließ sich auf den Sitz fallen.

Okay. Kate setzte sich ebenfalls und steckte den Schlüssel ins Schloss. Bevor sie ihn umdrehte, blickte sie Megan jedoch wieder an. „Du bist nicht alleine, Meg. Du lebst in einer großartigen Stadt mit großartigen Menschen. Und du, meine Liebe, versorgst sie mit Kaffee. Wenn dir das nicht die Unterstützung der gesamten Stadt sichert, wüsste ich nicht, was sonst." Sie startete den Motor.

„Ja, super, aber du wirst nicht hier sein."

Dieser Kommentar versetzte ihr einen Schlag, den sie nicht erwartet hatte. „Das stimmt. Ich lebe nicht hier. Aber ich werde kommen und dich besuchen." Doch warum verursachte ihr dieser Gedanke regelrecht Schmerzen?

Es war nicht nur Colton, an den sie sich im letzten Monat gewöhnt hatte.

Es war auch das Gefühl, ihrer Familie nahe zu sein.

Es waren die gemeinsamen Frühstücke und regelmäßigen Ausflüge zum Coffeeshop und die Versammlungen im Red Door.

Es war ihr Zuhause.

Als Megan nicht reagierte, sondern einfach nur aus dem Fenster starrte, legte Kate den Rückwärtsgang ein und wendete das Auto in Richtung Stadtzentrum. Es war eine schweigsame Fahrt zu Megans Haus, das Danke und Auf Wiedersehen so hölzern, dass Kate sich fragte, warum das Mädchen sie überhaupt gefragt hatte mitzukommen.

Anstatt nach Hause zu fahren, machte Kate sich auf den Weg zum Depot. Sie hatte sich vorgenommen, den Rest des Tages bei den letzten Vorbereitungen zu helfen, damit das Feuerwerk heute Abend und die Party morgen wie geplant stattfinden konnten. Der Anblick des Depots und der idyllischen Landschaft drum herum wischten das unangenehme Gefühl ihres Treffens mit Megan wenigstens etwas beiseite.

Es war fast so, als hätte der Herbst jetzt, wo es Oktober geworden war, alle Zurückhaltung abgelegt und wollte nun mit ganzer Macht seine volle Schönheit zeigen. Die Bäume auf den Hügeln hinter dem Depot standen in flammendem Rot und Orange. Die Wiesen wurden allmählich braun, doch immer noch summten die Insekten emsig herum, um sich die letzten Reserven für den Winter zusammenzusuchen.

Das Depot selbst erstrahlte im hellen Licht der Herbstsonne. Wenn es von außen schon so gut aussah, konnte sie sich lebhaft vorstellen, wie es von innen wirkte.

Dad ging gerade auf sein Auto zu, als sie in die Einfahrt bog. „Hey, Dad."

Er grinste und schwenkte zu ihr um, umarmte sie, als sie ausgestiegen war. „Ich habe dich diese Woche kaum gesehen, Katie."

„Das liegt daran, dass du Tag und Nacht hier bist."

Immer noch lag sein Arm in der Schlinge, aber die Kratzer und blauen Flecken waren mittlerweile verheilt. Außerdem waren seine Augen von einer neuen Energie erfüllt. „Es ist wunderbar, das alte Depot wieder so strahlen zu sehen. Suchst du Colton?"

„Nicht direkt. Aber ich habe ihm vorhin geschrieben und versprochen, dass ich ihm helfen würde, wenn ich mit Megan fertig bin."

Dad legte ihren Arm auf seinen und ging wieder auf sein Auto zu. „Du erinnerst mich so sehr an deine Mutter, Katie, wie du dich um Megan kümmerst. Du hast ihre Großherzigkeit und ihr Mitgefühl geerbt."

„Dad, ich habe vielleicht Mitleid mit Megan, aber das ist doch nichts Besonderes. Und ich bin nicht wie Mum. Sie hat in Afrika ganze Dörfer gerettet, ich fahre nur ein Mädchen zum Arzt."

Schotter knirschte unter ihren Schuhen. „Du hast gesehen, dass jemand Hilfe braucht, und die Sache in Angriff genommen. So hätte Flora es auch gemacht. Ob es nun um ihren Job bei der Stiftung ging oder ihre Aufgaben als Hausfrau und Mutter. Deine Mum hat die eine Aufgabe nie als wichtiger oder höher eingeschätzt als die andere."

Sie blieben bei seinem Auto stehen. „Ich mag es, wenn du über Mum redest."

Die Falten auf seinem Gesicht wurden tiefer, als er lächelte. „Und ich mag es, dass du es magst. Das ist nicht bei allen deinen Geschwistern so."

„Beckett?"

„Manchmal frage ich mich, ob es ihn deshalb so weit weg von Iowa getrieben hat. Es fällt ihm so schwer ..." Dad schüttelte den Kopf. „Ich habe in meinem Leben schon viele Hüte getragen und sie wieder

232

an den Nagel gehängt. Den Soldatenhut, den Diplomatenhut. Aber meinen Hut als Vater werde ich niemals an den Nagel hängen."

Sie stellte sich auf Zehenspitzen und gab ihm einen Kuss auf die Wange. „Das wollen wir auch gar nicht. Aber es würde uns schon freuen, wenn wir es endlich schaffen würden, dass du dir keine Sorgen mehr um uns machen musst." Logan und Charlie in L.A., die sich immer noch nicht von Emmas Tod erholt hatten. Beckett in Boston, der sich niemals bei ihnen meldete – und so noch mehr Distanz zwischen sich und seine Familie brachte, als es die räumliche Entfernung an sich schon tat. Raegan, die in den Augen der meisten in ihrem Leben bisher nicht allzu viel erreicht hatte.

Und ich. Die sich immer noch von einer längst vergangenen Beziehung einschränken ließ. Deren Karriere nicht in Schwung kommen wollte. Und deren Herz sich auf nichts und niemanden wirklich einlassen konnte.

„Ach, übrigens, wo du gerade schon mal da bist …" Dad öffnete die Autotür und holte einen Stapel Umschläge hervor. „Marty hat mir die Post für das Depot vorbeigebracht und auch gleich die privaten Briefe dagelassen. Für dich ist auch etwas dabei."

Sie nahm ihrem Dad den Briefumschlag ab und las die Adresse. Die Jakobus-Stiftung. Es war der von Frederick Langston angekündigte Papierkram. Kopien der Jahresberichte. Reiseversicherungen, Haftungsausschlüsse.

Sie stieß den Atem aus.

„Ich glaube, jetzt wird es langsam ernst."

„Ja, unglaublich."

Dad stützte sich auf das Autodach. „Und … du willst das wirklich machen?"

„Mehr als alles andere." Die Antwort klang einstudiert. Seit einem Monat sprach sie nun darüber, seit Jahren träumte sie davon. Nun, vielleicht war träumen nicht das richtige Wort, doch sie wollte eine wichtige Rolle spielen, wenn es darum ging, Mums Lebenswerk fortzuführen. „Mum wäre glücklich, dass ich gehe." Sie blickte auf, um ihrem Dad in die Augen zu schauen, suchte unsicher nach seiner Zustimmung.

„Deine Mutter wäre auf alles stolz, was du von ganzem Herzen tust. Da kannst du sicher sein."

Der Wind zupfte an den Zetteln in ihrer Hand und trug eine leise, melodiöse Stimme mit sich.

Dad grinste. „Und das ist Colton. Er singt gerne, wenn er denkt, dass ihn niemand hört."

Sie schaute zum Depot hinüber. Colton sang. Das sollte sie auflachen lassen, sie mindestens eine Woche lang zu stichelnden Kommentaren verleiten. Also warum brachte sie dann nicht mehr als ein unsicheres Seufzen zustande?

„Kate."

Sie wandte sich noch einmal zu ihrem Dad um.

„Denk nicht, dass du automatisch zu dem einen Traum Nein sagen musst, nur weil du zu einem anderen Ja sagst."

„Ich bin nicht sicher, ob ich verstehe, was du meinst."

Er ließ sich in sein Auto fallen. „Oh, ich glaube doch. Und weißt du, woher ich das weiß?"

Sie lächelten sich noch einmal an, als Coltons Stimme und sein Lied lauter wurden.

„Woher?"

„Weil ich den Satz aus einem deiner Filme habe." Er grinste, schloss die Tür und winkte, als er davonfuhr.

☙

„Also, wenn das mal kein Déjà-vu ist."

Coltons Blick wanderte nach rechts. Die Reporterin, die auch an dem Morgen da gewesen war, als er zum ersten Mal beim Depot gearbeitet hatte. Amelia, richtig? Er ächzte, als er die Eichentür anhob, die hinter dem Depot darauf wartete, an der richtigen Stelle angebracht zu werden. „Nur, dass Sie mich diesmal nicht mit dem Blitzlicht Ihrer Kamera blenden."

Die Frau tätschelte die Tasche, die über ihrer Schulter hing. „Aber ich habe sie griffbereit."

Mit Amelia auf den Fersen ging er auf den Eingang des Depots zu, die Muskeln in seinen Armen spannten sich an, als er die Tür einhängte und das mittlerweile vertraute Pochen in seiner Schulter spürte. Nur noch sieben Stunden bis zu dem Feuerwerk, mit dem die Feierlichkeiten zum Depot-Tag eingeläutet werden sollten – und zur Wiedereröffnung des Gebäudes, bei dem er in den letzten Wochen so viel Zeit verbracht hatte, wie sonst nur auf dem Spielfeld.

Er ging um eine frisch gestrichene Holzsäule herum, der Geruch von Sägemehl lag immer noch in der Luft, und blieb dann stehen, um Seth und Bear vorbeizulassen, die die große Standuhr vorbeitrugen, die die eine Ecke des Raumes zieren würde. Erstaunlicherweise hatten sie die Uhr nach dem Tornado etwa zwei Meilen von hier gefunden, zwar beschädigt, aber zum Glück nicht irreparabel. Irgendwo hier putzten Kate und Raegan und vielleicht auch Ava Fenster und Vitrinen.

Auch Amelias Schritte wurden wieder schneller, als Colton sich in Bewegung setzte. „Ich weiß, dass Sie heute sehr beschäftigt sind", sagte sie. „Ich schreibe eine Story über den Depot-Tag, all die Arbeit, die dazu nötig war, um das Depot und das Museum wieder instand zu setzen." Jetzt musste sie fast laufen, um mit ihm Schritt zu halten. „Ich habe Case angerufen, aber der musste ja schon weg. Er hat gesagt, Sie könnten mir alles erzählen, weil Sie sowieso die meiste Arbeit gemacht hätten."

Colton stellte die Tür ab und seine Schulter entspannte sich dankbar, dann lehnte er sich gegen die Säule.

„Also, würde es Ihnen etwas ausmachen?"

Er rieb sich die Hände an seinem Flanellhemd ab. „Was sollte mir etwas ausmachen?"

Amelia verdrehte übertrieben die Augen. „Wenn ich Ihnen ein paar Fragen stelle. Über die Renovierung, all die Arbeit, die hier reingesteckt wurde."

„Ich habe gar nicht so viel gemacht."

„Ja, klar."

Er folgte ihrem Blick, der durch den Raum wanderte. Ein frischer Anstrich in Blau und Gold. Neue Vitrinen an den Stellen, an denen er und Kate in der ersten Nacht hier nur Zerstörung gesehen hatten. Gerettete Eisenbahnrelikte und neu ausgedruckte Fotos der Stadt in Rahmen und auf Regalen überall im Raum. „Bescheidenheit ist schön und gut, Colton Greene. Aber das kann ich Ihnen nicht abnehmen. Hier hat es in den letzten Jahren nie so beeindruckend ausgesehen."

„Egal." Er hob die Tür wieder an und trug sie zu dem alten Ticketschalter, dessen leerer Türrahmen schon sehnlich zu warten schien. „Stellen Sie Ihre Fragen."

Amelia zog ein Notizbuch aus der Tasche ihrer Jeansjacke. „Gut. Für den Anfang, haben Sie wirklich geglaubt, dass Sie alles bis zu dem großen Event morgen fertig bekommen würden?"

Colton passte die Tür in den Rahmen ein. „Ja, klar. Ich meine, es war viel zu tun. Aber ich bin lange genug in der Stadt, um zu wissen, dass hier im Notfall alle mit anpacken. Allein in dieser letzten Woche hatten wir die Hilfe von mindestens zwanzig Gemeindemitgliedern."

„Aber das Depot ist durch den Tornado vollkommen zerstört gewesen – kein anderes Gebäude in der Stadt hat es so schlimm getroffen. Was mussten Sie alles tun, damit es wieder so aussieht wie jetzt?"

Colton versuchte, die Tür einzuhängen, während er die Projekte und Aufgaben beschrieb, die er mit Case in den letzten vier Wochen erledigt hatte. Doch irgendetwas stimmte nicht. Die Angeln passten, doch die Tür war etwa einen Zentimeter zu hoch. Verflixt, was nun?

„Ich wette, Sie hätten nie gedacht, dass Sie einmal Handwerker in einer kleinen Stadt in Iowa sein würden."

„Eher nicht." Er trat zurück und stemmte die Hände in die Hüften. Sollte vielleicht eine andere Tür in diesen Rahmen?

Amelia steckte sich den Stift hinters Ohr. „Es ist schon fast lustig, wenn man darüber nachdenkt. Sie, ein früherer NFL-Quarterback. Und nicht irgendeiner. Sie haben Ihrem Team geholfen, eine legendäre Pechsträhne zu überwinden. In den letzten Jahren war ihr Team der erfolgreiche Außenseiter der Playoffs – dank Ihnen."

Er drehte sich um und runzelte die Stirn. „Ich dachte, in diesem Interview – oder was auch immer das hier sein soll – geht es um das Depot."

Amelia zuckte mit den Schultern und ein Lächeln umspielte ihre Mundwinkel. „Ja, aber wenn es um das Depot geht, sind Sie mindestens genauso wichtig wie die Wiedereröffnung."

Durch ein Fenster auf der anderen Seite des Depots erblickte er

Kate. Sie wischte eine Scheibe und schnitt ihrer Schwester Grimassen, die die andere Seite putzte.

Kate, die vor einer Woche in der Mitte des Football-Feldes gestanden und ihn so fest umarmt hatte, als hoffte sie, sie könnte so den Schmerz aus ihm pressen.

Kate, die seitdem seine Tage und Gedanken erfüllt hatte.

Die viel mehr als eine Freundin geworden war. Er konnte kaum glauben, dass er sie erst seit vier Wochen kannte.

„Sind Sie noch da?"

Er blinzelte und wendete seine Aufmerksamkeit wieder Amelia zu. „Tut mir leid, anstrengender Tag. Ich bin nicht gerade konzentriert." Und er musste dringend herausfinden, was es mit dieser unkooperativen Tür auf sich hatte. Vielleicht gab es noch eine andere, die genauso aussah.

„Wie geht es für Sie weiter, jetzt, wo das Depot wieder in Schuss ist? Wann gehen Sie zurück nach L.A.?"

Warum fühlte sich diese Frage aufdringlich an? „Ähm … der Plan war eigentlich, Anfang nächster Woche, aber Kate und ich haben doch noch viel wegen des Buches zu besprechen." Und außerdem hatte er noch gar keinen Rückflug gebucht.

„Sie können es wahrscheinlich gar nicht erwarten, endlich wieder nach Hause zu kommen. Iowa muss Ihnen so … klein vorkommen. Langsam und langweilig. Aber bald erscheint ja Ihr Buch und dann haben Sie Autogrammstunden und Lesungen und so weiter, richtig? Sie werden wieder im Rampenlicht stehen."

„Ich verrate Ihnen etwas, Amelia, ich vermisse das Rampenlicht überhaupt nicht."

„Ich glaube nicht, dass du weißt, wie man ein normales Leben führt." In der letzten Woche hatten Lilahs Anschuldigungen ihren Stachel verloren. Doch die Worte selbst waren ihm noch immer bestens im Gedächtnis. Denn ein normales Leben war genau das, was er hier in Maple Valley endlich kennengelernt hatte. Und er mochte es – mehr als er jemals erwartet hätte.

Er mochte diese lustige kleine Stadt mit all den Menschen, die sie bevölkerten.

Es gefiel ihm, einer von ihnen zu sein.

Und Kate …

Sie mochte er von allem am liebsten. Er hatte aufgegeben, es zu leugnen.

Das Problem war nur, alles, was ihn in Maple Valley hielt, hatte ein Ablaufdatum. Wie Amelia gesagt hatte, das Depot war fertig repariert. Er und Kate planten die letzten Kapitel seines Buches. Sie hatte viele Kapitel sogar schon geschrieben. Den Rest würde sie ohne ihn schaffen. Und sie könnte jederzeit zurück nach Chicago gehen.

Und Colton?

Er wünschte, er wüsste es.

„Hören Sie zu, Amelia, ich muss mich um diese Tür kümmern. Haben Sie noch Fragen ... was das Depot angeht?"

„Ich glaube nicht. Kann ich noch schnell ein Foto machen?"

„Von mir?" Er runzelte die Stirn.

„Ja. Wie wäre es neben der Tür?"

Widerstrebend positionierte er sich neben der Tür und versuchte, nicht zu verkrampft zu lächeln. Amelia hob ihre Kamera, drückte ab ...

Und mit dem Blitz wurde alles um ihn herum dunkel. Die Welt war schwarz. Und dann eine Stimme.

„Genau, zeig mir ein Lächeln, Colton. Ein breites Lächeln."

Dann ein grelles Licht.

Kreischendes Metall.

Ein Aufprall.

Und eine Kraft, die ihn traf und zurück in die Realität schleuderte. Er riss die Augen auf und sah Amelia, die ihn anstarrte, hin- und hergerissen zwischen Sorge und Neugier. „Colton?"

Hektisch blinzelte er. Das Herz raste in seiner Brust.

„Geht es Ihnen gut, Colton? Sie sind gerade ... erstarrt. Sie sehen aus, als hätten Sie einen Geist gesehen."

Warum war das geschehen? Schon wieder? Zuerst während der Parade, dann im Studio in Chicago.

„Lächle in die Kamera, Colton."

„Es ... es geht mir gut."

„Sicher?"

Überhaupt nicht. „Ja. Tut mir leid. Durch den Blitz ist mir wahrscheinlich etwas schwindelig geworden."

„Also gut." Sie steckte die Kamera zurück in die Tasche und verstaute auch ihr Notizbuch. „Dann sehen wir uns."

Er zwang sich zu einem Abschiedsgruß. Blickte zu Boden. Schüttelte den Kopf so heftig, dass es im Nacken zog. Und versuchte, sich selbst davon zu überzeugen, dass dieser Flashback nichts zu bedeuten hatte.

⌘

Die erste Feuerwerksrakete zischte gen Himmel und explodierte in pinke, lila und grüne Funken, der Knall hallte auf dem Feld vor dem Depot wider.

Kate spürte, wie sie sich versteifte, obwohl die anderen Einwohner von Maple Valley um sie herum vergnügt in den Nachthimmel starrten. Einige hatten es sich auf Decken bequem gemacht, andere lagen einfach auf dem Rasen – wahrscheinlich diejenigen, denen es egal war, wenn Ameisen und Käfer auf ihnen herumkrabbelten.

Allmählich machte sich ein zäher Nebel über den Köpfen der Menschen breit, als mehr und mehr Raketen abgefeuert wurden. Irgendwo erklang Countrymusic aus einem Fahrzeug. Kate hätte sich wohlfühlen sollen, hätte die friedvolle Szene genießen sollen. Doch die lauten Explosionen am Himmel und in ihrem Kopf – oder vielleicht auch in ihrem Herzen – raubten ihr jede Chance dazu.

„Denk nicht, dass du automatisch zu dem einen Traum Nein sagen musst, nur weil du zu einem anderen Ja sagst."

„Du magst kein Feuerwerk?" Colton beugte sich aus seinem Klappstuhl zu ihr vor.

„Woher weißt du das?"

„Du bist zusammengezuckt, als die erste Rakete abgefeuert wurde. Genau wie ich, wenn jemand eine Partie Golf vorschlägt."

Wieder eine Farbexplosion, feurige Finger, die über den Nachthimmel sickerten. „Was stimmt nicht mit Golf?"

„Nichts, wenn man auf Sport steht, der ziemlich viel mit einem Nickerchen gemein hat. Allein der Gedanke daran lässt mich schon gähnen."

„Sollte ich das mit ins Buch aufnehmen?"

Diese kleinen Grübchen ließen ihn wie immer lächeln. „Wir haben uns eigentlich nie darüber unterhalten, was aufgenommen werden darf und was nicht."

„Ach, mach dir mal keine Sorgen", sagte sie stichelnd.

„Es könnte also alles sein? Alles, was ich im letzten Monat gesagt oder getan habe? Alles könnte in meinem Buch erscheinen?"

„Ich habe die Macht – die Macht des Wortes." Der nächste Knall brachte sie kaum mehr aus der Fassung.

„Ich muss mir also keine Sorgen machen, gut. Aber es gibt einen Moment in den letzten Wochen, der definitiv mit ins Buch muss."

„Wirklich?"

„Weißt du noch, als du mich in Chicago geküsst hast?"

„Colton!"

„Wir haben nie darüber gesprochen, Rosie …"

„Es war ein Versehen." Wie konnte ein Grinsen nur so anziehend sein?

„Genau das ist die Sache. Ich weiß gar nicht, ob man jemanden überhaupt aus *Versehen* küssen kann."

„Hübsche Betonung bei *Versehen*."

„Und ich finde einfach, dass es ein Augenblick ist, der für die Nachwelt festgehalten werden sollte."

„Du bist schrecklich, weißt du das?"

„Danke, Walker." Er lehnte sich wieder in seinem Stuhl zurück, das perfekte Bild entspannter Zufriedenheit, die Augen gen Himmel gerichtet.

Sie senkte die Stimme, als sie nun weitersprach, obwohl ihr Dad seinen Stuhl neben ihr verlassen hatte, um mit einem Bekannten am anderen Ende des Feldes zu sprechen, und Rae ihre Kopfhörer aufgesetzt hatte. Seth und Ava waren ohnehin so sehr miteinander beschäftigt, dass sie sich nicht für ihre Umgebung interessierten. „Aber da du gefragt hast, ich habe Feuerwerk noch nie gemocht. Es ist ja ganz hübsch anzuschauen, aber die fröhlichen Farben machen für mich den Lärm nicht wett. Das macht mich verrückt."

Er schaute sie an. „Warum bist du dann hier?"

„Weil mein Dad das Depot leitet und ich in Maple Valley geboren wurde. Dass eine Walker nicht an einem gesellschaftlichen Ereignis teilnimmt, wenn sie in der Stadt ist, ist genauso unvorstellbar wie … dass du dir nicht den NFL-Draft anschaust."

„Ich muss dir sagen, dass ich unglaublich stolz auf dich bin, dass du jetzt schon Football-Bezüge in deine Alltagssprache einbaust." Er beugte sich vor und tippte ihr auf die Nasenspitze. „Meine Schülerin wendet ihr Wissen an."

Noch mehr Farben explodierten am Himmel. Wie hatte ihr Stuhl nur so dicht neben Coltons landen können? Und warum konnte sie ihren Blick nicht von ihm losreißen?

„Lass uns verschwinden."

Sie blinzelte. „Hm?"

„Vergiss das Feuerwerk. Ich muss dir etwas zeigen."

Er erhob sich und streckte ihr seine Hand entgegen. Und obwohl diese nervige kleine Stimme in ihrem Kopf sie davon abhalten wollte, konnte sie nicht anders. Sie ergriff seine Hand und ließ sich von ihm auf die Füße ziehen und als er sie immer noch hielt, während sie nebeneinander über das Feld gingen, hatte sie auch nicht das Bedürfnis, sie ihm zu entziehen.

„Es ist okay, sich einzugestehen, was man wirklich will."

Was, wenn sie wenigstens heute Abend – oder vielleicht auch noch morgen – daran glaubte, dass das, was zwischen ihnen war, funktionieren könnte? Sie wollte, dass es funktionierte.

Und was, wenn es das tatsächlich tat? Sie verließ das Land ja nur für einige Monate. Gut, sie würden erst einmal voneinander getrennt sein, aber das war nur … Geografie.

Was war noch mal damit, sich nicht ablenken zu lassen?

Na ja, Colton war nicht Gil. Und sie war nicht mehr dieselbe wie mit zweiundzwanzig, die sich kopflos in eine von vornherein zum Scheitern verurteilte Beziehung stürzte. Nein, mittlerweile ging sie mit offenen Augen durchs Leben.

Colton führte sie durch die Menge wie durch ein Labyrinth auf die Bäume am hinteren Rand des Feldes zu. Über ihnen explodierten immer noch die Farben am Himmel.

„Meinst du, wir erwischen wieder jemanden beim Einbrechen?"

Er zog sie näher an sich, als sie auf ihrem Weg zum Depot an immer weniger Menschen vorbeikamen. „Oh Mann, fühlt sich das nicht an, als wäre es Monate her?"

Ja. Und gleichzeitig war es, als wäre es erst gestern gewesen. Die Zeit war eine komische Sache in Maple Valley.

Sie erreichten das Depot und Colton entriegelte die Tür und hielt sie ihr auf. Dad musste vorhaben, nach dem Feuerwerk noch einmal hierherzukommen, denn die Fenster standen noch offen. Auch hier drinnen roch es nach dem Feuerwerk, doch die Geräusche waren nur noch gedämpft zu hören. Das gedämpfte Licht der altmodischen Wandleuchter tauchte das Depot in heimelige Schatten.

Anstatt die Deckenbeleuchtung anzuschalten, führte Colton sie zu einer der Vitrinen an der Rückseite des Raumes.

„Ich finde es verrückt, welche Dinge den Tornado überlebt haben. Auf der einen Seite wurden eine halbe Meile Schienen weggerissen, auf der anderen Seite haben die Uhr und das, was ich dir jetzt zeigen will, überlebt."

Er umrundete die Vitrine und beugte sich vor, um ein altes Buch herauszunehmen, das Kate als das alte Gästeregister erkannte. Lange Knicke verunstalteten den Deckel und die Ecken wölbten sich, die Seiten knirschten, als Colton sie vorsichtig aufklappte.

Sie stand ihm gegenüber, hatte die Ellbogen auf die Vitrine gestützt und musterte Coltons zerzaustes Haar. Er fand die Seite, nach der er gesucht hatte, und hielt ihr das Buch hin. „Guck dir das an."

Sie schnappte nach Luft, als sie erkannte, auf welchen Namen er zeigte. *Flora Lawrence.* Sie fuhr mit dem Finger unter Mums Namen entlang. Und genau darunter stand auch Dads. *Case Walker. 1979.*

„1979. Das ist das Jahr, in dem das Depot und das Museum offiziell eröffnet wurden, nachdem *Union Pacific* die letzten Meilen Schienen gespendet hatte. Meine Großmutter war Teil des Planungskomitees, deshalb ist meine Mutter zur Eröffnung von New York nach Hause gekommen."

„Und dein Dad?"

Sein gekritzelter Name sah genauso aus, wie er auch heute noch unterschrieb. „Zu dieser Zeit hatte er gerade einen zweijährigen Aufenthalt in der Botschaft in London hinter sich. Ausgerechnet an dem Wochenende der Eröffnungsfeier hatte er keine Termine, also ist er hierhergekommen. Und da sind meine Mutter und er endlich zusammengekommen, nach jahrelangem Hin und Her."

Auch Colton hatte sich nun auf die Vitrine gestützt und musterte sie interessiert.

Kate stemmte das Kinn in die Hand und blickte wieder auf das Buch. „Es ist eine lange Geschichte. Manchmal denke ich darüber nach, sie aufzuschreiben – es wäre ein guter Roman. Mein Dad sagt, dass er trotz ihrer anfänglichen Zusammenstöße und Uneinigkeiten von vornherein wusste, dass Mum für ihn bestimmt war."

„Mhm."

Seine einfache Antwort ließ sie aufblicken und sie bemerkte, dass er sie beobachtete. Voller Intensität und … Sehnsucht? „Es tut mir leid." Sie flüsterte die Worte.

Er hob die Augenbrauen. „Was tut dir leid?"

„Dass ich hier in Erinnerungen schwelge, wenn …"

„Du schwelgst nicht."

Sein sanfter Tonfall, die Wärme seines Atems, den sie über die Vitrine hinweg spüren konnte, erweckte jeden Nerv in ihr zum Leben. Sie sah ihn an, das Licht flackerte in seinen Augen.

„Kate, ich hatte heute einen Flashback. Den dritten, seit ich hier bin."

Sie richtete sich bei diesem überraschenden Eingeständnis auf. „Wegen des Unfalls?"

„Ich glaube schon. Ich bin mir nicht sicher."

„Erzähl mir davon."

„Ich weiß nicht …" Er blinzelte. Zweimal. Schüttelte den Kopf. „Es ist nicht wirklich wichtig …"

„Doch, ist es."

Er ging um die Vitrine herum zu ihr. „Nein, was wirklich wichtig ist, ist, dass mich das normalerweise tagelang beschäftigen würde. Ich würde es immer und immer wieder durchkauen. Es würde an mir nagen. Aber hier in Maple Valley … verblasst es einfach. Die Dinge fühlen sich hier zum ersten Mal seit langer Zeit richtig an."

Wirklich? Diese nicht auszuhaltende Spannung fühlte sich für ihn richtig an? „Aber bei den Flashbacks, erinnerst du dich da an etwas?" Wenn er es aussprach, die Eindrücke beschrieb … Würde es ihm guttun? Ihn weiterbringen?

Doch sie traute sich nicht, ihn das zu fragen.

„Es ist nicht nur Maple Valley, Kate. Du bist es."

„Colton." Sein Name war kaum mehr als ein Flüstern.

Und dann küsste er sie – schenkte ihr eine zarte, federleichte Berührung, die ihr Herz flattern ließ. Doch dann, als die ersten Sekunden vergangen waren, wurde sein Kuss intensiver, fordernder. Er schlang die Arme um sie, zog sie an sich und sie konnte nicht anders, als sich fallen zu lassen. Sie schmiegte sich an ihn, erwiderte den Kuss, gab sich dem Moment hin.

Und endlich schwiegen die nagenden Stimmen in ihrem Kopf.

Sie legte die Arme um Colton, gerade als der seine Lippen von ihren löste und sie mit verträumten Augen anblickte. Dann lächelte er. „Nur fürs Protokoll, Rosie. Dieser Kuss war absolut überhaupt kein Versehen." Er beugte den Kopf vor, um sie wieder zu küssen.

Da flog die Tür auf und schlug mit lautem Knall gegen die Wand. Schritte und lautes Geschrei erklangen draußen, als sie und Colton sich voneinander lösten.

Dads Stimme dröhnte. „Der Damm … Er ist gebrochen."

Kapitel 15

Schmerzen schossen durch Coltons Schulter, als er den gefühlt hundertsten Sandsack auf die immer weiter wachsende Wand am Ufer des steigenden Flusses stapelte. Die ersten Sonnenstrahlen tauchten den Morgenhimmel in ein freundliches Rosa, während sich die Erschöpfung immer weiter in ihm ausbreitete.

Doch noch niemals hatte er sich so gebraucht gefühlt. Durchnässt bis auf die Knochen und über und über mit Sand bedeckt, spürte er, dass er genau hier richtig war.

„Du solltest nach Hause gehen, Greene. Schlaf ein bisschen." Seths Freund, Bear, ächzte, als er einen Sandsack platzierte. „Die erste Schicht hat vor einer Stunde aufgehört."

„Es geht mir gut. Ich könnte sowieso nicht schlafen." Nicht, wo hier draußen immer noch so viele andere darum kämpften, die Stadt gegen die steigenden Fluten des Flusses zu schützen. Es wäre so, als ließe er sein Team im entscheidenden Spiel im Stich. Glaubte man dem Sprecher des Katastrophenschutzes, hatten sie nur noch wenige Stunden, bevor der Fluss die Straße überspülte.

„Ich kann nicht glauben, dass es so spät im Jahr noch eine Überschwemmung gibt."

Colton biss die Zähne zusammen, da seine Schulter zu krampfen anfing, dann nahm er Bear einen weiteren Sandsack ab. „Aber wir machen Fortschritte, oder?" Er blickte auf den Fluss, auf die Mauer aus Sandsäcken und die lange Reihe von Einwohnern, die unermüdlich vor sich hin arbeiteten. Die Hauptrisikozone betraf die drei Blocks mit Geschäften, die am Flussufer lagen. Vor den Gebäuden selbst stapelten sich schon die Sandsäcke, die Türen und Schaufenster schützen sollten.

Jetzt kam ein kalter Wind auf, der ihm Sand und Regentropfen ins Gesicht wehte – vielleicht auch Gischt vom Fluss.

Bear atmete ein. „Wenn wir Glück haben, schaffen wir es." Er schüttelte den Kopf. „Aber das kann man von Dixon nicht sagen. Dort muss es schrecklich sein."

Die Nachricht, dass der Damm in der vierzig Meilen flussaufwärts gelegenen Stadt gebrochen war, hatte sich innerhalb weniger Minuten in Maple Valley verbreitet. Und genauso schnell war auch das Feuerwerk beendet worden und die Gemeinde hatte sich in Bewegung gesetzt.

Der Kuss, der innige Augenblick mit Kate im Depot, schien Tage her zu sein.

„Es ist nicht nur Maple Valley, Kate. Du bist es."

Seine Worte hatten ihn die ganze Nacht bearbeitet, während er geschuftet hatte, die Wahrheit in ihnen hatte sich in ihm ausgebreitet wie der Schmerz seiner Verletzungen. Und Schmerz war auch genau das richtige Wort. Ohne Kate, ohne die Ruhe von Maple Valley, würde er wieder der alte Colton werden. Hier … hier war er ein anderer Mensch.

Abgesehen von den Flashbacks natürlich. Aber selbst die waren hier nicht so schlimm, weil er von einem Mischmasch von Menschen umgeben war, die schneller zu seiner Familie geworden waren, als er es sich jemals hätte träumen lassen.

Das Geräusch eines Motors unterbrach seine Gedanken und er drehte sich um und sah, wie ein Truck, beladen mit weiteren Sandsäcken, heranrollte.

Und Kate. Sie saß oben auf dem Stapel und hielt sich an den Seiten der Ladefläche fest. Er war als Erster beim Truck, um die neuen Säcke abzuladen.

Kate sprang ab, als er bei ihr ankam. „Sonderlieferung."

„Katherine Walker, was machst du noch hier? Und warum hast du deinen Mantel nicht an?" Ihr regendurchnässter Pullover klebte an ihr, sodass er sogar die Muskelbewegungen ihrer Arme unter dem Stoff sehen konnte. Ihre Lippen waren blau vor Kälte.

Sie hob einen Sandsack. „Mrs Jamison hat gezittert, als sie uns den Kaffee gebracht hat. Sie ist fünfundsiebzig. Also habe ich ihr meinen Mantel gegeben."

Natürlich. Weil sie Kate war. Die Tochter, die nach Hause eilte, wenn ihr Vater sie brauchte. Die Schwester, die sich immer um ihre Geschwister sorgte. Das Gemeindemitglied, das einsprang, wenn Not am Mann war – oder eben an der Frau. Die Vertraute, die sich mit der verrückten Barista anfreundete.

246

Die Frau, die ihn dazu brachte, sich zu fragen, wie er jemals eine andere Frau hatte bewundern können.

Er nahm ihr den Sandsack ab und berührte dabei ihre Finger. „Die erste Schicht ist vor einer Stunde zu Ende gegangen. Hat Bear gesagt."

Die Erschöpfung stand ihr ins Gesicht geschrieben. „*Du* bist ja auch noch da."

Hinter ihm rauschte der Fluss. „Ja."

Ein paar verirrte Sonnenstrahlen spiegelten sich in ihren Augen. Sie hielten immer noch den Sandsack zwischen sich, gefangen in einem Moment, der dem von gestern Abend unglaublich ähnlich war.

„Kate ... "

Bear trat zu ihnen und schnitt Coltons Worte ab, die sich ohnehin noch nicht zu einem vollständigen Satz geordnet hatten. Er warf einen Blick auf den Sandsack, dann auf Kate. Sie übergab Colton den Sack und der reichte ihn an Bear weiter und trat zurück.

„Weißt du was? Ich glaube, du bist der neue Stadtheld", sagte Kate, als sie sich umdrehte und einen neuen Sack nahm. „Alle sprechen über dich. Dass du nicht einmal von hier bist, aber heute Nacht länger und härter gearbeitet hast als alle anderen. Oder heute Morgen."

Er saugte das Wort *Stadtheld* auf, wie er es damals getan hatte, wenn er als Ausnahmequarterback bezeichnet worden war, und es drang an Stellen seiner Seele vor, die sich nach Anerkennung sehnten. „Dann zahlen sich die vielen Jahre, in denen ich im *Superman*-Schlafanzug herumgerannt bin, also endlich aus."

„Hast du deine Unterhose über der Hose getragen? Oder wie muss ich mir so einen Schlafanzug vorstellen? Bitte sag mir, dass es so war."

Er drehte ihr den Rücken zu. „Ich bin mir nicht sicher, ob ich mit Ihnen über meine Unterwäsche sprechen will, Miss Walker."

Sie setzte einen wenig überzeugenden zerknirschten Gesichtsausdruck auf, konnte die leichte Röte auf ihren Wangen dadurch aber nicht verbergen. „Sie haben vollkommen recht, Mr Greene. Die Unschicklichkeit tut mir leid."

„Aber du hast recht, manchmal habe ich das tatsächlich getan. Und einmal war ich so sicher, dass das Kostüm und mein Cape mir beim Fliegen helfen würden, dass ich auf die Couch geklettert und gesprungen bin – und eine Lampe dabei kaputt gemacht habe. So habe ich die Narbe über meiner Augenbraue bekommen."

„Wirklich? Ich hatte immer angenommen, das wäre beim Football passiert." Sie hob mit zitternden Armen einen weiteren Sack und reichte ihn ihm.

„Kate, mach eine Pause, ja? Lass uns den Rest abladen."

„Auf keinen Fall. Das ist meine Aufgabe. Außerdem kann ich sowieso nicht nach Hause, bevor ich Megan erreicht habe. Ich habe sie schon vier oder fünf Mal angerufen. Der Coffeeshop liegt genau in der Gefahrenzone."

„Wahrscheinlich schläft sie noch."

„Ich weiß, aber es ginge mir besser, wenn ich sicher wäre."

Colton nahm den letzten Sandsack von der Ladefläche, gerade als ein weiteres Fahrzeug sich näherte – dieses Mal ein Einsatzfahrzeug des Katastrophenschutzes mit Blaulicht. Raegan sprang vom Beifahrersitz des SUVs, ihr blondes Haar hing ihr in Strähnen um die Wangen. Auch sie hatte wie Kate eine Gänsehaut. Bear kam zu ihnen, als Raegan sich näherte.

„Der Fluss umspült die Pfeiler der Archway Bridge", sagte sie.

Kates Augen wurden groß. „Jetzt schon? Das bedeutet, dass die anderen Brücken …"

„Jepp, schon gesperrt."

„Der Katastrophenschutz sagt, dass wir alles in unserer Macht Stehende getan haben, was das Absichern mit Sandsäcken angeht. Jetzt geht es um die Sicherheit der Menschen. Sie müssen weg vom Fluss und nach Hause. Wir müssen es allen sagen, die Archway Bridge wird in einer Stunde gesperrt."

Was bedeutete, dass sie hier bald verschwinden mussten, wenn sie ihr Zuhause noch erreichen wollten.

Bear nahm das Walkie-Talkie von seinem Gürtel. „Ich sage Bescheid. Aber zuerst …" Er zog sich das Hemd aus, das er über seinem T-Shirt trug und reichte es Raegan.

Für einen kurzen Augenblick verdrängte Raegans Lächeln die Anspannung in ihren Augen. Sie zog das Hemd an und richtete ihre nächsten Worte an Kate. „Ich habe Dad gesagt, dass wir innerhalb der nächsten halben Stunde nach Hause kommen."

„Ich muss nur noch mit Megan sprechen."

„Okay, wir sehen uns. Colton, pass auf, dass sie sich auch wirklich daran hält."

„Ich versuche es." Er wandte sich Kate zu und zupfte an seinem Henley-Shirt. „Tut mir leid, ich habe hier nichts drunter. Aber … "

„Ist schon in Ordnung, Colt. Wenn du hier mit freiem Oberkörper herumläufst wird das Gerede über den Stadthelden ganz neue Ausmaße erreichen."

„Ich staple noch die letzten Säcke. In zwanzig Minuten treffen wir uns am Auto, okay? Es steht immer noch bei der Feuerwehrstation."

Sie nickte und ging zurück zu dem Truck, mit dem sie gekommen war. Die nächsten fünfzehn Minuten verbrachte er damit, die Menschen zu unterstützen, die nach wie vor Sandsäcke am Flussufer entlang aufschichteten, und verbreitete die Nachricht, dass die Brücke bald geschlossen würde. Gemeinsam mit Laura Clancy fuhr er zunächst zurück zur Feuerwehrstation – erfuhr, dass Webster die ganze Nacht über am Fluss geholfen hatte, und konnte sich eines gewissen Stolzes nicht erwehren.

Doch als Laura ihn bei der Feuerwehr absetzte, war Kate noch nicht an ihrem Auto.

Er wartete. Fünf Minuten. Zehn. Er versuchte es mit Textnachrichten, rief sie an. Blickte wieder und wieder auf die Uhr seines Handys. Nur noch fünfundzwanzig Minuten, bis die Brücke geschlossen würde.

Wo bist du, Kate?

☙

Kate hätte zuerst im *Coffee Coffee* nachschauen sollen. Warum hatte sie nur die Zeit vergeudet und war die sechs Blöcke zu Megans Haus gelaufen?

Das Rauschen des Flusses begleitete das Klatschen ihrer Schuhsohlen, als sie die letzten Meter zum Eingang des Cafés lief. Die untersten Sandsäcke sogen sich schon mit Wasser voll und auch auf den Bürgersteigen standen kleine Pfützen. Und dort, durch das Schaufenster, sah Kate Megan.

Kate riss die Tür auf und stürmte in den Laden. „Hast du eine Ahnung, wie oft ich versucht habe, dich zu erreichen?"

Megan hob den Blick von dem Wassersauger zu ihren Füßen, die dunklen Haare schwangen bei dieser Bewegung mit. „Was machst du hier?"

„Ich versuche seit Stunden, dich zu erreichen."

„Tja, also ich war hier beschäftigt." Wasserspritzer durchnässten Megans Jeans und das T-Shirt, auf dem der Name einer Band in Graffitilettern geschrieben stand. An ihren bloßen, fast blauen Füßen trug sie nur Flipflops.

Kein Wunder. Das Wasser kroch schon durch das Fundament und drang langsam durch den hölzernen Fußboden des Cafés. Offensichtlich hatte Megan mit dem Sauger bisher alles unter Kontrolle halten können, doch sie musste gewusst haben, dass es im Endeffekt ein aussichtsloser Kampf war. Wenn der Fluss erst einmal die Straße überspült hatte, wäre es nur noch eine Frage der Zeit, bis man hier knöcheltief im Wasser stand, wenn nicht sogar knietief.

Kate hatte das schon oft miterlebt. Deshalb waren auch alle Geschäfte in dieser Gegend entweder neu oder frisch renoviert – weil die letzte Flut einen ordentlichen Schaden hinterlassen hatte.

„Du hast hier einiges geleistet, aber jetzt ist es Zeit, nach Hause zu gehen. Du bist erschöpft und … und schwanger."

„Danke für die Erinnerung."

„Du musst eine Pause machen."

„Ich muss meinen Lebensunterhalt sichern." Ihre dunklen Augen schienen Blitze zu verschießen.

Der modrige Geruch des Flusses verdrängte mittlerweile den sonst so angenehmen Kaffeeduft im *Coffee Coffee*. „Megan …"

„Warum bist du überhaupt hier?", explodierte sie, während sie die Arme in die Luft warf. „Was machst du hier? Hier, in meinem Haus, beim Arzt?"

„Du hast mich angerufen …"

„Du kennst mich gar nicht. Du schuldest mir nichts. Du bedeutest mir nichts. Warum kannst du mich nicht in Ruhe lassen?"

Die Wut in Megans Worten, die Härte – „*Du bedeutest mir*

250

nichts" – raubten Kate den Atem. Sie schlang die Arme um sich, frierend, erschöpft. *Oh, Megan …*

Die Schultern des Mädchens sackten zusammen. Mit schlaffem Körper rutschte sie an der Wand hinunter, als wäre plötzlich alle Energie aus ihr gewichen. „Ich habe alles in dieses Geschäft gesteckt – all mein Erspartes, jeden Cent."

Kate nahm sich einen Stuhl und setzte sich. „Ich weiß."

„Ich habe den Fehler begangen und meine Eltern angerufen, als ich darüber nachgedacht habe, den Laden zu kaufen. Natürlich hat mein Vater den Makler angerufen und in Erfahrung gebracht, warum das Angebot so günstig war – wegen der Überflutungsgefahr durch den Fluss. Es war mir egal. Ich wollte mir nicht durch den Mann, der mich mein ganzes Leben lang ignoriert hatte, meine Zukunft kaputt machen lassen."

So viel von sich hatte Megan noch nie preisgegeben.

„Also habe ich meinen Dad ignoriert und das Haus gekauft. Und jetzt sieh dich um – ich werde alles verlieren. Und das jetzt, wo ich es am dringendsten brauche." Sie blickte auf und sah Kate traurig an. „Ich werde nach Hause gehen und meinen Eltern eingestehen müssen, dass ich alles verloren habe – und sie werden wie immer recht behalten."

Kate beugte sich vor und strich Megan die Haare aus dem Gesicht. „Du hast nicht alles verloren, Megan."

Sie schniefte und wischte sich die Nase mit dem Ärmel ab. „Stimmt. Ich habe eine Überschwemmungsversicherung."

„Das meinte ich eigentlich nicht, aber hey, das ist doch auch schon mal gut." Sie legte eine Hand auf Megans Knie. „Ich meinte eigentlich, dass wir hier in Maple Valley zusammenhalten. Hast du das denn bisher noch nicht bemerkt? Ich wette, wenn der Fluss zurückgeht, wirst du dich nicht vor Helfern retten können, die deinen Laden wieder aufbauen wollen. So war es auch bei meinem Dad und dem Depot."

„Ich lebe erst seit zwei Jahren hier. Ich bin nicht dein Dad."

Kate legte eine Leichtigkeit in ihre Stimme, die sie selbst überraschte. „Darüber haben wir doch schon gesprochen, Meg. Du versorgst uns mit Kaffee. Das macht dich zu einem überlebenswichtigen Mitglied unserer Gemeinde."

Ein zartes Lächeln umspielte Megans Mundwinkel.

„Und mit deinem Kind wird es genauso sein. Wenn du es zulässt, werden die Menschen sich um euch kümmern." Kate drückte Megans Knie. „*Ich* werde mich um euch kümmern."

Megan hob den Kopf „Aber ..."

„Ja, ich weiß, ich gehe nach Afrika, aber ich werde schon längst wieder zurück sein, wenn du dein Kind bekommst. Chicago ist nur fünf Stunden entfernt. Ich kann unendlich oft nach Hause kommen."

Vielleicht könnte ich auch ...

Wieder hierherziehen? War das wirklich eine Option? Was, wenn die Reise nach Afrika ihr einen festen Job bei der Stiftung einbrachte? Würde sie wirklich Nein sagen können und zurück nach Maple Valley kommen?

Hilf dort, wo du gebraucht wirst.

Was aber geschah, wenn man an vielen Orten gleichzeitig gebraucht wurde? Wie sollte man sich da entscheiden?

Wie hat Mum sich entscheiden können?

„Kate, ich, ähm ... ich habe das gerade nicht so gemeint, dass du mir nichts bedeutest."

Sie hörte kaum das Glöckchen über der Tür, das klingelte, wenn jemand eintrat. Sie drehte sich auch nicht um. „Ich weiß doch, dass du es nicht so gemeint hast."

„Viele Leute hier in der Stadt sind nett. Aber du bist die Erste, die ..." Megan zuckte mit den Schultern. „Also, du weißt schon. Ich dachte bisher immer, ich wäre alleine."

Ihre nächsten Worte wägte sie ab, bevor sie sie aussprach, und schickte ein Stoßgebet gen Himmel. „Ich werde jetzt etwas sagen, Meg, auch auf die Gefahr hin, dass es sich abgedroschen anhört. Hör mir bitte zu, ja?" Als Megan neugierig nickte, fuhr sie fort: „Du warst nie wirklich alleine. Ich weiß nicht, ob du an Gott glaubst ..."

„Tue ich. Irgendwie." Sie schüttelte sich die Haare aus den Augen. „Auf eine ‚Jemand muss die Welt erschaffen haben'-Art und Weise."

„Gut. Also, wenn du das glauben kannst – dass es einen Gott gibt, der die Welt und alles erschaffen hat –, dann ist der Sprung gar nicht mehr so weit zu glauben, dass er da ist. Im Hier und Jetzt.

Und dass er die Scherben deines Lebens aufheben kann – auch wenn sie scharfkantig und gefährlich wirken mögen –, um etwas völlig Neues daraus zu formen." Sie hielt inne, bis Megan ihr in die Augen schaute. „Vielleicht auch … etwas Besseres, als man sich selbst jemals vorgestellt hätte. Wahrscheinlich nicht einfacher. Aber besser und reicher als alles, was man bisher erlebt hat."

„Das glaubst du?"

Ihre eigenen Worte hätten sie überraschen sollen – hier, inmitten einer Naturkatastrophe, doch ja, sie glaubte fest daran. Jetzt mehr denn je. „Mir fällt es selbst nicht leicht, es mir immer wieder in Erinnerung zu rufen, wenn ich selbst in einer mittleren Katastrophe stecke. Ich glaube genau das."

Megan legte den Kopf schief, als ein Schatten auf sie fiel. „Sie?"

Kate blickte auf. Colton. Wärme durchströmte sie. „Hey, du. Woher wusstest du, dass ich hier bin?"

„Ich habe ungefähr hundert Leute gefragt, bis jemand gesagt hat, dass er dich hierher hat laufen sehen. Sie schließen die Brücke in ein paar Minuten. Hast du eine Ahnung, was ich mir für Sorgen gemacht habe?"

Megan lachte – lachte tatsächlich laut auf. „Ihr beide seid unglaublich. Kate hat genau das Gleiche vor fünf Minuten zu mir gesagt."

Kate erhob sich rasch. „Es tut mir leid, dass du Angst um mich hattest. Aber jetzt hast du mich ja gefunden. Lass uns gehen, bevor die Brücke geschlossen wird. Sollen wir dich mitnehmen, Meg?"

Megan erhob sich. „Oh, ich bleibe hier."

„Aber wir haben doch gerade …"

„Ich habe dich gehört und ich glaube dir – dass die Stadt mir helfen wird, dass ich nicht alleine bin." Sie griff nach dem Wassersauger. „Aber ich muss es wenigstens versuchen."

„Aber …"

„In diesem Fall, werden wir dir helfen", sagte Colton.

Kate wirbelte zu ihm herum. „Colton?"

„Wir können wenigstens den Schaden begrenzen. Die Möbel hoch auf die Theke stellen. Oder, warte, noch besser – Kate, hast du nicht gesagt, dass Bear oben wohnt? Vielleicht können wir die Sachen zu ihm hochbringen."

„Die Brücke schließt in wenigen Minuten. Danach haben wir keine Chance mehr, den Fluss zu überqueren. Keine der Brücken flussaufwärts ist noch passierbar. Und flussabwärts kann es auch nicht mehr lange dauern. Wenn wir jetzt nicht gehen, kommen wir heute nicht mehr nach Hause."

„Dann nisten wir uns bei jemandem auf der Couch ein oder nehmen ein Hotelzimmer."

„Das würdet ihr tun?", fragte Megan mit großen Augen.

Colton legte einen Arm um Kates Schulter. „Natürlich würden wir das. Stimmt's, Rosie?"

Das Grinsen auf ihrem Gesicht konnte die Dankbarkeit – oder war es nicht sogar ein viel tieferes Gefühl? – gar nicht widerspiegeln, die ihren Körper erwärmte. „Natürlich."

❦

Colton lehnte im Türrahmen von Megans Schlafzimmer und sah zu, wie Kate die Decke über die Schultern der schlafenden jungen Frau zog. Bandposter zierten die Wände und schwarze Klamotten lagen überall im Zimmer verstreut.

Doch das Bettzeug war in hellem Pink, Grün und Gelb gehalten, als steckte in der jungen Frau, die bald alleinerziehende Mutter sein würde, immer noch ein kleines Mädchen.

Kate erhob sich leise und tätschelte ihm die Schulter. „Sie schläft", flüsterte sie.

Erschöpfung lag in ihren Augen und das letzte bisschen Make-up war längst vom Fluss weggewaschen worden. Ihr Haar war strähnig und …

Und er war sich sicher, dass sie noch nie so wunderschön ausgesehen hatte.

Sie schaute über die Schulter. „Ich frage mich, wie lange es her ist, dass jemand sie ins Bett gebracht hat."

„Sie kann froh sein, dass sie dich hat."

Kate legte ihren Kopf an seine Schulter. „Nein, heute konnte sie froh sein, dass sie *dich* hatte."

„Uns beide, würde ich sagen. Wir sind ein gutes Team." Hörte sich seine Stimme rau an, als er diese Worte sagte?

Mit einer Hand auf seiner Brust führte Kate ihn in den Flur und schloss die Tür zu Megans Schlafzimmer. „Megan hat ein Gästezimmer. Ich würde sagen, ich mache es mir hier bequem, schlafe etwas."

Er nickte. „Bear hat gesagt, dass ich auf seiner Couch übernachten darf."

„Sei vorsichtig auf der Fahrt. Die Straßen sind überflutet …" Sie biss sich auf die Unterlippe.

Der schmale Flur war dunkel, das schummrige Nachmittagslicht drang nicht bis hierher. Trotz seiner Erschöpfung wollte er Kate nicht alleine lassen.

Und wenn er ihr Verhalten richtig deutete, wollte sie auch nicht, dass er so bald ging.

„Hey."

Sie legte den Kopf schief. „Ja?"

„Hast du schon Pläne für Samstagabend?"

Amüsiert grinste sie. „Eigentlich wollte ich ja auf den Depot-Tag gehen. Zuckerwatte essen, Zug fahren."

Fast hatte er das nun abgesagte Event schon vergessen. „Tja, wenn wir beide ausgeschlafen haben, könnten wir vielleicht ausgehen."

Sie unterdrückte ein Lachen und blickte schnell in Richtung Megans Tür. „Dir ist schon klar, dass wir von der halben Stadt abgeschnitten sind. Und selbst wenn das nicht so wäre, wenn man hier in Maple Valley ‚ausgehen' will, hat man nicht gerade eine große Auswahl."

Er trat näher zu ihr. „Ach, du unterschätzt Maple Valleys Unterhaltungspotenzial. Sag, dass du mit mir ausgehst, und ich verspreche dir, dass ich etwas Lustiges ausfindig machen werde."

„Okay, dann haben wir ein Date."

„Gut."

„Gut", wiederholte sie.

Gerade als er sich umdrehen wollte, hielt sie ihn fest, stellte sich auf Zehenspitzen und gab ihm einen Kuss auf die Wange. Dann flüsterte sie: „Danke, Colton."

„Wofür?"

„Für alles."

Sie ließ seine Hand los und ging auf das Gästezimmer zu.

„Hey, Kate?" Er erhob seine Stimme zu einem etwas lauteren Flüstern.

Sie drehte sich um.

Er zeigte auf die Wange, auf die sie ihn gerade geküsst hatte. „Versehen oder Absicht?"

Sie verdrehte die Augen und verschwand in dem Zimmer.

Kapitel 16

„Alter, was ist aus ‚rein geschäftlich' geworden?"
Logan Walkers halbwegs vorwurfsvolle Stimme drang durch
den Lautsprecher von Coltons Handy, das er neben dem Waschbecken in Bears Badezimmer aufgestellt hatte. Colton knöpfte sich
das hellblaue Hemd zu, das er sich von Bear geliehen hatte. Alles,
was er am Körper trug, bis zu den Socken an seinen Füßen, hatte er
sich von dem Kerl geliehen, dessen Wohnzimmer zu seiner vorüber-
gehenden Bleibe geworden war.

„Man könnte sagen, es ist so nebenbei passiert." Er machte sich
den obersten Knopf wieder auf. Überlegte es sich anders und schloss
ihn erneut. „Kannst du mir einen Vorwurf daraus machen? Kate ist
einfach wunderbar. Und witzig und talentiert und ziemlich attraktiv. Außerdem kann sie toll küssen."

„Aaaah, Mann, sie ist meine Schwester."

Colton grinste sich selbst im Spiegel an. „Tut mir leid." *Nein.*
Eigentlich nicht.

„Wenn du das vermasselst, Greene …"

„Werde ich nicht."

„Du wirst es nicht nur mit mir zu tun bekommen. Sondern auch
mit Dad und Beckett und Seth und ich bin mir ziemlich sicher, dass
Raegan auch einigen Schaden anrichten kann."

Er hob das Handy hoch und stellte den Lautsprecher aus. „Wo
wir gerade von Beckett sprechen, ich habe vor einer Stunde eine
Nachricht von ihm bekommen. Wenige Worte, aber es ging um
das gleiche Thema, was wir gerade besprechen. Woher hat er meine
Nummer? Ich bin ihm nie begegnet." Er verließ das Badezimmer
und ging in Bears Wohnzimmer, das mit Möbeln aus dem Coffeeshop vollgestellt war.

„Wir halten eben zusammen. Es gibt nur wenig, was wir nicht
tun würden, wenn es um das Leben von einem von uns geht."

„Also hat Raegan ihm meine Nummer gegeben?" Er kletterte
über einen Tisch aus dem *Coffee Coffee.*

„Vielleicht. Aber es könnte auch Seth gewesen sein."

Colton ließ sich auf die Couch fallen, bückte sich nach den geborgten Schuhen und richtete sich noch einmal auf, bevor er sie anzog. „Logan, du weißt, dass ich nicht … Das ist kein … Ich …" Er hätte eindeutig mehr als nur vier Stunden schlafen sollen.

„Du spielst nicht mit ihr."

„Nein."

„Du magst meine Schwester wirklich."

„Das tue ich." Sehr sogar.

„Dann ist es okay."

„Und wenn du auch den anderen Walkers diese Nachricht überbringen würdest, würde ich mich sehr freuen."

Logan lachte und Colton widmete sich wieder den Schuhen.

„Hey, übrigens, Kate hat mir die ersten Kapitel deines Buches geschickt. Ziemlich guter Stoff."

Er schnürte Bears Schuhe. „Ich wusste gar nicht, dass sie es dir schicken würde."

„Hey, wir sind beide Autoren und tauschen uns unser Zeug eben aus. Für mich ist es ziemlich komisch, es zu lesen, weil ich weiß, dass es von Kate ist. Aber es hört sich so unheimlich nach dir an."

„Sie ist eben begabt."

„Und ihr habt sehr viel Zeit miteinander verbracht. Das müsst ihr, wenn sie es schafft, deine Ausdrucksweise so perfekt einzufangen."

Das war Teil von Kates Gabe – sie war nicht nur im Geschichtenerzählen gut, sondern auch darin, sie zu spüren, zu hören. Einen Menschen aus der Reserve zu locken. Man musste sich nur anschauen, was sie mit Megan hinbekommen hatte.

„Egal, ich habe jedenfalls das Gefühl, dass es eine ziemlich große Sache werden wird, wenn es erst mal veröffentlicht ist. Dein Buch wird ein Riesenerfolg werden."

Colton lehnte sich zurück, da ihn das gleiche Gefühl überkam wie immer in den letzten Tagen, wenn er an die Zukunft dachte. „Die Sache ist, dass ich gar nicht weiß, ob ich überhaupt will, dass es ein Riesenerfolg wird."

Er hörte, wie Logan am anderen Ende der Leitung mit Charlie

flüsterte. Irgendwas über Wachsmalstifte und dass man damit nicht auf den Tisch malen durfte. „Das musst du mir erklären."

„Seit meinem verletzungsbedingten Aus geht es darum, dass das Buch mich zurück ins Rampenlicht bringt, meine Karriere weiter vorantreibt. Aber vielleicht ist das gar nicht das, was ich will. Nicht mehr. Die Wahrheit ist, dass ich gar nicht weiß, ob es wirklich gut wäre, das Buch zu diesem Zeitpunkt herauszubringen."

„Ich weiß, was du meinst. In der Öffentlichkeit zu stehen ist überhaupt nicht so, wie sich das die meisten Menschen vorstellen. Ich arbeite jetzt schon lange genug mit Politikern zusammen, um das beurteilen zu können. Aber du hast eine Geschichte, Colt. Meinst du denn nicht, dass sie es wert ist, erzählt zu werden?"

Nicht, wenn das seine Chancen auf ein normales Leben zerstörte – ein Leben, wie er es in den letzten Wochen kennengelernt und genossen hatte. All diese Dinge, die Amelia während ihres Interviews erwähnt hatte – Buchtouren und Autogrammstunden und öffentliche Auftritte –, würden ihn wieder in sein altes, oberflächliches Leben zurückkatapultieren.

Eine Zeit lang würde er vielleicht zufrieden sein können, aber er war sich sicher, dass dieser Lebensstil für ihn keine glückliche Zukunft bereithielt.

„Die viel wichtigere Frage ist doch aber, wie du es Kate beibringen willst, wenn du das Buchprojekt jetzt aufgibst."

Und genau das war der Punkt – die Frage, warum er heute Nachmittag kaum ein Auge zugemacht hatte.

„Ich habe keine Ahnung."

☙

„Es sind Augenblicke wie diese, in denen ich froh bin, dass in Maple Valley jeder jeden kennt." Kate berührte das Taschentuch, das Colton als Augenbinde benutzt hatte. „In jeder anderen Stadt würden die Leute wahrscheinlich denken, dass du mich entführst."

Ihre rechte Hand lag in Coltons, als er ihr aus dem Auto half. Der Wind umspielte ihre Nasenspitze.

„Vorsicht, Bordstein."

Colton führte sie über den Bürgersteig. Aber wohin? Er hatte auf der Augenbinde bestanden, bevor sie Megans Haus verlassen hatten, wo er sie abgeholt hatte. Sie hatte immerhin ganze fünfzehn Sekunden mit ihm diskutiert, bevor sie eingewilligt hatte. Weil es viel zu schwer war, Nein zu diesem Mann zu sagen, wenn er einen mit seinen blauen Augen anstrahlte. Und wenn er nach seinem würzigen Aftershave roch. Und wenn sein lang gezogenes *Bittteeee* von seinen beiden Grübchen begleitet wurde.

„Ich bin mir nicht sicher, Rosie. Aber wenn das hier wirklich wie eine Entführung aussehen sollte, müsste ich doch wenigstens eine Waffe haben und keine Decke."

Ja, darüber hatte sie sich auch schon gewundert. Er hatte sie sich von Megan geliehen. Vielleicht für ein Picknick? Aber überall stand doch das Flusswasser …

Blätter knirschten unter ihren Füßen, bis Colton schließlich langsamer wurde. „In Ordnung." Er ließ ihre Hand los und trat hinter sie. Sie spürte seine Hände an ihrem Kopf, als er den Knoten der Augenbinde löste.

„Es ist gut, dass Megan und Ava nicht gesehen haben, wie du mir das Ding über die Haare gezogen hast. Sie haben eine Ewigkeit darum gekämpft, dass sie nicht mehr in alle Richtungen abstehen." Ava war überraschenderweise vor ein paar Stunden bei Megan aufgetaucht.

„Raegan schickt mich. Ich habe Klamotten, Frisierzeug, alles. Ich muss zugeben, dass mein Kleiderschrank nicht sehr voll ist, aber ich habe ein paar Kleider."

Sie hatten sich auf ein grünes Wickelkleid geeinigt. Braune Stiefel, ein passender beigefarbener Schal und eine Jeansjacke komplettierten den Look. Hatte Colton sie eigentlich jemals in etwas anderem als Jeans oder Shorts und bunten T-Shirts gesehen?

Ihr Haar war zur einen Seite gekämmt und mit einer kleinen Spange fixiert worden.

„Ich glaube, ich habe es nicht zu sehr durcheinandergebracht", sagte Colton jetzt. „Aber selbst wenn, mir gefällt es, wenn es wild ist." Die Augenbinde fiel ab.

Kate blinzelte und öffnete die Augen. Dann blinzelte sie noch einmal, als sie erkannte, wo sie war. Das alte grüne Haus? Von dem sie Colton damals bei dem Maisspeicher erzählt hatte? Er ging mit dem Taschentuch in der Hand um sie herum.

Sie blickte von dem Haus zu dem schon verblassenden ‚Zu verkaufen'-Schild und zurück zu Colton.

„Du weißt es noch?"

„Natürlich. Du hast gesagt, dass das alte grüne Haus in der Water Street etwas ganz Besonderes an sich hat. Ich wollte es selbst sehen. Außerdem fand ich es schade, dass du das Haus, das du so sehr liebst, gar nicht von innen kennst."

Sie schaute zurück zum Haus. Mit der umlaufenden Veranda und dem Efeu, der es berankte, wirkte es wie verzaubert, obwohl es alt und abgewirtschaftet war – wie ein verzaubertes Märchenschloss.

„Was tun wir also? Einbrechen?"

Er griff in seine Tasche und zog einen Schlüssel hervor. „Jeden Tag, an dem ich hier bin, lerne ich neue Seiten des Kleinstadtlebens kennen. Ich habe mit der Maklerin gesprochen und ihr erzählt, dass ich es als Location für ein Date nutzen möchte. Sie fand es unheimlich romantisch und hat mir natürlich den Schlüssel gegeben."

Romantisch war es tatsächlich. „Du bist unglaublich, Colt, weißt du das?"

Er nahm den Picknickkorb und die Decke und schlang seine Finger wieder um ihre, dann führte er sie zum Haus. Der Bürgersteig vor dem Anwesen war bröckelig und uneben, halb überwuchert von dem Rasen, der anscheinend monatelang nicht mehr gemäht worden war.

Die Stufen zur Veranda hinauf knarzten und an einigen Stellen war das Holz aufgrund der jahrelangen Vernachlässigung schon porös. Der Veranda selbst war es nicht besser ergangen – die Bohlen uneben und hochgebogen und das Geländer voller Splitter.

Doch nichts davon raubte dem Anwesen sein stattliches Erscheinungsbild. Es brauchte nur ein paar kleine Schönheitskorrekturen.

Eine der Verandabohlen gab unter ihren Füßen nach und sie musste aufpassen, dass sie nicht einsackte. Okay, ein paar größere Schönheitskorrekturen.

Colton steckte den Schlüssel in die massive Tür des Hauses und drehte den Knauf, ruckelte herum. „Die Maklerin meinte, es wäre widerspenstig." Er ruckelte noch einmal und schließlich ging die Tür auf.

Ein modriger Geruch empfing sie, als sie hineingingen. Der

bogenförmige Eingangsbereich öffnete sich zu einem geräumigen Wohnzimmer hin, in dem natürlich keine Möbel standen, dessen Wände aber von filigranen Holzarbeiten geziert wurden, so wie Kate es bei alten Häusern liebte. Wenn man den Raum nun noch mit antiken Möbeln ausstattete, wäre es ein wahrer Blickfang.

Colton stellte den Picknickkorb ab und grinste sie an. „Bereit für die Erkundungstour?"

„Natürlich. Und übrigens, Colton Greene, dieses Date dauert zwar erst fünf Minuten, aber es könnte das beste sein, das ich jemals hatte." Nicht könnte. Das war es bereits.

Dafür schenkte er ihr sein perfektes Lächeln. Und dann gingen sie die nächsten zwanzig Minuten durch das Haus. Das Knarzen der Holzdielen unter ihren Füßen begleitete sie bei jedem Schritt und ihre Stimmen hallten in den leeren Räumen wider. Verzierte Holzsäulen, Fenstertüren, eine Treppe mit verschnörkeltem Geländer.

Die Badezimmer waren alt und die Küche brauchte mehr als nur einen neuen Anstrich. Wahrscheinlich musste jedes Fenster im Haus erneuert werden. Und dann die Tapeten!

Doch trotz all seiner Ecken und Kanten wirkte das Haus genauso bezaubernd, wie sie es schon als Kind empfunden hatte. Nur dass sie es jetzt auch noch von innen bewundern konnte.

Sie kamen wieder im Wohnzimmer an. „Also, was denkst du?"

„Ich denke, es ist total verrückt, dass sich noch niemand dieses Haus unter den Nagel gerissen hat. Ich würde es sofort nehmen und mit der Renovierung anfangen. Es ist das coolste Haus, das ich jemals gesehen habe."

Er lächelte sie an und griff nach dem Picknickkorb. „Warum kaufst du es dann nicht?"

„Ich könnte mir das nicht leisten. Das muss jemand mit Geld kaufen. Außerdem bin ich nicht sicher, ob es hier in Maple Valley viel für mich gibt. Ich meine, meine Familie ist hier, aber was sollte ich mit so einem riesigen Haus anfangen?"

Colton reichte ihr den Korb. „Ich muss noch was aus dem Auto holen. Willst du den Korb schon mal auspacken?"

Sie nickte und er lief mit lauten Schritten nach draußen.

Sie lugte in den Korb. Ihr Magen knurrte und sie musste lächeln. Er hatte im *The Red Door* haltgemacht.

Als Colton wiederkam, hatte sie alles ausgebreitet – Pulled Pork in einer Frischhaltedose, Sandwiches, Nudelsalat, frisches Obst. Zwei köstlich aussehende Stücke Blaubeerkuchen. Teller, Besteck, Servietten.

Colton stellte einen überdimensionierten Pappkarton in die Mitte des Raumes und fing an, ihn auszuräumen. Ein Bettlaken? Und … etwas aus Plastik. Eine Luftpumpe. Laptop und Beamer.

„Ich habe keine Ahnung, was du vorhast, aber ich bin unglaublich beeindruckt von deiner Vorbereitung. Hast du nach der langen Nacht denn überhaupt nicht geschlafen?" Nicht dass er müde ausgesehen hätte. Nein, er sah unglaublich gut aus. Richtig, *richtig* gut.

„Mir geht's gut. Aber ich könnte Hilfe mit dem Laken gebrauchen."

„Was machen wir damit?"

Er zog eine Schachtel Reißzwecken hervor. „Wir hängen es auf."

Und dann ergab plötzlich alles einen Sinn – das Laken, der Beamer. „Wir gucken einen Film?"

„Jepp. Ich muss zugeben, was die Filmauswahl angeht, musste ich auf Plan B zurückgreifen. Eigentlich wollte ich *African Queen* ausleihen. Ich wollte den Film sehen, aus dem dein Spitzname stammt. Aber der Verleih hatte ihn nicht. Sie hatten nur einen einzigen Katharine-Hepburn-Film."

Kate tat empört. „Es ist traurig, was in unserem Land in der Filmindustrie passiert. Und das sage ich als Drehbuchautorin. Die Menschen merken gar nicht, was ihnen fehlt."

„Tja, dank dir vermisse ich die goldene Ära Hollywoods."

Sie nahm eine Ecke des Lakens. „Ich möchte noch einmal betonen, dass das hier wirklich das beste Date meines Lebens ist."

Eine Stunde später war die Nacht hereingebrochen und nur der Schwarz-Weiß-Film auf der selbst gemachten Leinwand war noch zu sehen. Die aufgeblasene Plastikcouch – wie man sie von Pools oder aus Studenten-WGs kannte – quietschte, wenn sie sich bewegten. Und Katharine Hepburn und Cary Grant scherzten miteinander, während sie einen Leoparden auf einer Farm in Connecticut jagten. Ein Dialog, den sie schon vor Jahren auswendig gelernt hatte, als sie *Leoparden küsst man nicht* unzählige Male mit ihrer Mutter geschaut hatte.

Hepburn: Also willst du, dass ich nach Hause gehe?
Grant: Ja.
Hepburn: Also willst du mir nicht mehr helfen?
Grant: Ja.
Hepburn: Nach all dem Spaß, den wir hatten?
Grant: Ja.
Hepburn: Und nach allem, was ich für dich getan habe?
Grant: Genau das will ich.

„Oh Mann, gibt es ein besseres Paar vor der Kamera als Grant und Hepburn?" Die geflüsterten Worte schlüpften ihr heraus, während der Film weiterlief.

„Sie sind großartig." Colton hatte seinen Arm um sie gelegt, als sie mit dem Essen fertig gewesen waren. Jetzt strichen seine Finger durch ihr Haar.

„Nicht großartig, Colt. Unglaublich. Wenn ich etwas so Witziges wie *Leoparden küsst man nicht* schreiben könnte, würde ich meine Liebesfilme komplett aufgeben." Sie würde etwas Leichtes, Lustiges schreiben anstelle von der schweren Literatur, mit der sie sich schon ausprobiert hatte.

„Das könntest du. Ich weiß es."

Vielleicht. Zwischen seinem Buch und Afrika, denn dann würde sie erst einmal keine Zeit mehr haben.

Oder wenn sie zurück nach Hause kam. Dann sollte sie ja eine Weile finanziell abgesichert sein. Der Vorschuss von Coltons Verleger sollte eine Weile reichen, um ihre Rechnungen zu bezahlen, während sie im Ausland war. Und danach wäre noch einiges übrig. Was, wenn sie sich danach Zeit nahm – und kein weiteres Skript schrieb, sondern ein Buch? Vielleicht konnte sie das, was sie an romantischen Komödien so liebte, in Romanform bringen.

Aber nach ihrer Rückkehr aus Afrika würde sie bestimmt auch neue Ideen und Inspirationen für etwas viel Größeres haben. Wollte sie nicht schon ihr ganzes Leben lang genau das? Etwas Wichtiges, Großes schreiben, das die Menschen bewegte.

Jetzt blickte sie verstohlen zu Colton hinüber, dessen Augen flatterten. Der arme Mann konnte kaum noch wach bleiben.

Es war bewundernswert, wie er die Mauer in ihrem Inneren zum

Einsturz gebracht hatte. Nicht mit einer dynamitartigen Explosion oder der Kraft einer Abrissbirne, nein, ganz langsam, Stein für Stein, hatte er sich den Weg zu ihrem Herzen gebahnt. Die Art und Weise, wie er im Depot mit ihrem Vater zusammengearbeitet und Seth bei seinem Restaurant geholfen hatte. Wie er Webster unterstützte und heute da gewesen war, um Megan zu helfen.

Und dann dieser Abend hier …

„Weißt du was, Colt?"

Er riss die Augen auf. „Hm?"

„Ich glaube, dein Buch zu schreiben war die beste Entscheidung, die ich jemals getroffen habe."

Er rutschte auf der Plastikcouch hin und her, Unbehaglichkeit stand auf seinem Gesicht. „Es war eine gute Entscheidung. Sonst wären wir jetzt nicht hier."

„Ich spüre ein *Aber*."

„Ich wollte das heute Abend eigentlich nicht ansprechen, aber da du es schon erwähnt hast …" Er griff zum Laptop und stoppte den Film. „Ich mache mir Gedanken um das Buch, Kate."

Verwirrung machte sich in ihr breit. „Also, ich habe erst sieben Kapitel geschrieben. Wir können alles noch abändern."

Er nahm seinen Arm von ihrer Schulter. „Nein, ich meine nicht deine Arbeit. Ich meine das ganze Projekt. Ich denke schon seit ein paar Tagen darüber nach – ob ich es wirklich will. Vielleicht sollte ich den Verleger anrufen und fragen, was passiert, wenn ich den Vertrag auflöse."

Sie versuchte, sich von ihm zurückzuziehen, doch die Enge der Couch machte das unmöglich. Stattdessen ließ sie sich auf den Boden gleiten. „Ich verstehe nicht. All diese Wochen, die ich daran gearbeitet habe …"

„Ich weiß, ich weiß. Aber es ist so, als ob … also ob Gott sich spontan umentschieden hätte. Ich habe erkannt, dass ich nicht an meinem alten Leben festhalten muss. Und mir ist klar, dass du dich so fühlen musst, als hätte ich einen Monat deines Lebens verschwendet. Aber es ist keine verlorene Zeit, nicht, wenn es uns hierhergeführt hat. Wir sind zusammen."

„Klar, aber …" Wie sollte sie ihm sagen, dass es nicht der richtige Zeitpunkt war? Dass all ihre Hoffnungen für die Zukunft an diesem Buch hingen? An der finanziellen Sicherheit, die es ihr brachte. „Du kannst es nicht einfach fallen lassen."

„Warum nicht?" Er zuckte mit den Schultern. „Ich brauche es nicht."

Sie sprang auf. „Tja, du vielleicht nicht, aber ich." Die Worte klangen schroffer als beabsichtigt. Aber wenn sie ihr Manuskript nicht einreichte, würde sie keinen Scheck bekommen. Und dann würde sie nicht nach Afrika reisen können.

Und sie *musste* diese Reise unternehmen. Das würde den Rest ihres Lebens beeinflussen. In Gedanken hatte sie schon verschiedene Szenarien durchgespielt. Wieder hierher nach Maple Valley zu ziehen oder ein anderes Buch zu schreiben oder sich eine Zukunft mit Colton aufzubauen.

Aber all das konnte nur sein, wenn sie zuerst nach Afrika ging. Endlich – *endlich* – würde sie das Versprechen einlösen können, das sie ihrer Mutter gegeben hatte, etwas Wichtiges zu schreiben.

Und jetzt würde Colton mit einer einzigen Entscheidung alles zum Einsturz bringen können.

Er erhob sich langsam, zögernd – wegen der Schmerzen in seinem Knie oder ihrer Reaktion? „Sieh mal, ich will dich nicht verärgern, Rosie."

„Kate." *Mach das nicht, Kate. Stoß ihn nicht weg. Er weiß doch gar nicht …*

Doch jetzt erstarrte er. „Kate." Es lag eine unbekannte Härte in seinem Ton. „Am Ende des Tages ist es meine Geschichte und ich kann entscheiden, ob sie erzählt wird oder nicht. Ich kann sie nicht veröffentlichen lassen, nur damit du deinen Namen auf einem Bestseller lesen kannst."

Das dachte er wirklich?

Schmerz schnitt ihr ins Herz, obwohl er den Fehler in seinen Worten schon zu bemerken schien.

„Kate …"

„Lass uns einfach den Film fertig schauen."

಄

So hatte der Abend nicht enden sollen. Eisiges Schweigen herrschte im Auto, nur die Heizung rauschte.

Kate hatte den Rest des Abends kein Wort mehr gesprochen. Warum sie überhaupt den Film zu Ende geguckt hatten, wusste er auch nicht. Wahrscheinlich hatte keiner von ihnen die letzten Minuten wirklich mitbekommen. Schon während der Abspann lief, hatten sie alles zusammengeräumt und die Luft aus der Couch gedrückt – was eine frustrierend offensichtliche Metapher des Ausgangs dieses Dates darstellte.

Neben ihm fuhr sich Kate mit den Händen über die bloßen Arme. Warum hatte sie ihre Jacke nicht angezogen?

„Kalt?"

Ein wortloses Nicken. *Das halte ich nicht mehr aus.* „Es tut mir leid, dass ich das Buch angesprochen habe, Kate."

Sie ließ die Hände in den Schoß fallen. „Wenn du es nicht mehr veröffentlichen willst, musstest du es mir ja irgendwann sagen. Also warum nicht heute Abend."

Ihr sachlicher Tonfall tat weh. „Kannst du nicht wenigstens versuchen zu verstehen, warum ich mich umentschieden habe?"

Als sie nicht antwortete, lenkte er nach links.

„Das ist nicht der Weg zu Megans Haus."

„Wir fahren auch nicht zu Megan. Noch nicht." Er bog in die Straße ein, die sie nach Westen bringen würde, weg von Megan, dem Fluss, den Lichtern von Maple Valley. „Ich lasse das nicht zu. Ich werde dich nicht das zerstören lassen, was meiner Meinung nach eine großartige Sache werden kann."

„*Ich* zerstöre es?"

Da, endlich. Nur drei Worte, aber immerhin sprach sie wieder mit ihm. „Ja, das tust du. Du verwandelst dich wieder in die Kate, die du warst, als du hierhergekommen bist – die Chicago-Kate, die reserviert und zurückgezogen ist und …"

„Ich kann nicht glauben, dass du *mir* vorwirfst, ich würde es ruinieren. Und hast du mal darüber nachgedacht, dass ich vielleicht so bin? Die Chicago-Kate?"

Der Asphalt wurde zu Schotter. „Nein, die echte Kate schlägt Wasserschlachten im Badezimmer und klettert auf Maislager."

„Und tritt in einen Nagel, wunderbar."

Die Lichter der Stadt verschwanden im Rückspiegel und sie waren nur noch umgeben von dunklen Schatten und Mondlicht. „Es war wunderbar. Du warst die Heldin der Notaufnahme, hast Scherzchen gemacht und eine Tetanusimpfung bekommen."

Schienen durchschnitten eines der Felder und in der Ferne konnte man das Signal eines Zugs hören.

„Es hat Spaß gemacht", gab Kate endlich zu. Er spürte ihre Augen auf sich, als sie ausatmete. „Und auch der Abend heute war toll. Wirklich, Colt. Du hast dir unheimlich viel Mühe gemacht."

Der Zug kam näher.

„Ich glaube, ich habe dir nie wirklich meine Situation erklärt … warum ich zugestimmt habe, das Buch zu schreiben. Ich habe mich auf den Vorschuss verlassen."

Ihr Eingeständnis nahm die Spannung zwischen ihnen und plötzlich verstand er. „Ich wusste, dass du Geld für deine Reise brauchst, aber …" Acht Jahre mit NFL-Gehaltschecks sorgten dafür, dass er nie darüber nachdenken musste, was er sich leisten konnte und was nicht – auch wenn er nie einer der Topverdiener gewesen war.

Was auch bedeutete, dass er nicht einmal im Entferntesten daran gedacht hatte, was es finanziell bedeuten würde, den Buchvertrag zu lösen. Kein Wunder, dass Kate sich aufregte.

Bedauern machte sich in ihm breit, während sie schon das Rattern des Zuges hören konnten. „Kate, mir war gar nicht klar …"

Grelle Scheinwerfer blitzten in seinem Rückspiegel auf und etwas spannte sich in ihm an. Seltsam … genau wie …

Der Schlag traf ihn ohne Vorwarnung. Rasiermesserscharf, ohne Chance, ihm auszuweichen.

Er konnte kaum noch auf die Bremse treten, bevor ihn der Flashback wegriss.

Und diesmal ließ er ihn auch nicht mehr los.

Er spürte, wie sich sein Atem beschleunigte, hörte Kates entfernte Stimme, die seinen Namen rief, als alles vor ihm verschwamm.

Es war dunkel und es war spät.

Und er war neun Jahre alt. Er saß auf dem Rücksitz im Kombi seines Vaters, hatte die Arme verschränkt und kämpfte gegen einen anwachsenden Schmerz an. Ärger und Beschämung wuchsen in ihm.

„Colton, hörst du mir zu?"

Kate?

Nein, Mum. Sie saß vorne auf dem Beifahrersitz. Sie drei waren auf dem Heimweg vom Gottesdienst, eine glückliche kleine Familie. Doch Colton kannte die Wahrheit. *Wir sind* diese *Familie.*

Diejenigen, die sich in Secondhandläden einkleiden mussten und niemals in Urlaub fahren konnten. Diejenigen, die dreimal in der Woche abends Kirchen und Bürogebäude putzten, damit sie über die Runden kamen, wenn Dad mal wieder entlassen wurde.

„Ich habe dir doch gesagt, dass ein Babysitter besser gewesen wäre, Joan."

„Was bringt es uns, wenn wir einen Babysitter bezahlen müssen, um Geld zu verdienen? Das ist doch absurd."

Dad starrte ihn durch den Rückspiegel hinweg so lange an, bis Colton den Blick abwandte. Das Auto flog über die Schotterstraße, als wäre es eine Autobahn.

„Er ist neun. Er ist alt genug, um mal eine Weile alleine zu bleiben."

„Nicht in unserer Gegend. Das weißt du."

Wenn er in dieser doofen Kirche nur nicht nach vorne gegangen wäre. Aber da war eine Frau gewesen, die Klavier gespielt hatte, und als sie ihn in einer der Reihen entdeckt hatte, hatte sie ihn zu sich gerufen. Sie hatte ihn gefragt, ob er gerne sang. Und hatte ihm ein Mikrofon gegeben.

Und für eine halbe Stunde hatte er vollkommen vergessen, dass er noch nicht zu Abend gegessen hatte. Dass man ihn heute Morgen in der Schule schon wieder für seine zu kurze Hose gehänselt hatte. Dass Mum und Dad vergessen hatten, an diesem Nachmittag auf sein Schulkonzert zu kommen.

Die Dame vorne in der Kirche hatte mit ihm gesungen und gelacht. Hatte ihn für kurze Zeit ein Rockstar sein lassen. Hatte ihre Kamera herausgenommen und Fotos von ihm im unbeleuchteten Altarraum gemacht.

„Lächle in die Kamera, Colton."

Als sie gehört hatte, dass sein Magen knurrte, hatte sie ihm verschwörerisch zugeblinzelt und ihn mit in ein Zimmer mit ein paar Spielsachen genommen. Aus einer Box hatte sie Tiercracker und einen Saft genommen und sie ihm gereicht.

Dann hatte er den Saft verschüttet. Und genau in diesem Moment hatte sein Vater ihn gefunden.

Immerhin hatte er mit seinem Geschrei gewartet, bis sie im Auto gesessen hatten.

„Wer weiß, was die Frau jetzt von uns denkt. Sie ist die Ehefrau des Pastors. Vielleicht werden wir jetzt gefeuert!"

Colton sah im Spiegel, wie Mum die Augen verdrehte. „Wir werden nicht gefeuert, nur weil Colton einen Saft verschüttet hat. Es war in einem Nebenraum, um Himmels willen."

Coltons Magen drehte sich zum hundertsten Mal um. Er schlang die Arme enger um den Körper. Ein Schotterstein flog von außen an die Fensterscheibe.

„Fahr langsamer, Alan. Einen Unfall können wir jetzt am allerwenigstens gebrauchen. Vor allem jetzt, wo wir nur noch ein Auto haben."

„Und warum hat sie ihm überhaupt etwas zu essen gegeben? Wir sind doch keine Bettler."

Sie war einfach nur nett, Dad.

„Das können wir gerade noch gebrauchen. Eine übermotivierte Pastorenfrau, die uns Almosen zusteckt."

„Wenn dich die Fabrik nicht bald wieder anheuert, werden wir die dringend benötigen."

Dad schlug auf das Lenkrad ein.

„Das Arbeitslosengeld, die Putzerei, mein Aushilfsjob im Krankenhaus. Das alles bringt nicht genug ein. Wir müssen uns irgendetwas überlegen."

„Glaubst du, das wüsste ich nicht?"

„Ich habe das Büro angerufen ... wegen Essensmarken."

Nein, Mum ...

„Wie oft habe ich dir schon ..."

„Fang mir jetzt nicht wieder damit an, Alan. Versuch erst gar nicht ..."

„Hört auf zu streiten." Die Worte explodierten, bevor er sie zurückhalten konnte, laut und wütend. Und die Fäuste, mit denen er auf den Sitz trommelte, unterstrichen sie noch. „Hört auf. Immer streitet ihr. Den ganzen Tag. Ihr kümmert euch überhaupt nicht um mich. Ihr gebt mir kein Abendessen, bevor es dunkel ist." Er hatte das Gefühl, er müsste zerplatzen, so stark waren die Gefühle in ihm.

Irgendwann während seiner Tirade hatte Dad den Wagen mitten auf der Straße angehalten. Und als die letzten Worte gesagt waren, drehte sich sein Vater mit böse funkelnden Augen zu ihm um. „Raus hier."

„Was?" Die Frage war kaum mehr als ein Piepsen.

„Alan."

„Wir sind nur noch eine Meile von zu Hause entfernt. Er kann den Rest laufen."

„Wir werden ihn nicht aussteigen lassen. Dann gehe ich mit ihm."

Dad ignorierte Mum. „Du kennst den Weg. Folg einfach der Straße, über die Bahnstrecke, dann die Allee entlang zu dem Hochhaus."

Als Colton sich nicht regte, drehte Dad sich in seinem Sitz um und öffnete Coltons Tür. „Verschwinde jetzt."

Er warf Mum noch einen Blick zu, wartete darauf, dass sie widersprach. Mum wollte ebenfalls ihre Tür öffnen, doch mit einem einzigen Blick brachte Dad sie davon ab. Schließlich schnallte Colton sich ab und ging in die Dämmerung hinaus.

„Al…" Colton hörte, wie seine Mutter es noch einmal versuchte, dann riss Dad die Tür zu, gab Gas und raste so schnell davon, dass der Schotter spritzte.

Colton schaute nur auf seine Füße. Hatte Dad vergessen, dass er seine Schuhe ausgezogen hatte, weil sie voller Saft gewesen waren? Er trug doch nur Socken unter seiner zu kurzen Jeans. Eine Mücke summte an seinem Ohr vorbei und landete auf seinem Arm. Durch den Schock versuchte er nicht einmal, sie wegzuscheuchen.

Er fing an zu gehen, die Augen auf den Himmel gerichtet, an dem das letzte Licht des Tages zu sehen war, und versuchte, das Dunkel und die Schatten um sich herum zu ignorieren.

Und dann hörte er es.

Hupen – aber nicht von einem Auto sondern von einem Zug. Und das Kreischen von Rädern auf Metall, schleifend und schrill. Ein Knall. Unverkennbar.

Und er rannte. Und weinte – vergessen war der Schmerz an seinen Füßen und die Übelkeit. Weil er wusste …

Als er den Unfallort erreichte, war die Sonne komplett hinter dem Horizont versunken. In der Ferne heulten schon Sirenen. Rauch und Feuer überall, jemand schrie von innerhalb des Zuges.

Und ein Brüllen, das ihm in den Ohren schmerzte. Als er auf der Straße zusammenbrach, erkannte er, dass es sein eigenes war.

„Colton!"

Jemand rüttelte seinen Arm, doch alles, was er spüren konnte, war der Schmerz, der sein Herz zu zerreißen drohte, ihn ertränken wollte.

„Colton, du machst mir Angst."

Wieder wurde er gerüttelt und plötzlich war der Flashback vorbei. Sein Herz raste und der Kopf pochte, doch er war wieder zurück im Hier und Jetzt. Kate schaute ihn an, als wäre er ein Geist.

Und Colton zitterte am ganzen Körper wie damals als kleiner Junge auf der Straße. Wann hatte er bloß am Straßenrand angehalten?

„Was ist passiert? Hattest du wieder einen Flashback?"

Er konnte kaum Luft holen, fand keine Worte. Mit einem Ruck riss er das Lenkrad herum, legte den Gang ein und raste zurück in Richtung Stadt.

Der Motor heulte auf. „Vorsicht, Colt. Wir sind auf Schotter unterwegs und nicht die Einzigen hier."

Er ignorierte sie.

„Bitte, sprich mit mir. Sag mir, was gerade passiert ist."

Doch bevor sie noch etwas sagen konnte, sprang irgendetwas auf die Straße. Ein Hirsch?

Kates Schrei mischte sich mit dem Geräusch des aufspritzenden Schotters, als Colton das Lenkrad herumriss. Dann war da plötzlich ein anderes Auto – die Scheinwerfer näherten sich Kates Tür.

Bitte, Gott. Bitte, bitte … nein.

Und dann kam der Aufprall.

Kapitel 17

„Colton, wir müssen Sie röntgen. Ihr Knie macht mir Sorgen."
„Tja, mir nicht. Ich habe Ihnen doch gesagt, dass es eine alte Verletzung ist."

Der skeptische Blick des Arztes lag auf der Stelle über Coltons Kniescheibe. „So alt auch wieder nicht."

Colton konnte es nicht mehr aushalten, hier herumzusitzen. Es war schlimm genug, dass er nicht mit Kate im Krankenwagen hierher ins Krankenhaus hatte fahren können. Er hatte dort mitten auf der Straße gestanden, verzweifelt und hilflos, während der Notarzt mit Kate abgerauscht war.

„*Es hätte viel mehr passieren können.*" Die Worte des Polizisten klangen in seinen Ohren, als er versucht hatte, Colton zu beruhigen. „*Dem anderen Fahrer geht es gut. Und Kates Verletzungen sind nicht lebensbedrohlich.*"

Hatte er sie *gesehen*? Bewusstlos. Blutüberströmt. Der Knochen, der aus ihrem Arm stak …

Colton war schockiert gewesen, als er gesehen hatte, was noch von Kates Auto übrig geblieben war. Dass sie noch am Leben waren, war ein Wunder.

„*Wir müssen Sie ins Krankenhaus bringen.*"

„Case. Ich muss Case und Raegan …"

„*Er ist schon informiert. Das Katastrophenschutzteam hilft ihnen, den Fluss zu überqueren. Sie müssen jetzt mit mir kommen.*"

Colton rutschte jetzt von dem Behandlungstisch in dem kleinen Raum der Notaufnahme. In dem Augenblick jedoch, als er sein Gewicht verlagerte, konnte er ein Zusammenzucken nicht unterdrücken. Schmerzen schossen von seinem Knie aus nach oben und unten, scharf wie die Glassplitter, die ihm eine Krankenschwester vor wenigen Minuten aus der Stirn geholt hatte.

Doch darum kümmerte er sich nicht. „Ich muss wissen, wie es Kate geht." Er bückte sich und rollte sein Hosenbein nach unten, wodurch Schotter und Schmutz zu Boden fielen.

„Ich habe Ihnen doch schon gesagt, sobald wir Informationen haben …"

„Ich wollte im Wartebereich sein, wenn ihr Vater kommt."

„Er ist schon hier", erklärte die Krankenschwester, die jetzt wieder den Raum betrat, mit stoischer Miene.

„Colton, Sie sollten …"

Er ignorierte den Arzt, ignorierte das Stechen in seinem Bein, die Schmerzen in seinem gesamten Körper und humpelte nach draußen. Grelle Neonröhren erhellten den Flur, als er den blauen Markierungen in Richtung Wartebereich folgte.

Er hörte die Stimme von Case, noch bevor er ihn sah. „Katherine Walker. Sie hatte einen Autounfall."

„Oh ja, sie ist …"

„Colton!" Raegan rief durch den Raum, als sie ihn sah, lief zu ihm und konnte ihren schockierten Gesichtsausdruck nicht verbergen. Er hatte noch nicht in den Spiegel geschaut, doch er konnte sich vorstellen, wie er aussah. Das Hemd aufgeknöpft, zusammen mit dem Unterhemd darunter verschmutzt und blutverschmiert. Schrammen auf der Stirn, wo das Glas der Windschutzscheibe ihn verletzt hatte. „Wo ist Kate? Wie geht es ihr? Wie geht es dir?"

Case war jetzt ebenfalls an seiner Seite und musterte Colton mit mehr Mitleid, als er verdient hatte.

„Ich weiß nicht. Ich wurde separat hierhergebracht. Und dann wurde ich gleich in ein Behandlungszimmer gebracht. Ich frage schon die ganze …"

„Colton." Die Stimme des Arztes und sich nähernde Schritte erklangen hinter ihm.

Coltons Verärgerung wuchs, als er sich umdrehte. „Ich habe Ihnen doch gesagt, dass ich mich nicht röntgen lasse, bevor ich nicht weiß, wie es Kate geht."

Case trat vor. „Dr. Woodard, ich bin froh, dass Sie heute Abend Dienst haben. Wie geht es meiner Tochter?"

Natürlich kannte Case den Arzt. Wahrscheinlich alle, die hier arbeiteten. Vielleicht könnte er seinen Einfluss geltend machen und erreichen, was Colton nicht erreicht hatte.

Doch Dr. Woodard schüttelte den Kopf. „Es tut mir leid, aber Dr. Morris kümmert sich um sie. Ich bin nicht auf dem neuesten

Stand, doch ich will sehen, was ich herausfinden kann und welche Untersuchungen noch anstehen." Er warf Colton einen strafenden Blick zu. „Und in der Zwischenzeit können Sie vielleicht diesen unvernünftigen Menschen dazu bringen, sich der notwendigen Behandlung zu unterziehen. Sein Knie sieht schlimm aus, egal was er Ihnen sagt."

Mit wehendem Kittel drehte sich der Arzt um. Dann zischte eine Automatiktür und es eilten mehrere Leute heran. Seth, Ava ... sogar Bear.

„Wie geht es ihr?"

Colton konnte nicht erkennen, wer die Frage gestellt hatte. Er war damit beschäftigt, sich aufrecht zu halten und nicht zu schwanken. Der Stress der letzten Stunden und die durchwachte Nacht am Fluss schienen ihn nun endgültig zu übermannen.

Doch dann legte Case ihm seinen Arm um die Schultern und richtete ihn wieder auf. „Was ist passiert, Junge?"

Raegan sprach mit den anderen, erklärte, dass sie auf Neuigkeiten warteten.

„Ich ... wir ..." Er schluckte schwer. „Wir sind gefahren, haben geredet. Und dann hatte ich ... da war ein Zug." Es raubte ihm fast den Atem, als die Erinnerung zurückkam. „Ich hatte einen Flashback. Das habe ich manchmal."

Doch noch niemals so wie heute Abend.

„Und dann habe ich den Wagen gewendet und das Nächste, was ich weiß, ist, dass da auf einmal ein Hirsch über die Straße lief. Dann war da plötzlich das andere Auto und es gab einen Aufprall."

Oh Gott, was habe ich nur getan? Wenn er sie doch einfach zurück zu Megan gebracht hätte.

„Es ist meine Schuld." Er konnte spüren, dass ihn jetzt alle anstarrten. Kates Dad und ihre Schwester, ihr Cousin und ihre Freunde und ... „Logan. Ich sollte Logan und Beckett anrufen. Sie ..."

„Wir haben Sie schon informiert, Colton." Case sprach in einem freundlichen, ruhigen Ton mit ihm. „Und hör auf damit, dass es deine Schuld war. So wie es sich anhört, war es ein Hirsch. Die haben hier in der Gegend schon oft Unfälle verursacht." Er drückte Coltons Schulter.

Colton widersprach nicht. Nicht laut. Doch er wusste es besser.

Er hatte darauf bestanden, dass sie weiterfuhren.

Er war es gewesen, der sich nach über zwanzig Jahren endlich an das traumatischste Ereignis seines Lebens erinnert hatte.

Er hatte das Lenkrad herumgerissen und war losgerast.

Es war alles *seine* Schuld. Und wenn es Kate nicht gut ging, dann wüsste er nicht, was er tun würde.

„Wir sollten uns hinsetzen." Raegans Tonfall klang sanft. „Und du solltest dein Knie untersuchen lassen."

„Nicht, bis ich weiß, wie es Kate geht."

„Okay, gut. Das muss Kates Arzt sein."

Colton wirbelte herum, genau wie alle anderen, die mit ihm zusammen warteten.

„Dr. Morris?" Case trat vor und streckte die Hand aus.

Der Arzt ergriff sie. „Die gute Nachricht ist, dass sie wieder ganz gesund werden wird. Sie wird wieder laufen können. Alles wird heilen."

Colton spürte, wie sie alle gemeinsam aufatmeten.

„Sie sagen, sie wird *wieder* laufen können", sagte Case. „Das bedeutet, dass sie momentan …"

Der Arzt nickte bestätigend. „Leider wird sie eine Weile nicht sehr mobil sein. Der rechte Arm hatte einen glatten Bruch, den konnten wir ohne Probleme richten. Mit ihrem rechten Bein sieht die Sache allerdings anders aus. Sie muss operiert werden und dafür möchte ich sie gerne zu einem Spezialisten nach Ames schicken. Also wird es einige Zeit dauern, bis sie wieder auf die Beine kommt. Vielleicht braucht sie anschließend auch einige Monate lang Physiotherapie, aber noch einmal, es wird alles wieder heilen."

Monate. Was war mit Afrika?

„Ich kann Ihnen noch mehr Informationen über die Operation geben und wie wir weiter vorgehen werden, aber bestimmt möchten Sie sie zuerst sehen. Sie hat auch ein paar gebrochene Rippen, also bitte vorsichtig sein beim Umarmen."

Erleichterung machte sich unter ihnen breit, doch Colton konnte nicht so recht daran teilhaben. Ein gebrochener Arm, ein gebrochenes Bein, gebrochene Rippen. Kate … seine Kate.

Nicht meine Kate.

Nicht mehr.

„Natürlich wollen wir sie sehen", sagte Raegan, die ihre Hand in die von Bear gelegt hatte. „Können wir alle rein?"

Dr. Morris lächelte. Wie konnte er nur so entspannt aussehen nach den Nachrichten, die er gerade überbracht hatte? „Ich glaube schon. Auf jeden Fall für ein paar Minuten."

Die Gruppe setzte sich in Bewegung. Alle außer Colton.

Case wandte sich um. „Colt?"

„Geht schon mal vor. Ich muss ..." Er machte die Augen zu. Machte sie wieder auf. „Ich muss zum Röntgen."

„Sie wird dich sehen wollen."

„Sie wird nicht nach Afrika gehen können, Case. Du hast gehört, was der Arzt gesagt hat. Sie wird monatelange Physiotherapie brauchen." Sie hatte ihre Pläne schon aufgeschoben, damit sie sein Buch schreiben konnte – und dann hatte er ihr eröffnet, dass er es sich anders überlegt hatte. Jetzt hatte er ihr auch noch die eine Sache verdorben, die sie sich mehr als alles andere gewünscht hatte. „Ich habe alles ruiniert."

„Das weißt du nicht, Colt. Vielleicht kann die Stiftung die Reise verschieben. Vielleicht erholt sie sich schneller als erwartet."

Der Rest der Gruppe verschwand um die Ecke. „Du solltest gehen."

„Und du solltest mitkommen." Cases Stimme klang jetzt ernst. Doch als Colton den Kopf schüttelte, seufzte der ältere Mann. „Also gut, dann kommst du nach dem Röntgen."

Colton nickte. Doch als Case sich umgedreht hatte, wendete er sich ab und humpelte in Richtung Ausgang.

☙

„Ich ... liebe ... Schmerzmittel."

Alle brachen bei Kates Erklärung in lautes Gelächter aus.

„Was denn? Wenn ihr vier gebrochene Knochen hättet – na gut, zwei gebrochene und zwei angebrochene – und man euch dann noch die halbe Windschutzscheibe aus dem Oberarm gezupft hätte, würdet ihr Gott auch für die moderne Medizin danken."

Raegan fuhr mit der Hand durch Kates Haar und fing dann an, es zu bürsten, nachdem sie sich auf die Kante des Krankenhausbettes gesetzt hatte. „Wofür ich Gott danke, ist, dass du Witze reißt, nachdem du so einen krassen Autounfall hattest."

Das mussten die Medikamente sein.

Oder die grenzenlose Dankbarkeit. Sie lebte. Dieser Abend hätte auch vollkommen anders ausgehen können.

Und jetzt war sie von ihrer Familie und ihren Freunden umgeben, von denen einige nur kurz den Raum verlassen hatten, um sie mit M&Ms aus dem Süßigkeitenautomaten zu versorgen, während Seth und Ava sich schnell auf den Weg zum Haus machten, um ihr saubere Wäsche zu holen. Anscheinend durften sie das gleiche Boot nutzen, in dem auch Dad und Raegan den Fluss überquert hatten.

Wenn nur Colton endlich durch die Tür käme, die zu ihrem Zimmer führte. Wo war er nur? Sie hatte natürlich nach ihm gefragt. Dad hatte etwas von Röntgen gesagt, aber das war schon über eine Stunde her.

Dad war auch der Einzige gewesen, der den Raum nicht eine Sekunde verlassen hatte. Jetzt sah er sie von seinem Stuhl aus an.

„Es geht mir gut, Dad."

Er wirkte genauso abgespannt wie vor ein paar Wochen, als sie nach Hause gekommen war.

Schließlich beugte er sich vor und umschoss ihre Finger. „Natürlich geht es dir gut."

In der Ecke des Raumes hielt Bear ihr Handy hoch. „Megan hat zurückgeschrieben. ‚WAS???' Das ist alles in Großbuchstaben. ‚Schön, dass es dir gut geht. Bescheuerter Hirsch. Wie geht es dem Typen?' Damit meint sie wahrscheinlich Colton?"

Sie wünschte, sie wüsste, wo Colton war. Dad hatte gesagt, dass er keine ernsten Verletzungen davongetragen hatte, aber …

Aber sie hatten ihn im Auto ja nicht erlebt. Körperlich mochte es ihm gut gehen. Doch heute Abend war irgendetwas geschehen. Der Wunsch, ihn zu sehen, wurde immer drängender.

Da halfen auch die Schmerzmittel nicht.

„Kannst du ihr schreiben, dass es ihm gut geht?"

Raegan war fertig mit Bürsten und erhob sich. „Ich sehe nach ihm, okay? Er müsste doch längst mit dem Röntgen fertig sein."

Ihre Schwester kannte sie nur allzu gut.

Bear begleitete Raegan und ließ Kate allein mit Dad. Durch das kleine Fenster hinter ihrem Vater sah sie die dunkle Nacht. Wie spät es wohl war? Es musste schon nach Mitternacht sein.

„Also hat Dr. Morris dich über die OP und alles informiert?"

Dad nickte. „Ich fürchte, du hast noch einen langen Weg vor dir, Katie."

„Ich weiß." Sie rutschte im Bett hin und her, doch das hochgelagerte Bein und der Gips am Arm machten eine gemütliche Position nahezu unmöglich. „Und der Weg führt definitiv nicht über Afrika."

Sie hatte es gewusst, noch bevor der Arzt die Operation und die Physiotherapie auch nur erwähnt hatte. Ein Gefühl. Morgen würde sie die Enttäuschung vielleicht stärker spüren oder nächste Woche, wenn der Schock nachließ. Sie würde es irgendwann annehmen und sie war sich sicher, dass Gott ihr eine neue Tür öffnen würde, wenn es so weit war.

Aber heute Nacht … heute Nacht konnte sie nur an ihre Unterhaltung mit Colton denken. Wenn er doch nur endlich hier auftauchen würde.

„Du hast mit Colton gesprochen, als du hergekommen bist, richtig? Er hat dir erzählt, was passiert ist." Sie fuhr mit der Zunge über ihre trockenen Lippen.

Dad nahm ein Glas vom Nachttisch und hielt es ihr an den Mund, damit sie trinken konnte. „Er hat mir erzählt, was passiert ist, hat etwas von einem Flashback erzählt. Sehr knapp."

„Ich glaube, er konnte sich plötzlich wieder an den Unfall erinnern, bei dem seine Eltern ums Leben gekommen sind."

Es war alles so schnell gegangen. Im einen Moment hatten sie miteinander geredet – über sein Buch. Das schien da noch so wichtig gewesen zu sein. Im nächsten Augenblick war der Zug an ihnen vorbeigerast und Colton war erstarrt. Irgendwie hatte er gebremst, doch dann war er für einige Sekunden komplett abwesend gewesen.

„Du hättest ihn sehen sollen, Dad. Es war, als wäre sein Körper im Auto gewesen, aber der Rest von ihm irgendwo anders. Das war schrecklich. Ich kann mir nicht vorstellen …" Ein Schmerz, der viel schwerer wog als ihre Verletzungen, durchdrang sie. „Es war noch viel schlimmer als der Unfall."

„Wenigstens warst du bei ihm."

„Ich glaube nicht, dass ihm das geholfen hat. Er hat mich gar nicht gehört. Und dann ist auch schon der Unfall passiert und …" Sie riss die Augen auf. „Er denkt, es wäre seine Schuld, stimmt's? Oh mein Gott, deshalb ist er auch nicht hier. Er sitzt hier irgendwo und macht sich Selbstvorwürfe."

„Kate …"

„Wir müssen ihm sagen, dass es nicht seine Schuld war." Jetzt traten ihr zum ersten Mal in dieser Nacht Tränen in die Augen und liefen ihr über die Wangen. „Dieser bescheuerte Hirsch hätte auch jedem anderen vors Auto springen können."

„Das weiß er."

„Das glaube ich nicht. Sonst wäre er hier." Sie schüttelte den Kopf, schniefte. Ihre Emotionen waren außer Kontrolle. „Weiß er, dass ich nicht nach Afrika gehen kann?"

Resignation zeichnete sich auf dem Gesicht ihres Vaters ab. „Ich fürchte ja."

„E-er wird sich für alles die Schuld geben. Wir müssen ihn finden, Dad. B-bring ihn hierher, bitte. Irgendwie. Ich muss es ihm sagen."

Dad reichte ihr ein Taschentuch, doch die Tränen liefen ihr weiter übers Gesicht. „Was sagen?"

„Dass ich …" *Dass ich ihn liebe.*

Oh, Herr, ich liebe ihn. Und er ist verletzt … und ich …

Verliere alles.

Oder vielleicht ließen auch die Medikamente nach.

Oder der Schock verschwand langsam.

Was auch immer es war, es erschütterte sie. „Ich muss einfach mit ihm reden."

Dad beugte sich zu ihr und legte ihren Kopf an seine Schulter. „Wir werden ihn finden, Schatz. Alles wird gut."

Sie presste die Augen zu und ließ den Trost ihres Vaters zu.

„Alles wird gut", wiederholte er noch einmal.

Sie schniefte noch einmal, unterdrückte dann das Schluchzen. Atmete tief ein und aus. Dad strich ihr übers Haar und sie legte sich zurück auf das Kissen. „Warum ruhst du dich nicht ein paar Minuten aus?"

Sie öffnete die Augen wieder. „Sobald du Colton gefunden hast, bringst du ihn zu mir?"

„Versprochen."

Sie machte die Augen zu, als ihr Dad langsam aufstand. Vielleicht hatten die Schmerzmittel doch noch nicht nachgelassen, denn jetzt spürte sie, wie sich ihr Körper endlich entspannte, ihre Gedanken auf Wanderschaft gingen …

Bis Schritte in ihrem Zimmer erklangen. Leise Stimmen. Sie versuchte zu verstehen, was sie sagten, versuchte, die Augen zu öffnen.

„Wir glauben, er ist weg."

„Hat er das Krankenhaus verlassen?"

Sie dämmerte weg, als Raegan antwortete. „Nein, die Stadt."

Kapitel 18

„Du hast zwei Gipsverbände. Du sitzt im Rollstuhl. Und du versuchst, Laub zu harken?"

Bei Megans vorwurfsvoller Stimme und den Schritten, die sich über dem Laubteppich näherten, drehte Kate sich mit ihrem Rollstuhl um. „Ich versuche es nicht nur. Sieh dir meinen Haufen doch bloß mal an."

Megan beäugte den Blätterhaufen, den Kate produziert hatte – dann wanderte ihr Blick zu der Stelle hinüber, an der Dad arbeitete. Der November gab sich alle Mühe, seinem Ruf als letzter Herbstmonat gerecht zu werden, und hatte mit seinen Winden und dem plötzlichen Kälteeinbruch Dads Garten in eine braune Masse verwandelt.

„Ja", sagte Megan langsam. „Als würde man die Flint Hills mit den Rockies vergleichen."

„Hey, wenn ich beide Arme und Beine benutzen könnte, hätte ich einen Everest-Blätterhaufen."

Megan hielt ihr den Kaffeebecher entgegen, den sie mitgebracht hatte. „Hier."

Kate atmete das duftende Aroma ein. „Mit Zimt?"

„Offensichtlich." Megan trug ein hautenges Tanktop über einem pinken Longsleeve, dazu einen schwarz-weiß gestreiften Rock und schwarze Leggings.

„Danke für den Kaffee. Du siehst heute ziemlich punkrockig aus, Meg."

Sie beäugte den Rollstuhl. „Und du siehst aus wie Deborah Kerr am Ende von *Die große Liebe meines Lebens*. Wann wirst du das Ding endlich los?"

„Der Gips am Arm kommt morgen ab, was bedeutet, dass ich auf Krücken umschwenken darf." Kate nippte grinsend an ihrem Kaffee. „Aber ein viel größerer Erfolg in meinem Leben ist dein Wissen über alte Filme." Und auch eine willkommene Abwechslung – in den letzten vier, fast fünf Wochen.

Megan verlagerte ihr Gewicht von einem Fuß auf den anderen, als wolle sie etwas sagen, was sie sich nicht auszusprechen traute. Endlich nahm sie Kates Harke auf und fing an, die Blätter zusammenzuschieben.

„Du musst das nicht tun."

„Wenn du mit deinem Teil des Hofes irgendwann mal fertig werden willst, dann doch. Außerdem wollte ich dir sagen, dass ich ab morgen keine Zeit mehr zum Filmeschauen habe."

„Wieso? Was ist morgen?"

Megan hielt inne und sah bedeutungsvoll auf den Becher in Kates Hand. „Überleg mal ganz genau."

Kate musterte den Becher, auf dem das *Coffee Coffee*-Logo prangte. „Ach du meine Güte. Morgen ist schon die Wiedereröffnung?"

„Der neue Boden ist verlegt. Heute kommen die Möbel runter." Sie harkte weiter. „Es wäre schneller gegangen, wenn die Versicherung nicht so lange mit der Begutachtung gebraucht hätte. Aber wenn man die Umstände bedenkt, ist ein Monat gar nicht so schlecht gewesen."

Wow, war es schon einen ganzen Monat her seit der Überflutung? Seltsam, wie schnell die Zeit vergangen war. Zuerst die Operation, ein paar Tage im Krankenhaus, dann war sie wieder zu Hause und halbwegs mobil dank des Rollstuhles, den sie geliehen hatte. Irgendwann in der Zeit waren die blauen Flecken und Schrammen an ihrer rechten Seite geheilt und die Wunden auf ihrer Stirn verschwunden.

Natürlich hatte sie noch einige Monate Krankengymnastik vor sich. Aber ihre körperlichen Wunden heilten schnell.

Sie wünschte sich nur, sie könnte das Gleiche über ihre Gefühle sagen.

„Du hast immer noch nichts von Colton gehört."

Obwohl Megan immer versuchte, möglichst uninteressiert und mürrisch zu wirken, konnte sie sie doch gut lesen.

„Nur ein paar E-Mails." Er hatte sie wissen lassen, dass er wieder in L.A. war, dass der Verleger ihn aus dem Buchvertrag entlassen hatte. Aber keine Erklärung darüber, was im Auto geschehen war. Warum er einfach alles hatte stehen und liegen lassen und der Stadt den Rücken gekehrt.

Er hatte sie verlassen. Wäre eine Verabschiedung so viel verlangt gewesen? Ein kurzer Besuch im Krankenhaus, um ihr zu sagen, dass das, was sich zwischen ihnen entwickelt hatte, nun aus und vorbei war?

„Ich kann nicht glauben, dass ich ihn so toll gefunden habe." Die Harke knallte während dieser Worte auf den Boden. „Wie er mir im *Coffee Coffee* geholfen hat und alles? Ich dachte echt, er wäre ein *Captain America*-Typ."

Kate wollte nicht darüber sprechen. „Also eröffnest du morgen wieder."

„Du hast wirklich das Talent, schwierige Themen zu umschiffen."

„Genau wie fürs Harken." Kate rollte sich Megan in den Weg. „Aber ernsthaft, du bist mit der ganzen Sache umgegangen wie ein Profi, Meg. Nicht viele Einundzwanzigjährige wären so schnell wieder auf den Füßen gelandet."

Wie alle anderen Geschäfte am Flussufer war das *Coffee Coffee* von der Überflutung schwer getroffen worden. Der Boden, die Rohre, die Stromleitungen – alles hatte extrem gelitten. Das Fundament war gefährdet gewesen, die Wände voller Feuchtigkeitsflecken.

Aber Megan hatte die Kraft gefunden, sich dem entgegenzustellen. Die gesamte Gemeinde hatte das getan – genau wie nach dem Tornado. Es hatte fast eine ganze Woche gedauert, bevor der Fluss sich wieder zurückgezogen hatte, aber als es endlich so weit gewesen war, hatten alle Stadtbewohner mit angepackt.

„Also, wann gehst du zurück nach Chicago?", fragte Megan.

„In ein paar Tagen. Raegan spielt die Taxifahrerin. Sie bleibt ein paar Wochen bei mir. Mindestens, bis mein Gipsbein abkommt." Weil Bear endlich mit ihr über seine Zukunftspläne gesprochen hatte. Und obwohl Raegan immer noch an ihrem Plan festhalten wollte, in Maple Valley zu bleiben, brauchte sie eine kurze Auszeit.

Kate selbst hatte allerdings überhaupt keine Ahnung mehr, was noch in Chicago auf sie wartete. Sie hatte vor Wochen Frederick Langdon anrufen müssen, um die Afrikareise abzusagen – eine Unterhaltung, die sie tagelang trübselig gestimmt hatte. Sie hatte für kurze Zeit einen so perfekten Plan gehabt: Coltons Buch schreiben, nach Afrika gehen, mit ein paar spannenden Projektideen nach

Hause kommen … und dann endlich das schreiben, was ihr Herz ihr sagte. Egal, was es sein würde.

Jetzt war sie arbeits- und ideenlos.

Ihr Herz war in Aufruhr.

Aber eine Sache wusste sie. Dass sie trotz Dads immer wiederkehrender Angebote nicht in Maple Valley bleiben konnte. Sie musste herausfinden, was für sie als Nächstes dran war. Entscheiden, was sie wollte, und ihr Ziel dann verfolgen … anstatt darauf zu warten, dass es sie irgendwann einmal durch Zufall finden würde.

„Aber wir sehen uns noch mal, bevor du fährst, oder?", fragte Megan hoffnungsvoll.

Kate lächelte. „Natürlich. Denn ich glaube, dass ich dich unfassbarer Weise immer noch nicht vollständig davon überzeugt habe, dass du dein Kind nach mir benennst."

„Und was, wenn es ein Junge wird?"

„Walker wäre ein großartiger Name für deinen Sohn."

Megan grinste nur und harkte weiter.

Später, als sie wieder gegangen war, rollte Kate ihren Stuhl über den unebenen Untergrund zu Dad, der jetzt die Blätter in schwarze Müllsäcke packte. Die Kälte, der Geruch nach Herbst, der strahlend blaue Himmel über den kahlen Bäumen …

Das alles würde Kate vermissen.

„Du sollst dir einen Mantel anziehen, Katie."

„Na ja, in diesem Ding rumzurollen hält mich warm."

Dad band den Sack zu und stellte ihn ab. „Ich könnte eine Pause vertragen. Wollen wir spazieren gehen?" Er trat hinter den Rollstuhl und schob sie an.

„Ich glaube nicht, dass Krücken wirklich Spaß machen, aber für mich werden sie ein Schritt zurück in die Normalität sein." Dad schob sie zu einer Reihe von Bäumen, an denen sein Hof endete und der Abhang begann. „Du schubst mich jetzt nicht da runter, oder? Das sieht gefährlich aus."

„Ich bin vielleicht fast sechzig, aber ich bin noch sehr wohl in der Lage, einen Rollstuhl auf einem Hügel unter Kontrolle zu halten." Laub und Stöcke knirschten unter den Rädern und seinen Füßen.

„Aber warum …"

„Ich war noch nicht unten, um zu sehen, ob unsere kleine Brücke den Tornado überstanden hat. Wenn sie es nicht hätte, würde ich es auch gar nicht wissen wollen."

Er schob sie um Bäume herum, immer auf den kleinen Bachlauf zu, den man von hier aus schon hören konnte. „Ich wüsste nicht, wie sie standgehalten haben sollte." Es war nur ein Brettersteg gewesen, keine richtige Brücke, mehr schlecht als recht zusammengehämmert.

Durch die weit aufragenden Bäume konnte man hier und da den Himmel sehen. Kate hielt sich an den Armlehnen ihres Rollstuhls fest, als der Abhang noch etwas steiler wurde. Endlich erreichten sie wieder ebenen Boden und der Fluss kam in Sichtweite.

Und dort stand die kleine wacklige Brücke. Von der sie Colton damals abends in dem Silo erzählt hatte. Vollkommen unversehrt.

„Jetzt sieh dir das an! Wie, um alles in der Welt ..." Die Fassungslosigkeit stand ihm ins Gesicht geschrieben, als er mit Kate im Rollstuhl langsam darauf zuging. Schließlich stellte er die Bremse fest und setzte sich auf die Brücke, ließ die Beine über die Seite baumeln.

Kate räusperte sich. „Ich liebe diesen Ort, Dad. Ich liebe all die Geschichten von dir und Mum und euren gemeinsamen Momenten hier draußen."

„Ja, ich weiß das. Du hast deine Mutter immer und immer wieder bekniet, dir die Geschichte von dem Jungen und dem Mädchen zu erzählen, die sich hier getroffen haben. Der Junge hatte eines Abends die Brücke geschmückt und die beiden tanzten bis zur Sperrstunde."

„Und sie haben sich verliebt und sie hat nie aufgehört, ihn zu vermissen, als er in den Krieg ziehen musste", erzählte Kate die Geschichte weiter.

„Und wie er, auch als ihre Briefe nicht mehr kamen, nie aufgehört hat, sie zu vermissen."

Kate legte ihren eingegipsten Arm in den Schoß. „Und wie sie sich wiedergesehen haben, als er nach Hause gekommen ist. Ein paar Jahre später. Und dann wieder ein paar Jahre später."

Dad wandte sich ihr zu. „Bis sie sich endlich am ersten Depot-Tag gefunden haben."

„Und du sie gefragt hast, ob sie dich heiraten will, bevor euch wieder irgendetwas dazwischenkommen konnte. Und nach ein paar Jahren bist du hierher nach Hause gekommen und hast unweit dieser kleinen Brücke ein Haus gebaut." Kates Haar kitzelte auf ihrer Wange, als der Wind auffrischte.

„Flora und ich mussten darüber lachen, dass, egal wie oft sie dir die Geschichte erzählt hat, du nie müde wurdest, sie zu hören. Du warst von Anfang an unglaublich romantisch, Katie."

„Oder ich erkenne einfach, ob eine Geschichte gut ist, wenn ich sie höre."

Er schüttelte den Kopf und blickte sie an. „Es macht mir nichts aus, es dir zu sagen. Ich habe mir etwas Sorgen um dich gemacht."

„Dad, es geht mir gut. Der Gips an meinem Arm kommt morgen ab und mein Bein …"

„Das meine ich nicht." Er klopfte sich aufs Herz. „Darum geht es mir. Ich hatte Angst, du hättest dein Herz abgeschaltet. Vielleicht wegen Gil. Vielleicht weil es dir Angst gemacht hat, als ich Mum verloren habe. Aus welchem Grund auch immer, du hast das kleine Mädchen aus den Augen verloren, das die Romantik geliebt und für sie gelebt hat."

Das Sonnenlicht flackerte durch die Bäume. „Ich verdiene meinen Lebensunterhalt mit Liebesgeschichten."

„Du schreibst darüber. Aber welche Bedeutung hat die Liebe in deinem Leben?"

„Dad!"

Er hob die Hände. „Tut mir leid, wenn ich so direkt bin, du fährst demnächst wieder zurück nach Chicago und dann habe ich meine Chance verpasst. Aber ohne mich schaffst du es nicht den Berg hinauf, also habe ich jetzt alle Zeit der Welt."

„Du stellst mir hier eine Falle, um mir zu sagen, dass ich nicht fähig bin, wirklich zu lieben?"

„Du bist nicht unfähig, Katie. Als du im Krankenhaus geweint hast, hast du das bewiesen."

Wunderbar, sie hatte gehofft, sie würden ihr Tal der Tränen nach dem Autounfall einfach vergessen. „Ich weiß überhaupt nicht, was du von mir willst, Dad."

Er wartete, bis sie ihm in die Augen schaute, in denen sie die für ihn typische Mischung aus Freundlichkeit und Bestimmtheit sah. „Du kennst die Regeln der Liebe, Katherine. Du weißt, was eine gute Liebesgeschichte ausmacht. Aber du hast dir selbst nie zugestanden, es auch zu erleben." Er kniete sich neben sie. „Sieh mal, ich will natürlich nicht, dass du Liebeskummer hast, aber ein Leben ganz frei von Schmerz? Das kann ich nicht für dich wollen. Es würde bedeuten, dass dein Herz hart wäre. Stählern. Unbeweglich." Er legte ihr eine Hand aufs Knie. „Aber als du in dieser Nacht im Krankenhaus angefangen hast zu weinen, wusste ich, dass mein kleines Mädchen wieder da ist."

„Weil ich wegen einem Typen geheult habe?" Ihr Haar wehte in einer Brise und sie steckte ihre gesunde Hand in die Tasche, weil ihr kalt wurde.

„Weil du dich verliebt hast. Nicht auf eine oberflächliche Art und Weise. Du hast dir Gedanken um Colton gemacht, um seine Gesundheit. Du liebst ihn."

Sie könnte widersprechen, aber was sollte das bringen? Dad kannte sie – manchmal besser als sie sich selbst. „Ja vielleicht. Aber sieh nur, wohin mich das gebracht hat."

Er grinste, als er sich erhob und sein Schatten auf sie fiel. „Du bist genau hier. Weicher. Verwundbarer. Du kannst zugeben, dass Gott besser weiß als du, wie dein Leben laufen sollte. Wie diese kleine Brücke, die schon so manchem Sturm getrotzt hat."

ଊ

Er hätte anrufen sollen. Oder e-mailen. Eine Brieftaube mit handgeschriebenem Zettel wäre besser gewesen, als einfach so ohne Vorankündigung auf Norah Parkers Türschwelle zu erscheinen.

Doch ein Impuls hatte Colton hierhergeführt und jetzt stand er an diesem viel zu warmen Novembertag auf einer emsigen Straße in L.A. Neunzehn Grad im Herbst, das fühlte sich einfach nicht richtig an.

Aber andererseits hatte sich in diesem letzten Monat rein gar nichts richtig angefühlt.

Ein Auto mit brummendem Auspuff fuhr an ihm vorbei und hinterließ eine Rauchschwade und einen üblen Geruch. Er zupfte nervös an seinem T-Shirt und wünschte sich ein kühles Lüftchen. Dann klingelte er.

Hinter der Tür erklangen Schritte und sie ging auf.

Die Frau, die ihm öffnete, starrte ihn erst an, dann blinzelte sie … und schließlich hatte sie ein Grinsen auf dem Gesicht. „Colton Greene."

„Hi, Norah."

„Colton Greene. Du meine Güte."

Er starrte sie an, während sie zurückstarrte. War es möglich, dass sie sich in über zehn Jahren so wenig verändert hatte? Die gleiche ebenholzfarbene Haut und die hohen Wangenknochen, eine Schönheit, die in ein Hochglanzmagazin gehörte, das hatte er sogar als Kind erkannt.

Nicht in ein winziges Büro, wo sie sich um zornige Kinder kümmern musste.

Aber es gab doch einen Unterschied. Einen großen.

„Ach, komm schon her und umarme mich. Ich habe noch ein paar Wochen bis zur Entbindung. Ich werde schon nicht platzen."

Da war er sich nicht so sicher.

Dann machte sie einen Schritt zur Seite, damit er das Haus betreten konnte, schloss die Tür und zog ihn an sich. Er beugte sich vor, um seine Arme um sie zu legen, während Hunderte von Erinnerungen ihn durchströmten. Das erste Mal, als sie ihn umarmt hatte, als sie ihn eine Woche nach dem Tod seiner Eltern in ein Übergangswohnheim gegeben hatte. Die Umarmung an dem Tag, als ihn die Pflegefamilie zurückgeschickt hatte und sie jede einzelne Flasche in ihrer Kiste zerschmettert hatten.

Die Umarmung, bei der er ganz steif gewesen war, als er sie zum letzten Mal gesehen hatte.

Nur – nur dass das eigentlich nicht stimmte. Er hatte endlich herausgefunden, dass es damals ihre Stimme gewesen war, die er im Krankenhaus gehört hatte, als er erwacht war. Monatelang hatte er gedacht, es sei Lilah gewesen. Aber nein, es war Norah, die bei ihm gewesen war. Er hatte ihr Tickets für das Spiel geschickt, sie war gekommen und hatte mitansehen müssen, wie er sich so schwer verletzt hatte.

Und dann hatte sie ihn im Krankenhaus besucht.

Jetzt lehnte sie sich zurück, musterte ihn von oben bis unten und pfiff anerkennend durch die Zähne. „Ich wusste schon immer, dass etwas aus dir werden würde, Colt. Auch wenn du mal wieder zum Friseur gehen könntest." Lachen drang aus einem Nebenzimmer zu ihnen. „Komm mit in die Küche."

Er folgte ihr durch den Flur, dessen Wände von Reisefotos aus Europa geschmückt waren. „Du hast also endlich deine Rucksacktour durch Europa gemacht?"

Sie passierten einen gewölbten Durchgang, der zum Esszimmer führte, das voller Spielzeug war.

„Vor zwei Jahren. Kurz bevor wir die Jungs adoptiert haben, die du gleich kennenlernen wirst."

„Wer ist *wir*?"

Sie führte ihn in die Küche. „Mein Ehemann und ich natürlich. Er ist an meinem achtunddreißigsten Geburtstag in mein Leben gerauscht. Ich habe mit ein paar Freundinnen in einem Restaurant gefeiert und natürlich mussten sie dem Kellner sagen, dass ich Geburtstag habe. Das Nächste, was ich weiß, ist, dass der Koch mit einem Nachtisch mit Wunderkerze aus der Küche gekommen ist und eine ziemlich schräge Version von *Happy Birthday* gesungen hat. Es war Liebe auf den ersten Blick."

Sonnenlicht strömte durch das Küchenfenster über der Spüle, die hellen Schränke und die gelben Wände verstärkten den freundlichen Eindruck des Raumes. Am Tisch in der Ecke saßen zwei absolut identische Kleinkinder und kicherten in ihren Hochstühlen.

„Koreaner", beantwortete Norah seine unausgesprochene Frage. „Henry und Lee."

„Sie sind süß."

„Da ich fast vierzig war, als ich geheiratet habe, haben wir gedacht, eine Adoption wäre die beste Lösung. Tja, drei Wochen, nachdem wir sie zu uns genommen haben, habe ich festgestellt, dass ich schwanger bin … mit dreiundvierzig. Witzig, wie das Leben so spielt."

„Ja. Witzig."

Sie bat ihn, Platz zu nehmen, und er setzte sich auf einen Stuhl mit verzierter Rückenlehne, während sie Kekse auf einen Teller legte und zwei Gläser Milch einschüttete. Sie stellte alles vor ihn, dann setzte sie sich zu den Kindern.

Norah schien ihn mit ihrem Blick zu durchbohren und setzte ihren bekannt forschenden Gesichtsausdruck auf. „Also erzähl mir, warum bist du hier?"

Und dann brach es aus ihm heraus – ohne dass er es gewollt hätte. Die Wochen in Iowa, der Flashback auf der Straße. Der Unfall. Kate.

Irgendwann während seines Erzählens fing Henry an zu weinen und Norah nahm ihn auf den Schoß.

„Jetzt bin ich wieder hier in L.A. und schlage meine Zeit mit Nichtstun tot." Er versuchte, Kate zu vergessen – und wie er ihre Zukunft ruiniert hatte.

Und es war ja nicht nur sie, die er verlassen hatte. Es war auch Webster. Und die Stadt, die sich gerade von der einen Naturkatastrophe erholt hatte, nur um sich der nächsten gegenüberzusehen. Case und Seth und Raegan – Freunde, die für ihn zur Familie geworden waren.

„Also, das ist ja dumm."

Er hätte fast seine Milch ausgespuckt. „Bitte was?"

Norahs grimmiger Gesichtsausdruck schien ihn förmlich zu durchbohren. „Lass mich das noch mal zusammenfassen: Du hast dich an den schrecklichen Unfall deiner Eltern erinnert. Dann ist ein Hirsch auf die Straße gesprungen. Und nur deswegen hast du die Frau deines Lebens verlassen?"

„Ich habe nicht gesagt, dass Kate …"

„Musst du gar nicht. Ich kenne dich, Colton Greene. Verflixt, ich wollte dich sogar mal adoptieren."

„Was?"

Sie rieb Henrys Rücken, als seine Augen zufielen. „Als ich dich aus der dritten Pflegefamilie geholt hatte und den Ausdruck auf deinem Gesicht gesehen habe … Jeder mütterliche Instinkt in mir hat geschrien, dass ich etwas tun muss. Ich bin ins Büro meiner Vorgesetzten gegangen und habe ihr gesagt, dass ich vorhabe, dich zu mir zunehmen. Sie hat mir dann erklärt, dass du schon fast ein Teenager bist und ich ja erst seit ein paar Jahren aus dem College raus bin und dass ich mir das aus dem Kopf schlagen solle. Das sei völlig undenkbar. Seltsam, jetzt darüber zu sprechen, wo wir beide erwachsen sind."

Er schluckte. „Danke, dass du darüber nachgedacht hast."

Ihr Ausdruck wurde wieder ernst. „Warum bist du hier?"

„Ich glaube, ich hatte das Verlangen, dass mich jemand dumm nennt." Er half Lee, einen Schluck aus seinem Schnabelbecher zu trinken.

„Ich habe nicht gesagt, dass *du* dumm bist. Nur dein Verhalten."

„Dumm bleibt dumm."

„Colton."

Er stellte Lees Becher ab „Okay. Ich dachte … ich dachte, du hättest vielleicht einen Rat für mich. Als ich siebzehn war und keine Ahnung hatte, was ich tun sollte, hast du mir auch geholfen, die Anträge fürs College auszufüllen."

„Das? Wir haben einfach nur mit dem gearbeitet, was du zu bieten hattest, Colt. Du hattest Talent für Football." Henry wurde wieder unruhig auf ihrem Schoß und sie nahm ihn wieder hoch. „Und was hast du jetzt?"

Ein gebrochenes Herz. Er konnte einfach nicht die Frau vergessen, die er verlassen hatte. Noch dazu, als sie in einem Krankenhausbett lag, was die Sache noch um einiges schlimmer machte.

Und er hatte den unbändigen Wunsch, in eine Stadt zurückzukehren, die nicht einmal seine Heimat war.

„Ich denke, ich habe diese Stiftung. Sie ist nie wirklich in Fahrt gekommen, weil ich keine Ahnung hatte, welchen Zweck sie eigentlich haben soll. Und meine Geschäftsführerin hat gekündigt. Ich dachte, dass ich sie Ende des Jahres schließe, aber vielleicht könnte ich etwas Gutes damit bewirken." Er stemmte seine Ellbogen auf den Tisch und hoffte, dass ihn ein plötzlicher Geistesblitz traf und er wusste, was er mit seiner Zukunft anfangen sollte.

„Da haben wir es doch. Dir geht es besser als den meisten Menschen, die sich in einer Sackgasse befinden. Du bist finanziell abgesichert. Jetzt musst du nur noch herausfinden, was deine Aufgabe ist, also was die Welt von dir braucht."

Der Kühlschrank fing an zu summen. „Case Walker – das ist der Vater von Kate, der, mit dem ich in Iowa zusammengearbeitet habe – hat mir eine Geschichte über Raymond Berry erzählt, den

Football-Spieler und späteren Coach. Er hat gesagt ... es gäbe für mich noch dreißig Zentimeter."

„Ich habe keine Ahnung, was das bedeuten soll." Als Henry sich in ihren Armen wand, erhob sich Norah und ging neben dem Tisch auf und ab. „Aber es gibt noch etwas anderes, das du hast. Deinen Glauben."

„Keinen sehr starken."

„Es geht auch nicht um stark oder schwach. Glauben ist kein Sport – man wird nicht verletzt oder hört auf zu spielen. Nicht, wenn man sich nicht dazu entscheidet." Sie hielt inne. „Du hast viel erlebt, Colton. Aber ich glaube, dass man erst wirklich erkennt, was man im Leben braucht, wenn einem alles genommen wird. Achtung, Spoiler: Es geht hier nicht um eine Karriere oder eine verarbeitete Vergangenheit. Es ist kein Ort und auch keine Person."

Mit anderen Worten, nicht einmal Kate. Oder Maple Valley. Oder ein normales Leben. Wie auch immer das aussehen mochte. „Worum geht es dann?"

„Es geht darum zu wissen, dass wir von Gott geliebt sind. Das ist die einzige Bestimmung, die ein Mensch hat. Vielleicht hört es sich zu simpel an, aber ich glaube, wenn man das annimmt und aus diesem Wissen seine Sicherheit schöpft, dann kann sich das Spielfeld des Lebens für einen Menschen unglaublich erweitern."

„Dreißig Zentimeter mehr." Genau wie Case gesagt hatte.

„Ich verstehe immer noch nicht, was das zu bedeuten hat."

„Ich auch nicht. Noch nicht. Aber ..." Aber vielleicht war das in Ordnung so. Erleichterung machte sich in ihm breit gemeinsam mit der plötzlichen Zuversicht, dass alles möglich war. Und einem Versprechen – dass es mehr gab, als er sich vorstellen konnte.

Ja, vielleicht war es sogar mehr als in Ordnung.

☙

„Okay, das Auto ist ausgeräumt. Mein Zeug ist im Gästezimmer." Raegan stand in Kates Wohnzimmer, die Hände in die Hüften gestemmt, und blickte sich um. „Deine armen Pflanzen. Hattest du denn niemanden, der sich um sie kümmert?"

„Ich habe sie gegossen, als ich hier war, weil Breydan im Krankenhaus lag." Kate humpelte auf ihren Krücken zur Couch. Oh Mann, was für eine Erleichterung, wenn sie endlich den Gips loswürde. Dieses Herumgehoppele ging ihr allmählich auf die Nerven.

„Das ist doch schon fast zwei Monate her. Dein Haus muss mal auf Vordermann gebracht werden." Raegan strich mit dem Finger über den Kaminsims.

„Zum Glück habe ich meine kleine Schwester mitgebracht." Die alte Couch quietschte, als sie sich setzte.

„Also hast du nach unserer Abreise entschieden, dass ich in den nächsten zwei Wochen deine Putzfrau, Köchin, Chauffeuse …"

„Vergiss nicht Wäscherin. Ist das nicht ein großartiges Wort?" Sie zog ein zerknülltes Papier hervor, auf das sie sich aus Versehen gesetzt hatte.

„ … und Botenmädchen sein werde? Gibt es noch mehr, was ich dann in der ganzen Freizeit erledigen soll, die ich anscheinend in den nächsten Tagen haben werde?"

„Tja, du könntest endlich mal mit mir über Bear sprechen." Sie entfaltete das Papier.

„Auf keinen Fall, Kate. Außerdem bist du ja auch nicht gerade gesprächig, wenn es um Colton geht."

Für Gil. Die Worte auf dem Stück Papier starrten sie an. Die Widmung aus ihrem Buch. Die Seite, die Colton herausgerissen und zerknüllt hatte. Ein bekannter Schmerz durchströmte sie.

Und die Erinnerung an seine Stimme, als sie an dem Abend in dem grünen Haus in Maple Valley gewesen waren. Da hatte er ihr gesagt, er glaube daran, dass sie noch ein Buch schreiben könnte.

Und der Gedanke an Dads Worte, der ihr gesagt hatte, dass ihr verletztes Herz ein gutes Zeichen wäre.

„Hey, wo ist eigentlich mein Laptop, Rae?"

„Auf dem Küchentisch, glaube ich. Brauchst du ihn?"

Kate legte den zerknüllten Zettel beiseite und nickte. „Ich habe das Gefühl, dass ich etwas schreiben möchte."

Kapitel 19

Vor vier Monaten hatte Kate dieses große grüne Haus bezaubernd genannt.

Und sie hatte recht gehabt.

„Welche Farbe, Colton?"

Raegan zeigte auf drei Farbbahnen, die die eine Wand des überdimensionalen Wohnzimmers zierten. Oder zumindest des Raumes, der einmal das Wohnzimmer werden würde, wenn Colton Möbel gekauft und den Hartholzboden restauriert und den Ort mit Menschen gefüllt hatte. „Was meinst du mit *welche Farbe*? Die sind doch alle gleich."

Seth ging zwischen Raegan und Colton entlang und hatte zwei Dosen Lack bei sich.

„Nein, sind sie nicht." Raegan verdrehte die Augen und zeigte auf eine Farbbahn nach der anderen. „Das hier ist sämisch, das cremebeige und das beigebraun."

„Ich finde immer noch, dass sie gleich aussehen. Such du dir eine aus."

Mit einem Seufzen wandte sie sich der Wand zu. „Männer."

Er grinste und sah sich in dem Raum um. Seth und Ava strichen das verzierte Treppengeländer und Bear schliff die letzten Kerben aus dem Boden – während er Raegan gekonnt aus dem Weg ging. *Hm, was da wohl los ist?*

Irgendwo musste auch Webster sein, der die Bestellungen fürs Abendessen aufnahm. Das war das Mindeste, was Colton tun konnte, da seine Freunde schon wieder einen Winterabend opferten, um ihm bei der Renovierung des Hauses in der Water Street zu helfen.

Parker House. Ein Zuhause für junge Männer, die aufgrund ihres Alters aus dem Pflegesystem fielen und ihre Unabhängigkeit suchten.

Bei dieser Sache hatte er ein gutes Gefühl.

Er hatte Gott um seine dreißig Zentimeter gebeten.

Und als Antwort hatte er einen Ruf erhalten.

„Weißt du, irgendwann musst du uns erlauben, Kate davon zu erzählen."

Raegan. Sie hatte ihre Wand im Stich gelassen und stand mit verschränkten Armen neben ihm. Er war überrascht gewesen, als er im Januar nach Maple Valley zurückgekehrt war und ihre pinken Strähnen verschwunden gewesen waren. Zuerst hatte sie gedämpft auf seine Rückkehr reagiert – und sich nicht wirklich gefreut, ihn zu sehen.

Dafür konnte er ihr keinen Vorwurf machen. Nicht nach der Art und Weise, wie er verschwunden war. Und vor allem nicht, wenn man die engen Familienbande betrachtete, die zwischen den Walkers bestanden.

Aber als er erst einmal seinen Plan für dieses Haus erklärt hatte, hatte die gesamte Familie seine Vision unterstützt. Und nicht nur das, sie hatten sogar dabei geholfen, sie wahr werden zu lassen. Unterstützten ihn immer noch. Momentan war Case bei der Stadtversammlung, um herauszufinden, wie der Stadtrat über Coltons Bauantrag entschieden hatte.

„Hallo, Erde an Colton."

Er blinzelte. „Es Kate erzählen. Richtig. Das mache ich sofort." Oder auch nicht.

Und Raegan nahm es ihm auch nicht ab. „Sie wird es sowieso herausfinden. Du hast uns gebeten, es nicht an die große Glocke zu hängen, aber wir sind nicht die Einzigen, die mit dieser Sache beschäftigt sind. Sie telefoniert mindestens einmal in der Woche mit Megan."

„Wenn sie es herausfindet, dann ist das eben so. Ich will ja keine Geheimnisse haben, Rae." Es war nur … Er hasste den Gedanken, wieder in Kates Leben einzudringen. Würde es ihm gefallen, wenn sie wieder in die Stadt käme – irgendwie all den Schmerz vergaß, den er ihr angetan hatte – und sich in seine Arme warf?

Natürlich.

Doch nach allem, was geschehen war, nach all den Monaten des Schweigens zwischen ihnen, konnte er das nicht erwarten. Außerdem hatte sie an dem Abend, als er sie zu dem Date hierhergebracht hatte, gesagt, dass sie ihre Zukunft nicht in Maple Valley sah.

Der beißende Geruch des Lacks, den Seth und Ava benutzten, erfüllte den Raum.

„Cremebeige."

Er sah Raegan an. „Hm?"

„Wir nehmen cremebeige. Das wird mit dem Holz zusammen am besten aussehen.

Also ließ sie das Thema fallen. Gut.

„Hallo, Freunde. Die nette Reporterin aus der Nachbarschaft ist da."

Er drehte sich um und sah Amelia Bentley durch den Raum staksen. Sie blieb vor Colton stehen. „Nach wochenlangem Brodeln der Gerüchteküche musste ich selbst herkommen und mir ein Bild machen."

„Auf der Suche nach einer Story?"

Sie lachte. „So was in der Art. Und ich habe diesen Typen auf dem Weg getroffen." Sie zeigte über die Schulter, wo ein Mann im Türbogen zwischen Wohn- und Esszimmer stand. Karierter Anzug. Fake Iro.

„Den kenne ich nicht."

Sie zuckte mit den Schultern. „Ich auch nicht, aber er war im *Coffee Coffee* und hat nach Ihnen gefragt, als ich gerade reingeschneit bin. Ich muss kurz mit Raegan reden und Sie sollten herausfinden, was Mr Cosmopolitan auf dem Herzen hat. Könnte ich danach vielleicht ein kurzes Interview bekommen?"

„Klar."

„Wirklich? Ohne Diskussion?"

Überhaupt nicht. Es wurde Zeit, dass der Rest der Gemeinde erfuhr, was er mit dem Haus vorhatte. Hoffentlich würde sie ihn und seinen Traum willkommen heißen. Es hatte einiger Monate des Nachdenkens bedurft. Und unzähliger Gebete. Doch schließlich hatte er getan, was Norah ihm vorgeschlagen hatte. Er hatte herausgefunden, wo das, was er zu geben hatte, sich mit dem überschnitt, was andere brauchten.

Und sobald der Same dieser Idee in ihm gekeimt war, hatte er auch schon Wurzeln geschlagen, hatte ihn mit einer Leidenschaft erfüllt, die er vorher nur für das Football-Spielen gehabt hatte.

Nun ja, abgesehen natürlich von der Frau, an die er immerzu denken musste.

Der Fremde trat vor und streckte ihm die Hand entgegen. Er war nicht älter als Mitte zwanzig. „Entweder sind Sie Colton Greene oder ein erstaunlich echt wirkendes Hologramm."

Colton erwiderte den Handschlag. „Alles echt, kein Hologramm. Ich kenne Sie nicht, oder?"

Der Mann schüttelte den Kopf. „Noch nicht, aber ich setze große Hoffnungen in Sie. Everett Corgin. Sportagent. Offen gesagt, ich bin neu in dem Business. Ich bin Junioragent bei Glass & Drury und weder Glass noch Drury wissen, dass ich hier bin."

Colton rieb sich den Staub von den Fingern – Überreste von seiner gemeinsamen Arbeit mit Bear – und hoffte, dass er so seine Skepsis überspielen konnte. „Wenn Sie nach einem Klienten suchen, tut es mir leid, da haben Sie Ihre Zeit verschwendet. Aber, hey, wir essen gleich zu Abend. Da Sie schon mal hier sind, können Sie gerne mitessen."

„Sie wollen mich nicht einmal anhören? Ich habe sechshundert Dollar für ein Flugticket bezahlt und noch mal ein paar Hundert für ein Mietauto."

Colton seufzte mitfühlend. „Sie müssen doch gewusst haben, dass ich nicht mehr spiele."

„Das ist mir klar." Everett zog sein Jackett aus und legte es sich über den Arm. Anscheinend wollte er sich nicht so schnell abwimmeln lassen.

„Ich habe viel zu tun …"

„Fünf Minuten. Mehr brauche ich nicht."

Gut. „In Ordnung. Dann lassen Sie uns ins Esszimmer gehen. Da ist es ruhiger."

Sie betraten das Esszimmer, das genauso leer war wie das Wohnzimmer, aber immerhin schon frische Farbe an den Wänden hatte. Von hier aus konnte man in den Garten schauen, der direkt an ein Maisfeld grenzte, das nun von Schnee bedeckt war und im Mondschein funkelte.

„Ich hatte eine Rede vorbereitet", sagte Everett, als er mitten im Raum stehen blieb. „Aber da Sie sehr beschäftigt sind und man sich nicht setzen kann …"

„Tut mir leid. Es gibt einen Kerl namens Lenny hier in der Stadt. Er ist Schreiner und baut mir einen Tisch. Es ist das Warten wert, glaube ich."

Der Junge – Everett – wirkte nicht verunsichert. „Wie ich schon gesagt habe, hatte ich eine Rede vorbereitet, aber im Endeffekt läuft es auf eine Sache hinaus: Sie sind noch nicht abgeschrieben."

Colton konnte ein Grinsen nicht unterdrücken. „Ähm … danke?"

„Sie denken es vielleicht … "

„Das war so, aber ich hatte neulich einen Perspektivwechsel."

„ … und Ian Muller denkt das auch. Aber ich stimme dem nicht zu. Er liegt so weit daneben, dass es nicht mehr lustig ist."

Colton verschränkte die Arme. „Ian ist einer der besten Agenten im Business." Sie hatten ihre Beziehung wieder in Ordnung gebracht, bevor Colton L.A. verlassen hatte. Colton hatte ihn im Dezember getroffen, sich für die Art und Weise entschuldigt, wie die Dinge zu Ende gegangen waren, und dem Mann für all die Jahre der Unterstützung gedankt. Zum Glück hatte er auch die Chance bekommen, sich mit Lilah auszusprechen.

„Aber ich habe etwas, das Ian nicht hat."

Jetzt konnte er seine Skepsis nicht länger verbergen. „Und das wäre?"

„Mein Alter. Ich bin noch jung. Und ich habe mehr Zeit als Ian und sein überquellender Terminkalender." Everett strich sein gegeltes Haar zurück. „Ich möchte nicht respektlos sein, aber Ian hat rückständig gehandelt. Vielleicht hat er Ihnen sogar gesagt, Sie sollen sich aus dem Rampenlicht zurückziehen? Was soll das bringen, außer dass man Sie vergisst? Sie sollten Werbung machen, bei Interviewrunden dabei sein, auf Spendenbälle und Galen gehen. Und was ist überhaupt mit dem Buch passiert, das Sie schreiben wollten?"

Webster kam herein. „Ich habe alle Bestellungen, Colt. Wir bestellen bei *Mandarin*. Was willst du haben?"

„Kung Pao Hühnchen. Wollen Sie auch etwas, Everett? Dieser schottische Kerl – verrückt, ich weiß – führt das *Mandarin*. Das beste Chinarestaurant, das ich kenne. Versprochen."

Everett schüttelte nur den Kopf, er wirkte mittlerweile leicht gereizt.

„Danke, Webster. Lass mich wissen, wenn du losfährst, ich gebe dir dann das Geld." Er wandte sich wieder Everett zu. „Ich weiß es wirklich zu schätzen, dass Sie den weiten Weg hierhergekommen sind. Aber ehrlich gesagt, bin ich fertig mit dem Leben in der Öffentlichkeit."

„Aber warum? Ich weiß, Sie sind nicht Michael Jordan, aber ..."

„Danke, dass Sie mir das vor Augen führen."

„... Sie können immer noch berühmt sein. Ihre Karriere kann weitergehen."

Colton blickte über die Schulter des Mannes hinweg ins Wohnzimmer – wo die Leute strichen, schliffen und lackierten. Jemand hatte Musik angestellt und der schnelle Rhythmus eines *Southern Rock*-Songs erfüllte das Haus. „Meine Karriere geht weiter. Sie geht genau in die Richtung, in die sie gehen soll."

Da musste auch Everett es erkannt haben – die Entschlossenheit in Coltons Stimme –, denn er nickte nur resigniert und atmete tief aus. „Also, dann. Dann muss ich wohl zurück zum Flughafen."

„Es sei denn, Sie wollen noch eine Weile hierbleiben und uns beim Streichen helfen."

Der Mann deutete auf seinen Anzug.

„Richtig. Na, dann eine gute Reise. Und tut mir leid, dass es sich für Sie nicht gelohnt hat."

Er brachte den Mann zur Tür und ging wieder zurück ins Wohnzimmer. Amelia kam sofort zu ihm. „Zeit für mein Interview. Ich habe schon Hinweise erhalten, was Sie hier vorhaben, aber mich interessiert natürlich die ganze Geschichte. Sie renovieren das Haus nicht für sich privat – das ist mir klar."

„Nein, da haben Sie recht. Wenn ich für mich privat gesucht hätte, hätte ich kein Haus mit vier Badezimmern genommen. Die übrigens alle noch saniert werden müssen. Hoffentlich haben Sie Ihr Diktiergerät griffbereit."

Amelia wedelte damit vor seiner Nase herum. „Immer."

Und dann mischte sich Raegan ein. „Nur dass du es weißt, Colton, Kate bekommt den Maple Valley Newsletter."

☙

„Du musst es mich verkaufen lassen, Kate. Es ist das Beste, was du jemals geschrieben hast."

Marcus' Stimme erhob sich über das Rauschen des Februarwindes, der vor dem Eingang des Willis Towers über den Bürgersteig pfiff. Kate hielt Breydan an der einen Hand und hatte den Kopf in den Nacken gelegt. Allein schon der Gedanke, mit dem Aufzug nach ganz oben zu fahren, bereitete ihr ein flaues Gefühl in der Magengegend.

Doch Breydan hatte darauf bestanden. Und da es nicht nur sein Geburtstag war, sondern das einmonatige Jubiläum des Tages, an dem der Arzt verkündet hatte, dass die Krebszellen erfolgreich bekämpft worden seien, hätte sie auch den Aufzug zum Mond genommen, wenn der Kleine sie darum gebeten hätte.

„Lass es mich an ein paar Verlage schicken."

Mit der freien Hand hielt Kate den Kragen ihres Mantels geschlossen. Die Eiseskälte hatte Chicago noch fest im Griff. Immer noch starrte sie nach oben. „Ich muss es erst überarbeiten. Ich habe es noch nicht einmal richtig Korrektur gelesen."

„Dann lies es Korrektur. Aber glaub bloß nicht, dass ich dir erlaube, es zu verstecken. Ich meine es ernst, wenn ich sage, dass ich noch nie etwas so Brillantes von dir gelesen habe."

„Lass sie in Ruhe, Schatz", sagte Hailey, die auf der anderen Seite neben Breydan herging. „Hast du nicht versprochen, dass es heute nicht ums Geschäft gehen wird?"

„Ja klar, habe ich." Breydan riss sich los und lief auf die schwere Glastür des Gebäudes zu, über der in großen Lettern *Skydeck* stand. Es war kaum zu glauben, dass er vor ein paar Monaten noch im Krankenhaus gelegen und um sein Leben gekämpft hatte.

Breydan war immer noch schmal, das fusselige Haar und die blasse Haut zeugten von den Therapien, die er im letzten Jahr durchgemacht hatte. Doch die Freude, die er niemals verloren hatte, war jetzt sogar noch größer. Und die Begeisterung in seinen Augen war wie Balsam für ihr schmerzendes Herz.

Breydan winkte durch die Tür hindurch und stellte sich für das Aufzugticket an. Die Lobby sah immer noch genauso aus, wie sie sie in Erinnerung hatte – abgegrenzte Reihen, in denen man sich anstellen konnte, helle Wände, Plakate, auf denen Daten und Fakten zum Gebäude standen, Monitore, auf denen die Menschen Belanglosigkeiten sehen konnten, solange sie warteten.

„Er hat recht, weißt du?"

Kate wandte sich Hailey zu, während Marcus zu Breydan ging. „Womit?"

„Mit deinem Roman. Dass es deine beste Arbeit überhaupt ist."

Das weiß ich. Sie konnte es nicht laut sagen. Es hörte sich eingebildet und prahlerisch an. Doch das Buch *war* gut. Eine einfache Liebesgeschichte, doch es war wie keines ihrer Werke zuvor. Sie hatte Anregungen von Dad mit aufgenommen – wie er über sich und Mums gemeinsame Reise gesprochen hatte, ihr Leben – und es war nur so aus ihr herausgeströmt.

Seltsam … nach all den Jahren, in denen sie sich gewünscht hatte, etwas zu schreiben, das nichts mit Herz-Schmerz-Romantik zu tun hatte, war sie mit einer vollkommen neuen Kraft genau in dieses Genre zurückgekehrt. Sie hatte sich wieder in die Liebe verliebt.

Und jedes Mal, wenn die Stimme aus der Vergangenheit ihr ins Ohr flüsterte – und ihr wieder und wieder einzureden versuchte, dass es nur belangloses Blabla über ausgedachte Charaktere war, was niemanden interessierte –, las sie die letzte Szene, die sie geschrieben hatte. Oder sie scrollte zurück an den Anfang und las das erste Kapitel. Oder erträumte sich das Ende, das sie kaum abwarten konnte, da ihre Protagonisten sich auf ihrem Lebensweg so sehr veränderten … und mit ihnen vielleicht auch ihre Leser.

Und irgendwann während dieses Prozesses konnte sie plötzlich an ihre eigene Geschichte glauben.

„Ist es in Ordnung, dass ich es gelesen habe? Marcus meinte, es würde dir nichts ausmachen."

Sie und Hailey warteten an der Seite, während Marcus die Tickets kaufte. „Ja klar." Sie zog ihre Handschuhe aus, einen Finger nach dem anderen. „Du findest nicht, dass es zu kitschig oder sentimental ist?"

„Überhaupt nicht, aber es *ist* romantisch. Unglaublich romantisch. Ich konnte die Spannung spüren. Ich habe gelacht und geweint und habe die halbe Nacht gelesen." Sie löste ihren Schal. „Du hast dich selbst, alles, was in dir steckt, in die Geschichte gepackt. Und das merkt man."

„Und du hast mir gerade Komplimente gemacht, die eine Autorin mitten ins Herz treffen."

„Es fühlt sich anders an als deine Drehbücher. Vielleicht, weil es ein Buch ist, kein Skript, aber … es ist, als hättest du endlich erkannt, was du zu sagen hast, und würdest es nicht länger zurückhalten. Etwas an deinem Schreibstil hat sich verändert."

Weil sich etwas in Kate verändert hatte. Sie war sich immer noch nicht sicher, was es war. So viel in ihrem Leben war noch in der Schwebe. Sie hatte hier und da freiberuflich geschrieben. Frederick Langston hatte ihr ein paar Artikel für den Newsletter der Jakobus-Stiftung zugeschustert. Das war nicht das Gleiche wie eine Reise nach Afrika, aber immerhin blieb sie mit ihm in Kontakt.

Doch abgesehen davon waren ihre Tage erfüllt gewesen von Physiotherapiestunden und ihrem Buch. Der einzige Grund, warum sie sich im letzten Monat die Rate für ihr Haus hatte leisten können, war der Scheck gewesen, den sie im November in der Post gehabt hatte. Von Colton.

Sie hatte daran gedacht, ihn zurückzuschicken. Er schuldete ihr nichts. Es war ja nicht so, als hätte er sie dazu gezwungen, einen Monat lang an seinem Buch zu arbeiten. Sie hatte es nicht beendet. Es würde nicht veröffentlicht werden.

Doch den Scheck zurückzuschicken, hätte sich zu sehr nach einem endgültigen Abschied angefühlt. *Oh Mann, ich vermisse ihn.* Sie hatte ihn die ganze Zeit über vermisst und sich gefragt, wie es ihm ging. Hatte sich ausgemalt, wie es wohl gewesen wäre, wenn nicht alles den Bach runtergegangen wäre.

„Komm schon, Katie."

Sie griff nach Breydans Hand. „Du gehst vor."

Innerhalb weniger Augenblicke hatten sie den Aufzug betreten und fuhren nach oben. Nach einer Weile gab es einen Zwischenstopp und sie folgten den Schildern zum nächsten Aufzug, der sie aufs Dach bringen würde.

Und dann ließ man sie auf dem Skydeck aussteigen. Die Sonne strahlte durch die Fenster und Breydan rannte sofort an die Glasfront.

Sie grinste, auch wenn ihr etwas schwindelig wurde. Die Fahrt im Aufzug hatte sie bei Weitem nicht so mitgenommen wie erwartet, aber jetzt, wo sie nur noch eine Schicht aus hauchdünnem Glas von dem Himmel um sie herum abschirmte und der Boden so unendlich weit weg war, spannten sich ihre Muskeln an und sie atmete flacher.

„Geht es dir gut?" Das Grinsen von Marcus schwankte zwischen Stichelei und Sorge.

„Klar, was soll denn sein?"

„Ich dachte nur an deine Höhenangst. Du bist eine wunderbare Tante, Kate."

Marcus gesellte sich zu Breydan ans Fenster und Kate drehte sich zu Hailey um. „Du musst meinetwegen nicht hier hinten bleiben."

„Oh, ich bleibe nicht hier hinten. Ich bin das Sondereinsatzkommando, das dich mit nach vorne ans Fenster nimmt."

„Mm. Ich habe nur versprochen, mit hierherzukommen. Aber nicht, mich ans Fenster zu stellen und mein Frühstück wieder loszuwerden. Außerdem muss ich nicht rausschauen. Ich weiß, dass man von hier aus Indiana, Wisconsin und Michigan sehen kann." Die Infos über den Turm kannte sie auswendig.

„Das sind doch nur Fakten, Kate. Es selbst zu erleben ist etwas ganz anderes."

„Du weißt, welche Fakten eine Liebesgeschichte ausmachen. Aber dir selbst hast du nie zugestanden, es auch zu erleben."

Dads Worte.

„Komm schon, nur ein kurzer Blick."

Zögernd ging sie nach vorne, ließ sich von Hailey an den Menschen vorbeiführen. Sie blieben vor einem der Fenster stehen und in dem Augenblick, als ihre Hand das kalte Glas berührte, zuckte Kate zurück und sie machte die Augen zu. Sie konnte das Klicken von Breydans Kamera hören, als er Fotos machte.

„Mach die Augen auf, Kate."

Sie musste sich dazu zwingen und ignorierte dabei das Rumoren in ihrem Magen … und schaute einfach hinaus. Die Skyline von Chicago erstreckte sich grau und braun vor ihr, der Winter hatte überall noch seine weißen Spuren hinterlassen. Und die Wolken – es war fast so, als könnte sie sie berühren, wenn sie sich nur etwas streckte. Selbst am nebligsten aller Tage strotzte Gottes Schöpferkraft vor Leben.

Atemlose Bewunderung spülte ihre Angst hinfort.

„Und? Was hast du in letzter Zeit von Colton gehört?"

Ihr Blick fuhr zu Hailey. „Ähm, ich dachte, wir genießen die Aussicht."

„Ich dachte, wenn ich dich dazu kriege, ans Fenster zu gehen, kriege ich dich auch dazu, über Colton zu sprechen."

„Falsch gedacht." Sie verschwendete auch nach all den Monaten noch viel zu viele Gedanken an ihn. Aber wenn Raegan nichts zu diesem Thema aus ihr herausbekommen hatte, als sie wochenlang hier gewesen war, würde Hailey es bestimmt nicht schaffen.

„Ach, komm schon. Du musst mit jemandem über ihn sprechen. Sonst wird er noch zu einem zweiten Gil und …"

Kates lautes Lachen hatte etwas Sarkastisches. „Auf keinen Fall. Colton ist überhaupt nicht wie Gil."

„Dann sprich über ihn."

„Es gibt aber nichts zu besprechen. Ich weiß, dass Logan sich ein paarmal mit ihm getroffen hat. An Weihnachten hat er mir erzählt, dass er damit beschäftigt ist, seine Stiftung neu zu organisieren. Aber sonst weiß ich nichts von ihm."

Hailey legte den Kopf schief und richtete die Augen wieder auf die Stadt. „Hm. Ich frage mich, wie er von Maple Valley aus an seiner Stiftung arbeitet. Aber vielleicht ist das ja etwas, was man von überall aus machen kann."

„Warte, was?" Kate sah ihre Freundin schockiert an. „Colton ist gar nicht in Maple Valley."

„Ähm, doch, schon. Breydan hat erst diese Woche ein Päckchen von ihm bekommen. Mit Autogrammen von ihm und seinen alten Teamkollegen und einem wirklich netten Brief. Und es war definitiv in Maple Valley abgestempelt."

„Das … das verstehe ich nicht." Wenn Colton wieder in Iowa war, warum hatte ihr niemand Bescheid gesagt?

„Komm schon, Kate. Komm zu mir auf das Glasdeck." Breydan zog sie am Arm.

„Du bist ein mutiges Kind, Breydan." Sie folgte ihm durch den Raum, wo das Glasdeck den Blick nach unten freigab, und beobachtete, wie er sich in *Superman*-Pose stellte und Marcus ihn fotografierte.

„Vielleicht spinne ich mir ja etwas zusammen", sagte Hailey neben ihr. „Aber wenn dieser Mann wieder in deiner Heimatstadt ist, hat das doch etwas zu bedeuten, oder?"

„Aber ich habe keine Ahnung, was."

Breydan rannte auf sie zu. „Jetzt bist du dran, Katie."

„Ha, guter Witz. Nein, danke." Obwohl es bestimmt aufregend war, auf dem Glas zu stehen.

Er verdrehte die Augen. „Hab keine Angst. Wenn ich es kann, kannst du es auch."

„Ich mag lieber Böden, die ich sehen kann, Breydan."

„Biiitteeeee." Er setzte seinen Hundewelpenblick auf. „Ich weiß, dass du es willst."

„Sei das Mädchen, das ein Risiko eingeht." Das hatte Hailey gesagt. Vor Monaten im Krankenhaus.

Sie atmete tief ein, schloss die Augen, spürte, wie Breydan sie vorwärtsschubste. Dann öffnete sie die Augen wieder und trat auf das Glas. Doch der Ausblick, die Angst … nichts davon bemerkte sie wirklich.

Er ist wieder in Maple Valley. Colton ist wieder da.

Und dann verließ sie das Glas wieder und jemand anderes nahm ihren Platz ein und ihr Herz hämmerte wie verrückt, aber der Grund dafür hatte nichts mit der enormen Höhe zu tun.

Sie wirbelte zu Marcus und Hailey herum. „Leute, ich muss gehen. Tut mir leid. Brey, danke, dass du mich dazu gezwungen hast, mit hierherzukommen." Sie umarmte ihn, dann wandte sie sich zum Aufzug.

„Aber wohin willst du denn? Was machst du?", rief Hailey ihr nach.

Kate grinste, als die Fahrstuhltür sich schloss. „Ich habe mich umentschieden."

Kapitel 20

War es wirklich erst fünf Monate her, seit Colton das letzte Mal eine Pressekonferenz gegeben hatte?

Und wie konnte diese hier so vollkommen anders sein? Weniger Kameras, mehr vertraute Gesichter. Und sein Leben verfolgte ein Ziel, das ihn mit einer Energie erfüllte, die ihn monatelang antreiben könnte.

„Wir müssen loslegen, Colton. Es ist fast schon drei."

„Nur noch fünf Minuten. Der Reporter von Channel 8 interviewt noch Webster."

Colton sah sich in dem vollgestopften Wohnzimmer um. Nein, es war nicht annähernd die Menge an Reportern da, die bei der Verkündung seines Rücktrittes dabei gewesen waren. Und anstatt der weißen Wände, die den Konferenzraum umgeben hatten, wirkte dieses Zimmer viel wärmer und gemütlicher – auch dank der Wandfarbe, die Raegan gewählt hatte. Pflanzen, Bambusrollläden, ein neuer Teppich, all das versprühte eine heimelige Atmosphäre. Auch die Inneneinrichtung hatte er Raegan zu verdanken. Ihr und Ava.

Bisher war es der einzige Raum, der vollkommen fertig gestaltet war. Es gab noch sehr viel mehr zu tun. Und er würde bis zum Frühjahr warten müssen, um sich endlich der Außenfassade widmen zu können – Teile der Verkleidung mussten erneuert werden, alles brauchte einen neuen Anstrich und hinter dem Haus wollte er eine Pergola anbringen. Vielleicht würde er auch die alte Veranda abreißen und eine neue bauen müssen – da musste er erst noch einmal den Schreiner kontaktieren.

Logan winkte Charlie zu, die hinten im Wohnzimmer auf Cases Arm saß. „Ich kann nicht glauben, dass das auf einmal alles so schnell gegangen ist. Ich hätte gedacht, dass du dich monatelang mit dem Bauamt herumschlagen und irgendwelche Anträge stellen musst."

Colton wandte sich seinem Freund zu. „Es hätte niemals so schnell geklappt, wenn deine Familie mir nicht geholfen hätte. Und du. Ehrlich, Mann, danke, dass du dafür nach Hause gekommen bist."

Logan wischte den Dank mit einer Handbewegung weg wie jedes Mal, wenn Colton seine Anerkennung äußerte. „Mir ist fast die Decke auf den Kopf gefallen, nachdem die Wahlen vorbei waren. Ich war froh, dass ich eine Ausrede hatte, um ein paar Wochen nach Iowa zu verschwinden. Außerdem ist Charlie so gern bei ihrem Großvater." Er blickte sich im Raum um. „Bist du sicher, dass du das schaffst?"

Große Fenster ließen den Sonnenschein ein und gaben den Blick auf die Nachbarschaft frei, die ihn in den letzten Wochen, seit Amelie ihre Geschichte in der Zeitung veröffentlicht hatte, neugierig und hilfsbereit unterstützte. „Absolut."

Sein Blick wanderte von den Fenstern weiter zu den Menschen hinter all den Kameras. Case und Raegan, Seth und Ava, Bear … Alle waren sie hier, um ihn zu unterstützen.

„Weißt du, wenn du einem von uns erlaubt hättest, Kate von dieser ganzen Sache zu erzählen …"

Er schüttelte den Kopf, noch bevor Logan seinen Satz auch nur beenden konnte. „Ich werde es ihr selbst sagen." Er hatte einen Plan … irgendwie. Er hing mit dem Papier zusammen, das er erstellt hatte und das er zusammengerollt in seiner hinteren Hosentasche stecken hatte.

„Es kann doch nicht so schwer sein zu sagen ‚Kate, ich bin in deine Heimatstadt gezogen. Ich habe das Haus gekauft, das du so sehr liebst. Und ich mache es zu einem Zuhause für Jungen, die dem Pflegesystem entwachsen sind. Ich habe meine Stiftung umbenannt und neu strukturiert …'"

„Logan, kannst du mich das bitte auf meine Weise machen lassen?"

„Deine Weise ist einfach nur schrecklich langsam."

Ja, vielleicht, aber immerhin auch nicht überstürzt.

Dass er Kate kennengelernt hatte, sich in sie verliebt und sie danach wieder verloren hatte, all das hatte ihn auf eine gewisse Art befreit. Es hatte ihn zu einem besseren Menschen gemacht und dafür gesorgt, dass ein Licht auf die dunklen Stellen seines Lebens fällt, auf das, was ihn bisher zurückgehalten hatte.

„Lass uns anfangen."

Logan gab die Diskussion auf und nickte. „Ich sage allen Bescheid."

Das Gemurmel legte sich, als Logan die Menschen zur Ordnung rief. Colton sah Case Walker im Esszimmer, wie er immer noch Charlie auf dem Arm hielt, bereit zur Flucht, falls sie mitten in der Pressekonferenz unruhig würde.

Drüben in der Ecke lehnte Webster Hawks an der Wand und hatte wahrscheinlich keine Ahnung, dass er der eigentliche Anlass für diese ganze Sache hier war. Wegen Jungen wie ihm hatte Colton seiner Stiftung eine neue Richtung gegeben.

„Vielen Dank, dass Sie alle hier sind", eröffnete Logan die Konferenz. „Wir wollen es heute kurz und formlos halten. Damit Sie alle wichtigen Informationen über das Parker House bekommen, über Sinn und Zweck der Einrichtung, ist hier der Gründer, ein Mann, den sie als Quarterback aus der NFL kennen und der einer der besten Männer ist, die ich kenne: Colton Greene."

Der Stolz in der Stimme seines Freundes wärmte Colton das Herz, als die Menschen applaudierten. Sein Blick wanderte zu Raegan, die neben einem Tisch voller selbst gebackener Leckereien stand. Und den Clancys, die jetzt bei Webster waren. Auch Coach Leo war gekommen.

Diese Menschen waren zu seiner Familie geworden. Diese Gemeinde war seine Heimat.

Ein Gefühl von Sicherheit wuchs in ihm. Wenn Gott ihn zurück nach Maple Valley geführt, ihm einen Traum ins Herz gelegt, seinem Leben einen neuen Sinn gegeben hatte … dann würde er ihm auch zeigen, ob und wie es mit Kate weiterging.

Er wandte sich den Kameras zu und von seinen alten Ängsten war nichts mehr zu spüren.

„Als ich neun Jahre alt war, hat sich mein Leben für immer verändert. Meine Eltern kamen bei einem Autounfall ums Leben und für mich begann eine fast zehn Jahre lange Reise durch Pflegeunterbringungen." Er konnte sich eines weiteren Blickes auf Webster nicht erwehren, sah, wie Laura Clancy ihm eine Hand auf die Schulter legte.

Es war nicht leicht gewesen anzunehmen, was damals mit seinen Eltern geschehen war. Solch ein klares Licht nach jahrelanger

Dunkelheit fühlte sich an wie ein Angriff. Er hatte sich Norahs Ratschlag zu Herzen genommen und in den letzten Monaten in L.A. einen Seelsorger aufgesucht.

„Darüber habe ich bisher nur selten gesprochen, denn es war, offengesagt, eine schreckliche Zeit für mich. Doch in den letzten Monaten ist mir etwas klar geworden – dadurch, dass ich nicht darüber reden wollte, habe ich nicht nur meine eigene Geschichte verschwiegen. Ich habe auch die Gelegenheit verpasst, jemanden zu ehren, der mein Leben unglaublich verändert hat – auch wenn das Gewicht auf meinen Schultern damals zu schwer gewogen hat, als dass ich es erkannt hätte."

Dann erzählte er ihnen von Norah. Über die Jahre voller Geduld und Beharrlichkeit.

„Der Übergang von der Highschool ins Erwachsenenleben ist für niemanden leicht. Aber für einen achtzehnjährigen Jungen, der dem Sozialsystem entwachsen ist, ist es ein wahrer Schock. Die Statistiken über Obdachlosigkeit, Drogenabhängigkeit und Inhaftierung von ehemaligen Pflegekindern sind erschreckend." Er atmete tief ein. „Gott hat Norah Parker gebraucht, um mich davor zu bewahren, Teil dieser Statistik zu werden."

Wie sehr er sich gewünscht hatte, dass Norah heute hätte hier sein können. Doch mit einem drei Monate alten Baby konnte sie nicht durch die Weltgeschichte reisen. Sie hatte ihm ein Geschenk geschickt – eine Wanddekoration aus altem Holz, die den Schriftzug *Zu Hause* trug.

„Ich habe es aus einem Geschäft, in dem sie alles aus altem Scheunenholz herstellen. Das erschien mir passend, da du jetzt in Iowa lebst. Außerdem haben wir ja auch unsere gemeinsame Geschichte, was Scheunen angeht."

Er hatte gelächelt und das Ding an die Eingangstür gehängt – das erste Dekostück im Haus.

„Deshalb habe ich entschieden, diese Einrichtung Parker House zu nennen. Meine Hoffnung ist, dass hier das Leben vieler junger Männer so positiv beeinflusst wird, wie es Norah bei mir getan hat. Und wenn alles nach Plan läuft, ist dieses Haus nur das erste von vielen, das die kürzlich umbenannte Parker-Stiftung im ganzen Land eröffnen wird."

Wenige Minuten später hatte er seine Ausführungen beendet. Alles fühlte sich richtig an. Das war gut.

Und dann begannen die Fragen, bis die Pressekonferenz mit einem letzten Applaus beendet wurde. Anschließend schüttelte er die Hände von Dutzenden Anwesenden, bis sich schließlich Laura Clancy zu ihm vordrängte. „Colton Greene, ich mochte Sie schon, als Sie noch Football gespielt haben. Aber jetzt liebe ich Sie. Und das kann ich ohne Bedenken sagen, denn ich bin mindestens zwanzig Jahre älter als Sie."

Sie umarmte ihn fest, dann senkte sie die Stimme. „Und nur, damit Sie es wissen, wir führen Webster heute Abend zum Essen aus und wollen ihn fragen, was er von einer Adoption halten würde."

Er trat zurück. „Wirklich? Das … das ist …" Der Kloß in seinem Hals raubte ihm den Atem.

„Ich denke, das Wort, was Sie suchen, ist *wunderbar*." Sie tätschelte seine Wange und ließ ihn stehen.

Als nächster kam Case Walker. Was als Handschlag begann, endete in einer Umarmung. „Du hast deine dreißig Zentimeter gefunden, Junge."

Und einen Frieden, den er nicht in Worte fassen konnte.

„Obwohl es da noch etwas gibt, das du dir anschauen solltest", sagte Case und trat zurück. Wirf mal einen Blick aus dem Fenster."

CB

Nur ein Haus. Nur ein großes, altes Haus – doch laut dem Artikel, den sie gelesen hatte, musste Colton genau das Gleiche darin gesehen haben wie sie.

Kate stand neben ihrem Focus, die Tür immer noch geöffnet, den kalten Februarwind auf den Wangen. Ihr Mantel und der Schal hielten die Kälte ab, doch innerlich war ihr so heiß vor Aufregung, dass sie die vielleicht gar nicht gebraucht hätte. Sie griff in das Handschuhfach, um noch einmal die Zeitung herauszuholen, die sie gestern in ihrem Briefkasten gefunden hatte, nachdem sie vom Willis Tower nach Hause gerast war. Wenn es noch weiterer Argumente bedurft hatte, um schleunigst ihren Koffer zu packen und sich auf den Weg zu machen, hatte sie sie hiermit gefunden.

„Sei das Mädchen, das ein Risiko eingeht."

In Chicago hatte es sich noch so gut angefühlt, doch jetzt, wo sie hier war ... war sie ein kahler, nackter Baum, der keinen Schutz oder Schild mehr hatte und dessen Äste jederzeit abbrechen konnten.

Doch trotzdem war es richtig. Der Gedanke hatte in ihr Wurzeln geschlagen. Er hatte ihre Fahrt nach Maple Valley beflügelt. Jetzt stand sie vor dem Haus und betrachtete es nachdenklich.

Sie schloss die Fahrertür. Es gab keine Wolkenkratzer mehr am Horizont. Nur der frisch gefallene Schnee auf den vereisten Bäumen und die glitzernde Wintersonne. Und eine Hoffnung – eine Hoffnung, nach der sie sich schon so lange sehnte.

Die Art Hoffnung, die eigentlich von Anfang an da gewesen war, die sie nur nie wahrgenommen hatte.

Sie ging über die Straße und der Schnee knirschte unter ihren Stiefeln. Sie trug den Schal, den Raegan für den Eisenbahn-Zieh-Wettbewerb für Colton gestrickt hatte. Würde er es bemerken?

Natürlich. Weil dieser Mann alles bemerkte. Er hatte den Schmerz hinter Websters Zorn gesehen. Die Notlage hinter Dads Stärke. Das Herz hinter einer schrulligen, sturmgebeutelten Stadt.

Er hatte *sie* gesehen.

Auf dem Bürgersteig war der Schnee weggeschaufelt worden und sie ging auf die Verandastufen zu. Die Bretter knarrten unter ihren Schritten und schließlich stand sie vor der neuen weißen Eingangstür. Sie atmete tief ein und klingelte.

Nichts. Kein Geräusch. Verflixt, sie musste defekt sein.

Sie hob gerade ihre Hand, um zu klopfen, als die Tür aufging.

Und plötzlich hämmerte ihr Herz wie wild. „Colton. Hi."

„Katherine Rose Walker." Überraschung und Freude – ja, sie hoffte, dass es Freude war – mischten sich in seiner Stimme. Er war angezogen wie immer. Jeans und ein schwarzer eng anliegender Pullover. Oh Mann, sah der Mann gut aus.

Hör auf, ihn anzustarren.

Seine Augen – genauso strahlend blau wie immer. Sie hätte sich darin verlieren können, darin ertrinken.

Sag irgendwas, Walker. Irgendwas.

Es hätte ihr schon geholfen, wenn er sie gefragt hätte, was sie hier machte. Oder woher sie wusste, dass er hier war. Irgendetwas, um ihrem Mund Worte zu entlocken, denn von alleine schienen sie nicht entstehen zu wollen.

Du weißt, was du sagen willst, also tu es einfach.

Genau, wie sie es in ihrem Buch gemacht hatte. Wie Hailey es gesagt hatte. Sie hatte sich selbst und alles, was in ihr steckte, in die Geschichte gepackt.

Sie hielt die Zeitung hoch. „Wann wolltest du mir davon erzählen?" Sie platzte mit den Worten heraus, als hätte er irgendetwas Schlimmes getan.

Verwirrung flackerte in seinen Augen. Oh Mann, war er süß, wenn er verwirrt war.

„Du hast *mein* Haus gekauft."

Er zeigte hinter sich. „Weißt du, wir könnten vielleicht rein…"

„Und du hast deine Stiftung quasi neu gegründet und mich nicht einmal um Hilfe gebeten. Du wusstest doch, dass ich schon immer für eine Stiftung arbeiten wollte. Ich hätte dich unterstützen können. Ich war nicht wirklich beschäftigt in letzter Zeit. Außer dass ich ein neues Buch geschrieben habe, aber …"

„Du hast ein neues Buch geschrieben?"

„Ja, und es ist richtig gut geworden."

„Das glaube ich dir sofort."

Warum musste er sich so gegen den Türrahmen lehnen? So amüsiert und … und anbetungswürdig, und dann noch der Wind, der ihm durchs Haar strich? Gar nicht zu sprechen von seinem Aftershave, das zu ihr herübergeweht wurde.

Die Worte und Anschuldigungen und ihr Selbstvertrauen bröckelten unter dem plötzlichen Verlangen, sich ihm in die Arme zu werfen.

Er ließ die Hände fallen. „Was mache ich nur? Du hast ein Buch geschrieben. Das versuchst du schon seit Jahren und endlich hast du es geschafft und ich …"

Er trat zu ihr und nahm sie in seine Arme, hob sie hoch und wirbelte sie herum, wie es einer der Charaktere aus ihren Drehbüchern getan hätte. Die Überraschung raubte ihr den Atem und die Zeitung segelte in den Schnee, als sie ihre Arme um ihn schlang.

„Du hast ein Buch geschrieben, Rosie."

„Und du hast eine Aufgabe für deine Stiftung gefunden." Eine freudige Erregung spülte auch den letzten Rest ihrer Reserviertheit davon. Warum hatte sie so lange damit gewartet zurückzukommen? „Ich bin so unglaublich stolz auf dich."

Er stellte sie ab, ließ sie aber nicht los. „So stolz , dass du hierhergekommen bist, um mir Vorwürfe deshalb zu machen?"

Seine Arme fühlten sich an wie ein zweiter Mantel, warm und perfekt. „Ja. Ich meine, nein. Ich meine, ja und nein." Sie konnte kaum einen klaren Gedanken fassen, wenn sie in seinen Armen war. Sie zwang sich dazu, einen Schritt zurückzutreten. „Meine Freundin Hailey hat mir einmal gesagt, dass es okay ist, sich einzugestehen, was man wirklich will. Dass man dafür ein Risiko eingehen kann und sein Ziel bis zum Ende verfolgen sollte. Tja, also nehme ich das Risiko in Kauf und jage dem nach, was ich mehr als alles andere will."

„Und du willst … was?", reizte er sie. „Einen Job bei meiner Stiftung?"

„Keinen Job." Sie sah ihm tief in die Augen. *Es ist okay, sich einzugestehen, was man wirklich will.* Sie schluckte, schmeckte die eisige Luft und die Süße der Wahrheit. „Ich will dich."

Sein Lächeln hätte ein vereistes Herz zum Schmelzen gebracht. Doch anstatt etwas zu sagen, griff er in seine hintere Hosentasche und zog die zusammengerollten Papiere hervor. Er reichte sie ihr. „Sieh sie dir an."

Sie, überflog die erste Seite … dann die nächste und wieder eine. Listen mit Marketingmaterial – Newsletter, Gesuche, Broschüren. Etwas, das aussah wie ein Strategieplan – nicht nur für das Parker House, sondern für die gesamte Stiftung.

Und auf der letzten Seite eine Liste mit Adressen für Stipendienanträgen und Bewerbungsfristen. In die Spalte dahinter war das Wort *Rosie* in Coltons Handschrift gekritzelt.

„Wenn ich diese Sache groß machen will, muss ich neue Mittel akquirieren, mir neue Geldquellen erschließen.

Man erzählt sich, dass es in der Familie Walker eine großartige Tradition des Antragschreibens gibt."

Sie blickte mit Tränen in den Augen von den Papieren auf und konnte gar nicht so schnell blinzeln, wie sie nachliefen. Doch das war vollkommen egal, denn es waren Tränen der Freude.

„Du bist nicht die Einzige hier, die dich sehr gut kennt, Rosie."

Als er sie wieder an sich zog, fielen ihr die Papiere aus der Hand. Er küsste ihre Nasenspitze – so sanft wie die Berührung der Schneeflocken, die auf ihren Wangen landeten – und dann ihre Lippen – wärmer als der Sonnenschein, der durch das Spalier drang.

In diesem Augenblick schmolz sie dahin. *Besser als jedes Happy End, das ich jemals schreiben könnte.*

Doch es war ja gar kein Ende. Und das war das Beste von allem. Der wunderbare Frieden, der dadurch entstand, dass man seine eigene Geschichte lebte. Das Wissen, dass man mit dem Umblättern jeder Seite etwas Neues begann.

„Kate", flüsterte er, als er sich von ihr löste.

„Ich dachte, wir wären fertig mit Reden."

„Ja, aber ..." Er blickte über die Schulter.

Sie drehte sich um und ließ erschrocken die Hände sinken, die gerade noch an seiner Brust gelegen hatten. Hinter ihnen hatte sich eine Menschenmenge versammelt, die sie nun interessiert beobachtete. Kameras. Grinsende Gesichter. Ein einzelnes Blitzlicht.

„Du hättest mir sagen können, dass ich in eine Party geplatzt bin."

„Eigentlich eine Pressekonferenz. Hey, Leute, fürs Protokoll, die Stiftung hat gerade ihre erste Angestellte bekommen." Er zog sie an sich, sodass sie vor ihm stand, und legte von hinten seine Arme um sie. „Rosie Walker ist nach Hause gekommen."

„Am besten begrüßt du nicht alle Angestellten auf diese Art und Weise."

„Nein. Nur die, nach denen ich verrückt bin."

Und dann, unter dem Jubel der Menge und den funkelnden Schneeflocken, hob Colton Kate hoch und küsste sie wieder.

Weitere Romane von FRANCKE

Irene Hannon
Cranberrysommer
ISBN 978-3-96362-006-5
318 Seiten, Paperback
auch als e-Book erhältlich

Es ist der Name, der Michael Hunter in den malerischen Küstenort Hope Harbor zieht. Einen Hafen der Hoffnung kann der ausgebrannte Geschäftsmann aus Chicago nun gut brauchen. Doch dann hat das einzige Motel im Ort geschlossen und er bringt, kaum in der Stadt, eine Fahrradfahrerin zu Fall. Kann eigentlich noch mehr schiefgehen?
Zum Glück ist Tracy Campbell nicht nachtragend. Sie verpflichtet ihn kurzerhand für ihre Wohltätigkeitsorganisation und bringt ihn außerdem dazu, auf ihrer Cranberryfarm zu helfen. Und schon bald weht eine Brise der Veränderung durch Hope Harbor, die nicht nur für Michael und Tracy, sondern auch für etliche andere Menschen Heilung und Hoffnung mit sich bringt.

Denise Hunter
Barfuß am See
ISBN 978-3-86827-516-2
304 Seiten, Paperback
auch als e-Book erhältlich

Madison McKinley kennt in diesem Sommer nur ein Ziel: Die junge Tierärztin will die örtliche Segelregatta gewinnen. Dabei hat sie panische Angst vor dem Wasser. Doch der Regattasieg war der große Traum ihres verstorbenen Zwillingsbruders und Madison ist fest entschlossen, diesen Traum Wirklichkeit werden zu lassen. Für Michael – und für sich. Damit sie endlich Frieden findet. Aber wird diese Rechnung aufgehen?
Es verspricht ein spannender Sommer zu werden: nicht nur in sportlicher, sondern auch in beruflicher Hinsicht … und völlig unerwartet sogar in Sachen Liebe.

Denise Hunter
Eines Tages werden wir tanzen
ISBN 978-3-86827-594-0
318 Seiten, Paperback
auch als e-Book erhältlich

Noch vor wenigen Monaten träumte Jade McKinley von einem Neuanfang. Sie zog nach Chicago und arbeitete an ihrem Durchbruch als Musikerin. Nun kehrt sie nach Hause zurück – zerbrochen, desillusioniert, schwanger. In ihrer Verzweiflung schmiedet sie einen aberwitzigen Plan: Sie will heiraten, damit ihr Kind nicht ohne Vater aufwachsen muss, aber ihr Herz plant sie nie wieder zu verschenken.
Doch wo soll sie einen passenden Heiratskandidaten hernehmen? Jade bittet ausgerechnet Daniel bei der Suche um Hilfe, den besten Freund ihres Bruders. Sie ahnt nicht, dass sie ihn damit vor eine unmögliche Herausforderung stellt ...

Denise Hunter
Das Haus der großen Träume
ISBN 978-3-86827-665-7
302 Seiten, Paperback
auch als e-Book erhältlich

PJ McKinley träumt seit Jahren davon, in ihrer Heimatstadt eine eigene Pension mit angeschlossenem Restaurant zu eröffnen. Doch der talentierten Köchin und Konditorin fehlt es am Wesentlichen: Sie verfügt weder über die finanziellen Mittel noch über die geeignete Lokalität, um ihren Traum Wirklichkeit werden zu lassen.
Als die Besitzerin einer wunderschönen historischen Villa im Ort einen Wettbewerb auslobt und dem Gewinner ihr Haus in Aussicht stellt, scheint PJs Traum mit einem Mal zum Greifen nah. Wäre da nur nicht ein Mitbewerber, der ebenfalls unbedingt gewinnen will. Und dessen Pläne so herzergreifend klingen, dass PJ ihm das Haus sogar fast freiwillig überlassen hätte …

Denise Hunter
Eine Woche im Gestern
ISBN 978-3-86827-711-1
272 Seiten, Paperback
auch als e-Book erhältlich

Ryan McKinley wäre gerne wieder so glücklich wie gestern. Nach wie vor trauert er seiner großen Liebe Abby hinterher und wünscht sich, dass es nie zur Scheidung gekommen wäre. Als er aus heiterem Himmel einen Anruf seiner Exschwiegereltern bekommt, die ihn überreden wollen, ihren 35. Hochzeitstag mitzufeiern, sieht Ryan seine große Chance gekommen.
Anscheinend hat Abby ihren Eltern nie erzählt, dass sie geschieden sind. Also hat sie jetzt auch keine Möglichkeit, ihn davon abzuhalten, mitzukommen. Eine Woche lang kann er wieder in die Rolle ihres Ehemanns schlüpfen. Eine Woche lang kann er ihr vor Augen führen, was sie verloren hat. Doch können ein erzwungener Roadtrip und eine vorgetäuschte Beziehung wirklich wieder alles ins Lot bringen?